Sarah Saxx

KING of Chicago

Verliebt in einen Millionär

W0378434

Sarah Saxx

Bibliografische Information der Deutschen Nationalbibliothek:
Die Deutsche Nationalbibliothek verzeichnet diese Publikation in der Deutschen Nationalbibliografie; detaillierte bibliografische Daten sind im Internet über www.dnb.de abrufbar.

2. Auflage, Januar 2017

Copyright © 2016 Sarah Saxx
Alle Rechte vorbehalten.
Eine Kopie oder anderweitige Verwendung ist nur mit schriftlicher Genehmigung von Seiten der Autorin gestattet.

Lektorat: Kornelia Schwaben-Beicht, www.abc-lektorat.de
Korrektorat: Sybille Weingrill, www.swkorrekturen.eu
Satz und Coverdesign:
Alexa Zwölfer, www.schmetterlingsfabrik.at
Verwendete Fotos: © tankist276 – bigstockphoto.com,
© EnginKorkmaz, © Chuhail – depositphotos.com
Autorenfoto: Fotografie Monika Aigner, www.fotografie-aigner.at

Herstellung und Verlag:
BoD – Books on Demand, Norderstedt
Taschenbuch: ISBN 978-3-7431-1622-1

www.sarahsaxx.com

SARAH SAXX

KING *of Chicago*

VERLIEBT IN EINEN MILLIONÄR

KAPITEL 1

Crown

»*KING Estate*? Du darfst wirklich für den König der Immobilienbranche fotografieren? Wow! Sag, wie hast du das angestellt?«

Die bewundernde Begeisterung meiner Cousine Madison, der ich das soeben über die Freisprecheinrichtung meines Autos erzählt hatte, steckte mich an. Ich lachte vergnügt, während ich blinkte, um die Spur zu wechseln.

»Keine Ahnung. Die haben mich heute Morgen einfach angerufen und gefragt, ob ich verfügbar sei. Ihnen gefallen wohl meine Arbeiten. Und da ich mir so einen großen Fisch nicht durch die Lappen gehen lassen will, habe ich spontan zugesagt.«

»Recht hast du! Hau rein, und zeig denen, was du draufhast! Du wirst sehen, das wird dein Durchbruch in der Immobilienbranche.«

»Du meinst in der Fotografie. Aber das hast du auch schon gesagt, als sich vor zwei Jahren diese Galerie bei mir gemeldet hatte, um einige meiner Aufnahmen auszustellen.«

»Ach, da wollte ich dich nur in deiner Entscheidung bestärken. Jetzt ist das Gefühl ein völlig anderes. Das sagt mir mein linkes Ohrläppchen.«

Ich sah sie förmlich vor mir, wie sie gedankenverloren an ihrem Ohr rieb, was sie immer tat, wenn sie nachdachte oder nervös oder aufgeregt war.

»Du rufst mich doch an und erzählst mir, wie es gelaufen ist, oder? O Gott, vielleicht hast du Glück und der CEO höchstpersönlich ist vor Ort.«

War ja klar, dass ihr das gefallen würde! Travis King zierte regelmäßig die Titelblätter aller möglichen Immobilien- und Karrieremagazine. Die Presse war verrückt nach dem aufstrebenden Junggesellen, den Madison jedes Mal, wenn sie von ihm sprach, als »rattenscharf« betitelte. Damit hatte sie definitiv nicht unrecht, aber ich kannte auch seinen Ruf, den er hinter sich herzog wie Huskys den Schlitten.

Regelmäßig wurde er in weiblicher Begleitung gesehen und fotografiert, und dann war es jedes Mal eine andere Frau. Jene von der Sorte reich und überdurchschnittlich gut aussehend. Und ich war mir sicher, dass jede Einzelne von ihnen alles dafür geben würde, an seiner Seite bleiben zu dürfen – allein seiner Attraktivität und seines Vermögens wegen.

Doch er war wie der Rest seiner Familie dafür bekannt, beziehungsunfähig zu sein. Es schien wie ein Fluch über den männlichen Kings zu liegen, denn man erzählte sich, dass sich sogar schon bei seinem Großvater die Frauen die Türklinke in die Hand gegeben hätten.

Und nein, ich war nicht an diesem ganzen Society-Tratsch interessiert. Madison dafür umso mehr, und sie hatte das Bedürfnis, mich regelmäßig über die Stars und Sternchen auf dem neuesten Stand halten zu müssen. Immerhin hatte sie vor, irgendwann einen vermögenden, einflussreichen, bestenfalls berühmten Mann an ihrer Seite zu haben – ganz offiziell mit Trauschein. Wenn schon, denn schon.

Dafür tat sie auch alles, was in ihrer Macht stand: Sie ging regelmäßig ins Fitnessstudio, investierte all ihr Geld in Schönheit, Schuhe und Kleidung und kämpfte in ihrem Job als Visagistin beim lokalen Fernsehen darum, mit so vielen Promis wie möglich ins Gespräch zu kommen.

Ich hingegen war froh, dass ich solche Ambitionen nicht hatte und diesem ganzen Druck der High-Society-Welt nicht ausgesetzt war. Wenn ich kein strenges Fitnessprogramm verfolgen musste, essen konnte, worauf ich Lust hatte, und auch mal in Jogginghose zum Bäcker gehen konnte, wenn mir danach war. Aber ich war, anders als Madison, auch nicht auf der Suche nach einem Mann. Schon gar nicht nach einem, der in Geld schwamm.

»Also falls dieser Geschäftsführer vor Ort ist – was ich stark bezweifle, da normalerweise jemand vom Marketing die Arbeit mit Fotografen übernimmt –, werde ich berichten.«

»Nein! Also ja, natürlich sollst du das auch! Aber du musst dich an ihn ranwerfen und versuchen, ein Date mit ihm zu bekommen.«

Ich hielt an einer roten Ampel und runzelte die Stirn. »An den Marketingmenschen?«, fragte ich grinsend, was ihr ein Schnauben entlockte.

»King natürlich, der ist doch so rattenscharf!«

»Wozu das denn?«

»Damit du endlich wieder einmal flachgelegt wirst«, erklärte sie schlagfertig.

Ich sah mich schnell um, ob jemand der Passanten auf dem Zebrastreifen ihren Kommentar mitbekommen hatte, der lautstark aus den Boxen zu hören gewesen war. Doch sie eilten alle weiter, und ich entspannte mich wieder.

»Madison! Also das … so dringend hab ich es auch nicht nötig«, stammelte ich immer noch mit heißen Wangen.

Sie kicherte.

»Außerdem sollst du nicht alles, was ich dir über mein Privatleben erzähle, gegen mich verwenden.«

»Das mach ich doch gar nicht. Du wirst schon das Richtige tun, und … vielleicht ist er ja wirklich nicht vor Ort. Dann schnapp dir wenigstens den Kerl von der Marketingabteilung.«

»Der bei meinem Glück schwul ist. Oder eine Frau.«

Sie lachte herzlich, bevor ich mich von ihr verabschiedete.

Ich hatte mein Ziel fast erreicht. Große Villen reihten sich aneinander – durch hohe Zäune und schwere Tore geschützt. Mir erschien eine schicker und prunkvoller als die andere, und der Geruch von Geld lag unverkennbar in der Luft. Die Zufahrten zu den Häusern waren bestimmt selbst im Herbst einwandfrei gekehrt, und ich war mir sicher, dass die Autos in den riesigen Garagen täglich vom hauseigenen Chauffeur oder von anderen Angestellten poliert wurden.

Nicht zum ersten Mal durfte ich in Gegenden wie dieser fotografieren, doch ich fühlte mich jedes einzelne Mal, als würde ich in eine fremde Welt eintauchen.

Hier musste keiner der Eigentümer selbst die Wäsche waschen oder Staub wischen … Sie konnten sich ganz auf die »wichtigen« Dinge in ihrem Leben konzentrieren – ob das nun ihre Karriere, ihre teuren Hobbys oder ihre Affären waren.

Natürlich schloss ich nicht aus, dass einige der Reichen hier das alles durch harte, ehrliche Arbeit erreicht hatten. Doch es gab garantiert immer einen Preis, den sie bezahlen mussten, um diesen Luxus zu bekommen. Da wusch ich meine Wäsche lieber selbst und wusste, ich konnte stolz auf mich sein und auf das, was ich erreicht hatte.

Seit dem Abschluss meiner Ausbildung lebte ich meinen Traum: Ich war selbstständige Fotografin. Es war ein harter Job, bei dem ich vor zwei Jahren einen herben Rückschlag erlitten hatte. Doch ich hatte unbeirrt weitergemacht und mich inzwischen auf Immobilien spezialisiert. Die Einnahmen reichten, um ganz gut zu leben. Ich nannte eine hübsche Zweizimmerwohnung mein Eigen, und das war mehr, als ich mir zu Beginn meiner Karriere erträumt hatte.

Zu meinen Kunden zählten Baufirmen, die mich für ihre Musterhauskataloge buchten, oder vereinzelt auch Möbelhäuser, für die ich Fotos für deren Prospekte machte. Dass ich nun einen Auftrag von *KING Estate* erhalten hatte, würde eine wahnsinnig tolle Referenz sein, die mir hoffentlich ähnliche Folgeaufträge einbringen würde.

Am Ziel angekommen, hielt ich kurz vor dem schmiedeeisernen Tor, das offen stand. Ich lenkte den Wagen durch die lange Einfahrt, die von zu Würfeln und Kugeln geschnittenen Buchsbäumen gesäumt war. Schließlich erreichte ich das Haus und sah mich um. Ein schwarzer Mercedes sowie ein gelber Maserati parkten davor.

Ich stellte hinter den beiden den Motor meines Lieferwagens ab und stieg aus. Eisiger Wind blies mir entgegen. Meine Tasche mit den Kameras hatte ich geschultert, den Rest wollte ich später holen. Die Hände vergrub ich in meiner Daunenjacke, die Mütze zog ich mir tiefer ins Gesicht. Ich war froh, dass der Auftrag größtenteils im Inneren stattfinden sollte, denn auch wenn die Sonne schien – es war Winter.

Leider wusste ich zu dieser Immobilie bisher nur sehr wenig. Die Dame, die mich angerufen hatte, hatte mir kaum Infos zu dieser Location oder zum Shooting gegeben, was aber kein Problem war. Ich führte immer meine gesamte Ausrüstung mit, und bisher war auch jeder Kunde mit meiner Arbeit zufrieden gewesen.

Normalerweise hätte mich mein Assistent Jacob begleitet, doch der hatte sich diese Woche freigenommen, um seine Familie in Colorado zu besuchen. Grundsätzlich war das für mich kein Problem, aber bei Erstaufträgen war es etwas unangenehm, da ich natürlich mehr Zeit für alles brauchte und das unter Umständen einen schlechten Eindruck hinterließ, was Folgeaufträge ausschließen konnte.

Die Haustür der Villa war nur angelehnt, offenbar wurde ich erwartet. Nach kurzem Zögern trat ich einfach ein. Vielleicht war ja schon jemand am Arbeiten und wollte dabei nicht durch Geklingel gestört werden …

Die Eingangshalle war imposant. Sie war über zwei Stockwerke hoch, den Boden zierte heller Marmor. Eine schwebende Treppe führte in die obere Etage, an den Wänden hingen beeindruckende Gemälde, von denen ich zumindest einige als Werke berühmter Künstler erkannte. Lichtquelle in dieser Eingangshalle war eine riesige Kugel aus Milchglas, um die Ringe wie um einen Planeten zu schweben schienen.

Es dauerte ein paar Sekunden, bis ich den Blick wieder von diesem gigantischen Kunstwerk lösen konnte.

»Hallo?«, fragte ich in die Stille hinein, doch ich bekam keine Antwort. Merkwürdig.

Etwas zögerlich steuerte ich die nächstgelegene Tür an, neben der eine futuristisch wirkende Chaiselongue ganz in Weiß stand. Automatisch schoben sich die Türen zur Seite und offenbarten das Wohnzimmer.

Der moderne Stil der Eingangshalle setzte sich auch hier fort. Alles wirkte kühl, modern und unpersönlich. Ein Glück, dass ich immer auch Dekorationsmaterial wie Zeitschriften und Kunstblumen in meinem Lieferwagen mitführte. Doch auch in diesem Raum konnte ich niemanden entdecken – aber irgendjemand musste doch im Haus sein, immerhin standen Autos davor, und die Haustür hatte jemand offen stehen lassen …

Als ich wieder zurück in die Eingangshalle ging, drang leises Gekicher an mein Ohr. Es kam aus dem Raum gegenüber, den ich sofort ansteuerte. Ich öffnete die Tür, die nur angelehnt war, setzte bereits an, gleichzeitig anzuklopfen und mich lächelnd vorzustellen, als mir die Worte im Hals stecken blieben und ich zum Glück im letzten Moment den Fingerknöchel vor dem Holz der Tür bremste.

Am breiten gläsernen Schreibtisch lehnte eine Frau im Businesskostüm. Ihre blonde Mähne fiel ihr in großen Locken über den Rücken, den sie mir zugedreht hatte. Mit beiden Armen stützte sie sich rückwärts an der Tischplatte ab, während sie ihre Beine gespreizt hatte. Ihr Rock war nach oben geschoben, und zwischen ihren Schenkeln kniete ein Mann, der ihr ganz sicher gerade nicht die Schnürsenkel zuband.

Wieder kicherte sie, dann stöhnte sie. »Gott, Travis, eigentlich will ich nicht, dass du aufhörst, aber wir sind gleich nicht mehr allein …«

Travis? Heiliger Bimbam, das musste Travis King, CEO von *KING Estate*, also mein Auftraggeber, sein!

Ich konnte nicht glauben, dass er sich gerade um das »Wohlbefinden« dieser Frau kümmerte, wo ich hier und jetzt einen Termin zum Fotografieren hatte.

Ihre Stimme klang auch nicht, als würde sie *tatsächlich* wollen, dass er damit aufhörte. Um ihren eigentlichen Wunsch noch zu unterstreichen, wühlte sie mit einer Hand durch seine Haare und hielt seinen Kopf an Ort und Stelle.

Tiefes, ersticktes Lachen drang zwischen ihren Schenkeln hervor. Ich war hin- und hergerissen zwischen weiterstarren und Flucht … Diese Situation war verstörend, und trotzdem konnte ich den Blick nicht abwenden.

Als die Frau erneut keuchte und ihren Kopf in den Nacken warf, erwachte ich endlich aus meiner Starre. O Gott, ich konnte nur hoffen, dass sie mich nicht bemerkt hatten!

Schnell drehte ich mich um und verschwand leise zurück in die Eingangshalle. In Gedanken fluchte ich und überlegte, was ich nun am besten machen könnte … Keine Ahnung, wie ich den beiden gleich gegenübertreten sollte, noch dazu, wo der Mann wohl mein Auftraggeber war.

Und wer war die Beglückte? Vielleicht die Eigentümerin dieser Villa, die verkaufen wollte? Oder seine Sekretärin? Seine aktuelle Freundin? Die Marketingtante von *KING Estate*?

Jedenfalls wusste ich jetzt schon, dass es für mich äußerst unangenehm werden würde, sollten sie mich hier entdecken.

Andererseits war es doch völlig egal, was die beiden über mich denken könnten. Immerhin war nicht ich diejenige, die eben auf diesem Tisch saß, mit Travis King zwischen meinen Schenkeln.

Ich schüttelte mich, dann atmete ich tief durch und ging zurück zur Eingangstür. Frischluft würde definitiv nicht schaden, um wieder klare Gedanken zu bekommen.

Kurz darauf stand ich auf dem Treppenabsatz, sog die eisige Chicagoer Luft in meine Lungen und hoffte, mich damit wieder etwas abzukühlen. Dann drehte ich mich um, strich mir meine Haare, die ich zu einem Zopf gebunden hatte, noch einmal glatt und drückte auf den Klingelknopf – etwas, was ich schon beim ersten Mal hätte tun sollen.

Ich setzte ein professionelles Lächeln auf, genau in dem Moment, als die Tür aufgezogen wurde und Travis King mir gegenüberstand. Seine eisblauen Augen brachten mich fast noch mehr aus dem Konzept wie diese Szene, die ich eben unfreiwillig hatte mit ansehen müssen.

Er fuhr sich mit einer Hand durch sein schwarzbraunes Haar und glättete somit die letzten Spuren seines Abenteuers von eben. Das Lächeln, das dabei auf seinen Lippen auftauchte, war … schmutzig. Nach dem, was ich eben beobachten musste, wunderte mich das nicht einmal.

Kurz rückte er seine seidene Krawatte zurecht und musterte mich dabei ungeniert von oben bis unten. Herrgott, wie absolut unprofessionell und unhöflich!

Trotzdem konnte ich mich nicht zurückhalten, ihn ebenso zu betrachten. Sein anthrazitfarbener Anzug war garantiert maßgeschneidert. Die Art, wie sich der edle Stoff an seinen Körper schmiegte, verriet, dass er regelmäßig Sport machen musste.

»Jelena, der Fotograf ist da!«, rief er über seine Schulter.

Vermutlich, damit sie noch Zeit hat, ihr Kostüm wieder in Ordnung zu bringen, dachte ich sarkastisch.

»Sie können schon alles hereinbringen, Jay kann sofort mit der Arbeit beginnen.«

Als wäre damit alles gesagt, drehte er sich ohne ein weiteres Wort wieder um und ließ mich einfach stehen.

»Wer ist Jay?«, rief ich ihm hinterher.

Er stoppte. Mit zusammengekniffenen Augen kam er zurück zur Tür. Ich ärgerte mich, dass meine Knie weich wurden, als er einen Schritt vor mir stehen blieb und auf mich herabsah. Er war mindestens einen Kopf größer als ich. Noch mehr ärgerte ich mich, dass ich am liebsten meine Hand nach ihm ausstrecken wollte, um die bestimmt kräftigen Muskeln unter seinem Hemd zu ertasten …

Verdammt, was war denn jetzt in mich gefahren?

»Moment … Wenn Sie nicht wissen, wer Jay ist, wer sind dann Sie?«, herrschte er mich an.

Er warf einen Blick über meine Schulter auf meinen Lieferwagen mit dem Logo *Crown[Estate]Photographer*. Stirnrunzelnd sah er mir danach wieder in die Augen, und es war, als ob dieser Blick einmal durch mein Gehirn fegen würde. Seine Augen hatten etwas so Intensives an sich, dass ich zu tun hatte, mich nicht völlig fasziniert in diesem Blau zu verlieren.

»Ashley Crown. Ich bin die Fotografin, die von *KING Estate* hierherbestellt worden ist, um dieses Objekt zu fotografieren.«

Ich schaffte es sogar, dabei selbstsicher zu klingen, ihm freundlich lächelnd in die Augen zu sehen, obwohl er ganz deutlich machte, dass er nicht viel davon hielt, dass *ich* vor der Tür stand und nicht dieser *Jay*.

Die Muskeln am Kinn des Mannes zuckten, während er mich mit seinem Blick durchbohrte. »Würden Sie mich bitte einen Moment entschuldigen?«

Und schon hatte er mir die Tür vor der Nase zugeschlagen.

Völlig verblüfft starrte ich auf die dunkelgraue Fläche vor meinem Gesicht, hinter der er wohl jetzt herauszufinden versuchte, was mit seinem Termin mit besagtem Jay passiert war.

»So ein Arschloch!«, zischte ich und konnte mir ein zynisches Schnauben nicht verkneifen.

Gerade wollte ich den Weg zurück zu meinem Wagen antreten – wer wusste schon, wie lange dieser Kerl nun vorhatte, mich vor der Tür warten zu lassen –, als er sie wieder aufriss.

»Tut mir leid, hier liegt ein Irrtum vor. Meine Sekretärin hat mir nicht mitgeteilt, dass *Jay* …«, er betonte den Namen, als sei er für ihn jemand besonders Wichtiges, »… im Krankenhaus liegt und sie stattdessen Ersatz geordert hat. Sie sind also Fotografin?«

»Ja.« Ich stemmte meine Fäuste in die Hüften und hob das Kinn an. Wie mussten denn in seinen Augen Fotografen aussehen, wenn er mich so musterte, als sei gerade das völlig abwegig?

»Und Sie arbeiten allein? Woher weiß ich denn, dass Sie Ihre Sache gut machen?«

»Nur diese Woche, mein Assistent Jacob hat Urlaub. Und wenn ich nicht gut wäre, hätte mich *KING Estate* sicher nicht engagiert. Meine Referenzen können Sie gerne auf meiner Website nachlesen.« Ich drückte ihm eine Visitenkarte in die Hand. »Wenn Sie mich nun entschuldigen würden, ich bin hier, um zu arbeiten, Mister King.«

Als ich seinen Namen sagte, hob er eine Augenbraue, und ein argwöhnisches Lächeln umspielte seinen Mund.

Ganz genau, Mister, ich weiß, wer Sie sind!

Nie und nimmer würde ich mich von diesem arroganten Kerl in die Knie zwingen lassen – was mich sofort wieder daran denken ließ, dass ich ihn vor wenigen Minuten heimlich dabei beobachtet hatte, wie *er* vor dieser Frau kniete. Herrje, diese Erinnerung sollte ich schnellstmöglich wieder aus meinem Gedächtnis löschen.

Ganz automatisch fixierte ich seine Lippen, hinter der sich eine sicherlich geschickte Zunge verbarg. Bestimmt wusste er genau, welche Knöpfe er bei einer Frau drücken musste …

Dass ich meine Augen nicht mehr von seinem Mund lenken konnte, schien ihn zu amüsieren. Das Lächeln, das immer breiter wurde, sagte mir, dass er mehr als überzeugt von sich und seiner Wirkung auf Frauen war.

Zu meinem Entsetzen musste ich gestehen, dass er wirklich attraktiv war. Er sah viel besser aus als auf den Fotos in der Presse, was aber bestimmt auch daran lag, dass seine Augen in natura so eindrucksvoll waren. Und dann die Ausstrahlung, die von Macht, Kontrolle und Dominanz zeugte.

Aber außen hui, innen pfui – das hatte er mir spätestens in dem Moment klargemacht, als er mir die Tür vor der Nase zugeschlagen hatte. Wie er mich angesehen hatte, als ihm bewusst wurde, dass ich diesen Auftrag ausführen würde und nicht die kleine Gehilfin seines Fotografen war, die er um den Finger wickeln und flachlegen konnte.

Und noch einmal zeigte er mir, dass er ein aufgeblasener, arroganter Arsch war, als er eine abfällige Bewegung mit der Hand machte und mich zu meinem Lieferwagen scheuchte.

»Na, dann los. Ich bezahle Sie nicht fürs Rumstehen.«

»Ich würde mir lieber erst von Ihnen zeigen lassen, was genau Sie fotografiert haben wollen, damit ich die richtige Ausrüstung mit ins Haus nehmen kann.«

Dass er Widerspruch nicht gewohnt war, zeigte mir seine Haltung. Wie ein Jaguar kurz vor dem Sprung auf seine Beute stand er vor mir. Seine Nasenflügel bebten, seine Kiefer mahlten aufeinander. Dann schloss er für eine Sekunde die Augen – wohl, um sich zu beruhigen.

»Das ist ein Argument«, sagte er nur.

Er hielt mir die Eingangstür auf und ließ mich endlich wieder zurück in die Wärme.

»Vielleicht sollten Sie sich die Schuhe ausziehen, um nichts schmutzig zu machen. Putzpersonal ist heute keines hier«, sagte er mit einem abfälligen Blick auf meine zugegeben nicht ganz neuen Sneakers. Aber hey, sie waren sauber!

Innerlich verfluchte ich ihn. Ehrlich, ich hatte kein Problem damit, meine Schuhe auszuziehen. Doch es kam immer darauf an, *wie* man mit Leuten umging. Und das konnte Travis King definitiv nicht – zumindest nicht mit jenen, die Arbeiten für ihn erledigen sollten.

Wenn *KING Estate* nicht so ein wichtiger Kunde gewesen wäre, hätte ich ihm spätestens jetzt den Mittelfinger gezeigt und wäre gegangen, denn so eine Behandlung von oben herab hatte ich nicht nötig. Doch ich war auf ihn angewiesen – nicht nur des Geldes wegen, das mir nach diesem Auftrag winken würde, sondern auch, weil ich unbedingt diese Referenz wollte. Also stieg ich aus meinen Schuhen und stellte sie neben der Eingangstür ab. Auf Socken folgte ich dem perfekt durchgestylten Mann durch die Eingangshalle zum Wohnzimmer.

Dort stand die Frau, die er am Schreibtisch beglückt hatte, und jetzt, wo ich sie von vorne sah, erkannte ich sie auch …

»Jelena Petrova kennen Sie vielleicht … oder auch nicht.« Es folgte ein abschätzender Blick von ihm, als ob ich nur Soaps und Werbesendungen ansehen würde – was zumindest zur Hälfte stimmte, aber dass ich gerne Serien sah, sagte noch lange nichts über meinen Bildungsstandard aus.

Jelena Petrova war eines der im Moment begehrtesten Topmodels – mit unglaublich langen Beinen, blonder wallender Mähne und tannengrünen Augen. Dass sie die für ihren Job vollkommenen Maße hatte, verstand sich.

Ihr Gesicht sah aus, als hätte es jemand modelliert, so perfekt wirkte es. Die Designer rissen sich um sie, und es erschien vermutlich keine Modezeitschrift, in der sie nicht mindestens einmal abgebildet war.

Ich schluckte meinen Ärger über seine Bemerkung hinunter und reichte ihr freundlich meine Hand. »Natürlich weiß ich, wer Sie sind. Freut mich, Ihre Bekanntschaft zu machen.«

Das Vergnügen war offensichtlich einseitig – sie erwiderte den Händedruck mit tiefgefrorenem Lächeln. Wahrscheinlich nahm sie es mir übel, dass sie und Travis King unterbrochen worden waren ... Als Konkurrenz konnte sie mich ja nicht betrachten, denn wer konnte schon mit einem Topmodel mithalten?

»Sie wird heute Modell stehen«, sagte Travis King und riss mich aus meinem Augenkampf mit dieser Frau. »Jelena, das ist Ally, die Fotografin.«

»Ashley Crown«, korrigierte ich ihn, ohne dem giftigen Blick dieser Frau auszuweichen.

»Wo willst du mich denn haben, Travis?«, fragte sie dann an ihn gewandt. Dabei legte sie ihre Hand an seine Schulter und schmiegte sich förmlich an ihn.

Herrgott, so eine lächerlich billige Doppeldeutigkeit! Mühsam verkniff ich mir ein Augenrollen – und den Kommentar, dass er sie ja schon auf dem Schreibtisch gehabt hatte. Fast zumindest.

»Ich führe Miss Crown erst noch durch das Haus, dann können wir mit den Aufnahmen beginnen. Wo, das überlasse ich ihr. Mach es dir bis dahin doch auf dem Sofa gemütlich.«

Jelena schien das nicht zu gefallen. Ich war mir sicher, sie wäre gerne mit ihm durch das Haus geschlendert, untergehakt, als würde sie an seine Seite gehören. Dass er sie nun aber ebenfalls behandelte wie jemand, der für ihn arbeitete – und nichts anderes war sie offenbar –, schien ihr übel aufzustoßen. Außerdem stellte es uns auf eine Stufe, und das gefiel ihr mit Sicherheit auch nicht.

Sie warf mir noch einen hochnäsigen Blick zu und tat, was er von ihr verlangt hatte.

Ich eilte Travis King nach, der diesen letzten Blickwechsel von uns nicht mehr mitbekommen hatte.

Er führte mich durch das gesamte Haus und sprach die Besonderheiten der Immobilie an. Seiner Stimme konnte ich deutlich anhören, wie es ihn nervte, mir Dinge erklären zu müssen, die diesem Jay wahrscheinlich bereits alle bekannt waren. Doch ich konnte nichts dafür, dass dieser Fotograf im Krankenhaus lag und ich das Glück hatte, heute für ihn einspringen zu dürfen.

Und trotz seiner miserablen Laune: Das Haus war – abgesehen von der etwas unpersönlichen Einrichtung – ein Traum, und dieser King trug seinen Namen zurecht: Hätte Geld keine Rolle gespielt, hätte ich sofort den Kaufvertrag unterschrieben. Denn ja, er *war* der König der Immobilien, wie die Presse ihn immer nannte, und vermutlich würde er einem Eskimo einen Kühlschrank verkaufen können …

Als wir bei der Führung die Schlafzimmer im oberen Geschoss erreichten, erfasste mich ein Kribbeln zwischen den Beinen, mit dem ich absolut nicht gerechnet hatte. Bilder von ihm und mir zwischen zerwühlten Laken – Travis King zwischen meinen Beinen – huschten durch meinen Kopf und brachten mich völlig aus dem Konzept.

Woher kam das denn plötzlich?

Herrje, ich sollte wirklich dafür sorgen, endlich wieder einmal Sex zu haben! Natürlich nicht mit Travis King, aber diese Gedanken während der Arbeit waren mehr als schlecht für mich. Ich musste mich konzentrieren, und gerade bei einem großen Kunden wie *KING Estate* war es eine absolute Notwendigkeit, einen professionellen Eindruck zu hinterlassen. Immerhin war Travis King einer der Größten hier in Chicago, und wenn ich ihn mit meiner Arbeit überzeugen könnte, wäre die Zukunft meines Unternehmens für lange Zeit gesichert.

»Nun, da Sie jetzt alles gesehen haben und wissen, worauf ich Wert lege, können Sie mit Ihrer Arbeit beginnen«, meinte er. Er hatte die Führung im letzten der Schlafräume beendet, nachdem er mir gezeigt hatte, welche technischen Gimmicks mithilfe der Fernbedienung offenbart werden konnten, wie der in der Decke hinter einem Spiegel eingelassene Fernseher – spannend, man hatte beim Sex die Wahl, sich selbst dabei zuzusehen oder in den Fernseher zu starren –, oder etwa der offene Kamin, welcher ebenfalls wahlweise von einer Wand verdeckt werden konnte.

Da wir gerade noch allein waren, nutzte ich diese Gelegenheit, um die Zusammenarbeit mit Jelena anzusprechen. Ich fand Personen auf Immobilienaufnahmen unpassend – und das musste ich ihm irgendwie klarmachen, ohne ihn vor den Kopf zu stoßen. Es war meine Sicht der Dinge, die auf meinen Erfahrungen und meinem Sinn für Ästhetik basierte, und ich sah es als meine Pflicht, ihm das zu sagen. Immerhin bezahlte er für meine Arbeit, und da wollte ich ihn natürlich mit dem bestmöglichen Ergebnis überzeugen.

»Ich freue mich schon, mit den Aufnahmen zu starten, aber da wäre noch eine Sache, die ich gerne mit Ihnen vorab besprechen würde.«

Sein genervt wirkender Blick sprühte erneut vor Arroganz. Vermutlich gab es in seinem Leben wenig Leute, die nicht sofort taten, was er verlangte …

»Und das wäre?« Er stützte seine Hände in die Seiten, verlagerte das Gewicht auf ein Bein, und obwohl – oder vielleicht gerade weil – er kühl und distanziert wirkte, verspürte ich das drängende Bedürfnis, ihm unbedingt gefallen zu wollen. Und dabei spielte der Auftrag nur eine Nebenrolle.

Ich leckte mir über die Lippen. »Mister King, dieses Haus ist fantastisch. Es brilliert durch so viele außergewöhnliche Details, wie den edlen Böden oder dieser großen Glasfront im Esszimmer und in der Bibliothek. Nicht nur die Bauweise hat ihren Reiz, sondern auch das Interieur ist …«

»Kommen Sie auf den Punkt, Misses Crown.«

Zeit war für ihn offensichtlich wirklich Geld.

»Miss«, korrigierte ich ihn und fuhr dann fort: »Als professionelle Fotografin würde ich Ihnen dazu raten, den Fokus auf das Haus zu lenken und nicht auf ein Model. Immerhin wollen Sie dieses Objekt verkaufen und nicht die Frau darin.«

Ich versuchte es mit einem Lächeln, doch sein eisiger Blick hinderte mich daran.

»Sie wagen es tatsächlich, mir zu widersprechen?«

»Ich gebe nur eine Empfehlung ab, die auf Erfahrung basiert.«

Travis King war kein Mann, der Widerspruch duldete, so viel war klar. Er kam auf mich zu, bis sein Oberkörper fast meinen berührte.

Ich war mir sicher, er wollte mich damit einschüchtern. Mit seinen eisblauen Augen sah er auf mich herab, seinen Mund zu einem widerwärtigen Grinsen verzogen.

»Warum, denken Sie, ist *KING Estate* so erfolgreich, hm? Etwa weil wir auf die Meinung selbst ernannter *Profis* hören? Wie lange fotografieren Sie schon? Drei Jahre?«

Ich schluckte schwer gegen die Worte an, die sich aus meinem Mund zu drängen versuchten. Doch ich wusste, wenn ich sagen würde, was ich dachte, wäre ich diesen Auftrag schneller los, als mir lieb war. Und womöglich könnte ich mir dann auch andere große Immobilienfirmen abschminken – das traute ich diesem Mann durchaus zu.

»Ich denke, dass Sie deshalb so erfolgreich sind, weil Sie nicht an alten Gewohnheiten festhängen, sondern offen sind für Neues«, sagte ich dann. »Und ich bin seit fünf Jahren als Fotografin tätig.«

Dass ich bereits seit meiner Kindheit mit der Kamera in der Hand durchs Leben ging, verschwieg ich, denn das war bestimmt nicht, was er hören wollte.

Travis King beugte sich zu mir herab, eine Hand am Türrahmen hinter mir abgestützt. »Ich wüsste zumindest *eine* neue Sache, die ich gerne probieren würde.« Dann leckte er sich über seine Lippen, die meinen voll im Blick.

Wollte er mich jetzt küssen? Oder was bahnte sich gerade an? Sofort musste ich wieder daran denken, wie er zwischen Jelenas Schenkeln gekniet hatte … Und nein, ich hatte keine Lust darauf, sie auf seinen Lippen zu schmecken! Iiiih! Geschweige denn, mich von ihm küssen zu lassen. Auch wenn ich mir sicher war, dass er ein ausgezeichneter Küsser war … Aber verdammt, er war mein Auftraggeber! Und da verlangte es schon allein der Anstand, Abstand zu wahren.

»Ich kann Ihnen garantieren, dass *diese* eine Sache Sie ins Verderben stürzen kann.«

Wenn meine Worte so bestimmt gewählt waren, warum klang ich dann trotzdem wie ein verunsichertes Mädchen, das versuchte, jemandem eine Lüge aufzutischen?

»Oder aber es macht aus mir ein weiteres Mal einen Gewinner«, konterte er mit einem unverschämten Grinsen. Dass wir uns auf zweideutigem Terrain bewegten, war sicher nicht nur mir bewusst …

Das hätte er gerne! Mit Vergnügen drehte ich den Spieß um – auf diese Vorlage *musste* ich einfach reagieren. »Dann sind wir uns also einig. Kein Model auf den Fotos.«

Frech lächelte ich ihn an und schlüpfte unter seinem Arm hindurch, um endlich wieder tief Luft zu holen. Irgendwas musste mit seinem Parfum sein, denn dieser Duft würde mich bei längerem Einatmen vermutlich dazu bringen, das Höschen für ihn auszuziehen. Das musste sein Trick sein, um bei den Frauen zu landen – sein Charme konnte es jedenfalls nicht sein, denn davon hatte ich nicht wirklich was bemerkt. Doch sein tiefes Lachen, das auf meine Feststellung ertönte, jagte eine ebenso prickelnde Gänsehaut über meinen Rücken.

»Sie lassen nicht so schnell locker, Miss Crown, das gefällt mir.« Er wischte sich über das Kinn. »Wir machen einen Deal: Sie machen die Fotos mit Jelena wie besprochen, denn sie ist für das Shooting heute gebucht, und es war kein Leichtes, dass sie in ihrem vollen Terminkalender Platz für *KING Estate* freischaufeln konnte. Außerdem entsprechen Models auf den Imagefotos unserer aktuellen CI.«

Ich nickte mit zusammengebissenen Zähnen. Gegen das Argument der Corporate Identity von *KING Estate* konnte ich nichts erwidern, obwohl sich mir noch immer die Haare aufstellten, wenn ich daran dachte, gleich mit dieser Frau zusammenarbeiten zu müssen und die Fotos trotzdem nicht so aussehen zu lassen wie die billigen Werbeprospekte von Möbelhäusern.

»Dennoch gestatte ich Ihnen, die Fotos auch auf Ihre Weise zu machen«, fuhr er fort und überraschte mich damit. »Überzeugen mich die Aufnahmen, werde ich Sie für den zusätzlichen Arbeitsaufwand entlohnen.«

»Das bedeutet also im Klartext, wenn sie Ihnen nicht gefallen, bleibe ich auf meiner aufgewendeten Arbeitszeit sitzen. Und sollte Ihnen meine Arbeit zusagen, bedeutet das noch immer nicht, dass Sie die Bilder auch so verwenden.«

»Richtig erkannt.« Sein Grinsen war teuflisch. »Und jetzt machen Sie sich endlich an die Arbeit, bevor ich es mir noch einmal anders überlege.« Dabei klatschte er zweimal in die Hände, als ob ich seine Lakaiin wäre.

Ich schenkte ihm ein letztes aufgesetztes Lächeln, dann drehte ich mich um und ging die Treppen hinab, um endlich meine Ausrüstung aus dem Auto zu holen.

Wenig später hatte ich alles ins Haus geschafft. Die Beleuchtung im Wohnzimmer war aufgebaut, und ich machte die ersten Probeaufnahmen, um das Licht zu prüfen.

Travis King hatte sich mit seinem Laptop ins Büro zurückgezogen mit dem Hinweis, ihn nur bei absoluter Dringlichkeit zu stören. Ich wisse ja jetzt, was er von mir wolle, hatte er noch gemeint, und sein Grinsen unterstrich wieder einmal die Zweideutigkeit, die ich ständig aus seinen Worten und Blicken herauslesen konnte.

Da würde eher die Hölle zufrieren, als dass ich mich in die Liste seiner Eroberungen einreihen würde, so viel war sicher …

Das Model war von seinem Flirt natürlich gar nicht begeistert, und kaum dass wir allein waren, plusterte Jelena Petrova ihr Gefieder auf. »Wenn du denkst, dass du eine Chance bei ihm hast, hast du dich geschnitten, Süße. Ich habe ja keine Ahnung, wie viel du über ihn weißt, aber er steht nicht auf brünette pummelige Frauen wie dich.«

Dann drehte sie sich um und stellte sich wie besprochen zum Bücherregal, zog wahllos eines der Werke heraus und schlug es in der Mitte auf. Sofort nahm sie eine Pose ein, die ihre schlanke Figur noch unterstrich, und senkte den Blick. Ihr Lächeln, das sie dabei auf den Lippen trug, war so falsch wie ihre blonden Haare, da war ich mir sicher.

»Ich habe kein Interesse an Mister King«, sagte ich, als ich ihre Bemerkung über meine Figur halbwegs verdaut hatte. Die Kamera hob ich vor mein Gesicht und drückte ein paarmal auf den Auslöser, um die ersten Fotos auf dem Display zu überprüfen.

Und Jelena war einfach umwerfend auf den Aufnahmen. Ihr Haar glänzte seidig, das Kostüm schmiegte sich wie eine zweite Haut an ihre gertenschlanke Figur, und sie sah aus wie die perfekte Ehe- und Karrierefrau in einer Person. Gebildet, liebevoll, verantwortungsbewusst … Von dem heuchlerischen Grinsen war nichts mehr zu sehen.

Wieder hob ich die Kamera und drückte auf den Auslöser. Diesmal hatte ich den Fokus so ausgerichtet, dass sie nur am Rand des Raumes zu erkennen war. Nun lag das Hauptaugenmerk auf dem Wohnzimmer, sie war nur Dekorationsgegenstand. Genauso musste ich sie sehen.

Zwar hatte mich noch nie eine Blumenvase als pummelig bezeichnet – eigentlich hatte das noch nie jemand zu mir gesagt –, aber die Vorstellung, dass sie einfach ein strohdummes Accessoire war, half mir bei der Arbeit.

Wenn ich ehrlich war, war ich froh, dass ich nicht so dürr war wie Jelena. Ihre Knie traten unnatürlich knöchern hervor, und auch ihre Wangenknochen waren meiner Meinung nach viel zu deutlich zu sehen. Gesund sah definitiv anders aus. Da hatte ich lieber leichte Rundungen, die mir weibliche Züge verliehen, als auszusehen wie ein Teenagermädchen, das zu schnell gewachsen war und womöglich auch noch viel zu wenig aß.

»Schon viele haben behauptet, dass sie an Travis nicht interessiert sind. Doch im Grunde läuft es immer gleich ab: Über kurz oder lang verfallen die Frauen seiner unglaublichen Ausstrahlung und fühlen sich zu ihm hingezogen.«

»Er ist nur mein Auftraggeber«, betonte ich noch einmal. »Ich bin hier, um meinen Job zu erledigen.« Es ärgerte mich, dass ich mich rechtfertigte, obwohl ich das gar nicht musste.

»Süße, mir brauchst du nichts vorzumachen – die Frau muss erst geboren werden, die *nicht* scharf auf Travis King ist. Ich will dich auch nur vorwarnen, dass du dir die Mühe sparen kannst, ihn beeindrucken zu wollen. Du bist definitiv nicht sein Typ.«

Ich ließ die Kamera sinken und sah in ihre Visage, in der sich ein ekelhaftes Grinsen bildete. Wenn ich wieder in meinem Büro war, würde ich ihr zuallererst Teufelshörner an den Kopf retuschieren, so viel war klar. Dann würde ich ihren Kopf ausdrucken und an die Dartscheibe heften.

Jetzt half nur Professionalität. »Wären Sie so freundlich, Miss, sich wieder auf den Job zu konzentrieren? Wenn Sie sich so aufregen, haben Sie ein Doppelkinn, und das sieht nicht schön aus«, konterte ich.

Ihr geschockter Blick sowie ihr schneller Griff zu besagter Stelle waren für mich eine wahre Genugtuung.

KAPITEL 2

King

Frauen … wie ich sie vergötterte! Ihren Duft, der diese besondere süßliche Note hatte, wenn sie erregt waren. Wie ihre Haut errötete, während ich von ihnen kostete. Ihr süßes Seufzen und Stöhnen, das in meinen Ohren schöner klang als Musik. Und dann das Salz auf ihrem erhitzten Körper, vermischt mit dem Geschmack von Rosen, Vanille oder Pfirsich …

Noch war es dunkel in meinem Schlafzimmer, doch der Wecker war unbarmherzig und hatte mich zur gewohnten Zeit aus dem Schlaf geholt. Ein letztes Mal vergrub ich meine Nase tief im zerwühlten Stoff meines Bettes und schwelgte in Erinnerungen der letzten Nacht, die mich sofort wieder steif werden ließen.

Immer noch hing der Geruch von Patty in meinen Laken, die gestern Nacht bei mir gewesen war. Sie war ein hübsches Mädchen Anfang zwanzig, mit rotblondem Haar, prallen Brüsten und langen Beinen. Ich hatte sie vor ein paar Wochen auf dem Tennisplatz kennengelernt. Gestern Abend hatte ich sie zum Essen ausgeführt. Sie war ein angenehmer Zeitvertreib, konnte verdammt gut blasen und hatte, wie es schien, unser Arrangement akzeptiert: Wir fickten, wann ich wollte, wo ich wollte und solange ich wollte. Und sollte ich keine Lust mehr haben, sie zu ficken, würden wir getrennte Wege gehen. Ein Übernachten bei mir gab es prinzipiell nicht, und auch damit hatte sie sich ohne Widerrede abgefunden.

Ich nahm mir von den Frauen, was sie mir bereitwillig anboten, genoss sie so lange, wie sie mir Spaß bereiteten. Denn wenn ich eines nicht ausstehen konnte, dann war es Monotonie. Wenn mich eine zu langweilen begann, gab es mindestens zehn weitere, die ihren Platz einnehmen wollten. Das mochte für manche überheblich klingen, aber so war es nun mal.

Erst vorgestern hatte sich Jelena vor dem Shooting angeboten. Ich wäre verrückt gewesen, hätte ich Nein gesagt. Wir kannten uns seit ein paar Jahren, und immer wenn sie in der Stadt war und es unsere Termine zuließen, trafen wir uns. Der Sex mit ihr lief unkompliziert, sie war diskret und außerdem fast so gelenkig wie Melanie, die Tänzerin, mit der ich ein paar Monate was am Laufen hatte, bis sie mit ihrer Tanztruppe auf Europatournee gegangen war.

Jelena war außerdem eine der wenigen Frauen, mit denen ich mich ab und an auch außerhalb meines Penthouses traf oder mich einfach zum Essen verabredete, ohne sie zu vögeln. Ein Mann wie ich brauchte Frauen wie sie. Sie waren Konstanten in meinem sonst so abwechslungsreichen Leben.

Als ich etwas später an diesem Morgen mein Büro erreichte, kam mir meine Sekretärin Elaine entgegen. Sie arbeitete erst seit ein paar Monaten für mich, und noch war ich mir nicht sicher, ob sie tatsächlich für diesen Job geeignet war. Erst vor zwei Tagen hatte sie vergessen, mich darüber zu informieren, dass Jay den Fotoauftrag nicht übernehmen konnte. So etwas konnte ich partout nicht leiden, immerhin hatte es mich in eine unangenehme Situation vor dieser Ashley Crown gebracht.

»Guten Morgen, Mister King. Entschuldigen Sie, dass ich Sie gleich überfalle, aber Miss Crown, die Fotografin, hat sich gemeldet, um Ihnen die Entwürfe zu präsentieren. Sie würde gerne einen Termin mit Ihnen vereinbaren. Soll sie hierherkommen oder wollen Sie sich auswärts mit ihr treffen?«

Perfekt. Beim Gedanken daran, diese Frau wiederzusehen, musste ich mir über die Lippen lecken.

»Sie soll kommen. Checken Sie meine Termine, zwischen ein und zwei Uhr sollte ich noch Zeit haben.«

»Wird erledigt.« Elaine reichte mir noch ein paar Verträge, die ich unterschreiben sollte.

Kaum in meinem Büro angekommen, sank ich auf meinen Stuhl nieder und schloss die Augen. Ich konnte es kaum erwarten, mit Miss Crown allein in meinem Büro zu sein. Nur diese Vorstellung machte mich schon an.

Seit vorgestern spukte sie in meinem Kopf herum. Sie hatte mich fasziniert, auch wenn ich anfangs mehr als genervt von ihr gewesen war. Jay fotografierte seit Jahren für *KING Estate*, er kannte unsere Richtlinien, unsere Wünsche. Ihr hingegen hatte ich alles erklären müssen, nur um dann zu hören, dass sie unser Konzept nicht gut fand.

Noch nie hatte sich jemand meinen Anweisungen widersetzt – weder in beruflicher noch in privater Hinsicht. Damien ausgenommen. Natürlich hatte ich es leicht, denn mein Vater hatte dieses Imperium erschaffen, und dafür war ich ihm dankbar. Und als ich nach seinem Tod vor drei Jahren *KING Estate* übernahm, wagte keiner der Angestellten, meine Anweisungen infrage zu stellen. Es war für alle immer schon klar gewesen, dass das zu geschehen hatte, was ein King befahl. Wenn ich zu jemandem sagen würde, er solle springen, wurde höchstens gefragt, wie hoch. Niemand würde sagen, dass er lieber eine Runde laufen würde!

Nicht so Ashley Crown.

Aber gerade das gefiel mir an ihr. Sie hatte eigene Vorstellungen und scheute sich auch nicht davor, diese zu vertreten, obwohl sie sich sicher Folgeaufträge erhoffte. Sie war kein Jasager. Ashley Crown war tough, und das machte mich neugierig auf sie.

Die Zeit bis zu unserem Termin schien sich endlos zu ziehen. Immer wieder schweifte ich mit den Gedanken ab, fragte mich, ob sie wie am Dienstag auch heute in engen Röhrenjeans aufkreuzen würde, die ihren runden Hintern in Szene setzten und ihre langen Beine betonten. Sie war eine der wenigen Frauen, die ich kannte, die in Jeans sexy aussahen … mal abgesehen davon, dass ich kaum Frauen kannte, die diesen Freizeitlook trugen. Schon gar nicht bei der Arbeit. Ashley Crown war also in mehrfacher Hinsicht anders als die Frauen, mit denen ich sonst zu tun hatte …

Als Elaine um Punkt ein Uhr Miss Crowns Anwesenheit ankündigte, sprang ich sofort auf. Ich rückte die Krawatte zurecht und hatte bereits den halben Weg zurückgelegt, als meine Sekretärin ihr die Tür öffnete und sie eintreten ließ.

»Miss Crown.«

Sie sah umwerfend aus. Atemberaubend. Sofort streckte ich ihr meine Hand entgegen, um sie zu begrüßen.

Meine Sekretärin schloss die Tür wieder, und kaum dass sie mein Büro verlassen hatte, verdunkelte ich die Lamellen zum Flur.

»Mister King.«

Ashley Crown nahm die Laptoptasche von ihrer Schulter und stellte sie auf den Boden. Zu gerne hätte ich ein Lächeln auf ihren Lippen gesehen, das über die normale Freundlichkeit hinausging. Doch ich konnte nichts in ihrem Blick erkennen, das mir sagte, was sie über mich oder über unser Wiedersehen dachte.

Entgegen meiner Erwartungen trug Ashley Crown heute einen schwarzen Bleistiftrock. Ihre High Heels in Gelb passten zur gleichfarbigen Bluse, die dezent ihren hellen Spitzen-BH durchscheinen ließ. Ihre brünetten Haare hatte sie wie bereits das letzte Mal zu einem Pferdeschwanz hochgebunden, was ihren schlanken Hals entblößte. Instinktiv leckte ich mir über die Lippen, versuchte, mich zu konzentrieren, ehe die Fantasie vollends mit mir durchging.

»Freut mich, Sie wiederzusehen, Miss Crown.«

»Vielen Dank, dass Sie sich Zeit nehmen, einen Blick auf meine Arbeit zu werfen, Mister King. Ich würde gerne die Aufnahmen besprechen und mit Ihnen gemeinsam eine Auswahl treffen. Danach benötige ich je nach Menge der von Ihnen gewünschten Fotos noch zwei bis fünf Arbeitstage, um die Bilder zu bearbeiten.«

Ich deutete wortlos auf meinen Besprechungstisch. Miss Crown nickte und stellte ihren Laptop ab. Mit etwas Abstand beobachtete ich sie dabei und überlegte noch kurz, ob ich sie auf den Beamer hinweisen sollte, über den sie mir ihre Fotografien an der Wand präsentieren könnte. Doch dann entschied ich mich dazu, nichts dergleichen zu erwähnen. Ich bevorzugte es, mich neben sie zu setzen und ihre Nähe vollends auszukosten.

Natürlich war ich auf ihre Arbeit neugierig. Inzwischen hatte ich mir ihre Website angesehen, und die Fotos, die sie dort als Referenzen präsentierte, waren nicht schlecht. Aber das hieß natürlich nichts. Diese fünfzehn Werke waren womöglich in den letzten fünf Jahren entstanden. Wenn es die fünfzehn besten waren, musste der Rest noch lange nicht vergleichbar gut sein …

Nun war der Moment der Wahrheit gekommen – ob ich sie erneut beauftragen würde, falls Jay sich noch länger nicht erholen sollte, oder ob ich mich nach einem Ersatz umsehen musste. Der arme Kerl war nach einem Bandscheibenvorfall operiert worden und war wohl erst mal für ein paar Wochen außer Gefecht gesetzt.

»Möchten Sie etwas trinken, Miss Crown?«

Sie sah mich mit ihren braunen Augen an und schüttelte dann den Kopf, dass der Pferdeschwanz ihren Nacken streichelte. »Vielen Dank, nein.«

Ich drückte den Knopf der Gegensprechanlage. »Elaine, wir möchten jetzt nicht gestört werden.« Dann setzte ich mich direkt neben sie. »Bitte, Miss Crown, beginnen Sie mit Ihrer Präsentation.« Wie zufällig rückte ich so nahe an sie ran, dass sich unsere Arme und Beine fast berührten.

Verwirrt über diese unerwartete Nähe blinzelte sie mich an, dann nickte sie und fand wohl zur gewohnten Souveränität zurück. »Gerne, Mister King. Ich habe mir erlaubt, eine Vorauswahl an Fotos zu treffen. Zuerst werde ich Ihnen die Aufnahmen zeigen, die ich nach Ihren Vorgaben gemacht habe.«

Sie öffnete einen Ordner, und eine Slideshow begann. Dass sie tatsächlich eine ausgezeichnete Fotografin war, wurde mir auf den ersten Blick klar. Das Licht war perfekt gesetzt, die Möbelstücke so arrangiert, dass jedes einzelne Bild überzeugend wirkte. So, wie wir es bei *KING Estate* gewohnt waren. Und Jelena hatte ebenfalls großartige Arbeit geleistet. Sie fügte sich in die Räume ein, als würde sie in diesem Objekt leben, als wäre es ihr Zuhause.

Hin und wieder machte Miss Crown Anmerkungen, inwiefern sie das Foto noch bearbeiten würde. Bei manchen hatte sie bereits mit der Bearbeitung begonnen und mir diese im Vergleich zu den Originalaufnahmen gegenübergestellt.

»Ich muss sagen, ich bin beeindruckt«, gestand ich, als sie mit der Präsentation fertig war.

»Danke, Mister King. Das bedeutet mir sehr viel.«

Endlich erschien ein Hauch eines Lächelns auf ihren Lippen.

»Das sollten Sie öfter tun«, bemerkte ich.

»Was?«

»Lächeln. Ich mag es, wie Ihre Augen dabei strahlen.«

Wie erwartet hoben sich erneut ihre Mundwinkel. Meinem Blick hielt sie stand, sagte aber nichts darauf. Stattdessen öffnete sie den nächsten Ordner, unter dem »Ash_work_KING« stand. Dabei musste es sich um »ihre« eigenen Ansichten handeln.

»Ash?«, fragte ich interessiert.

»Mein Spitzname.«

»Er gefällt mir«, bemerkte ich und beugte mich dabei etwas näher zu ihr. Ich sog ihr Parfum ein, ein Aroma, das ich so schnell nicht vergessen würde. Es passte perfekt zu ihr – kraftvoll mit viel Durchsetzungsvermögen. Genauso war Ashley Crown. Ihr pudrig-orientalischer Geruch schwebte zwischen uns, und in den Hauch von Vanille mischte sich ein zarter Rosenduft. Ich malte mir aus, wie sich dieses Bouquet auf ihrer heißen Haut entwickeln würde, vermischt mit dem Duft ihrer Erregung.

Ihre Wangen färbten sich zartrosa, als ich mit meinem Oberschenkel an ihren stieß, aber ich brauchte mehr von ihr. Am liebsten hätte ich mit meinen Fingern ihre weiche Haut erkundet, doch das war nicht möglich. Noch nicht …

Denn schon bei dieser flüchtigen Berührung rückte sie sofort ein kleines Stück von mir ab.

»Nun möchte ich Ihnen noch zeigen, mit welchen Augen ich diese Immobilie gesehen habe«, sagte sie nach einem Räuspern und lenkte meine Aufmerksamkeit wieder auf ihren Ordner auf dem Laptop zurück.

»Ich kann es kaum erwarten«, gestand ich mit heiserer Stimme und meinte damit nicht ausschließlich ihre Fotos.

Sie startete die Diashow. Und wenn ich zunächst noch dachte, dass mir die ersten Aufnahmen gefallen hatten, so stellten diese nun alles Bisherige in den Schatten. Mit angehaltenem Atem sah ich mir die Fotos an, die nach und nach vor meinen Augen vorbeizogen. Wie schon zuvor machte sie ab und an Anmerkungen. Ich war mir sehr wohl darüber bewusst, dass sie diese Bilder bereits bearbeitet hatte. Doch sie waren vermutlich auch im Urzustand um Welten besser als jene mit Jelena.

Ich hatte keine Ahnung, wie sie es schaffte, mich so sehr zu überzeugen. Die Lichtverhältnisse waren anders, die Aufnahmewinkel ebenfalls. Doch jeder Raum hatte eine so große Tiefenwirkung, machte den Anschein, als wäre er tatsächlich so groß wie in Wirklichkeit und nicht so verzerrt wie bei all den normalen Fotos.

Als die Slideshow zu Ende war, sah sie mich abwartend an. Noch hatte ich mich nicht dazu geäußert. Ich wusste, sie konnte es nicht erwarten, meine Meinung zu ihren Aufnahmen zu hören – immerhin hing viel von meinem Urteil ab –, doch ich konnte nicht anders, als ihren sinnlichen Mund zu fixieren. Ich stellte mir vor, wie sich ihre vollen Lippen um meinen Schwanz legten oder wie diese bebten, wenn ich Ashley Crown fickte und sie dabei meinen Namen rief.

»Sie können sich natürlich noch Zeit lassen, wenn Sie diese brauchen, um sich festzulegen. Natürlich müssen Sie noch nicht sofort eine Entscheidung treffen …«

»Hat Ihnen schon einmal jemand gesagt, dass Sie absolut aufregende Lippen haben?«, unterbrach ich sie und brachte sie damit aus dem Konzept.

Sie zitterte, ganz leicht nur. Ich wusste, sie war aufgeregt und konnte es kaum erwarten, eine Entscheidung von mir zu hören. Doch mir gefiel es, sie zappeln zu sehen. Sie auf die Folter zu spannen und sie somit in der Hand zu haben. Ich liebte es schon immer, Macht über Frauen zu haben, und bei ihr bereitete es mir ganz besondere Freude. Weil Ashley Crown auf mich wie eine Frau wirkte, die gerne selbst alles in der Hand hatte – oder zumindest dachte, dass es so wäre –, und diesen Gefallen wollte ich ihr nicht tun. Zumindest noch nicht, und wenn, dann auch nur in jenen Bereichen, die ich ihr zugestand.

Sie atmete tief ein, stand auf, klappte ihren Laptop zu und reichte mir eine kleine Mappe. »Darin finden Sie sämtliche Fotos, die ich Ihnen heute gezeigt habe. Ich lasse sie Ihnen da, falls Sie sie noch einmal durchsehen wollen. Wenn Sie noch Änderungen wünschen, sagen Sie mir bitte Bescheid. Ansonsten wissen Sie, wie Sie mich erreichen können.« Sie zeigte auf ihre Visitenkarte, die sie vorne in die Mappe eingeklemmt hatte. »Mit der Arbeit an den Fotos warte ich, bis Sie mir mitgeteilt haben, für welche Version Sie sich entschieden haben.«

Damit packte sie ihre Sachen zusammen, stand auf und streckte mir die Hand entgegen.

Gottverdammt, sie war unglaublich! Mit welcher Entschlossenheit und Stärke sie vor mir stand und nach außen hin so professionell wirkte. Doch ich hatte sie durchschaut. Ich kannte Menschen in Verhandlungen, ihre Reaktionen dabei. Und sei es nur das kleinste Beben, ein Blick in die falsche Richtung, die sie und ihre Unsicherheiten verrieten.

Ashley Crown war gut, aber mich konnte sie damit nicht täuschen.

Ich erhob mich ebenfalls und griff nach ihrer Hand, hatte jedoch nicht vor, diese so schnell wieder loszulassen. Ich wollte sie noch viel länger bei mir haben – und das nicht nur heute. Ich wollte sie beherrschen, wollte, dass sie sich unter mir wand. Nicht nur bildlich gesprochen.

»Gehen Sie mit mir essen.«

»Ist das eine Frage nach einem … Date?« Sie hob ihre linke Augenbraue und sah mich skeptisch an.

»Das war lediglich eine Information, damit Sie wissen, wie Sie sich kleiden sollen. Aber wenn Sie es Date nennen wollen …« Grinsend wartete ich auf ihre Antwort.

»Vielen Dank, aber ich habe kein Interesse.«

»An mir oder an einem Essen?«, fragte ich, jetzt doch verblüfft.

Dass mir jemand eine Abfuhr erteilte, war etwas Ungewöhnliches. Wenn ich so recht darüber nachdachte, konnte ich mich nicht daran erinnern, dass mir je eine Frau begegnet war, die Nein zu mir gesagt hatte. Und ehrlich gesagt war ich doch überzeugt, sie würde zusagen – immerhin konnte ich erkennen, wie sehnlichst sie sich eine Entscheidung *für* ihre Aufnahmen wünschte. Ich kannte genügend Frauen, die alles dafür tun würden, damit ich mich für sie entschied.

Aber Ashley Crown war anders …

»Daran, mich in die Reihe Ihrer Eroberungen einzureihen«, beantwortete sie mit ruhiger Stimme meine Frage und versetzte mir damit einen weiteren Schlag in die Magengrube.

Okay, natürlich war das ein Argument. Aber nicht zwingend eines, das ich auch akzeptieren musste. Sie versuchte, ihre Hand aus meiner zu ziehen, doch noch ließ ich sie nicht gehen. Sanft, aber bestimmt hielt ich sie weiter fest und sah ihr dabei tief in die Augen.

»Sind Sie denn in einer Beziehung?«, hakte ich nach. Denn dass man sich bei Frauen, die in einer Partnerschaft waren, die Zähne ausbeißen konnte, war mir bekannt. Abgesehen davon, dass man Gefahr lief, sich mit dem Mann an ihrer Seite anzulegen.

»Sie sind nicht mein Typ«, erwiderte sie mit festem Blick.

»Tatsächlich nicht?«

Ruckartig zog ich sie an mich, bis unsere Handrücken den jeweils anderen berührten. Dass ich sie nervös machte, merkte ich an der Art, wie sie einatmete. Doch es lag keine Angst in ihren Augen, sondern eher … Erregung?

Das waren ja ganz interessante neue Erkenntnisse.

»Ich hatte schon den Eindruck, dass ich Ihnen gefalle«, sagte ich und konnte kaum ihre Reaktion darauf erwarten, jetzt, wo ich sie durchschaut hatte.

Sie schluckte. Die Gänsehaut, die sie fast unmerklich schüttelte, entging mir nicht. Aufgeregt leckte sie sich über die Lippen. Ich sah, dass ihr die Argumente auszugehen schienen.

»Außerdem bin ich nicht Ihr Beuteschema, also sparen Sie sich die Mühe und das Geld, Mister King«, versuchte sie es mit dünner Stimme.

Dann schulterte sie ihre Laptoptasche mit der freien Hand. »Wenn Sie mich nun bitte gehen lassen …« Sie blickte hinab auf meine Hand, die immer noch ihre festhielt.

Alles klar, sie bevorzugte die Flucht.

Zu gerne hätte ich sie noch länger in meinem Revier behalten, doch ich wollte es nicht übertreiben. Nicht, dass ich sie so einschüchterte, dass sie noch mehr Abstand suchte.

Ich beugte mich zu ihrem Ohr hinab, auch um ein letztes Mal ihren unglaublichen Duft einzuatmen. »Glauben Sie mir, Sie fallen absolut in mein Beuteschema. Vielleicht ahnen Sie nicht, welche Wirkung Sie auf mich haben. Eines kann ich Ihnen versprechen: Würden Sie mir eine Chance geben, das zu beweisen, würden Sie es nicht bereuen.«

»Sie meinen etwa, so, wie Sie Jelena Petrova von sich überzeugt haben?«

Sie sah mich frech und intensiv an, doch das Lächeln blieb wieder aus. Stattdessen wartete sie angespannt auf eine Antwort von mir.

Hatte sie uns etwa vor dem Shooting beobachtet? Aber … wie konnte das möglich sein? Oder hörte ich nun zweideutige Dinge aus ihren Worten, die dort gar nicht waren?

Ich stellte sie auf die Probe.

»Sie hätten gerne mit ihr den Platz getauscht, hab ich recht, Miss Crown?«

Strike!

Sie wurde rot, wich meinem Blick aus und holte Luft, ohne ein Wort zu sagen.

Ich genoss ihre Hilflosigkeit, überlegte aber gleichzeitig, wie es passieren konnte, dass sie uns tatsächlich gesehen hatte. Das hätte nicht passieren dürfen! Hatte sie uns etwa durch das Fenster beobachtet? Doch das war zur Rückseite des Hauses ausgerichtet. Sie hätte schon rund um das Haus schleichen und durch jedes Fenster einen Blick werfen müssen. Mit einer Leiter …

»Ganz sicher nicht, Mister King«, antwortete sie dann leise.

Sie wusste, wir sprachen von ein und derselben Sache! Sie reckte den Kopf nach oben, dann zog sie ein letztes Mal ihre Hand zurück, und diesmal ließ ich sie gehen.

Und ich wusste genau: Sie log! Ein triumphierendes Lächeln stahl sich auf meine Lippen. »Falls Sie es sich anders überlegen, ich hätte morgen Abend Zeit«, rief ich ihr hinterher.

»Ich aber nicht«, gab sie schnippisch zurück und drückte die Bürotür auf. »Auf Wiedersehen, Mister King.«

Die Tür fiel ins Schloss, während ich meine Hände in die Taschen meines Anzugs schob. Diese Frau war weit mehr als mein Beuteschema. Sie war eine wahre Herausforderung, und es gab nichts, was ich mehr liebte, als derartig harte Nüsse zu knacken.

* * *

Wenn es etwas gab, das uns King-Männer verband, dann war es unsere Liebe zu Frauen. Oder besser gesagt der Sex mit ihnen. Bestenfalls mit vielen verschiedenen. Nicht zwingend zur selben Zeit, aber nie lange mit der gleichen. Mein Bruder Damien stand mir in nichts nach. Wir beide hatten diese Eigenschaft von unserem Vater geerbt, der in den Armen seiner elften Ehefrau starb – seine unzähligen Affären nicht mit eingerechnet.

Damien und ich hatten uns – wie wir es gelegentlich machten – im *V*, »unserem« Club, verabredet. Seit unser Vater nicht mehr lebte, war das unsere Art des Familientreffens. Das Haus, in dem wir aufgewachsen waren, hatte mein Vater an seine letzte Frau vererbt. Rhonda war gute fünfzehn Jahre jünger als er. Damien und ich hatten nie ein gutes Verhältnis zu ihr gehabt. Eigentlich zu keiner der vielen Frauen, die nach unserer Mutter folgten, aber seit dem Tod unseres Vaters konnten wir Rhonda noch weniger leiden, da sie nun in dem Haus saß, das all unsere Kindheitserlebnisse und Erinnerungen an unsere Mutter beherbergte.

»Denkst du manchmal an Mom?«, fragte ich Damien, der an der Fensterfront des Separees mit Blick auf die Tanzfläche unter uns stand. Hier oben feierten wir regelmäßig ungestört Partys oder betranken uns einfach sinnlos bei guter Musik.

»Wie kommst du denn jetzt darauf?«

Er hob fragend eine Augenbraue und schwenkte sein Glas mit der goldenen Flüssigkeit.

Er hatte sich schon immer nach außen hin kühl gegeben, was den Tod unserer Mutter betraf. Vaters Ableben hatte ihn da schon mehr berührt, aber er war auch unser letzter lebender Verwandter gewesen.

Als unsere Mutter den Kampf gegen den Krebs verloren hatte, waren wir noch Kinder. Die Krankheit kam schnell und heftig, und wir hatten gerade mal ein paar Monate von der Diagnose bis zu ihrem Tod – viel zu kurz, um sich zu verabschieden oder überhaupt zu verarbeiten, dass wir unsere Mutter verlieren würden. Viel zu wenig Zeit für zwei kleine Jungs, um in der großen Welt alles zu lernen, was wichtig für uns war und was nur Mütter ihren Söhnen beibringen konnten … Vielleicht waren wir auch deswegen bindungsunfähig. Weil wir nie wirklich gelernt hatten, was es bedeutet, zu lieben und für jemanden zu sorgen.

Nicht, dass Vater seinen Job nicht gemacht hätte. Aber er war zu sehr mit dem Führen von *KING Estate* beschäftigt, als dass er nebenbei noch für uns Jungs hätte da sein können. Stattdessen dachte er wahrscheinlich, er müsse einen Muttersersatz finden. Anders konnte ich mir die zehn weiteren Ehefrauen nicht erklären – die wir eine nach der anderen vergrämt hatten.

»Vermisst du sie?«, fragte ich und sah meinen Bruder eindringlich an.

»Manchmal. Worauf willst du hinaus?«

»Denkst du nicht, dass sie sich gewünscht hätte, du würdest anders mit Dads Geld umgehen?«

»Verdammt, ich wusste, dass du wieder damit anfängst!« Aufgebracht drückte er sich von der Glasscheibe weg, die die Lautstärke der Musik aus dem Club fast vollständig dämpfte. »Kannst du nicht endlich aufhören mit dem Scheiß? Ich kann meine Kohle so verpuffen, wie ich es für richtig halte. Und wenn ich alles versaufen würde, könnte es dir auch egal sein. Du hast das Unternehmen geerbt – ich wollte *KING Estate* nie haben. Also sind wir alle glücklich und zufrieden, oder? Ich kann mich voll und ganz der Musik widmen, und wenn ich vorhabe, damit Karriere zu machen und alles auf eine Karte zu setzen, dann werde ich das auch tun.« Damien fuhr sich mit seinen Fingern durch seine braune Föhnfrisur, bevor er über seinen Vollbart strich.

Seufzend sah ich meinem um zwei Jahre jüngeren Bruder zu, wie er das Glas in einem Zug leerte und sich aus der Whiskyflasche nachschenkte. Dabei grinste er mich provokant an und trank erneut einen großen Schluck.

»Ich bin weder deine Mutter noch dein Vater. Ich bin dein Bruder, aber trotzdem darf ich wohl Bedenken bezüglich deiner Zukunftspläne äußern, oder? Ich mache mir Sorgen um dich.«

Er rollte mit den Augen und drehte mir wieder den Rücken zu. Mit einer Hand stützte er sich an der Glasfläche ab und starrte auf die wogende Menschenmasse unter uns.

Gedankenverloren studierte ich seine Tattoos, die seine Arme zierten.

»Du sorgst dich nicht um mich, Travis. Du sorgst dich um Dads Kohle und um deinen Ruf, der ebenfalls leidet, wenn ich mich danebenbenehme. Ich weiß gar nicht, was du hast. Nur weil ich mein Studium abgebrochen habe, um mich ganz der Musik zu widmen … Ich will Rockmusiker werden und kein Drogendealer!«

»Brems dich einfach ein wenig ein, das ist alles, was ich sagen will.« Mehr war zwecklos, er würde alles abblocken.

»Schon klar. Also Sex mit Nutten nur mit Kondom.«

Ich wusste, er zog mich auf. Zumindest hoffte ich es …

»Falls du einen Teil deines Erbes investieren willst, sag Bescheid. Ich kann dir helfen …«

»Verdammt, Travis, ich brauche deine Hilfe nicht!«

Er schrie mich an und trat gegen die Verkleidung der Bar, sein Gesicht war dabei wutverzerrt. Dann warf er einen Blick auf seine Rolex, die er von Vater zum Highschoolabschluss bekommen hatte, und grinste plötzlich verheißungsvoll, als hätten wir uns eben ganz normal unterhalten.

Dieser Mann war schlimmer als eine Frau mit PMS.

»Apropos Nutten … Es ist Zeit für Spaß.« Mit diesen Worten öffnete er die Tür nach draußen.

Sofort drang laut die dröhnende Musik herein – und zwei Mädchen Anfang zwanzig betraten den Raum, eine hübscher als die andere. Sie trugen verboten kurze Kleider mit tiefen Ausschnitten, dazu High Heels, die die Länge ihrer Beine ins Unendliche zogen. Ihre Haare fielen ihnen in dicken Locken über die Schultern. Beiden steckte Damien einen Umschlag zu – die Vorauszahlung für ihre Dienste.

Ich rollte mit den Augen. Auf Nutten hatte ich keinen Bock, doch noch weniger Lust hatte ich auf einen weiteren Streit mit meinem Bruder.

Die Blondine schmiegte sich an Damien, der seinen Arm um ihre Taille legte und sie sofort zu küssen begann, während die Brünette zu mir kam und sich auf meinen Schoß setzte.

»Hi, ich bin Terry. Lass uns Spaß haben«, schnurrte sie wie ein Kätzchen und streichelte von meiner Wange über meinen Hals zu den Knöpfen meines Hemdes, die sie sofort zu öffnen begann.

Ich warf Damien einen tödlichen Blick zu – er wusste, wie sehr ich gegen so was war. Immerhin hatte ich noch nie für eine Frau bezahlen müssen. Wozu auch, wenn sie Schlange standen und ich nur zugreifen musste? Doch mein Ärger prallte an ihm ab. Er war zu sehr mit dem Mädchen in seinen Armen beschäftigt.

Terry küsste sich über mein Kinn zu meinem Mund hoch, doch ich war nicht in Stimmung. Dabei spielte es keine Rolle, dass sie nicht blond war wie mein übliches Beuteschema. Denn die einzige Frau, die ich jetzt hier haben wollte, war Ashley Crown. Nicht ausschließlich, weil sie mich *nicht* wollte, sondern auch, weil sie mich faszinierte wie selten eine Frau zuvor. Weil sie mir seit unserer ersten Begegnung nicht mehr aus dem Kopf ging. Noch weniger seit gestern, als sie in meinem Büro gewesen war. Als ich das leise Zittern in ihrer Stimme gehört und ihre Wangen gesehen hatte, die sie durch ihre Färbung verraten hatten. Sie wollte mich genauso wie ich sie – dessen war ich mir sicher. Auch wenn sie sich das vielleicht noch nicht eingestehen wollte. Ich hatte mich noch immer nicht bei ihr wegen der Aufnahmen gemeldet. Ich wollte dieses Spiel bis zum Äußersten ausreizen.

»Was ist los? Willst du nicht, dass ich dich küsse? Findest du mich nicht attraktiv?«, fragte Terry und streichelte dabei über meinen Schwanz, der lügen zwecklos machte.

Ich wäre lieber woanders, wollte ich gerade sagen, doch Damien sah zu mir und rief: »Stell dich nicht so an, Travis. Wenn ich mein Geld schon für dich ausgebe, solltest du es dankend annehmen.«

Das Geld spielte keine Rolle. Ich wusste, dass ihm die paar tausend Dollar genauso egal waren wie mir – sie würden in seiner Geldtasche ebenso wenig fehlen wie in meiner.

»Tut mir leid, aber ich … kann nicht.«

Ich schob Terry von mir und stand auf. Dann ging ich zur Bar und schenkte mir ein Glas ein. Damien tauchte neben mir auf.

»Verdammt, was ist los mit dir? Legt der Stress in der Firma deinen Schwanz lahm?«

Ich schmunzelte und leerte mein Glas in einem Zug. »Du weißt, dass das so schnell nicht passieren wird. Dafür liebe ich meine Arbeit zu sehr.«

»Was ist es dann?«

Er betrachtete mich durch zusammengekniffene Augen. Ich hasste es, wenn er versuchte, in mein Inneres zu sehen, also wich ich seinem Blick aus.

»Fuck! Du bist verknallt, hab ich recht?«

Nun lachte ich kehlig. »Da holen eher die Bulls den Titel, als dass so was passiert.«

»Scheiße, bin ich erleichtert. Ich dachte wirklich, dass … Moment. Was ist dann der Grund? Willst du tauschen? Du bist nicht scharf auf Brünette … Sorry, hab ich vergessen.«

Sein Grinsen verriet mir, dass er log, aber das war mir egal. Sollte er ruhig die Blondine behalten …

Ich sah zu den beiden Frauen, die wenige Meter von uns entfernt standen und so taten, als würden sie nicht zuhören. Tatsächlich lag Damien mit seiner Vermutung absolut daneben. Nur dass die Brünette, auf die ich zurzeit so was von stand, nicht hier war …

»Da ist diese Frau …«, begann ich, da er sowieso keine Ruhe geben würde, ehe ich ihm nicht eine halbwegs plausible Antwort gegeben hatte.

»Also doch!«, rief er aus und lachte grunzend.

»Zwischen uns läuft nichts, sie macht die neuen Aufnahmen für *KING Estate.*«

»Und obwohl nichts zwischen euch läuft, willst du sie ficken. Hat sie dich abblitzen lassen?«, schlussfolgerte Damien.

Ich schenkte mir noch mehr Whisky ein, statt ihm zu antworten.

»Fuck! Dass ich das noch erleben darf!« Er lachte laut und klopfte mir auf die Schulter, sodass ich mein Getränk fast verschüttete. »Mein ›Ich bekomme sie alle‹-Bruder konnte zum ersten Mal nicht bei der Frau seiner Wahl landen. Umso mehr ein Grund, hier jetzt nicht Nein zu sagen. Ist sie blond?«, fragte er dann mit in Falten gelegter Stirn.

»Brünett.«

»Alles klar, dann behalte Terry und stell dir vor, sie ist deine Fotografin.«

Vielleicht hatte er recht. Ich meine, nur weil Ashley Crown mich einmal hatte abblitzen lassen, hieß das noch nicht, dass ich jetzt im Zölibat leben musste. Und wenn ich es mir recht überlegte, wollte ich das auch gar nicht.

Ich nickte, stellte das Glas auf den Tresen und ging zurück zu diesem Mädchen, das noch immer neben dem breiten Ledersessel stand und auf mich wartete.

»Na also«, hörte ich Damien zufrieden sagen und sah im Augenwinkel, wie er auf seine Blondine zu tanzte, die ihn mit sexy Bewegungen lockte.

»Wo waren wir stehen geblieben?«, hauchte Terry an meinem Ohr und biss sanft hinein. Dann drückte sie mich zurück in den Ledersessel und begann, für mich zu tanzen. Sie ließ ihre Hüften kreisen, bis ich sehen konnte, dass sie unter ihrem Kleidchen keinen Slip trug.

Sex hatte noch immer geholfen, wenn der Kopf voll war. Wenn es bei beruflichen Belangen funktioniert hatte, würde es bestimmt auch jetzt klappen. Und im Notfall würde ich einfach die Augen schließen und die Frau auf mir in meinem Kopf durch Ashley Crown ersetzen …

KAPITEL 3

Crown

»Erzähl endlich, wie war es?« Madison drehte mit einer schnellen Handbewegung ihre langen blonden Haare zu einem lockeren Knoten zusammen, der sich sofort wieder auf ihrem Rücken löste. Sie zupfte kurz an ihrem Top, das ihrer perfekten Figur schmeichelte, und schlug ihre langen Beine übereinander. Dann rutschte sie unruhig auf meinem Sofa hin und her und rieb an ihrem linken Ohrläppchen, während ich uns Rotwein einschenkte. »Travis King war also bei dem Fototermin anwesend … Ist er tatsächlich so rattenscharf wie auf den Fotos?«

Ich hatte zwar seit Dienstag kurz mit meiner Cousine getextet, doch es war zwischendurch immer so stressig gewesen, dass wir uns für heute Abend verabredet hatten, um das Wochenende einzuläuten. Dass sie die Gelegenheit nutzen würde, um von mir auf den neuesten Stand gebracht zu werden, war klar.

»Hm«, machte ich und wiegte den Kopf hin und her. »Er sieht ganz … okay aus.«

Enttäuscht sackte Madison zusammen. »Also doch Photoshop. Verdammt, ich wusste es.«

»Nein, Photoshop ist nicht der Grund. Aber ich sagte ja schon, dass er nicht wirklich mein Typ ist.«

Meine Finger hatte ich hinter meinem Rücken gekreuzt. Sie musste ja nicht gleich wissen, dass ich ihn zwar recht unsympathisch, aber trotzdem sehr heiß gefunden hatte.

Madisons Gesichtsfarbe wurde rosig. Sie betrachtete einen Moment ihre sorgfältig manikürten schlanken Hände.

»Dann kannst du mich ihm ja vorstellen. Immerhin bin ich genau sein Typ.«

Sie fuhr sich durch ihre lange Mähne und zwinkerte mir zu. Ja, sie hatte recht – laut Fotos im Internet entsprach sie genau Travis Kings üblichem Beuteschema: blond, superschlank, und zudem hatte sie ein außergewöhnlich hübsches Gesicht mit einer süßen Stupsnase.

»Eher sterbe ich, bevor ich dich diesem Arsch vorstelle. Das könnte ich niemals mit meinem Gewissen vereinbaren – glaub mir.«

Sie griff nach ihrem Glas und legte die andere Hand auf meinen Oberschenkel. »So schlimm, Süße?« Mitleidig sah sie mich an.

Ich erzählte ihr von seiner arroganten Art beim Fototermin, wobei sie mich mit Ausrufen wie »Nein!« und »Frechheit!« unterbrach und aufgebracht ihren Kopf schüttelte. Von Jelena erwähnte ich vorerst noch nichts. »Und du hast was Besseres verdient als einen widerlichen, selbstverliebten Kerl, der dich nur von oben herab behandelt«, schloss ich meinen Bericht.

»Schade. Auf den Fotos und in den Interviews wirkte er immer so … anziehend. Und machtvoll.«

Das war er definitiv. Beides. Ich durfte gar nicht daran denken, wie nahe er mir gestern bei der Besprechung in seinem Büro gekommen war. Fast hätte mich meine Stimme verraten, die kurz davor gewesen war, wegzubrechen, als ich wieder sein süßlich-herbes Parfum einatmen musste. Ja, musste, denn ich hatte versucht, Distanz zu wahren.

Jede Berührung jagte kribbelnde Wellen durch meinen Körper, die sich in meinem Schoß sammelten. Und ich war mir so sicher, hätte ich nicht so vehement versucht, mich zu verabschieden und Abstand zwischen uns zu bringen, hätte ich garantiert noch mehr Körperkontakt zugelassen. Fast hätte er mich gehabt, als er mich darauf ansprach, ob ich mit dieser Jelena am liebsten den Platz getauscht hätte. Denn ja, seit Dienstagnacht hatte sich dieses Bild aus meinem Traum in meinen Kopf gebrannt.

Nicht, dass ich es prickelnd gefunden hatte, die beiden dabei zu überraschen und unfreiwillig zu beobachten, aber irritierenderweise machte mich die Vorstellung von *mir* auf diesem Glastisch mit gespreizten Beinen und seinem Kopf zwischen meinen Schenkeln an …

Während ich ihm gestern meine Aufnahmen präsentiert hatte, hatte ich mich so zusammenreißen müssen. Immer wieder hatte sich das Bild vor mein inneres Auge geschoben, wie er mich auf diesen Besprechungstisch hob, meinen Rock hoch- und meinen Slip hinunterschob und mich bis zur Besinnungslosigkeit leckte. Denn ich war mir irrerweise sicher, dass er dazu imstande wäre.

»Ash? Alles klar bei dir?« Lachend fuchtelte Madison vor meinen Augen herum.

»Ja, ich … dachte nur gerade darüber nach, was ihn davon abhält, mir bezüglich der Aufnahmen Bescheid zu sagen«, log ich und hoffte, sie würde mir meine schmutzigen Gedanken nicht am Gesicht ablesen können. »Denkst du, er schmeißt alles hin und sucht sich einen neuen Fotografen? Wartet er, bis dieser Jay wieder einsatzbereit ist, oder lässt er mich nur zappeln?«

»Ach, Süße …« Madison drückte meine Hand. »Ich wünsche es dir von Herzen, dass er sich für dich entscheidet. Du hast es dir verdient.«

»Hoffentlich will er wirklich *meine* Aufnahmen haben und nicht die mit dieser Jelena Petrova …«, murmelte ich und entlockte Madison damit eine in Falten gelegte Stirn.

»Jelena Petrova? Das Model? Und was hat sie mit Travis King und den Fotos zu tun?«

Ich trank einen großen Schluck Wein – denn dieses Thema verlangte definitiv nach viel Alkohol – und erzählte Madison dann von den Aufnahmen mit ihr und ihren bissigen Bemerkungen, kaum dass Travis King den Raum verlassen hatte. Nur diese besondere Szene im Büro sparte ich aus …

»Doofe Kuh. Nur weil sie an der Kippe zur Magersucht steht, bist du doch nicht pummelig, Ash. Du weißt, du siehst super aus.«

Ich zuckte mit den Schultern. Bisher hatte ich mich ganz wohl in meinem Körper gefühlt, aber wenn ich mich mit diesem Supermodel maß …

»Du hörst sofort damit auf, Vergleiche anzustellen«, ermahnte mich meine Cousine und hielt dabei mein Kinn fest, um mir eindringlich in die Augen zu sehen. »Sie will dich nur verunsichern und Konkurrenz ausschalten. Weißt du, was das bedeutet? Sie sieht dich als Bedrohung an. Und wer von euch beiden das Rennen macht, ist ja noch nicht entschieden, oder?« Sie zwinkerte mir zu.

»Nun ja, die erste Runde geht definitiv an sie. Abgesehen davon ist es kein Wettbewerb zwischen ihr und mir, Madison. Der Kerl interessiert mich schlichtweg nicht.«

Meine kleine Lüge überhörte sie komplett. Stattdessen stürzte sie sich auf meinen ersten Satz, für den ich mich hätte ohrfeigen können.

»Erste Runde? Wie meinst du das?« Madison nahm mir mein Glas aus der Hand und schenkte uns beiden nach.

Zögernd begann ich dann doch, von meinem unliebsamen Erlebnis zu erzählen. »Du glaubst nicht, was ich gesehen habe, als ich in dem Haus ankam …«

Madisons Augen wurden ganz groß, während eine Hand zu ihrem Ohr wanderte, um daran ihre Ungeduld zu kompensieren. »Mensch, erzähl doch endlich, Ash, und spann mich nicht so auf die Folter!«

Sollte ich sie wirklich einweihen? Andererseits …Warum eigentlich nicht?

»Ich hab die beiden sozusagen … erwischt. Ungewollt allerdings. Sie saß auf dem Schreibtisch mit hochgeschobenem Rock, während er vor ihr kniete und sie …« Weiter kam ich nicht.

»Nein! … Nicht wahr – oder doch?« Madisons Mund klappte auf, und fast hätte sie den guten Wein verschüttet. »So eine Schlampe!«

»Nicht nur das. Ich meine, wie unprofessionell ist das denn bitte, wenn beide wissen, dass jederzeit der gebuchte Fotograf auftauchen und sie dabei erwischen kann?«

»Vielleicht steht er ja darauf, beim Sex beobachtet zu werden?«, mutmaßte Madison.

Schulterzuckend rief ich mir meine Ankunft und diese Szene mit den beiden noch einmal vor Augen. »Oder sie. Keine Ahnung. Jedenfalls ist das definitiv ein weiterer Grund für mich, mich von ihm fernzuhalten.«

»Will er denn was von dir?«

Es war ja fast lustig, wie Madison an meinen Lippen hing. Normalerweise war sie diejenige, die von Dates erzählte, und ich konnte nicht genug bekommen von ihren teilweise ziemlich schmutzigen Geschichten. Dass wir nun die Rollen getauscht hatten, amüsierte mich …

»Ich bin mir nicht sicher, aber … er hat mich gebeten, mit ihm essen zu gehen.«

Madison stand auf, rief »Nein!«, so laut, dass meine Nachbarn sie bestimmt auch noch hören konnten, und ließ sich gleich wieder auf meine Couch sinken.

»Doch.«

»Du hast hoffentlich zugesagt, oder?«

»Bist du verrückt? Nie und nimmer werde ich mit ihm ausgehen. Ich bin nicht eine seiner Eroberungen. Außerdem habe ich auch meinen Stolz …«

Sie hielt den Kopf schief und musterte mich von der Seite. »Also bevor du gleich dagegenredest, hör mir erst mal zu.«

Ich begann sofort, den Kopf zu schütteln, doch sie hob ihren Zeigefinger. Ich schnaubte resigniert.

»Wenn das stimmt, was die Klatschpresse schreibt – und in diesem Fall gehe ich davon aus, da es genügend Beweisfotos mit unzähligen Frauen gibt, was bedeutet, dass er viel Übung hat – wenn du verstehst, was ich meine …«

»Komm auf den Punkt«, unterbrach ich sie und lachte.

»Also wenn das alles stimmt, dann ist er garantiert eine Granate im Bett. Mal ganz davon abgesehen, dass du ihn ja schon bei dieser Jelena live und in Action erlebt hast.«

Das war allerdings ein Erlebnis, das ich liebend gern aus dem Gedächtnis löschen würde. Seufzend lehnte ich mich zurück und schloss die Augen. Ich wusste, was jetzt kommen würde.

»Du *musst* dich auf ein Date mit ihm einlassen. Ein einziges! Warte von mir aus diesen Auftrag ab. Wenn alles unter Dach und Fach ist und du dein Geld erhalten hast, geh mit ihm aus. Ein Mal nur. Und lass dich ordentlich durchvögeln – das hast du dir verdient. Schon allein, um dir zu zeigen, dass diese Jelena mit ihrer Behauptung nicht recht hatte. Und um dir zu beweisen, dass sie nur seine Zunge bekommen hat, du aber seinen Schwanz kriegen kannst.«

Nun prustete ich los und hätte dabei fast meinen Wein verschüttet. Ich wusste ja schon immer, dass Madison sehr direkt sein konnte und kein Blatt vor den Mund nahm. »Du bist wirklich verrückt, weißt du das?«

»Vielen Dank, immer wieder gerne.« Sie deutete eine Verbeugung an und grinste vielsagend. »Und falls du mir danach danken willst … kannst du mich gerne seinem Bruder Damien vorstellen. Alternativ auch Travis, wenn du ihn nach dem einen Mal nicht mehr willst.«

»Alles klar, ich werde es mir notieren«, antwortete ich kichernd.

Mein Smartphone auf dem Tisch vor uns vibrierte, und ich griff danach. Die Nummer kannte ich nicht, wusste aber gleich, wem sie gehörte, als ich las:

Gehen Sie mit mir aus. Bitte.

»O Gott, ist er das?«

Madison beugte sich über das Display meines Telefons.

»Ja.« Ich seufzte genervt, dann grinste ich verschmitzt und begann zu tippen.

Tut mir leid, aber wenn Sie mir nicht sagen, wer Sie sind, weiß ich nicht, wem ich zusage – oder wem ich absagen soll.

Madison verschluckte sich vor Lachen fast an ihrem Wein. »Du bist so gemein.«

Es dauerte nur wenige Sekunden, da kam auch schon die Antwort.

Ashley Crown, gehen Sie mit mir aus, und ich sorge dafür, dass Sie meinen Namen nie wieder vergessen werden. Travis King

»Heiliger Bimbam, mir wird ja jetzt schon heiß.« Madison kicherte und fächerte sich Luft zu.

Tut mir leid, Sie enttäuschen zu müssen, aber ich gehe nicht mit Kunden aus.

Kaum hatte ich auf Senden gedrückt, zuckte ich zusammen. »Gott, ich bin so eine doofe Nuss! Jetzt wird er erst recht jemand anderes nehmen – von Folgeaufträgen ganz zu schweigen.« Ich hätte mich ohrfeigen können.

Madisons verunsicherter Blick half mir da auch nicht weiter.

Also ich kann ganz gut Berufliches und Privates miteinander vereinbaren. Ich bin mir sicher, Sie schaffen das auch. Immerhin haben Sie mich schon mehrfach überrascht, Miss Crown.

Ich konnte es mir nicht verkneifen:

Dass Sie das gut können, haben Sie ja bereits am Dienstag mit Jelena bewiesen.

Vor Aufregung rieb ich mir jetzt ein Ohrläppchen und zappelte nervös, bis seine Antwort ankam.

Und wieder drängt sich mir der Gedanke auf, dass Sie viel lieber an ihrer Stelle gewesen wären. Sie sind doch nicht etwa eifersüchtig?

Ich wusste, meine Wangen glühten inzwischen, und das nicht nur wegen des Weins. Das Beste wäre gewesen, ich hätte keinen getrunken, denn mit dem steigenden Alkoholpegel sank meine Hemmschwelle – und das war im Fall von Travis King bestimmt nicht förderlich.

Ich wüsste nicht, worauf ich eifersüchtig sein sollte.

Sie sind eine schlechte Lügnerin.

Madison lachte laut auf und schlug sich auf die Schenkel. »Das ist besser als jedes Fernsehprogramm. O Gott, ich will ab sofort immer die Nachrichten zwischen euch mitverfolgen. Kannst du sie mir als Screenshot schicken, falls ihr schreibt, wenn ich nicht in deiner Nähe bin?«

Ich verzog das Gesicht zu einer Grimasse und deutete ihr den Vogel. Dann tippte ich eine Antwort.

Und Sie kein guter Geschäftsmann. Oder verfahren Sie mit allen Frauen so, mit denen Sie zusammenarbeiten?

Nur mit jenen, die es wert sind.

Sprachlos starrte ich erst auf seine Nachricht, dann in Madisons Gesicht, in das ganz deutlich »Hab ich es dir nicht gesagt?« geschrieben stand.

»Was soll ich jetzt antworten?«, fragte ich verzweifelt. Ich hatte mittlerweile das Gefühl, dass mein Widerstandswall nicht mehr so stabil war.

Doch bevor Madison etwas erwidern konnte, pingte mein Smartphone erneut.

Ich frage Sie nur noch einmal: Gehen Sie mit mir aus, Ashley.

Das ist keine Frage, Mister King.

Madison schnaubte und verdrehte die Augen. »Du bist ein Feigling, weißt du das?«

»Ja«, murmelte ich und starrte wieder auf das Display.

Ja oder nein?

»Mist, Mist, Mist!« Ich ließ meinen Daumen über die Tastatur kreisen, unschlüssig, was ich schreiben sollte.

Da riss Madison mir das Telefon aus der Hand, und ehe ich noch eine Chance hatte, es wieder zurückzuerobern, hatte sie bereits *Ja* als Antwort weggeschickt.

»Bist du von allen guten Geistern verlassen? Wären wir nicht miteinander verwandt, würde ich dir die Freundschaft kündigen.«

Sie kicherte von der anderen Seite der Couch, auf die sie geflüchtet war. »Du wirst es mir noch danken.«

»Garantiert nicht!« Wütend schnaubte ich auf.

Haben Sie tatsächlich gerade zugesagt? Sie haben keine Ahnung, wie glücklich mich das macht.

Na super, jetzt kam er mir auf die Tour. Ein letztes Mal giftete ich meine Cousine mit den Augen an, dann schrieb ich:

Unter der Voraussetzung, dass Sie sich für meine Fotos entscheiden und ein gutes Wort in der Branche für mich einlegen.

Jetzt enttäuschen Sie mich aber, Miss Crown. Ich hätte nicht gedacht, dass Sie mich erpressen würden.

Obwohl es fast unmöglich war, wurden meine Wangen noch heißer. Inzwischen hatte ich das Gefühl, mein ganzer Kopf würde in Flammen stehen.

Tut mir leid, aber ich muss mich absichern, dass dieses Treffen meine Arbeit nicht gefährdet.

Das wird es nicht, dafür sorge ich. Auch ohne Erpressung. Übrigens hätte ich mich so oder so für Ihre Aufnahmen entschieden. Die sind einfach besser als die mit Jelena. Na, sind Sie jetzt zufrieden?

Ich quietschte kurz vor Freude, und auch Madison grinste breit.

Zufrieden ist das falsche Wort. Aber ich bin zumindest beruhigter.

Gut. Dann hole ich Sie morgen Abend um acht ab. Wir gehen essen.

»Vielen Dank auch«, murmelte ich dem Telefon entgegen. »Wer sagt denn, dass ich da Zeit habe?«

»Du hast doch nicht schon was vor, oder?«, fragte Madison, und in ihrer Stimme schwang glatt ein wenig Sorge mit.

»Nein, natürlich nicht.«

»Na dann … sag ihm zu! Oder soll ich das noch einmal für dich übernehmen?«

»Wehe, du rührst noch einmal mein Telefon an!« Drohend pikste ich ihr mit dem Zeigefinger an den Oberarm.

»Du wirst mir noch einmal dankbar sein, Süße«, sang sie vergnügt, und in dem Moment konnte ich ihr nicht einmal mehr böse sein. Denn in mir brodelte Ungeduld, gepaart mit Neugier und prickelnder Erregung … Morgen Abend würde garantiert das spannendste Date in meinem bisherigen Leben stattfinden.

* * *

Der ganze Samstag war für mich die Hölle. Ich war hibbelig und konnte kaum still sitzen. Noch dazu wuselte Madison um mich herum und kündigte das Epilieren meiner Beine und das Lackieren meiner Zehennägel an. Natürlich hatte sie heute Vormittag schon wieder vor meiner Tür gestanden, um mich bei der Vorbereitung auf dieses Treffen zu unterstützen.

»Unter normalen Umständen wäre ich dir wirklich dankbar für diese Beautykur, aber du machst mich noch nervöser, als ich es schon bin«, gestand ich nach einer Weile, als sie zwischen Badezimmer und Schrank hin und her eilte, auf der Suche nach der perfekten Kombination aus Kleidung und Make-up.

»Tut mir leid, aber wir wollen schließlich nicht, dass dich Travis King doch nicht will, weil du aussiehst, als wärst du gerade aus dem Urwald gekommen. Apropos …« Sie drückte mir einen Einwegrasierer in die Hand. »Wenn du gleich unter die Dusche gehst, sorge doch bitte dafür, dass dort unten kein Gestrüpp mehr ist.«

Entrüstet starrte ich meine Cousine an, die auf meinen Schritt zeigte und tat, als ginge es hier um meine Hochzeitsnacht.

»Travis King wird es völlig egal sein, wie es dort unten aussieht, weil er nicht einmal ansatzweise in die Nähe kommen wird. Ich gehe nur mit ihm essen – oder denkst du wirklich, dass ich mich von ihm in ein Hotel abschleppen lasse? Oder gar zu ihm nach Hause?«

Alles, was recht war, aber ich hatte nicht vor, mich auf dieses Flittchenniveau zu begeben.

»O ja, das denke ich. Denn du solltest dich wirklich wieder einmal so richtig durchvögeln lassen – und wer würde sich dazu besser eignen als Travis King? Überlege doch mal: Wie oft hattest du seit Tony Sex? Na?«

Tja, das war wirklich ein ausschlaggebendes Argument, gegen das ich nichts erwidern konnte. Von meinem Ex hatte ich mich vor etwas über zwei Jahren getrennt, und seitdem hatte ich genau ein Mal schlechten Sex mit einem Freund des Exfreundes von Madison gehabt.

Ich schüttelte mich bei dieser Erinnerung, was meine Cousine nur als Bestätigung sah.

»Siehst du? Genau deshalb solltest du es mit Travis King tun. Und am besten gleich heute. Er macht nicht den Eindruck auf mich, als wüsste er nicht, was er mit seinem Schwanz und deiner Mumu anfangen soll.«

»Madison!« Demonstrativ hielt ich mir die Ohren zu, was sie zum Lachen brachte.

»Ich meine ja nur. Denk drüber nach …« Sie zwinkerte mir verschwörerisch zu, dann widmete sie sich wieder meinem Kleiderschrank. »Also ich an deiner Stelle würde dieses dunkelrote Kleid tragen.«

Mein Blick sagte ihr hoffentlich, was ich von ihrem Vorschlag hielt. »Damit sehe ich doch aus, als wollte ich es sofort mit ihm tun! Diese Farbe … und dann dieser Schnitt.« Es war das kürzeste meiner Kleider mit dem provokantesten Ausschnitt. Keine Ahnung, welcher Teufel mich beim Kauf damals geritten hatte. Aber es hatte einfach wahnsinnig gut an der Schaufensterpuppe ausgesehen. Mit dem Unterschied, dass sie es in Size Zero getragen hatte.

»Es ist perfekt.« Madison hielt es mir an.

»Ich würde viel lieber das schwarze anziehen.« Ich angelte meine Alternative aus dem Schrank und zeigte es ihr. Es reichte mir bis zu den Knien, war eng anliegend und hatte kurze Ärmel sowie einen V-Ausschnitt, der gerade genug zeigte, um nicht nuttig zu wirken.

Madison wiegte den Kopf hin und her und verzog ihre Lippen zu einer Schnute. »Na gut. Mit dem kleinen Schwarzen liegst du vermutlich auch nicht falsch. Und du sollst dich ja wohlfühlen.«

Erleichtert, ihren Segen für dieses Kleid bekommen zu haben, das ungefähr eine Handbreit über dem Knie endete und mir somit noch ein bisschen Würde und Sicherheit bewahrte, zog ich die Stilettos aus dem Schrank. Madison zeigte auf einen Bolero in dunkler Beere.

»Diese Farbe passt einfach perfekt zu dir und deinem blassen Teint«, behauptete sie. »Ich habe eine passende Clutch, die hole ich dir, während du unter der Dusche bist.«

Mit diesen Worten scheuchte sie mich ins Bad, nicht ohne mich noch einmal auf eine Intimrasur hinzuweisen.

Als das heiße Wasser auf meinen Kopf prasselte, war ich nicht mehr ganz so aufgekratzt. Ich wollte mich nicht stressen. Immerhin hatte ich noch genug Zeit, und da ich nun wusste, welches Kleid ich anziehen würde, fühlte ich mich schon etwas sicherer. Es schrie nicht von Weitem

»Nimm mich«, und das war mir wichtig. Denn ich ging wirklich nicht zu diesem Date, um mich von ihm flachlegen zu lassen. Auch wenn Madisons Argumente durchaus überzeugend waren, so war mir nicht wohl bei dem Gedanken, mich ihm heute so zu präsentieren. Ich war schließlich seine Fotografin.

Als Madison zurück und ich fertig mit dem Duschen war, föhnte sie meine Haare und drehte sie anschließend über den großen Lockenstab, bis sie in weichen Wellen um meinen Kopf flossen. Außerdem bestand sie darauf, mich zu schminken, was sicher eine gute Lösung war, da ich nur selten Make-up trug.

Als sie fertig war, sah sie mich mit großen Augen an. »Wow, du bist ein einziges Kunstwerk. Du solltest dich wirklich öfter so zurechtmachen, Liebes.« Ihr Lächeln wirkte ehrlich und bewundernd.

Ich stand von meinem Bett auf und ging ins Bad, um ihre Arbeit zu betrachten. Auf dem Weg dorthin überlegte ich noch, was ich zu ihr sagen könnte, sollte sie mich in einen Paradiesvogel verwandelt haben, ohne sie mit meinen Worten zu kränken. Doch diese Überlegungen waren nicht notwendig. Im Spiegel strahlte mich eine attraktive Frau an, die eine berühmte Schauspielerin auf dem roten Teppich hätte sein können.

»Das ist … beeindruckend«, gestand ich, nachdem ich mich staunend ein paar Sekunden musterte.

Madison tauchte im Spiegel hinter mir auf und lächelte stolz. »Sag ich doch, so ein bisschen Make-up würde dir ab und an nicht schaden.«

Sie hatte meine Augen zwar dunkel, aber dezent betont. Es war auch ein tagestaugliches Make-up. Vielleicht sollte ich mir von ihr zeigen lassen, wie sie diese tollen Grauschattierungen auf meinen Lidern hinbekommen hatte.

Meine Wimpern wirkten dicht und lang, obwohl nur Mascara aufgetragen war. Die Wangenknochen hatte sie leicht betont, meine Lippen glänzten in einem zarten Rosé-ton. Madison verstand ihr Handwerk.

»Jetzt noch diese Kette, die ich dir für heute borge, Ash.«

Madison hielt ein langes Band hoch, an dessen Ende eine silberne Feder an einer Perle baumelte.

Ich drehte mich um, sodass sie mir die Kette um den Hals legen konnte. Das kühle Metall der Feder kitzelte zwischen meinen Brüsten, und als ich einen Blick in den Spiegel warf, schnappte ich nach Luft.

»Sieht aus, als würde die Kette genau in meinen Ausschnitt zeigen …«, sagte ich leise und tastete danach.

»Das ist Sinn und Zweck der Sache. Du wirst sehen, er wird die Augen kaum mehr von deinem Dekolleté lassen können.« Madison kicherte vergnügt.

Damit hatte sie bestimmt recht. Nur die Perle war zu sehen, die Feder verschwand hinter dem Stoff des Kleides zwischen meinen Brüsten, die mithilfe eines Push-up-BHs noch dazu in einer bemerkenswerten Höhenlage gehalten wurden.

»O Gott, ich glaube, ich packe das nicht«, stöhnte ich, als ich den Lipgloss zu den Taschentüchern und – Madison bestand darauf – den Kondomen in die Clutch legte.

»Du siehst toll aus. Und ich hab dich immer noch lieb, auch wenn du heute kneifst und doch nicht mit ihm schläfst. Wobei du ihn erst mal davon abhalten musst, so scharf, wie du aussiehst.«

Ich verdrehte die Augen. »Na prima. Vielen Dank auch …«

In dem Moment klingelte es an der Tür, und mein Herz schien mit voller Wucht gegen meinen Brustkorb zu springen. »Mist, ich kann das nicht«, flüsterte ich, die Hand auf die Stelle gepresst, hinter der es nun mindestens doppelt so schnell weiterschlug.

»Ich mache auf«, bot Madison an.

War ja klar, dass sie sich die Gelegenheit nicht entgehen ließ, Travis King die Tür zu öffnen. Sie nannte durch die Gegensprechanlage Stock und Türnummer und öffnete die Wohnungstür, während ich wie gelähmt neben ihr stand und wartete, bis er bei meinem Apartment ankam.

Als die Aufzugtüren sich öffneten und wieder schlossen und ich Schritte auf dem Flur hörte, war ich kurz davor, mich panisch im Badezimmer einzuschließen. Doch diese Blamage würde ich mir nicht geben. Madison würde sich womöglich noch als Trostpreis anbieten, wie ich sie kannte, und ... Nein, allein die Vorstellung, *sie* würde gleich mit Travis King essen gehen, verursachte mir ein saures Brennen in der Magengegend. Schnell schloss ich die Augen und atmete tief ein und aus.

»Schön, Sie kennenzulernen, Mister King. Ich bin Madison Bowman, Ashleys Cousine.«

Ich schlug die Lider auf und sah in Travis Kings Gesicht. Er schüttelte zwar Madison die Hand, sah jedoch nur mich an.

»Die Freude ist ganz meinerseits«, sagte er wie beiläufig zu ihr und kam dann auf mich zu.

»Sie sehen bezaubernd aus, Miss Crown.« Er griff nach meiner Hand, hob sie hoch und deutete einen Handkuss an.

Ein Gentleman, wer hätte das gedacht!

»Vielen Dank, Mister King.« Ich war überrascht, dass meine Stimme sich so souverän anhörte, denn innerlich zitterte ich.

Vielleicht lag es daran, dass wir ein Date hatten und ich ihn deshalb mit anderen Augen sah. Womöglich hatte ich mir in den letzten Stunden einfach zu oft sein Gesicht vor Augen gerufen, mich an seinen Duft erinnert und daran, was seine Nähe im Büro in mir ausgelöst hatte, aber er sah heute Abend noch attraktiver aus als sonst. Er trug einen schwarzen Anzug mit dunkelviolettem Hemd. Der Kragen stand offen, auf eine Krawatte hatte er verzichtet. Seine kurzen Haare hatte er lässig in Form gebracht – die Strenge, die wohl zu seinem Businessstyle gehörte, war einem leichten Touch von »out of bed« gewichen. Allein die Vorstellung, neben Travis King aufzuwachen und mit den Fingern durch seine zerwuschelten braunen Haare zu fahren, war …

Herrgott, ich sollte vielleicht aufhören, ihn so anzustarren! Doch er musterte mich genauso. In seinen eisblauen Augen loderte ein Feuer, das meine Kleidung förmlich verbrennen ließ.

Was zur Hölle passierte da gerade mit mir? Ich hatte mich so dagegen gewehrt, hatte mir immer wieder vorgesagt, dass ich mich nicht auf das Niveau dieser Frauen begeben wollte, die ich so verachtete. Doch kaum dass Travis King mein Apartment betreten hatte, mich mit diesem … brennenden Blick angesehen hatte, wusste ich, dass jeder Widerstand zwecklos war. Herrgott, dieser Mann war so heiß! Seine Anziehungskraft ließ sämtliche Vorbehalte gegen ihn, seinen Umgang mit Frauen, seine Art zu leben in mir unwichtig werden. Und wenn ich nur daran dachte, wie gut er roch, wusste ich, dass ich keine Chance hatte, meinen Schutzwall aufrechtzuerhalten.

Ja, ich ärgerte mich über seine Art, wie er mich am Dienstag beim Shooting behandelt hatte. Doch tief in mir wusste ich, dass in Travis King auch eine andere Seite schlummerte. Nun war ich neugierig und wollte hinter sein Geheimnis kommen. Und ja, verdammt, vielleicht war es besser, Sex mit ihm zu haben, als erneut einen Fehlgriff zu tun wie das letzte Mal. Travis King wirkte nicht wie jemand, der dachte, die Klitoris wäre ein Rubbellos.

Madison half mir in meinen Mantel und zwinkerte mir noch einmal verschwörerisch zu, als ob sie meinen Gedankengängen gelauscht hätte.

»Wollen wir?«, fragte er dann und bot mir seinen Unterarm an.

Ich nickte, hakte mich bei ihm unter und ließ mich an einer breit grinsenden Madison vorbei aus der Wohnung führen.

Als wir auf den Aufzug warteten, sah er mich vergnügt von der Seite an.

»Sie können sich entspannen, es ist alles gut. Sie sehen fantastisch aus, Miss Crown«, meinte er augenzwinkernd.

Ich holte tief Luft und stieß sie mit einem immer noch verkrampften Lächeln wieder aus. »Tut mir leid, ich bin nur etwas nervös. Mein letztes Date ist schon eine Weile her.«

Die Aufzugtüren schoben sich zur Seite, und Travis King legte seine Hand auf meine, die noch immer auf seinem Unterarm ruhte. Dann betraten wir die Kabine. Kaum dass sich die Türen wieder geschlossen hatten und der Fahrstuhl sich in Bewegung setzte, stellte er sich vor mich.

»Du siehst unglaublich sexy aus in diesem Kleid.«

Seine Stimme klang zärtlich, sein Blick hatte alle Strenge verloren, die ich zuletzt in seinem Büro erleben durfte. Sanft fuhr er unter meinen geöffneten Mantel und strich mit den Händen an meiner Seite entlang nach oben.

Mein Atem beschleunigte sich. Ich sah ihn aus großen Augen an, unschlüssig, ob ich diese Berührung und die Intimität seiner Worte nun zulassen und weiterhin genießen wollte oder ob ich meinen Prinzipien treu bleiben und Abstand wahren sollte.

Doch ich musste mir eingestehen, dass es sich gut anfühlte … und mein Körper sehnte sich nach mehr. Auch wenn mein Verstand mich, wie irre mit beiden Händen winkend, zu warnen versuchte.

Er schob meine Haare auf einer Seite zurück und streifte dabei wie zufällig meinen Hals. Instinktiv legte ich meinen Kopf etwas zur Seite und bot ihm noch mehr der empfindlichen Haut an.

Er stöhnte verhalten und schloss die Augen. »Verdammt, Ashley, am liebsten würde ich den Aufzug anhalten und dich hier und jetzt nehmen … Ich würde dich hochheben und auf meinen Schwanz setzen, dich mit dem Rücken an diese Spiegelwand gelehnt ficken, bis du dir wünschst, du hättest dich mir schon vorgestern in meinem Büro angeboten. Doch …«

Travis holte tief Luft und machte einen Schritt zurück. Sein Blick war bedauernd, als er mir ein verkrampftes Lächeln schenkte. »… du bist noch nicht so weit. Ich sehe es in deinen Augen. Du willst mich, aber … noch nicht heute. Also werde ich warten, bis du mir sagst, dass ich dich ficken soll.«

Der Aufzug hielt an, die Türen öffneten sich, doch ich konnte keinen Schritt machen. Mein ganzer Körper vibrierte, angeregt von seinen Worten. Ein flehentliches »Tu es« lag mir auf den Lippen, doch ich hatte nicht den Mut, es tatsächlich auszusprechen.

Ich war hin- und hergerissen von meinen starken Empfindungen, von dem, was ich wollte, und dem, von dem ich wusste, dass es richtig und korrekt war. Ich wollte ihn so sehr und konnte es nicht länger verleugnen. Zwischen meinen Beinen war dieses unerfüllte Ziehen, doch er hatte recht mit seiner Behauptung, dass ich noch nicht so weit sei.

Mit hochgezogenen Augenbrauen sah er mich an, als er eine Hand zwischen die Türen legte, um sie am Schließen zu hindern.

»Lass uns ins Restaurant fahren, bevor ich es mir doch noch einmal anders überlege.« Seine Stimme war rau, sein Blick glitt über meinen Körper.

Ich nickte und löste mich endlich aus meiner Starre. Ich knöpfte meinen Mantel zu – auch zu meinem eigenen Schutz. Wir betraten die Tiefgarage, und er führte mich zu seinem Wagen. Es war weder der schwarze Mercedes noch der Maserati, die beim Fototermin vor der Villa geparkt hatten, sondern ein dunkelgrauer Audi, der mindestens genauso gut zu ihm passte. Wobei ich ja vermutete, dass ihm der gelbe Sportwagen gehört hatte – diese Jelena sah ich eher in einer Luxuslimousine.

Gentlemanlike öffnete er die Beifahrertür und half mir beim Einsteigen. Ich sank in den weichen Sitz zurück, atmete den warmen Geruch des Leders ein und merkte, wie ich mich endlich entspannte. Das Date würde also ganz ohne Erwartungen nach mehr verlaufen. Er hatte es mir gesagt, er hatte mir an den Augen abgelesen, dass ich noch Zeit brauchte, und die wollte er mir geben.

Ich stieß den Atem geräuschvoll aus, bevor er seine Tür öffnete und neben mir auf den Sitz rutschte. Dann lächelte ich das erste Mal, seit er mich abgeholt hatte.

KAPITEL 4

King

Ich konnte mich nicht erinnern, jemals bei einer Frau Zurückhaltung und Unsicherheit gespürt und gleichzeitig dieses brennende Verlangen in ihren Augen gesehen zu haben. Es gehörte zu meinem Leben dazu, dass sie sich um mich scharten und sich mir anboten. Keine der Frauen, mit denen ich ausgehen wollte, hatte bisher Nein zu einem Dinner bei Kerzenschein gesagt, geschweige denn zu Sex mit mir. Nicht nur einmal waren wir gar nicht erst ins Restaurant gekommen, weil sie schon im Wagen von mir gefickt werden wollten.

Doch Ashley Crown war anders. Besonders. Ich konnte es an ihren Augen ablesen, wie sehr sie mich wollte. Daran, wie sie sich über ihre Lippen leckte, während sie meine fest im Blick hatte, oder mich von oben bis unten musterte.

Doch die Befangenheit, die immer wieder in ihrem Gesicht aufgeflackert war, hielt mich zurück. Sie verwirrte und verunsicherte mich, heizte aber mein Verlangen nach ihr noch mehr an. Sie war wie die verbotene Frucht, von der ich nicht naschen durfte …

Die Fahrt zum Restaurant verlief noch etwas gezwungen. Wir sprachen über ihre Arbeit an der KING-Immobilie, die sie Anfang der Woche fotografiert hatte. Ihr geschäftsmäßiger Ton brachte mich zum Schmunzeln, aber ich hätte gerne ihre echte, natürliche Art erlebt, die sie bisher weitestgehend vor mir verborgen gehalten hatte.

Doch ich war schließlich geduldig.

Nachdem wir im Restaurant zu unserem Tisch geführt worden waren – Elaine hatte einen guten Platz im ruhigeren hinteren Teil für uns reserviert –, konnte ich Ashley endlich wieder in die Augen sehen, während wir uns unterhielten. Zwar mochte ich den Klang ihrer Stimme, doch während der Fahrt hatte ich mich bei dem dichten Verkehr auf die Straße konzentrieren müssen. Dabei hatte ich mich ganz bewusst gegen Chauffeur und Limousine entschieden, um sie nicht noch mehr einzuschüchtern, und deswegen extra den Audi gewählt – doch das hatte ich schnell bereut, da ich viel lieber gleichzeitig aus ihren Augen und ihrer Mimik las, statt mich nur auf ihre Worte zu verlassen.

Nachdem der Kellner unsere Getränke serviert hatte, ertappte ich mich dabei, wie ich in ihrem rehbraunen Blick versank.

»Du hast bemerkenswert schöne Augen.«

»Danke.« Sie lächelte mich an, doch es war mehr gespielt als echt.

»Du glaubst mir nicht«, stellte ich fest und bemühte mich, dieser verdammten Kette um ihren Hals *nicht* zu folgen, die mich geradezu aufforderte, ihr auf die Brüste zu starren. Denn gerade jetzt war es wichtig für mich, zu sehen, was sich hinter ihren Worten verbarg.

Ashley zuckte mit den Schultern. »Das sagst du vermutlich zu jeder Frau, mit der du ausgehst.«

Daher wehte also der Wind. »Du denkst, nur weil ich in den letzten Jahren mehr Dates hatte als … die meisten anderen Junggesellen in Chicago, meine ich es nicht ernst, wenn ich dir Komplimente mache?«

Sie nickte und grinste dabei verlegen.

»Dem ist aber nicht so. Du bist eine atemberaubend attraktive Frau, Ashley.«

Sie nagte an der Innenseite ihrer Wange, als ob sie überlegen würde, was sie darauf erwidern könnte.

»Ich bin aber nicht so wie die Frauen, mit denen du normalerweise ausgehst«, sagte sie dann und rückte das Besteck zurecht.

Nun musste ich schmunzeln. Gut, sie hatte nicht unrecht. Die meisten Frauen waren blond gewesen und hatten nicht so aufregende Kurven wie Ashley. »Du hast mich gegoogelt?«

»Natürlich erkundige ich mich über Männer, die ein Date mit mir wollen«, antwortete sie und sah mich mit erhobenem Kinn an.

Ich griff nach ihrer Hand, die sich kalt anfühlte, und strich zärtlich mit meinem Daumen über ihren Handrücken. »Das war sehr schlau von dir. Jede Frau sollte das tun, bevor sie sich mit einem Mann trifft, den sie nur flüchtig kennt.«

Mein anerkennendes Lächeln schien sie jedoch nicht wirklich zu überzeugen, da sie eine Augenbraue hob und mir einen sarkastischen Blick schenkte.

»Okay, ich sehe schon, ich habe hier mit einer ganzen Menge an Vorurteilen zu kämpfen.«

Da sie ihre Hand noch nicht unter meiner weggezogen hatte, ging ich davon aus, dass sie diese Berührung begrüßte. Also verschränkte ich meine Finger mit ihren, ehe ich weitersprach.

»Das ist in deinem Fall schlecht für mich, doch damit muss ich wohl leben. Auch wenn du mir – aus welchen Gründen auch immer – nicht glauben willst, kann ich dir garantieren, dass ich jedes Wort ernst meine. Wenn ich dir sage, dass ich dich atemberaubend schön finde, ist das keine unbedeutende Floskel. Ich sage es auch nicht, um dich mit Komplimenten zu blenden und in mein Bett zu locken. Gott, auch wenn ich nichts lieber tun würde, als dich zwischen meinen Laken zu vögeln …«

Ich wischte mir mit der freien Hand über das Gesicht in der Hoffnung, die eben entstandenen Bilder von ihr und mir vor meinem inneren Auge wieder zu verjagen. »Ich habe dir versprochen, dass ich es erst dann tun werde, wenn du mich darum bittest. Und sollte es nie dazu kommen – was ich nicht zu hoffen wage –, werde ich mich auch für immer von dir fernhalten. Auf privater Ebene, versteht sich.«

Ashley sah mich mit großen Augen an und nickte dann. Sie atmete erneut tief aus, wie sie es schon so oft heute Abend getan hatte. Dann endlich lächelte sie, bis es ihre dezent geschminkten Augen erreichte und diese zum Strahlen brachte.

»Tut mir leid, dass ich so verkrampft bin. Meine Cousine war in diesem Punkt nicht wirklich hilfreich. Aber es ist ja nur ein Date, ein Abendessen ohne Verpflichtungen. Wir wollen uns kennenlernen, und das sollten wir auch tun. Vielleicht sollten wir einfach noch einmal von vorne anfangen.«

Sie streckte mir ihre andere Hand über den Tisch entgegen.

»Hi, ich bin Ashley Crown, sechsundzwanzig, Einzelkind und ehrgeizige Immobilienfotografin.«

Ich lachte befreit. Neu anzufangen, schien mir eine gute Idee zu sein – ein kleiner Schritt in die erhoffte Richtung, hinter ihre steife Fassade blicken zu dürfen.

»Freut mich, dich kennenzulernen, Ashley. Travis King, achtundzwanzig und leider kein Einzelkind – mein jüngerer Bruder bringt mich nämlich regelmäßig zur Weißglut.«

Sie runzelte fragend die Stirn, doch ich fuhr fort. »Ich arbeite in einem Büro in der West Madison Street, spiele in meiner Freizeit gerne Tennis oder Golf und bin bei Schönwetter oft auf dem Lake Michigan.«

Ganz bewusst hatte ich alles weggelassen, was die Unterschiede zwischen Ashley und mir aufzeigen und sie einschüchtern könnte – auch wenn sie natürlich wusste, dass ich Eigentümer von *KING Estate* war. Und mein Plan ging auf, denn sie kicherte vergnügt.

»Wie klischeehaft … Tennis und Golf.«

Entschuldigend zuckte ich die Schultern. »Ich erfülle wohl so ziemlich jedes Klischee.« Dann grinste ich breit und prostete ihr zu.

Diese kleine Auflockerungs- und Kennenlernrunde hatten wir dringend nötig gehabt. Bis wir mit dem Essen fertig waren, hatten wir uns endlich völlig entspannt und unterhielten uns, als wären wir alte Freunde.

»Und was machst du, wenn du nicht gerade Frauen zum Abendessen ausführst?«, fragte sie und stach ein Stück von dem Küchlein ab, aus dem flüssige Schokolade tropfte.

Ich ficke sie, dachte ich. »Du wirst überrascht sein, aber ich verbringe auch gerne meine Abende zu Hause vor dem Fernseher«, antwortete ich stattdessen.

Sie sah mich ungläubig an, doch ich nickte.

»Auch ich brauche manchmal einfach ein normales, ruhiges Leben.«

»Gehst du denn nicht aus? Also … ohne ein Date zu haben zum Beispiel.« Neugierig blickte sie mich an, was mir gefiel.

»Hin und wieder trifft man mich im *V*. Kennst du es? Hast du Lust, mich später noch dorthin zu begleiten?«

»In einen Club? Tanzen?« Sie sah mich unentschlossen an.

Fuck, bitte sag Ja!

Allein die Vorstellung, sie würde ihren Körper zur Musik bewegen, ihn vielleicht an meinem reiben, erregte mich. Und wenn ich sie schon nicht in meinem Bett haben konnte, würde der Club eine gute Alternative sein.

»Warum nicht«, antwortete sie, was mich völlig überraschte.

Ich hatte wirklich mit einer weiteren Abfuhr gerechnet. Doch sie lächelte mich an, und am liebsten hätte ich sie jetzt geküsst. Ich konnte es kaum erwarten, endlich diesen Tisch zwischen uns wegzubekommen und Ashley wieder näher zu sein.

* * *

»Eigentlich hätte ich es mir ja denken können, dass du uns einfach an dem Türsteher vorbeischleust, ohne anzustehen. Trotzdem bin ich ein kleines bisschen enttäuscht, dass es tatsächlich so funktioniert hat«, sagte Ashley, als ich sie im *V* die Treppe nach oben in das Separee führte, in dem ich gestern noch mit Damien und den Mädchen gefeiert hatte.

Auf der Tanzfläche und an den Bars war schon jede Menge los, und ich hatte keine Lust, mich mit ihr unter die Leute zu mischen.

»Warum? Hättest du lieber in der Kälte gefroren?«

Sie legte den Kopf schief. »Nein, das natürlich nicht. Aber ich …« Sie blickte zu Boden, als ob sie nach Worten suchen würde. »Bitte, versteh mich nicht falsch, aber ich halte den ganzen Abend nach Normalität Ausschau. Ich meine, du holst mich in diesem großen Wagen ab, führst mich in dieses feine Restaurant aus, und nun spazieren wir einfach am Türsteher vorbei, als wären wir jemand Besonderes.«

Abrupt hielt ich sie an und sah ihr tief in die Augen. Ich legte meine Hand an ihren Nacken, die andere verschränkte ich mit ihren Fingern, weil ich nicht wusste, wie ich es ihr sonst hätte verdeutlichen sollen. »Du *bist* jemand Besonderes, Ashley.«

Trotz der Dunkelheit in diesem Gang konnte ich erahnen, wie ihre Wangen sich färbten.

Verdammt, diese Frau brachte mich an den Rand der Verzweiflung … Ihr Duft berauschte meine Sinne, als ich ihr noch näher kam. Ich löste unsere verwobenen Finger, legte die Hand an ihre Taille und zog sie an mich. Meine Erektion presste sich gegen den Stoff, und ich ließ sie ahnen, wie scharf sie mich machte.

Ashley atmete hörbar ein. Ihre Lippen öffneten sich leicht, und ich rang mit mir, sie hier und jetzt zu küssen.

Gib mir ein Zeichen, dass du mich willst!, flehte ich sie in Gedanken an. Irgendein Zeichen – sei es, dass du den Abstand zwischen uns verringerst oder deine Hände an meinen Körper legst.

Doch sie blickte mich nur abwartend an. Sie überließ mir den nächsten Schritt, doch den würde ich nicht gehen.

»Du weißt, wie dieses Spiel läuft, Ashley«, sagte ich mit rauer Stimme. »Wenn du mir nicht sagst, bis wohin du mich haben willst, werde ich nichts tun. Du musst es aussprechen, wenn ich dich küssen soll. Verstehst du?«

Sie nickte langsam, doch über ihre Lippen kamen keine Worte, sondern weiterhin dieser heiße Atem, der so verlockend für mich war wie süßer Honig für einen ausgehungerten Bären.

Ich hatte keine Ahnung, wie lange wir so dastanden. Sekunden … Minuten, in denen ich mit mir und meinem Verlangen nach dieser Frau kämpfte.

»Lass uns was trinken gehen«, stieß ich zwischen den Lippen hervor, um dieser Qual ein Ende zu bereiten.

Ashley atmete tief durch, als ich mich von ihr löste, und ich war mir nicht sicher, ob sie erleichtert war, weil ich wieder Abstand zwischen uns gebracht hatte, oder ob sie sich darüber ärgerte, zu lange gezögert zu haben.

Sie folgte mir die Treppen nach oben in das Separee, und ich konnte nur hoffen, dass Damien nicht hier war, um mit irgendwelchen Frauen zu feiern. Doch zu meinem Glück war der Raum leer, und kaum dass ich die Tür hinter uns geschlossen hatte, war es fast vollkommen still.

Ich half ihr aus ihrem Mantel und beobachtete Ashley, wie sie sich umsah. Wie sie die dunkelrot beleuchtete Bar in Augenschein nahm, wie sie weiterging, um mit ihren zarten Fingerspitzen über das Leder des Sessels zu streifen, auf dem ich gestern noch mit dieser Terry gesessen hatte.

Ich schloss die Augen und versuchte, die Erinnerung an diese Nutte abzuschütteln. Sosehr ich den gestrigen Abend gehofft hatte, Ashley aus dem Kopf zu bekommen, weil ich sie womöglich nie haben können würde, hatte ich es doch nicht geschafft.

Terry hatte sich auch alle Mühe gegeben, ihren Job zu machen, und es war nicht leicht gewesen, mich ein paar Minuten von ihr loszureißen. Erst als ich sie dazu überreden konnte, bei Damien und seiner Blondine mitzumachen, fand ich Zeit, Ashley anzuschreiben und sie um dieses Date zu bitten.

Dass ich mir anschließend von Terry einen blasen ließ, machte mich nicht stolz. Und dass ich mir dabei tatsächlich vorgestellt hatte, es wäre Ashley, die da zugange war, machte die Sache auch nicht besser.

Doch heute war *sie* hier. Ich hatte einen ganzen Abend, um Zeit mit ihr zu verbringen, und das war mehr, als ich noch vor wenigen Tagen zu hoffen gewagt hätte.

»Gefällt es dir hier?« Ich stellte mich schräg hinter sie an die große Fensterfront und blickte wie sie auf die Tanzfläche hinunter, auf der sich dicht an dicht Körper zur Musik bewegten. »Oder willst du dich lieber dort unten in das Gedränge werfen? Ist das die Normalität, die du suchst, Ashley?«

»Nein, es ist okay hier oben«, sagte sie und wandte sich mir zu. »Sehen die Leute uns hier?«

»Nein, von unten sieht diese Glaswand wie ein Spiegel aus.«

Sie versank tief in meinen Augen, als ob sie darin lesen wollte. Und wieder einmal wurde ich nicht schlau aus ihrem Blick.

»Willst du etwas zu trinken?« Ich lenkte mich damit ab, da mich die Ungewissheit über ihre Gedanken ärgerte.

»Gerne.«

»Wodka, Gin, Whisky? Oder lieber Wein oder Bier?«

Personal hatte ich heute nicht angefordert, da keine Party anstand. Und ich hatte nicht erwartet, dass sie mit mir in den Club gehen würde … Ich hielt sie nicht für den typischen Clubbesucher – und der war sie vermutlich auch nicht.

»Ich … nehme ein Bier, bitte. Oder … vielleicht doch lieber Wodka auf Eis?«

Sie sah mich fragend an, und ich lachte. »Kein Problem.«

»Aber nur ein kleines Glas. Nicht, dass ich völlig betrunken werde.«

»Keine Sorge, ich werde dich nicht abfüllen.« Zwinkernd reichte ich ihr das Glas, das sie erst einmal schwenkte, ohne zu trinken.

»Und ... du kannst dich hier einfach so bedienen?«

»Dieser Club gehört mir. Also ja, ich darf hier alles machen, was ich will.«

»Oh.« Sie runzelte erst die Stirn, dann wandte sie sich wieder den tanzenden Menschen unter uns zu.

»Gefällt dir die Musik? Ich kann sie lauter drehen, wenn du willst, auf eine eigene Playlist umstellen oder sie ganz ausmachen.«

»Lauter, bitte.« Sie antwortete, ohne mich anzusehen.

Ich tat wie geheißen, dann stellte ich mich neben sie. »Wenn du tanzen willst, Ashley, können wir auch nach unten gehen. Oder wir bleiben hier, ganz, wie du möchtest.«

Verdammt, seit wann ließ ich denn Wahlmöglichkeiten? Normalerweise gab ich den Ton an, und bisher hatten sich noch alle Frauen – ja fast schon wie schnurrende Kätzchen – meinen Anweisungen gefügt. Doch Ashley wirkte so ... verunsichert, dass ich gar nicht anders konnte, als nach ihren Wünschen zu fragen ... Denn ich wollte unbedingt, dass sie sich wohlfühlte.

Zu gern hätte ich sie hier tanzen gesehen, doch ich war mir ziemlich sicher, dass sie es nicht tun würde. Immer noch war sie vorsichtig und zaghaft.

Umso überraschter war ich, als sie – gedankenverloren oder ganz bewusst – ihre Hüften zu wiegen begann. Ich lehnte mich unweit von Ashley an die Glasscheibe, um dieses Schauspiel zu genießen und sie dabei zu beobachten.

Ihre Augen waren geschlossen, und ein leichtes Lächeln lag auf ihren Lippen.

Mit flachem Atem sah ich zu, wie sie ihr Becken kreisen ließ, und malte mir aus, dass sie das auf mir machen würde. Mein Blick heftete sich auf ihre Lippen, glitt tiefer über ihren Hals zu dieser verfluchten Kette, die ich den ganzen Abend zu ignorieren versucht hatte. Doch jetzt konnte ich sie nicht mehr länger ausblenden. Fasziniert folgte ich den feinen Gliedern bis zu deren Ende, das eine Perle zeigte und danach im Ausschnitt ihres Kleides verschwand.

Ich stieß mich von der Scheibe ab, ohne meine Augen von dem Schmuck abzuwenden. In diesem Moment drehte sie den Kopf, um meinen Blick intensiv zu erwidern. Das unablässige Schaukeln ihrer Hüften war unwiderstehlich, doch ich hielt mich zurück.

Ashley sah mich provokant an, trank ihren Wodka in einem Zug, worauf sie kurz die Augen zusammenkniff. Dann stellte sie das Glas auf einem Stehtisch neben uns ab.

»Willst du nicht auch tanzen?«, fragte sie, und ich bildete mir ein, ihre rehbraunen Augen verschmitzt aufblitzen zu sehen.

»Ich bin kein sonderlich guter Tänzer«, flunkerte ich, da ich nicht wusste, ob ich ihr länger widerstehen könnte, wenn ich mit ihr tanzen und dabei ihr Körper sich an meinem reiben würde.

»Du bist ein schlechter Lügner.«

Ich musste lachen, da sie meine eigenen Worte gegen mich verwendet hatte. Der Song war zu Ende, was ich zum Anlass nahm, sie anzugrinsen.

»Gerettet«, sagte ich und wollte mich eben der Bar zuwenden, als langsame Klänge von Beyoncé aus den Boxen drangen.

»Von wegen!« Herausfordernd sah sie mich an.

Laut lachend legte ich den Kopf in den Nacken.

So eine Scheiße, mir wurde hier wohl gerade ein Strich durch die Rechnung gemacht.

Ich verfluchte in Gedanken den DJ – der hatte keine Ahnung, welchen Qualen ich durch diesen Song ausgesetzt werden würde. Und ich verfluchte mich, weil ich so ritterlich war, ihr zu erlauben, selbst das Tempo zwischen uns zu bestimmen.

Verdammt, hätte ich meine Klappe gehalten, wäre sie jetzt fällig. Ich würde die Tür verschließen, sie hier und jetzt verführen und im Takt der Musik gegen diese Glasscheibe gedrückt ficken …

Doch das musste vorerst meine Fantasie bleiben. Ein King brach keine gegebenen Versprechen.

Ich atmete tief aus, um mich zu beruhigen. Dann legte ich einen Arm um ihre Taille und zog sie an mich, während ich mit der anderen nach ihrer Hand griff und diese auf meine Schulter legte. Es war mir unmöglich, den Blick von ihren Augen und ihrem makellos schönen Gesicht zu nehmen, während ich langsam begann, mich mit ihr im Takt zu wiegen.

»Du spielst mit mir, ist es so?«, fragte ich sie mit zusammengebissenen Zähnen.

Jedes Mal, wenn ich mein Gewicht auf den anderen Fuß verlagerte, pendelte ihr Becken noch weiter und verursachte dadurch eine Reibung an meiner Mitte. Ich war mir nicht sicher, ob sie meine Erregung spüren konnte – andererseits war es mehr als offensichtlich. Mein Schwanz war prall, meine Eier schmerzten, und mein ganzer Körper schrie nach dieser Frau.

»Ich spiele nicht, Travis«, hauchte sie und sah mir dabei auf die Lippen.

»Dann sag es«, flehte ich sie an und konnte nicht glauben, dass ich eine Frau anbettelte.

»Ich … kann nicht.«

»Wieso nicht?«

»Weil ich … Angst habe«, gestand sie und brachte mich damit aus dem Konzept.

Abrupt versteifte ich mich. »Wovor hast du Angst, Ash?« Ich hatte mit Schüchternheit gerechnet, mit Unsicherheit … aber nicht mit *Angst*.

Als ich ihren Kosenamen aussprach, hob sie ihren Blick und sah mir in die Augen. Die Intensität, die darin loderte, raubte mir fast den Atem.

»Ich weiß nicht … Vor vielen Dingen. Tut mir leid, ich kann das nicht aussprechen, ich …«

»Nur einen Kuss«, bettelte ich. Herrgott, ich würde hier und jetzt vor ihr auf die Knie fallen, nur um sie küssen zu dürfen. »Ich wünsche mir nur einen einzigen Kuss von dir. Ich will deine Lippen schmecken, deinen Atem trinken. Ich will, dass du einmal fühlst, was möglich wäre, und dann …«

Ich atmete tief aus und schloss für eine Sekunde die Augen.

»Wenn du mich dann immer noch nicht willst, werde ich es akzeptieren. Dann besteht unser Verhältnis nur noch auf beruflicher Ebene, und ich werde kein weiteres Mal diese Grenze überschreiten.«

Als ich mich das sagen hörte, konnte ich gar nicht fassen, was da eben meinen Mund verlassen hatte. Doch ich sah in diesem Kuss meine einzige Chance. Ich musste ihr zeigen, was sie haben könnte – oder verpassen würde, wenn sie mir nicht mehr geben würde.

»Dann … küss mich«, sagte sie und trieb damit meinen Puls in die Höhe.

Meinte sie das jetzt ernst? Ein erstauntes »Wirklich?« konnte ich nicht unterdrücken.

Sie hob mit geschlossenen Lidern den Kopf leicht an. Als sie dann noch ihre Lippen öffnete, legte ich eine Hand in ihren Nacken. Mit einem unterdrückten Stöhnen zog ich sie noch näher an mich, falls das überhaupt möglich war, und legte meinen Mund auf ihren.

Feuchter Atem schlug mir entgegen, den ich gierig in mich aufsog. Ihre Lippen waren so weich und voll. Ich verharrte kurz, ließ dieses unglaubliche Gefühl der Nähe auf mich wirken, während ich ihren Duft nach Rosen und Vanille in mich aufsog und nicht fassen konnte, dass sie tatsächlich Ja gesagt hatte.

KAPITEL 5

Crown

Seine Lippen auf meinen fühlten sich so verboten und doch so unerlässlich an. Den ganzen Abend schon sehnte ich mich nach seinen Berührungen, nach dem Gefühl, das sie in mir auslösten. Trotzdem saß tief in mir die Angst, was danach passieren würde.

Ich wollte nicht sein Spielzeug für eine Nacht sein oder eines seiner Betthäschen werden, das vielleicht in irgendeinem Klatschpressenbericht mit ihm abgelichtet werden würde, nur um danach auf der endlosen Liste seiner Eroberungen zu landen. Doch würde ich das verhindern können?

Er wollte mich, und ich begehrte ihn ebenfalls. Aber ich befürchtete, dass es bei mir nicht anders sein würde als bei allen anderen vor mir. Er würde meiner irgendwann überdrüssig sein, vielleicht sogar schon nach einem Mal.

Eigentlich war ich mir dafür zu schade. Aber ich sehnte mich tatsächlich so sehr nach mehr, dass ich nicht wusste, ob ich ihm noch lange würde widerstehen können. Doch alles in mir sträubte sich gegen diese Schwäche. Und schon gar nicht wollte ich gegen meine eigenen Regeln verstoßen, indem ich mich mit jemandem einließ, für den ich arbeitete.

Trotzdem schrie mein ganzer Körper nach Travis King – spätestens ab dem Moment, als er meine Wohnung betreten hatte, um mich abzuholen. Seine Blicke sprachen Bände. Ja, er wollte Sex mit mir, doch ich war mir nicht sicher, dass mich das zu etwas Besonderem für ihn machte – auch wenn ich mich tief in mir drinnen genau danach sehnte. Ich wusste, es war unrealistisch, aber sosehr ich mich auch dagegen wehrte, ich konnte diesen Wunsch nicht abstellen.

Ich war mir so sicher, dass hinter seiner knallharten Fassade ein weicher, sensibler Kern steckte. Ich sah es in seinen Augen, wenn er lächelte. Wenn er mich ansah, als würde ich … etwas in ihm auslösen. Doch andererseits konnte das auch nur ein verrücktes Wunschdenken von mir sein, das mich mehr und mehr in die Hölle trieb. Denn wie sollte ich mir sicher sein, dass er nicht das Interesse an mir verlieren würde, wenn er mich erst einmal gehabt hatte?

Als er mir jedoch versprochen hatte, dass er nur einen Kuss wollte und es nicht zu mehr kommen würde, wusste ich, was ich tun musste, um meinen inneren Frieden zu finden. Ich konnte ihn küssen, ohne Angst haben zu müssen, später in seinem Bett aufzuwachen und nur eine schnelle Nummer für ihn gewesen zu sein. Zumindest für heute war ich sicher. Trotzdem konnte ich ihn kosten, konnte meinem Körper ein Stück von diesem süßen Kuchen namens Travis King gönnen. Ich musste nicht gleich das ganze Dessert haben, wenn ich es nicht wollte. Und nur so würde ich auch feststellen, ob er tatsächlich so verlockend war, wie mein Körper mir die ganze Zeit einzureden versuchte. Vielleicht würde ja nach diesem einen Kuss sowieso alles vorbei sein und wir könnten uns ohne weitere Spannungen auf rein geschäftlicher Ebene weiter unterhalten und treffen.

Als er jedoch sanft mit seiner Zungenspitze gegen meine Lippen stieß und diese teilte, als ich ihn schmeckte und die Bewegungen seiner Zunge auf meiner spürte, fühlte ich mich so hilflos wie zuvor. Denn, verdammt noch mal, ich hätte ahnen müssen, dass er nicht einfach nur ein gewöhnliches Kuchenstück war, das man sorglos probieren konnte. Travis King war die Sünde aller Desserts …

Er schlang seine Arme um mich, erkundete mit seinen Händen meinen Körper und rieb seine Erregung, die ich bereits während des Tanzes gespürt hatte, an mir, die mir durch den Stoff schon weiche Knie bescherte. Sein Atem vermischte sich mit meinem, während er kehlig stöhnte und meinen Mund in Besitz nahm. Er schien mich wortwörtlich vernaschen zu wollen – und ich wollte zu meinem Schrecken genau dasselbe.

Seufzend krallte ich mich an seinem Sakko und in seinen Haaren fest. Ich ließ zu, dass er mich gegen die kühle Glasscheibe presste, dass er mit einer Hand meinen Oberschenkel berührte, weiter nach oben bis unter mein Kleid glitt, um auf meiner Haut ein Feuer zu entfachen. Alles in mir sehnte sich nach ihm, nach seinem Duft, seinem Stöhnen, das immer wieder aus der Tiefe seiner Brust hervorquoll und als elektrisierendes Prickeln über meinen Körper in meinen Schoß glitt.

Heftig atmend ließ ich zu, dass er seine Küsse über mein Kinn und meinen Hals fortsetzte und dem Weg der Kette folgte. Mein Verstand hatte ausgesetzt. Alles, was ich wollte, war, dass Travis sich nahm, wonach ihm verlangte. Völlig egal, was ich vor ein paar Minuten noch gesagt oder gedacht hatte – ich wollte ihn. Jetzt!

Seine Zunge glitt über mein Dekolleté zu meinen Brüsten. Grob packte er sie, drückte sie nach oben und schob gleichzeitig mit seinen Daumen den Ausschnitt meines Kleides zur Seite. Mit einem animalischen Knurren leckte er über meine Rundungen, zwischen denen noch immer die Feder der Kette steckte.

Eine weitere Welle der Erregung erfasste mich. Die Nässe zwischen meinen Beinen ließ mein Höschen feucht werden, und ich stöhnte leise auf.

Travis sollte mich bekommen. Sofort. Unmöglich konnte ich länger warten, denn er hatte mich mit diesem einzigen Kuss von sich überzeugt. Mein Körper schrie nach ihm. Ich wollte es so, und ich wollte ihn – mitten in diesem Club, genau an dieser Glasscheibe. Oder auf diesem Ledersessel. Oder an dem Bartresen …

Er packte mich erneut im Nacken. Seine Brust hob und senkte sich rasch, als er mir tief in die Augen sah. Dann lehnte er seine Stirn gegen meine, um sich zu beruhigen.

Nein! Nicht aufhören!

Sein Atem strich mir über das Gesicht.

»Whow«, keuchte er, runzelte die Stirn und verzog sein Gesicht zu einem schiefen Grinsen.

Whow? Was hieß denn bitte whow? War das ein »Whow, war das gut«? Oder sollte ich es in die Kategorie »Whow, was für eine Enttäuschung« einordnen?

Ernüchterung stieg in mir auf, obwohl ich immer noch berauscht von ihm und diesem Kuss war. Für mich war es eindeutig ein Whow der ersten Sorte, denn ich hatte den Kuss nicht nur genossen, ich hatte mich von ihm beflügeln lassen …

Travis drückte sanft seine Lippen auf meine Nase – eine so zärtliche und vertraut wirkende Geste, die mich aus der Bahn warf und mich darin bestätigte, dass der kühle

Mr King ganz anders sein konnte, als er sich nach außen gab.

Als wäre das nicht alles schon viel zu viel Durcheinander für mich, brachte er Abstand zwischen uns. Er drehte mir den Rücken zu und ging zur Bar. Gemächlich goss er sich Whisky in ein Glas und stützte sich an den Tresen, ohne mich weiter anzusehen.

Ich wollte etwas sagen, war aber zu irritiert von seinem Nach-Kuss-Verhalten. Hatte er mich nun zurückgewiesen? Hatte er festgestellt, dass dieser Kuss zwar gut war, aber nicht für mehr reichte, ihm nicht das gab, was er erwartet hatte?

»Willst du auch noch was trinken?«, hörte ich ihn fragen, als ich beschämt der tanzenden Masse unter uns zusah.

Mit aller Kraft kämpfte ich gegen das niederschmetternde Gefühl der Abfuhr an, obwohl ich gleichzeitig wusste, dass es unsinnig war, denn er hatte ja gesagt, dass er mich nur küssen würde. Trotzdem hatte ich mir im Rausch der Gefühle mehr erhofft. Und ich hatte gedacht, dass es ihm genauso ginge. Also wieso zeigte er mir nun die kalte Schulter?

»Ja, bitte«, antwortete ich mit belegter Stimme, griff nach meinem leeren Glas und ging zu ihm. Ich stellte es neben seinem ab und sah ihm zu, wie er die klare Flüssigkeit einschenkte.

Schnell hob ich das Glas an meine Lippen und leerte es in einem Zug. Ich brauchte das jetzt einfach, um mich wieder lebendig zu fühlen. Um zu wissen, dass ich immer noch hier war, in diesem Club. Mit Travis King. Und dass dieser Kuss kein Traum gewesen war. Vor allem aber, dass diese Verschnaufpause kein Drama war.

Mein Hals brannte wie schon beim ersten Drink, den ich viel zu schnell hinuntergekippt hatte, um mir Mut zu machen. Ich kniff die Augen fest zusammen und wartete, bis die Wärme nach unten in meinen Magen gekrochen war. Doch der dumpfe Schmerz der Zurückweisung saß hartnäckig dort fest und ließ sich auch mit Wodka nicht vertreiben.

»Alles okay?« Seine sanfte Stimme riss mich aus meinem Selbstmitleid.

Ich nickte nur. Da umfasste er mein Kinn und zwang mich, ihn anzusehen. Das blinkende Licht, das durch die dunkle Scheibe drang, spiegelte sich sanft in seinen so schönen Zügen. Sein Blick war … verletzt, was mich überraschte.

»Ich kann so vieles aus deinem Gesicht, in deinen Augen ablesen, Ash. Aber du gibst mir immer wieder neue Rätsel auf, die ich nicht entschlüsseln kann. Also bitte … sag mir, was gerade in deinem hübschen Kopf vorgeht.«

»Tut mir leid, ich wollte die Stimmung nicht zerstören, ich …« Fest biss ich mir auf die Lippe. Ich konnte unmöglich zugeben, dass ich mich so sehr nach mehr von ihm sehnte; konnte ihm nicht sagen, er solle sich nehmen, was ich ihm angeboten und doch nicht zugesichert hatte.

Ich hatte vor wenigen Minuten eine Schwelle übertreten, die ich nie passieren wollte. Ich war nicht eine von jenen Frauen, die sich um ihn scharten, nur um mit ihm im Bett zu landen. Und doch wollte ich unerklärlicherweise genau das.

Travis legte seinen Kopf schief und wartete noch immer auf eine Antwort von mir. Doch ich hatte keine Ahnung, was ich noch hätte sagen sollen. Jedes weitere Wort würde einen schlechten Eindruck hinterlassen.

»Du hast die Stimmung nicht zerstört, das war ich.« Travis versuchte sich an einem Lächeln. »Vielleicht hätten wir doch hinuntergehen sollen zum Tanzen. Wenn ich mit dir allein in einem Raum bin, habe ich mich nicht unter Kontrolle. Sollte ich aber.« Er fuhr sich mit gespreizten Fingern durch die Haare. »Du bist einfach so … anders. Damit umzugehen, fällt mir schwer.«

Er konnte nicht mit mir umgehen …! Verletzt wich ich seinem Blick aus, doch er griff wieder sanft nach meinem Kinn und kam einen Schritt auf mich zu, sodass sich unsere Körper fast wieder berührten.

Ich versank in seinen eisblauen Augen, die im Licht schimmerten wie flüssiges Silber.

»Wenn du schlau bist, suchst du dir einen lieben Kerl. Einen, der dich zu schätzen weiß. Der mit deiner zarten Seite umgehen kann, denn ich kann es nicht. Irgendwann wird der Punkt kommen, an dem ich dir nicht mehr das geben kann, was du brauchst. Ich werde dir dein süßes Herz brechen, und das … solltest du verhindern, Ashley.«

Mein Herz klopfte fest gegen den Hals. Mein Mund war staubtrocken, und trotz der immer noch lauten Musik konnte ich das Blut in meinen Ohren rauschen hören.

Er hatte mir gerade genau das gesagt, was mein Kopf mir schon die ganze Zeit weismachen wollte. Etwas, was mein Körper nicht akzeptieren konnte. Denn noch immer sehnte ich mich nach seinen Berührungen.

Und als wäre das alles nicht schon verwirrend genug, beugte er sich zu mir herab, bis seine Lippen warm auf meinen lagen. Er atmete tief ein, fuhr mit gespreizten Fingern an meinen Hinterkopf und hielt mich so zärtlich fest, als wäre ich eine seltene Blume. Seine Zunge glitt in meinen Mund, ließ mich ihn ein letztes Mal schmecken, ehe er Abstand zwischen uns brachte und eine unsagbare Leere in meiner Brust zurückließ.

Gezwungen lächelnd griff er nach meiner Hand, verschränkte seine Finger mit meinen und zog mich sanft in Richtung Tür. »Wir sollten gehen. Ich bringe dich nach Hause, Ashley.«

Völlig benommen nickte ich, obwohl ich eigentlich »Nein« schreien wollte. Ich wollte mich dagegen wehren, einfach so von ihm aufgegeben zu werden. Ja, möglicherweise war ich anders als die Frauen, mit denen er bisher zusammen gewesen war. Aber ich wollte deswegen nicht auf ihn verzichten müssen. Was sollte ich nur tun? Immer und immer wieder kreiste diese Frage durch meine Gedanken, aber die Antwort blieb mir verschlossen.

Ich hatte keine Ahnung, wie wir zu seinem Wagen gekommen waren. Mir wurde erst bewusst, wo wir uns befanden, als er vor meinem Haus hielt und meinen Gurt löste.

Immer noch fühlte ich mich schrecklich, zurückgewiesen. Eigentlich sollte ich mich glücklich schätzen, da es genau das war, was ich ursprünglich gehofft hatte. Doch nun hätte ich am liebsten die Zeit zurückgedreht. Ich wünschte, ich hätte ihm gleich klargemacht, dass ich mehr von ihm wollte als nur diesen Kuss. Aber jetzt war es zu spät …

»Ich begleite dich noch hoch bis zu deinem Apartment«, bot er an.

Für einen kurzen Moment jubelte ich innerlich auf – vielleicht hoffte er ja, dass ich ihn noch nach drinnen einladen würde. Doch er sah mich besorgt an, als wäre ich nicht mehr ganz zurechnungsfähig. Womit er vielleicht sogar recht hatte, aber hey, er war derjenige, der mir eine Abfuhr erteilt hatte und mich nach Hause brachte, statt mit mir noch länger den Abend zu genießen.

Die Fahrt mit dem Aufzug war nicht zu vergleichen mit der vor ein paar Stunden. Schweigend standen wir nebeneinander und starrten auf das Display, das uns zeigte, welchen Stock wir eben passierten.

Wir stiegen aus. Vor der Tür zu meinem Apartment blieben wir stehen. Ich öffnete meine Clutch, um den Schlüssel herauszuholen.

»Vielen Dank für den schönen Abend«, sagte ich, ohne ihn dabei anzusehen. Unmöglich konnte ich erneut in seine blauen Augen sehen, aus Angst, mich noch einmal darin zu verlieren.

»Ich hab zu danken. Dass du mir diese eine Chance gegeben hast, dich zu küssen.«

»Jederzeit wieder«, antwortete ich, was ihm ein erstauntes Geräusch entlockte.

»Was?«, fragte ich und sah ihn endlich an. »Denkst du, es hat mir nicht gefallen?«

»Ich *weiß*, dass es dir gefallen hat«, erwiderte er mit verschmitztem Grinsen, und sofort verspürte ich dieses verlangende Ziehen in meinem Schoß, als ich an den heißen Kuss denken musste. »Aber ich dachte nicht, dass du um eine Wiederholung bittest. Du weißt, dass es kein Happy End wie in einem Märchen geben wird.«

Ich nickte, obwohl ich heftig den Kopf schütteln wollte. Ja, ich wusste es, weil er es mir gesagt hatte, aber ich wollte es nicht wahrhaben. Die Vorstellung, dass dieser Mann, der mir seine weiche, zärtliche Seite gezeigt hatte, ein herzloses Arschloch sein sollte, der Frauen nur zu seinem Vergnügen ausnutzte, wollte einfach nicht in meinen Kopf. Ich war fest davon überzeugt, dass er ganz anders war, als er selbst von sich glaubte.

»Küss mich«, bat ich ihn leise. Ich brauchte diesen einen letzten Kuss. Wenn es vielleicht nie wieder einen geben würde, wollte ich ihn zumindest ein letztes Mal schmecken.

Travis stieß geräuschvoll den Atem aus, dann küsste er mich vorsichtig. Sein Mund strich über meinen, während er mich an sich zog und mit einer Hand durch meine Locken wühlte. Ich schlang meine Arme um seinen Nacken, spürte das stachelige Haar an seinem Hinterkopf. So gerne wollte ich es fühlen, während ich seinen Kopf zwischen meine Schenkel presste und seine Zunge dort machen ließ, was er heute mit meinem Mund angestellt hatte.

»Geh noch einmal mit mir aus«, murmelte er atemlos und riss mich aus meinem Wunschtraum.

Verwirrt drückte ich mich von ihm weg. Seine Augen hatte er geschlossen, während ich versuchte, aus all dem schlau zu werden.

»Wieso jetzt doch? Ich dachte, du willst mich nicht …?«

Travis lachte kehlig auf. »Gott, verdammt, Ash, ich will dich mit jeder Faser meines Körpers. Schau nur, was du mit mir machst …«

Er nahm meine Hand und führte sie einfach an seinen Schritt, wo ich das volle Ausmaß seines Begehrens spürte.

Langsam zog ich meine Hand zurück.

»Aber … du hast gesagt, dass …«

»Dass du dir besser einen anderen Mann suchen solltest, wenn du nicht willst, dass ich dir das Herz breche. Denn das werde ich.«

»Nein, das wirst du nicht, Travis.« Meine Stimme klang dabei tatsächlich überzeugter, als ich es war.

»Das werde ich, Ash. Ganz sicher. Das war schon immer so, und daran wird sich nichts ändern. Es liegt mir quasi in den Genen – wenn du es so nennen willst.« Ein trauriges Lächeln tauchte auf seinen Lippen auf, als er zärtlich über meine Wange streichelte. »Aber wenn du bereit bist, dieses Risiko einzugehen …«

»Das bin ich«, sagte ich schnell, bevor er wieder etwas aussprechen könnte, was mich an allem zweifeln ließ. Herrje, ich beging eben einen riesigen Fehler, das spürte ich in dem Moment, als die Worte meinen Mund verließen.

»Scheiße …«, murmelte er. »Sag nicht, ich hätte dich nicht gewarnt.« Dann küsste er mich, so intensiv und leidenschaftlich, dass die Sehnsucht erneut wie eine heiße Glut in mir aufflackerte.

Ich atmete Travis ein, schmeckte sein Verlangen nach mir, während mir im Kopf schwindelig wurde, es im Bauch flatterte und sich mein Schoß sehnsuchtsvoll zusammenzog.

»Kommst du noch mit hinein?«

Travis sog neckend meine Unterlippe ein und entlockte mir ein wehmütiges Stöhnen.

»Heute nicht. Erst sollten wir noch einmal ein richtiges Date haben. Eines, das du dir verdient hast, eines, das zu dir passt. So, wie es sich gehört. Ich will wenigstens diese eine Sache richtig machen. Und bis dahin werde ich auf dich warten, liebste Ashley …«

Ein letztes Mal hauchte er mir einen – diesmal unschuldigen – Kuss auf die Lippen, ehe er sich von mir löste und langsam zurück zum Aufzug ging.

Ich stand an den Türrahmen gelehnt und sah ihm nach, bis sich die Fahrstuhltüren hinter ihm geschlossen hatten …

* * *

Den ganzen Sonntag über hatte ich nichts von Travis gehört, was mich völlig verrückt machte. Ich hatte keine Ahnung, wann er mich das nächste Mal sehen wollte, und immer wieder hörte ich ein leises Stimmchen in meinem Hinterkopf, das mir zuflüsterte, er könnte es sich womöglich doch noch einmal anders überlegt haben.

Um nicht völlig durchzudrehen, arbeitete ich an den Fotos von *KING Estate*. Wenn ich in dem Tempo weitermachen würde, hätte ich sie Montagvormittag fertig. Noch unschlüssig, überlegte ich, ob ich ihm das Bildmaterial per Filehosting-Dienst zukommen lassen, sie persönlich vorbeibringen oder lieber einen Boten schicken sollte.

Nach allem, was gestern Nacht passiert war – und was nicht passiert war –, wusste ich nicht, ob ich ihm im beruflichen Umfeld noch einmal ins Gesicht sehen könnte, ohne fürchterlich zu erröten. Davon abgesehen hatte ich keine Ahnung, wie er mein eventuelles Aufkreuzen in seinem Büro deuten würde. Könnte er daraus schließen, dass ich zu sehr klammerte, und daraufhin unser nächstes Date abblasen, bevor es dazu kam? Wer wusste schon, wie Travis King tickte?

Ich hasste es, wenn ich so verunsichert war. Das kannte ich nicht von mir. Normalerweise gab es für mich mindestens zwei Wahlmöglichkeiten, und meist wusste ich bereits im Vorfeld ganz genau, welchen Weg ich gehen würde. Bei Travis hatte ich das Gefühl, in einem Wald zu stehen, bei dem es viele mögliche Wege gab, ich aber nicht sagen konnte, ob sie sich im Dickicht verliefen oder ob einer davon mich aus dem Wald oder auf eine Lichtung führen würde.

Mit geschlossenen Augen presste ich Zeige- und Mittelfinger an die Schläfen und versuchte, rational zu denken. Was würde ich tun, wenn es sich um einen normalen Kunden handeln würde, den ich unbedingt für mich gewinnen und für Folgeaufträge begeistern wollte? Verflixt, warum war das nur so kompliziert?

Mit einem unterdrückten Stöhnen öffnete ich mein Mailprogramm am Computer und griff nach seiner Visitenkarte, die seit dem Fotoshooting am Dienstag auf meinem Schreibtisch lag – gut sichtbar, weil ich es nicht übers Herz gebracht hatte, sie in die Karteischublade zu den anderen zu legen.

An: Travis King
Von: Ashley Crown
Betreff: Ihre Daten

Sehr geehrter Mister King,
ich stelle die von Ihnen gewünschten Daten des Fotoshootings voraussichtlich am Montagvormittag fertig. Möchten Sie, dass ich Ihnen die Fotos über einen Filehosting-Dienst oder per Kurier zukommen lasse, oder wünschen Sie, mich persönlich zu sprechen? Dann würde ich gerne noch einmal bei Ihnen im Büro vorbeischauen.
Beste Grüße,
Ashley Crown
Crown[Estate]Photographer

Da ich mir heute keine Antwort von ihm auf meine E-Mail erwartete, schaltete ich den Computer in den Stand-by-Modus und ging in die Küche, um mir Instantnudeln zu kochen. Über der Arbeit hatte ich völlig das Essen vergessen, und jetzt meldete sich der Magen mit verräterischem Knurren.

Eine gute Viertelstunde später saß ich mit dem Teller in der Hand auf der Couch und zappte mich durch die Nachmittagssoaps im Fernsehen, als ein leises Klingeln den Eingang einer E-Mail auf meinem Smartphone ankündigte.

Seinen Namen in meinem Posteingang zu entdecken, überraschte mich. Travis King kümmerte sich also auch sonntags um die Belange seines Unternehmens.

An: Ashley Crown
Von: Travis King
Betreff: AW: Ihre Daten

Sehr verehrte Miss Crown,
ich muss gestehen, Ihre förmliche Anrede hat mich irritiert – gemessen an der Tatsache, dass ich Sie gestern im Club am liebsten gegen die Glasscheibe gedrückt ficken wollte. Aber wenn Sie auf diesen förmlichen Umgang bestehen, will ich Ihnen natürlich nicht zu nahetreten.
Es würde mich sehr freuen, Sie am Montag gegen fünf Uhr nachmittags in meinem Büro begrüßen zu dürfen.
Und falls Sie noch Interesse an einem weiteren Date mit mir haben sollten, würde ich Sie heute Abend gegen 19:30 Uhr von meinem Chauffeur Kristopher abholen lassen. Dass das alles andere als »normal« ist, dessen bin ich mir bewusst. Aber dieses Date soll für Sie ganz besonders werden – wie bereits versprochen.
Ich würde mich also über Ihre Zusage freuen.
Mit besten Grüßen,
Travis King
CEO, KING Estate

PS: Ich hoffe, Sie wissen, dass mich allein der Gedanke an Ihre weichen Lippen, Ihre festen Brüste und an Ihre zarte Haut hart werden lässt.

Mit offenem Mund starrte ich auf die Zeilen und las sie ein weiteres Mal, weil ich nicht glauben konnte, was er mir geschrieben hatte. Das Wissen, dass es ihm gestern im Club genauso gegangen war wie mir, dass er sich ebenfalls nach mehr gesehnt hatte, rieselte wie ein wohliger Schauer über meinen Rücken. Leise seufzend schloss ich die Augen und rief mir seine Berührungen in Erinnerung.

Dann stellte ich den halb leeren Teller auf den Tisch vor mir und tippte gleich eine Antwort.

An: Travis King
Von: Ashley Crown
Betreff: RE: AW: Ihre Daten

Mister King,
ich wusste ja nicht, dass niemand anderes Zugriff auf Ihre E-Mails hat. Aber wenn das so ist, kann ich Ihnen verraten, dass ich mir im Club ebenfalls gewünscht hatte, dass es nach diesem Kuss nicht vorbei wäre. Um genau zu sein, deckte sich meine Vorstellung vom weiteren Verlauf des Abends haargenau mit Ihrer.
Im Übrigen werde ich morgen zur gewünschten Zeit in Ihrem Büro sein.
Oh, und ich freue mich darauf, Bekanntschaft mit Kristopher zu machen.
Ash

Von einem Chauffeur abgeholt zu werden, empfand ich als seltsam und verunsichernd, aber ich rief mir in Erinnerung, mit wem ich mich traf. Wenn also ein Chauffeur zu Travis Kings Leben gehörte, dann würde ich mich damit abfinden müssen, wenn ich eine noch so winzige Rolle darin spielen wollte. Und es war schließlich nichts Verwerfliches – die reichsten und machtvollsten Leute hatten einen Chauffeur. Warum also nicht auch einmal in den Genuss kommen?

Es dauerte nur wenige Minuten, bis ich seine Antwort erhielt.

An: Ashley Crown
Von: Travis King
Betreff: Geschockt

Ich muss gestehen, Ihre Offenheit überrascht und schockiert mich gleichermaßen, Miss Crown. Damit hätte ich nicht gerechnet. Ich hoffe doch sehr, dass Sie das nächste Mal kein Geheimnis mehr daraus machen, wenn Sie dieses Verlangen überfällt. Dass ich Sie haben will, wissen Sie ja bereits.
Travis

Eigentlich konnte ich es kaum erwarten, für das heutige Date das passende Outfit auszusuchen. Doch eine kurze Antwort musste ich noch schreiben.

An: Travis King
Von: Ashley Crown
Betreff: AW: Geschockt

Wenn es Sie beruhigt: Mich schockiert mein Verhalten gleichermaßen. Es erregt mich aber auch, und ich kann es kaum erwarten, Sie heute Abend wiederzusehen.
Ash

Seine Antwort war kurz, schürte das Ziehen in meinem Schoß und hinterließ eine leise Vorahnung dessen, was mich in wenigen Stunden erwarten würde.

An: Ashley Crown
Von: Travis King
Betreff: Achtung!

Und ich kann es kaum erwarten, Sie zum Schreien zu bringen.

* * *

Ich trug tatsächlich das rote Kleid, das ich Madison gestern noch verweigert hatte. Es war wirklich sehr gewagt, bestand fast ausschließlich aus Spitze und endete nur knapp unter dem Po. Ich musste verrückt sein, dieses Kleid anzuziehen, aber irgendwie erschien es mir passend zu meiner Stimmung. Und nachdem ich das letzte Mal ein Kleid mit tiefem Ausschnitt angehabt hatte, war mir diesmal danach, diesen hochgeschlossenen Hauch von nichts zu tragen. Außerdem hatte ich mich an ihrem Make-up für mich versucht, was mir erstaunlich gut gelungen war. Meine Haare drehte ich noch einmal über den Lockenstab, bis sie mir wieder in Wellen über die Schulter fielen. Und um mich gegen die Kälte zu schützen, zog ich meine schwarzen Overknee-Stiefel an und schlüpfte in den flauschigen Cashmere-Mantel, der nur wenige Zentimeter meiner Beine frei ließ.

Kristopher holte mich pünktlich ab. Ich war überrascht, einen Mann Anfang dreißig vor mir zu haben, als ich die Wohnungstür öffnete. Keine Ahnung, wieso ich davon ausgegangen war, er würde Mitte sechzig sein und mich an meinen Grandpa erinnern …

»Wohin fahren wir?«, fragte ich, als wir den Stadtteil verließen und Downtown ansteuerten. Nicht nur, weil es mich interessierte, sondern auch, weil ich es als unangenehm empfand, schweigend im Fond zu sitzen.

»Tut mir leid, Miss Crown, aber Mister King wünscht nicht, dass ich Sie über das Ziel unserer Fahrt informiere.« Sein freundliches Lächeln konnte ich über den Rückspiegel an seinen Augen erkennen.

»Macht er das öfter?«, fragte ich dann und biss mir sogleich auf die Zunge. Denn eigentlich wollte ich den Chauffeur nicht in die Verlegenheit bringen, mir von Travis

Kings anderen Frauen zu erzählen. Abgesehen davon, dass ich darüber gar nichts wissen wollte …

»Wenn Sie mit ›das‹ meinen, ob er regelmäßig von mir Frauen zu seinem Date fahren lässt, muss ich verneinen. In den fünf Jahren, in denen ich für Mister King arbeite, sind Sie die erste Frau, die ich in seinem Auftrag zu ihm bringe.«

Gut, Travis würde mich also dort erwarten, wo auch immer mich Kristopher hinbringen würde, so viel wusste ich jetzt. Das Gefühl jedoch, das mich überflutete, als Kristopher mir verriet, er habe noch nie andere Frauen gefahren, war verwirrend und schön zugleich. Ich wusste, ich sollte mir nicht zu viel darauf einbilden. Ich sollte mein Herz schützen, ganz besonders vor solchen Emotionen wie eben, doch es fiel mir schwer, dieses Flattern in meinem Bauch und rund um mein Herz zu ignorieren.

Nach einer Weile hielten wir an einem dunklen Parkplatz. Kristopher verließ den Wagen und öffnete mir die Tür. Er half mir beim Aussteigen, und ich sah mich verunsichert um. Weil ich so sehr in Gedanken an Travis und die Bedeutung des Ganzen versunken gewesen war, hatte ich nicht mehr darauf geachtet, wo wir hingefahren waren.

»Wir sind vor dem Grant Park«, erklärte Kristopher, als er mein ratloses Gesicht sah. »Mister King wird jeden Moment hier sein.«

Ein rhythmisches Geräusch ließ mich aufhorchen. Suchend sah ich mich um. Eine Pferdekutsche bewegte sich auf uns zu. Auf dem Kutschbock saß ein alter Mann mit Zylinder und schwarzem Mantel.

Als die Kutsche neben mir hielt, lächelte mir Travis entgegen. Er stieg aus und kam mit ausgebreiteten Armen auf mich zu.

»Ashley, schön, dich zu sehen.«

»Ich bin … sprachlos. Eine Kutschenfahrt?« Erneut ließ ich meinen Blick über den schönen hölzernen Kutschwagen gleiten, der aussah, als wäre er einem Märchen entsprungen. Die schwarzen Pferde wirkten ebenfalls wahnsinnig elegant. Ich hatte nicht einmal gewusst, dass Chicago so etwas zu bieten hatte …

Statt mir eine Antwort zu geben, reichte er mir seine Hand und half mir beim Einsteigen. Ich setzte mich, und kaum dass Travis neben mir Platz nahm, schlug er dicke Decken um unsere Beine und packte mich so richtig warm ein. Dann legte er einen Arm um mich und zog mich fest an seine Seite.

»Wir sind so weit«, sagte er zu dem Kutscher.

Langsam setzte sich die Kutsche in Bewegung, dann fuhren wir in den Grant Park hinein.

»Ich wusste nicht, dass es das in Chicago gibt.«

»Jemand hat mir einen Gefallen geschuldet.« Travis grinste geheimnisvoll.

Ich war völlig hin und weg und konnte nicht fassen, was er sich da für uns hatte einfallen lassen. Doch ich empfand es als wahnsinnig romantisch und hätte nie im Leben damit gerechnet, dass er mich mit einer Kutschenfahrt überraschen würde. Ich fühlte mich wie eine Prinzessin neben meinem King.

Es war schön, sich zu unterhalten, während das Hufgetrappel auf dem Asphalt zu hören war und wir fast allein in diesem beleuchteten Park waren. Doch irgendwann wurde die Kälte trotz der warmen Wolldecken spürbar. Ich rieb meine Hände aneinander und pustete hinein.

»Wie es aussieht, muss ich wohl dafür sorgen, dass dir heiß wird.« Ein Versprechen lag in seiner Stimme, das mich ein verheißungsvolles Prickeln spüren ließ. Seine warme Hand suchte unter der Decke meinen Oberschenkel. Langsam glitt er daran aufwärts, schob den Mantel auseinander und mein Kleid mit nach oben.

Mein Atem beschleunigte sich, und wie von selbst öffneten sich meine Beine für ihn. Als er meine Mitte erreicht hatte, stöhnte er leise auf.

»So schön warm … und weich …« Er drückte sanft dagegen, massierte mich durch den dünnen Stoff meines Höschens.

Meine Finger krallten sich in die Decke, während ich mir fest auf die Lippen biss, um nicht laut aufzukeuchen. Doch so schnell, wie seine Hand zwischen meinen Beinen für ein Beben gesorgt hatte, war sie wieder weg. Stattdessen hatte er mein Kleid an seinen Ursprungsort nach unten gezogen, den Mantel geschlossen und seinen Arm um mich gelegt. Er drückte mich fest an sich und gab mir völlig überraschend einen Kuss auf die Schläfe.

»Mehr gibt es jetzt noch nicht. Erst genießen wir die restliche Fahrt. Wir sind gleich am Ziel.«

»Wohin fahren wir?«, fragte ich mit heiserer Stimme. Zu sehr war ich noch von seinem kleinen Überfall verwirrt.

»Lass dich überraschen.« Er zwinkerte mir zu, tastete unter der Decke mit der zweiten Hand nach meinen immer noch kalten Fingern und drückte sie, um sie zu wärmen.

Dieser Mann, der neben mir saß, stand in so krassem Gegensatz zu dem Arschloch, das mich am Dienstag noch eiskalt behandelt hatte, dass es immer noch nicht in meinem Kopf vereinbar war, wie das ein und dieselbe Person sein konnte. Gestern und heute war er so zärtlich, leidenschaftlich und liebevoll, und ich fragte mich, ob ich nun immer diese Seite von ihm erleben oder ob er mich tatsächlich irgendwann wieder eiskalt von sich stoßen würde, wie er es mir angedroht hatte.

»Woran denkst du?«, fragte er mit besorgtem Blick.

Wahrscheinlich hatte ich so intensiv über seine Wandlung nachgedacht, dass er mir mein Grübeln am Gesicht ablesen konnte. Wobei das ja nicht das erste Mal war. Entweder man konnte mich grundsätzlich lesen wie ein offenes Buch, oder aber Travis war verdammt gut darin, mich zu durchschauen. Da jedoch noch nie jemand zuvor so auf meine Blicke und meine Mimik reagiert hatte, tippte ich auf das Zweite.

»Ich musste gerade an Dienstag denken. Als wir uns das erste Mal begegnet sind.«

Sorgenfalten bildeten sich auf seiner Stirn. »Du zerbrichst dir doch nicht den Kopf darüber, was mit Jelena ist, oder?«

Dass er nun mit diesem überperfekten Supermodel anfing, brachte mich völlig aus dem Konzept. An sie hatte ich gar nicht gedacht, aber dass er sie sofort zur Sprache brachte, machte mich vorsichtig.

»Muss ich mir Gedanken machen?«, fragte ich deswegen und sah ihm abwartend in seine Augen.

Travis atmete geräuschvoll aus und schloss dabei die Lider. »Herrgott, ich hoffe doch, du bist nicht von dieser eifersüchtigen Sorte, die einem Mann vorschreibt, mit wem er sich treffen darf, oder?«

Sein rauer Ton traf mich tief im Inneren, und gekränkt zuckte ich zusammen. »Nein …«, murmelte ich.

War ich eifersüchtig? Grundsätzlich nicht, aber ich hatte so meine Erfahrungen gemacht, die mich besonders vorsichtig hatten werden lassen.

»Ich hatte überhaupt nicht an sie gedacht. Aber dein Verhalten gibt mir gerade sehr zu denken.« Dass es klang, als würde er etwas vor mir verheimlichen wollen, sprach ich lieber nicht an. Denn so eine übertriebene Reaktion auf eine einfache Frage verhieß in der Regel nichts Gutes.

Travis' Miene war düster und – zumindest für mich – undurchschaubar. Dann schaute er weg und verwehrte mir damit noch mehr den Blick in sein Inneres. Als er mich wieder ansah, hatte sich jedoch eine Zärtlichkeit dazugesellt, die mir wieder einmal ein Schleudertrauma verpasste.

»Tut mir leid, ich … wollte nicht …«

»Schon gut.« Ich winkte ab und tat so, als ob mich seine schroffe Art nicht verletzt hätte. Aber genau das hatte es. Und sie hatte meine Befürchtung bestätigt, dass Travis doch nicht ausschließlich dieser liebevolle, herzensgute Mann war, den er mir zeigte.

Ohne es zu wissen, hatte er mir meine ungestellte Frage ganz von selbst beantwortet. Und auch wenn ich gekränkt war, würde ich es ihm nicht sagen. Ich versuchte sogar, es ihm nicht zu zeigen, sondern setzte ein – wie ich hoffte – ehrliches Lächeln auf und lehnte mich an seine Schulter, um ihm den Blick auf mein Gesicht weitestgehend zu verwehren.

Nach einer Weile – wir mussten vielleicht insgesamt eine halbe Stunde quer durch den Park unterwegs gewesen sein – hielt die Kutsche an einem der Ausgänge.

Travis schob die Decke von uns. »Wir sind da«, verkündete er, öffnete die kleine Tür und half mir beim Aussteigen.

Ich sah mich um, und Aufregung erfasste mich. Auf der anderen Straßenseite erkannte ich ein Fünfsternehotel. Wenn unser Date dort enden sollte, waren die Absichten völlig klar: Travis wollte hier mit mir schlafen.

Würden wir erst noch an der Bar was trinken? Wie sollte ich mich jetzt verhalten? Ihm gegenüber – und vor allem den Leuten, die in diesem Hotel waren. Immerhin stand es wie eine Leuchtreklame über unseren Köpfen, wenn wir jetzt einchecken und uns auf ein Zimmer zurückziehen würden. Und was war dann? Was würde er von mir erwarten? Was, wenn es mir doch zu schnell ging? Wenn ich Panik bekam?

»Ich hoffe, du hast Hunger.«

Ich brauchte etwas, bis Travis' Worte mein Gedankenkarussell durchdrangen. Geistesabwesend nickte ich.

»Gut. Ich hab uns einen Tisch reserviert.«

Erleichtert atmete ich auf. Essen bedeutete zumindest noch eine kurze Schonfrist. Und falls ich doch noch kneifen sollte, würde ich ihn nach dem Dinner bitten, mich nach Hause zu bringen.

Travis schien meine Unruhe zu spüren. Er lächelte mir aufmunternd zu und bot mir seinen Arm an. Nach kurzem Zögern hakte ich mich unter, lächelte ihn an und ließ mich von ihm zum Hotel führen.

In der Hotellobby wurden wir sofort von einer freundlichen Dame in schwarzem Kostüm und mit strengem Dutt empfangen. »Mister King, Miss Crown, bitte folgen Sie mir.«

Überrascht, dass man auch mich mit Namen ansprach, ließ ich mir von Travis meinen Mantel abnehmen, den er gemeinsam mit seinem einem Pagen reichte.

Als er mich in meinem Outfit sah, blinzelte er kurz. Sein Blick glitt über meinen Körper, scannte jeden Zentimeter. Ich hatte mit dem roten Kleid offenbar ins Schwarze getroffen. Das Begehren flackerte in seinen Augen auf, und ich ahnte, dass ich in diesem Kleid vielleicht doch so heiß aussah wie die Schaufensterpuppe. Ich wusste, es zeigte verdammt viel Haut und meine Beine wirkten aufregend – besonders in diesen Stiefeln.

Sein Adamsapfel hüpfte beim Schlucken. Nur zögernd löste er seinen Blick von mir. Hatte ich ihn jetzt tatsächlich sprachlos gemacht?

Auch Travis sah heute Abend abermals unglaublich gut aus. Er trug ein petrolfarbenes Hemd, das seine eisblauen Augen nur noch kräftiger und intensiver wirken ließ, dazu einen grauen tailliert geschnittenen Anzug. Mir kam Madisons »Rattenscharf!« in den Sinn, und ich kämpfte gegen den Drang an, ihm hier und jetzt in die Arme zu fallen und ihn zu küssen.

Es dauerte wenige Sekunden, ehe uns beiden wieder bewusst wurde, dass wir in einem Hotel in der Lobby standen. Schweigend, aber beide mit einem Grinsen auf den Lippen, folgten wir der Frau zu einem Aufzug. Dort steckte sie einen Schlüssel in ein Schloss. Offensichtlich wurden wir zu einem Stockwerk gebracht, das nicht für alle Gäste zugänglich war.

»Du machst es spannend«, sagte ich leise zu Travis, als wir, untermalt von leiser Loungemusik, nach oben fuhren.

»Ich habe noch so einige Überraschungen im Ärmel«, meinte er grinsend.

Die Fahrstuhltüren öffneten sich, und ein Flur lag vor uns. Spiegel säumten den Weg, an dessen Ende ich eine Tür erkennen konnte.

»Einen schönen Aufenthalt wünsche ich Ihnen.« Sie reichte Travis eine Schlüsselkarte, ehe sie zurück in den Aufzug ging und uns allein ließ.

Mein Herz raste. Ich hatte keine Ahnung, was mich nun erwarten würde – was Travis von *mir* erwartete. Doch er hatte von »essen« gesprochen, also versuchte ich, ruhig zu bleiben.

Wir gingen auf die Tür zu. Jedoch öffnete er sie nicht wie erwartet mit der Karte, sondern klopfte an.

Ein Mann im Anzug öffnete uns mit einer Verbeugung. »Herzlich willkommen. Darf ich Sie zu Ihrem Tisch begleiten, Miss Crown? Mister King?«

Ich warf Travis einen fragenden Blick zu. Er grinste. Ihm schien es sehr zu gefallen, mich im Ungewissen zu lassen – und dass er mich mit diesem Abend mehr als überraschte.

»Vielen Dank, das wäre nett«, antwortete ich dem Anzugtyp und betrat den Raum.

Erst jetzt fiel mir auf, dass es sich um einen privaten Restaurantbereich handeln musste, dessen Fensterfront über die gesamte Längsseite reichte. In einem Kamin an der Wand flackerte ein Feuer munter vor sich hin. In der Mitte stand ein runder Tisch, der für zwei Personen für ein mehrgängiges Menü gedeckt war. Unzählige Kerzen tauchten den Raum in ein warmes Licht – alles wirkte überaus liebevoll arrangiert, und nie im Leben hätte ich etwas in der Art erwartet. Entweder hielt mich Travis für total romantisch, oder er selbst war in seinem tiefsten Wesen so veranlagt.

»Mein Name ist Wade, und ich bin heute Abend Ihr persönlicher Kellner«, stellte er sich vor, als er mir den Stuhl zurechtrückte.

Dann schenkte er Wasser in unsere Gläser ein und entkorkte anschließend eine Flasche Wein.

»Ich habe bereits im Vorfeld für uns beide bestellt«, erklärte Travis.

»Okay.«

Er sah mich mit geneigtem Kopf aufmerksam an.

»Hör auf damit.« Ich lachte und hielt meine Hände vor das Gesicht.

»Was? Ich mache doch gar nichts …«, verteidigte er sich.

»Doch. Du liest aus meinem Gesicht. Das ist … unheimlich.« Wieder lachte ich und sah ihn zwischen gespreizten Fingern hindurch an.

»Tut mir leid, das mache ich wohl schon immer. Aber du bist bei Weitem nicht so leicht zu durchschauen, wie du denkst.«

»Du darfst mich gerne alles fragen, was du wissen möchtest«, bot ich ihm an.

Travis schien einen Augenblick zu überlegen, dann beugte er sich vor. »Hat es dich erregt, als ich dich während der Kutschenfahrt gestreichelt habe?«

In dem Moment betrat Wade den Raum.

»Hausgemachte Gänseleber-Terrine in Portweingelee mit Amarenasoße«, kündigte er an und servierte uns den ersten Gang.

Über diese kurze Unterbrechung war ich froh, denn Travis auf seine Frage zu antworten, würde mir nicht leichtfallen. Doch ich wollte es ihm sagen …

»Es war … heiß.«

»Hättest du gewollt, dass ich weitermache?«.

Es kostete mich eine ganze Menge Selbstbewusstsein, seinem intensiven Blick nicht auszuweichen, als ich »Ja« hauchte.

»Gut.«

Sein zufriedener Blick jagte mir heiße Schauer über den Körper und ließ mich ahnen, dass das erst der Anfang für heute Abend war …

KAPITEL 6

King

Bei Ashley Crown half mir die ganze Erfahrung, die ich in meinem bisherigen Leben mit Frauen gesammelt hatte, überhaupt nicht. Jede anzügliche Bemerkung brachte sie völlig aus dem Konzept und warf mich gefühlt einen Schritt zurück. Trotzdem konnte ich dieses Flackern in ihren Augen sehen, und ich wusste, dass sie mehr wollte. Aber mein bemüht verlangsamtes Tempo war nicht mit ihrem zu vergleichen – und dabei war ich mir sicher, dass sie mir jedes Mal entgegenkam und über ihren Schatten sprang.

»Erzähl mir was von dir«, bat ich sie, nachdem wir den Steinbutt mit Sepiagnocchi, Pinienkernen und Kräutern serviert bekommen hatten und Wade sich wieder diskret zurückzog und uns allein ließ. »Zeig mir die echte Ashley.«

»Die *echte* Ashley? Denkst du, ich mache dir was vor?« Sie klang entrüstet – zu Recht.

Herrgott, was war ich für ein Idiot!

»So hatte ich das nicht gemeint«, sagte ich und versuchte dadurch, meinen Kopf aus der Schlinge zu ziehen. »Aber ich habe den Eindruck, dass du dein wahres Ich immer noch vor mir verbirgst. Wobei ich nicht ganz verstehe, weshalb. Du gibst dich immer ziemlich geschäftig, aber in Momenten wie bei der Kutschenfahrt … oder … wenn ich dich küsse, bist du völlig anders. Nicht nur dann, sondern auch danach. Du wirkst dann weich und zerbrechlich. Es dauert ein wenig, und dann errichtest du wieder diesen Schutzwall um dich …«

Ihre Augen weiteten sich. Ich hatte wohl ins Schwarze getroffen.

»Du musst mir jetzt nicht erklären, warum das so ist. Du hast bestimmt deine Gründe, und egal, was vorgefallen ist, das dich so hat werden lassen … Ich sehe einfach gern die sorglose, entspannte Ash, das ist alles.«

Sie senkte ihren Blick. Mit einem Finger wischte sie ein paar Brotkrumen auf der Tischdecke herum.

Trocken lachte ich auf. »Siehst du, jetzt hab *ich* die Stimmung versaut. Weißt du was? Wir drehen den Spieß einfach um. Frag mich, was du über mich wissen willst, und ich werde dir deine Frage beantworten.«

Damit hatte ich ihre Neugier geweckt. Schön.

Sie hob den Kopf, legte ihn schräg und sah mich an.

»Jede?«

Tja, das hatte ich nun davon. Sehr gut gemacht, King …

»Jede«, antwortete ich trotzdem.

Ohne lange nachzudenken, sagte sie: »Erzähl mir von deiner Mutter.«

Mit allem hatte ich gerechnet. Mit Fragen über mein Privatleben, meine Frauengeschichten, mit Fragen zu *KING Estate* … Aber nicht das, nicht, dass sie sich in die tiefsten Abgründe meiner Seele vortasten würde.

»Wie kommst du gerade auf sie?«, fragte ich heiser.

Verlegen rutschte sie auf ihrem Sitz hin und her. »Nun, über dich, deinen Bruder und deinen Vater habe ich jede Menge auf Google gefunden. Über deine Mutter jedoch gar nichts. Das hat mich stutzig und … neugierig gemacht. Aber wenn du nicht über sie reden willst …«

»Über sie gibt es nicht viel zu sagen«, antwortete ich knapp. »Sie ist gestorben, als ich sechs war. Ich kann mich kaum noch an sie erinnern.« Ich schob mir ein Stück Steinbutt in den Mund.

»Du bist ein schlechter Lügner«, sagte sie leise und mit knallroten Wangen.

Ich verschluckte mich beinahe an dem Fisch und lachte hohl. »So ist es nun mal.«

Doch Ashley schüttelte langsam den Kopf. »Du hast sie geliebt und vermisst sie auch heute noch. Du wünschst dir, sie wäre noch hier, und manchmal stellst du dir vor, wie es wäre, würde sie noch leben.«

Wie recht sie hatte. Doch völlig überfordert fuhr ich mir mit den Fingern durch die Haare. »Wie kommst du darauf?«

Ashley zuckte mit den Schultern. »Jedes Kind liebt seine Mutter. Da ist es nur verständlich, dass man sie vermisst. Egal, wie gut man sie gekannt hat. Und es bleiben Erinnerungsfetzen hängen, die sich wieder und wieder im Kopf wiederholen. Bilder, Gerüche, Gefühle …«

Sie spießte ein Gnocchi auf und rieb es über die Kräutersoße auf ihrem Teller.

Atemlos sah ich ihr dabei zu, unfähig, etwas zu sagen. Klar, ich versuchte hin und wieder, mit Damien ein Gespräch über unsere Mutter anzufangen, doch er blockte immer wieder ab. Aber mit jemand Fremdem hatte ich noch nie über sie gesprochen. Auch nicht mit Dad, als er noch gelebt hatte. Er hatte so schon genug gelitten, da wollten wir ihn nicht noch zusätzlich mit der Erinnerung an sie quälen.

»Du musst jetzt nicht darauf antworten …«, sagte sie und legte dabei beide Hände in den Schoß. Sie musterte mich eindringlich, dann schmunzelte sie. »Wir beide haben ein Händchen dafür, Dates in eine Sackgasse zu führen, meinst du nicht auch?«

»Es fällt mir schwer, das zuzugeben, aber ja … uns beiden gelingt das wirklich hervorragend.«

Nun endlich lachten wir, und ich entspannte mich etwas.

»Mein Dad hat etwas über ein Jahr nach dem Tod unserer Mutter wieder geheiratet. Judith sah Mom sehr ähnlich, hatte brünette schulterlange Haare wie sie. Vermutlich dachte er, wenn eine Frau da wäre, die ihr ähnlich sah, würden wir Kinder sie nicht mehr so sehr vermissen.«

Ich verzog das Gesicht, als ich an Judith dachte, die bestimmt nett gewesen war und es gut mit uns gemeint hatte.

»Doch wir hassten sie und haben es vor ihr auch nicht verheimlicht.«

»Gott, das tut mir leid, es muss schrecklich für euch gewesen sein«, stieß Ashley aus und griff nach meiner Hand. »Wie alt war dein Bruder, als eure Mom starb?«

»Vier.«

Ich sah heute noch den kleinen Lockenkopf vor mir, der mit ausdruckslosen Augen auf den leblosen Körper unserer Mutter gestarrt hat. Was sich unser Vater dabei gedacht hatte, dass wir dabei sein sollten, als Mom ihren letzten Atemzug tat, wusste ich bis heute nicht. Diese Bilder verfolgten mich jahrelang in meinen Träumen. Ich hatte noch nie mit jemandem darüber gesprochen, und ich konnte den heftigen Schmerz des Verlassenwerdens und der Einsamkeit bis heute nicht vergessen.

Nie wieder wollte ich ähnliches Leid spüren, das hatte ich mir damals geschworen … Als vor drei Jahren unser Vater starb, war es zwar ein schwerer Verlust, aber es ging mir bei Weitem nicht so nahe wie der Tod unserer Mutter.

»Tut mir so leid, dass ihr als kleine Kinder so etwas Schreckliches erleben musstet. Und vor wenigen Jahren noch den Vater zu verlieren …« Sie schüttelte betrübt den Kopf. »Ich denke, ich kann nicht einmal ansatzweise nachvollziehen, was du da durchmachen musstest.«

Ihr Blick war voll Mitleid, aber ich merkte auch, dass ihr diese Sache wirklich sehr naheging. Mit einem Schmunzeln ignorierte ich den stechenden Schmerz in meiner Brust und sah Ashley herausfordernd an.

»Erzähl mir was von deiner Familie.«

Sie lächelte bezaubernd. Ihr Blick schwenkte auf die Skyline der Stadt, die sich über die große Fensterfront neben uns auftat, und meinte dann: »Ach, ich will dich nicht mit Familiengeschichten langweilen.«

»Das tust du nicht. Erzähl mir welche. Bitte.«

Ihre Familie musste ihr sehr am Herzen liegen, denn ihr Ausdruck im Gesicht wurde ganz weich.

»Aufgewachsen bin ich mit meinen Eltern in Kewanee. Ich weiß nicht, ob du den Ort jemals schon gehört hast. Er ist etwas über zwei Stunden Fahrtzeit von Chicago entfernt. Mein Dad arbeitet bei der Post, während meine Mom an der Schule Geschichte und Englisch unterrichtet. Meinen Wunsch, Fotografin zu werden, haben die beiden seit meiner Kindheit unterstützt. Deshalb haben sie es, glaube ich, auch ganz gut weggesteckt, als ich fortgezogen bin, um meine Ausbildung hier zu machen.«

»Und deine Cousine … Madison? Stammt sie auch aus Kewanee?«, unterbrach ich sie und schob Fisch auf die Gabel.

Sie nickte. »Als sie von meinen Plänen, in die große Stadt zu ziehen, erfahren hat, war sie sofort Feuer und Flamme und wollte unbedingt mitkommen. Ich hatte nichts dagegen, denn so bin ich nicht ganz auf mich allein gestellt. Außerdem war sie schon damals meine beste Freundin, und voneinander getrennt zu sein, wäre uns beiden schwergefallen.«

»Und siehst du deine Eltern noch oft?«

»Ja, ich besuche sie regelmäßig, meist an den Feiertagen. Wir haben eine sehr große Familie, auch wenn ich ein Einzelkind bin. Aber ich liebe es, mit allen beisammenzusitzen und zu plaudern. Bei uns ist es immer laut und lustig, und Tante Carolann, die Schwester meiner Mom und Madisons Mutter, sowie Grandma und Grandpa sind regelmäßig bei uns zu Gast.«

Ich griff nach dem Weinglas und schwenkte es, bis sich ein leicht öliger Film an das Glas legte. »So etwas kenne ich überhaupt nicht«, gestand ich leise.

Statt erneut mit Mitleid zu reagieren, zeigte mir Ashley diesmal, was für ein herzensguter Mensch sie war.

»Komm doch einfach das nächste Mal mit. Meine Familie freut sich bestimmt, wenn ich ihnen mal einen waschechten Chicagoer vorstelle.«

Mit der beladenen Gabel hielt ich vor meinem geöffneten Mund und starrte sie an. Das konnte nicht ihr Ernst sein.

Ich wollte schon darauf antworten, als mehrmaliges Vibrieren meines Smartphones in der Sakkotasche ganz kurz meine Aufmerksamkeit beanspruchte. Ich hatte eine leise Ahnung, von wem der Anruf sein könnte: eine Person, die mich nicht zum ersten Mal die letzten Tage zu erreichen versucht hatte und ganz und gar nicht glücklich darüber war, dass ich seit Dienstag weitestgehend das Interesse an ihr verloren hatte. Abgelenkt runzelte ich die Stirn, was Ashley jedoch falsch deutete.

»Das war kein Scherz, Travis. Wirklich. Außer du hast Angst vor einem Verhör.«

»Muss ich das denn?«

Sie zog eine entzückende Schnute. »Kann sein, dass meine Verwandten alles über dich, deine Firma, deine Familie und dein Leben wissen wollen. Könnte auf jeden Fall unangenehm werden.«

Ihr freches Zwinkern gefiel mir. Nachdenklich trank ich einen Schluck Wein. »Vielleicht fahre ich trotzdem mit«, erklärte ich dann zu meiner eigenen Überraschung.

Ashley legte ihr Besteck ab. »Tatsächlich?« Sie wirkte, als könnte sie nicht glauben, was ich gesagt hatte.

»Aber natürlich. Das klingt nach einer Herausforderung der besonderen Art.«

Amüsiert lachte Ashley auf.

Wieder vibrierte mein Telefon.

»Also bevor das Dessert kommt, werde ich … Weißt du, wo hier die Toiletten sind?«

Ich deutete an Ashley vorbei. »Durch die Tür am Ende des Flurs.«

Sie nickte, stand auf und ließ mich allein. Kaum dass sie außer Sichtweite war, griff ich nach meinem Telefon. Ein Anruf in Abwesenheit sowie eine eingegangene Nachricht wurden mir angezeigt. Beide waren von Jelena.

Ich bin kurzfristig von Montag auf Dienstag in der Stadt und habe abends noch nichts vor. Wenn du willst, können wir ja essen gehen?

Im ersten Moment wollte ich ihr absagen – den morgigen Abend ebenfalls mit Ashley zu verbringen, war zu verlockend. Doch ich musste mir sowieso überlegen, wie ich Jelena besänftigen konnte. Nicht mehr lange und sie würde erfahren, dass ich mich für die Fotos entschieden hatte, auf denen sie nicht zu sehen war – und das würde ihr definitiv nicht gefallen.

Im Atwood *um sieben? Ich hol dich ab. Wohnst du wieder im* Waldorf Astoria*?*

Genau. Ich freue mich schon! Bis dann.

Ich trug den Termin in meinen Kalender ein und schob das Smartphone wieder in die Innentasche, genau in dem Moment, als Ashley zurückkam.

»Also ich hab eben noch einmal darüber nachgedacht – ich denke, das könnte richtig viel Spaß machen, wenn du mich begleitest.« Sie grinste breit und setzte sich wieder.

»Dir oder mir?«, hakte ich nach und musste ebenfalls schmunzeln.

»Das … wird sich noch herausstellen.« Dann sah sie sich um. »Wo ist eigentlich der Kellner?«

»Wir sind jetzt auf uns allein gestellt.« Ich hob die Karte hoch, die Elizabeth, die stellvertretende Geschäftsführerin des Hotels, mir beim Verlassen des Aufzugs gegeben hatte.

»Oh!«, war alles, was Ashley darauf sagte.

Mein Herz raste. Hatte ich Ashley und unsere Situation falsch eingeschätzt? War es ein Fehler, den Nachtisch in die Präsidentensuite zu verlegen? Trotzdem stand ich mit gespielter Selbstsicherheit auf und reichte ihr die Hand.

»Ich bevorzuge für das Dessert etwas mehr Privatsphäre.«

Sie schluckte. Unsicherheit flackerte in ihren Augen auf, aber in ihrer Stimme schwang Belustigung mit. »Mehr

Privatsphäre als in einem Restaurant nur für uns allein?«

»Glaub mir, bei dem, was ich mit dir vorhabe, will ich definitiv keine Zuschauer haben.«

Meine Stimme klang rau, und allein bei dem Gedanken daran, was gleich noch alles passieren würde, zogen sich meine Eier erwartungsvoll zusammen.

»Nach allem, was ich gesehen habe, dachte ich, du stehst eher auf Publikum.«

Sofort wurden Ashleys Wangen rosa, und sie biss sich auf die Unterlippe, als hätte sie die Worte zurücknehmen wollen.

»Das musst du mir noch einmal erklären. So ganz schlüssig ist es für mich nicht, wie du uns hast beobachten können«, sagte ich und führte sie aus dem Restaurant zurück zum Aufzug, wo ich den Rufknopf drückte.

Als sie erzählte, das Tor an der Einfahrt sowie die Haustür seien offen gewesen, runzelte ich nachdenklich die Stirn. Ich hatte das Tor definitiv wieder schließen sehen, nachdem Jelena und ich unsere Autos geparkt hatten. Und das Haus hatte ich zuerst betreten, Jelena war mir gefolgt. Also musste sie das Tor wieder geöffnet und die Tür nur angelehnt haben. Aber warum hatte sie das gemacht? Sie wusste doch, dass der Fotograf kurz darauf erscheinen würde. Das würde ich mit ihr noch klären müssen, aber jetzt sollte es nur noch Ashley und mich geben.

Im Fahrstuhl hielt ich die Karte vor den Sensor und drückte den Knopf für das oberste Stockwerk.

»Die Präsidentensuite?«

»Zu wenig ›normal‹?«

Ashley lachte auf. »Definitiv. Aber ich werde es einfach als kleines Abenteuer sehen.«

»Ein Abenteuer wird es ganz sicher werden …«, murmelte ich und zog sie endlich in meine Arme.

Herrgott, ich hatte mich so sehr nach ihrem Duft und ihrer Nähe gesehnt. Und nun war es so weit …

KAPITEL 7

Crown

Wir betraten ein kleines Foyer, von dem wieder nur eine einzige Tür wegführte. Travis ergriff meine Hand und beruhigte mich damit ein bisschen.

Mein Herz raste. Nicht das erste Mal an diesem Abend flackerten Zweifel in meinem Kopf auf, ob ich tatsächlich das Richtige tat. Ob ich mir heute nicht genau den Stempel aufdrückte, den ich nie haben wollte. Doch nun war es wahrscheinlich zu spät: Mit dem Durchschreiten dieser Tür setzte ich mich selbst auf die Liste der Eroberungen von Travis King.

Ehrlich, ich hatte keine Ahnung, wie er normalerweise vorging – ob er mit jeder diese Kutschenfahrt machte, mit anschließendem Dinner und Verführen in der Präsidentensuite. Aber mein ganzer innerer Widerstreit rückte in den Hintergrund, als ich mich in der Suite umsah. Ein Meer aus Lichtern erwartete uns. Auch hier erwärmten Kerzen den riesigen Eingangsbereich und das daran angrenzende Wohnzimmer. Es duftete nach den Blumen, die zu Sträußen arrangiert und zu Gestecken verarbeitet den Raum zierten.

Ein großes Sofa stand auf einem Podest in der Mitte, und die deckenhohe Fensterfront über die gesamte Länge des Raumes gewährte eine beeindruckende Aussicht auf die nächtliche Stadt.

»Was … ist das denn?«, fragte ich aus dem ersten Impuls heraus. Ich ging ein paar Schritte in den Raum hinein und drehte mich im Kreis, um die Dekoration in seiner Gesamtheit zu erfassen. »Ich dachte, Romantik wäre nicht dein Ding?«

»Wer hat das behauptet?«

Er stand vor mir, ein belustigtes Grinsen auf dem Gesicht. Die Hände hatte er in die Hosentaschen geschoben und sah mir dabei zu, wie ich zu einem Strauß Rosen ging, um daran zu riechen.

»Niemand. Ich hätte nur nicht damit gerechnet. Notorische Herzensbrecher sind selten romantisch … Dachte ich zumindest.«

»Vielleicht hast du damit sogar recht.« Er zuckte mit den Schultern und kam noch näher. »Es gab für mich auch bisher noch keinen Anlass, so etwas zu tun.«

Diese Aussage ließ mein Herz ein paar Takte schneller schlagen. Hieß das etwa doch, dass ich ihm viel mehr als gedacht bedeutete, weil er noch nie zuvor so etwas wie hier inszeniert hatte?

Ein verträumtes Lächeln stahl sich auf mein Gesicht – ich konnte gar nichts dagegen tun. Ob Travis ahnte, was ich in seine Worte hineininterpretierte, wusste ich nicht. Doch er legte einen Arm um meine Taille und zog mich an sich. Instinktiv schloss ich die Augen, als ich den Kopf hob und sein herbes Parfum einatmete. Sofort spürte ich seine Lippen auf den meinen, wie sie sanft darüberstrichen.

»So gerne würde ich jetzt ...« Er stöhnte verzweifelt auf, und ich öffnete die Augen. Sein Gesichtsausdruck war gequält. »Aber ich habe dir noch ein Dessert versprochen«, sagte er dann, und ich merkte, dass es ihm nicht leichtfiel, sich zu bremsen.

»Ich dachte, ich bin das Dessert«, sagte ich leise. Meine Worte wurden durch ein erregendes Prickeln unter meiner Haut begleitet, das meinen ganzen Körper zu sensibilisieren schien.

»Wenn du wüsstest«, murmelte er unter halb geschlossenen Lidern in mein Ohr, und seine Stimme klang dabei so rau und sexy, dass ich ein Seufzen nicht zurückhalten konnte.

Travis hatte mich heute Abend – abgesehen von der kleinen Kostprobe während der Kutschenfahrt – noch kaum berührt. Wir hatten uns nur kurz geküsst, und trotzdem – oder gerade deshalb – war die Luft zwischen uns geladen. Unsere Erregung war fast greifbar, und ich hätte nicht gedacht, dass er tatsächlich noch einmal Abstand zwischen uns bringen würde.

Doch er führte mich quer durch den Raum zur Couch, aus deren Richtung ein leises Motorengeräusch zu hören war. Als wir sie umrundet hatten, musste ich lachen. Auf dem niedrigen Tisch davor stand ein Schokobrunnen mit einem großen Obstkorb sowie ein Teller mit Besteck und Servietten.

»Ich dachte, weil du gestern den Schokokuchen so genussvoll gegessen hast, könnte dir auch ein Schokoladefondue schmecken ...« In seiner Stimme lag – was ich so gar nicht glauben konnte – Verunsicherung.

»Ich liebe Schokolade! Egal, in welcher Form.«

Travis entspannte sich sichtlich und bedeutete mir, Platz zu nehmen. Er zog sein Jackett aus und hängte es über die

Lehne der Couch, öffnete die Manschetten seines Hemdes und krempelte die Ärmel hoch. Dann setzte er sich neben mich.

Ohne den Blick von seinen kräftig wirkenden, sehnigen Unterarmen zu nehmen, sah ich ihm zu, wie er eine Stoffserviette über meinen Schoß legte. Dann griff er nach einem kleinen Spieß und sah auf die vielen Obststücke vor uns.

»Irgendwelche Wünsche?«

»Weintrauben, bitte. Und Erdbeeren!« Wobei ich vermutlich jedes einzelne dieser vielen Leckereien probieren musste … Es sah einfach zu köstlich aus.

Travis spießte eine grüne Traube auf, dann hielt er sie kurz unter die fließende Schokolade. Mit einer Serviette, die er unterhielt, um uns nicht anzukleckern, führte er dann diese kleine fruchtige Sünde an meinen Mund.

»Aufmachen«, befahl er, und ich gehorchte.

Ich nahm die Traube zwischen die Zähne und griff gleichzeitig nach seiner Hand mit dem Spieß. Meine Finger legten sich um seine, und ich konnte nicht anders, als ihm dabei tief in seine Augen zu sehen, die in dem warmen Kerzenlicht eher steingrau aussahen.

Bedächtig zog ich mit ihm gemeinsam den Spieß aus dem Obst und schloss gleichzeitig die Lippen um die Traube.

Mich amüsierte Travis' genüsslicher Blick. Er leckte sich über die Lippen, ob wegen der fruchtigen Leckerei oder der Gedanken, die er hatte, während mein Mund die Frucht vollständig umschloss.

»Jetzt eine Erdbeere«, sagte ich, griff aber selbst danach.

Ich hielt die Spitze der Beere unter die Schokolade, sah, wie sich diese dunkle Schicht um das rote Fruchtfleisch legte, und führte die Erdbeere anschließend zu seinem Mund, den er bereitwillig öffnete.

Seine Lippen schlossen sich um die Schokolade, als er abbiss. Ein genüssliches Brummen verließ seine Kehle, das quälende Sehnsucht in mir hervorrief.

»So gut?«, fragte ich und schob mir das übrige Stück Erdbeere in den Mund, auf dem leider viel zu wenig Schokolade war. Den Stängel legte ich in eine Schale, die wohl für die Obstreste gedacht war.

»Finde es heraus.«

Travis griff nun ebenfalls nach einer Erdbeere, hielt sie in den Schokobrunnen und führte sie danach an meine Lippen. Ich biss ab, und diese Mischung aus süßer Schokolade und fruchtiger Erdbeere war wirklich lecker …

»Mhh!«, seufzte ich, was Travis zum Schmunzeln brachte.

»Du hast da noch Schokolade«, sagte er und zeigte auf seine Lippe. Noch bevor ich selbst die Kleckerei entfernen konnte, hatte er sich zu mir gebeugt. Seine Zunge glitt über diese Stelle an meiner Oberlippe. Sein heißer Atem kribbelte auf meiner Haut. Er küsste mich nicht, zog sich aber auch nicht wieder zurück.

Meine Augen hatte ich halb geschlossen. Ich atmete seinen Duft ein, fühlte die Wärme, die sein Körper ausstrahlte. In diesem Zustand zwischen Küssen und Nicht-Küssen festzuhängen, zerrte an meinen Nerven. Als die Spannung unerträglich wurde, sackte ich leise wimmernd in die weichen Kissen zurück.

Doch Travis nahm das als Aufforderung, nachzurücken. Er grinste diabolisch. »Schon vergessen, Ash? Ich will erst dein Okay.«

Er wollte also Spielchen? Die konnte er haben.

Ich drückte ihn sanft von mir weg und griff nach einer Banane. Die Stirn gerunzelt, legte Travis seine Arme auf die Lehne des Sofas und sah mir zu.

»Das könnte durchaus interessant werden.«

Ohne auf seinen belustigt klingenden Kommentar einzugehen, wackelte ich mit den Augenbrauen. Dann schälte ich die Banane zur Hälfte. Ich suchte noch einmal Blickkontakt mit Travis. Seine Augen wirkten wachsam und neugierig. Das war gut.

Ich öffnete leicht meinen Mund, als ich die Banane mit der Spitze unter den Schokobrunnen hielt und sich das flüssige Braun sanft über das Fruchtfleisch ergoss. Dann leckte ich mir leicht über die Lippen und seufzte genüsslich, bevor ich vorsichtig auf die Schokobanane pustete. Langsam fuhr ich mit der Zunge darüber, um ein wenig von der Schokolade zu probieren. Und dann nahm ich die Banane in den Mund und lutschte die süße Hülle erst ein wenig ab, bevor ich abbiss.

Travis' Reaktion war ein verzweifeltes Stöhnen. »Verdammt, das reicht!«

Er nahm mir die Banane aus der Hand, legte sie auf den Tisch und presste mich gegen die Rückenlehne des Sofas. »Genug mit dem Spiel.«

Meine Mundwinkel zuckten nach oben, doch ich kaute rasch und sah gespannt zu ihm hoch. »Sonst was?«, fragte ich innerlich vor Erwartung zitternd, als ich das Bananenstück geschluckt hatte.

Sein Blick war erregt und gierig, als er grob mein Kinn umfasste.

»Das wirst du schon noch sehen … oder spüren.« Das Funkeln in seinen Augen hätte mir vielleicht Angst machen sollen, aber es bewirkte genau das Gegenteil: Es machte mich an.

Ohne Vorwarnung packte er mich an den Hüften und drehte mich so, dass ich der Länge nach bäuchlings auf dem Sofa lag. Mir entwich ein leiser Schrei, dann keuchte ich auf, als er mit quälender Langsamkeit den Reißverschluss an meinem Rücken öffnete. Ich stützte mich mit den Ellenbogen ab und beobachtete ihn dabei über meine Schulter. Auf jeden Zentimeter freie Haut hauchte er seinen Atem. Es war wie ein Streicheln und so ziemlich das Erregendste, was ich je zuvor erlebt hatte. Eine Gänsehaut überzog meinen Körper, als würde sich ihm meine Haut entgegenstrecken, um endlich in den Genuss seiner Hände oder Zunge zu kommen.

Travis schob mir mein Kleid von den Schultern. Ich zog ungeduldig meine Arme raus, was er mit leisem Zischen beantwortete.

»Na warte …«, murmelte er hinter mir.

Er löste den Verschluss meines BHs. Die Träger streifte er ab, bis die Körbchen auf das Sofa sanken und meine Brüste freilegten. Ein erregender Schauder erfasste mich, und ich schnappte nach Luft. Dann zog er mein Kleid so weit nach unten, bis es um meine Hüfte gebauscht war. Ohne meine Haut zu berühren, schob er meine Haare aus dem Nacken. Dort, wo meine Locken über die Haut strichen, bildete sich eine Gänsehaut.

Gespannt sah ich ihm dabei zu, wie er nach dem Löffel griff und ihn in die flüssige Schokomasse tauchte. Behutsam strich er die überschüssige Schokolade am Auffangteller ab, während ich mich fragte, was er wohl vorhatte.

»Stillhalten, hörst du?«

Dann war der Löffel aus meinem Blickfeld verschwunden, bis … ich warme Flüssigkeit auf meinen Rücken tropfen spürte.

»Du bist verrückt!«, keuchte ich atemlos. »Schnell, die Schokolade fließt sonst in mein Kleid! Ich hab nur dieses mit.«

»Du weißt, was du sagen musst, Ash.«

Herrgott, so ein …

Argh!

»Tu es!«, rief ich in meiner Panik.

Die warme Masse breitete sich mehr und mehr auf mir aus und hinterließ überraschenderweise ein äußerst prickelndes Gefühl, das sich nach und nach in meinem Körper ausbreitete.

»Was genau meinst du?«, hauchte er seelenruhig in mein Ohr.

»Verdammt, Travis, leck mich!«

Ich musste kichern angesichts der Mehrdeutigkeit meiner Wortwahl – eine schlechte Idee. Das feine Rinnsal floss über meine Wirbelsäule hinab. Durch das leichte Beben meines Körpers lenkte ich den Strahl jedoch von seiner sicheren Bahn ab.

»Wenn das so ist …«, murmelte Travis belustigt.

Dann spürte ich seine warme Zunge auf meinem unteren Rücken, genau dort, wo der kleine Schokobach kurz davor war, mein Kleid einzusauen.

»Mhh, du schmeckst süß«, raunte er zwischendurch, als er sich weiter nach oben arbeitete und mir damit ein wohliges Kribbeln in meinem Bauch bescherte, das sich noch weiter abwärts bewegte mit meinem Schoß als Ziel.

»Keine große Kunst«, konterte ich trocken, was er mit leisem Lachen kommentierte. »Ich schmecke garantiert auch ohne Schokolade gut.«

»Das musst du mir erst einmal beweisen.«

Ich fühlte seine Hand an meiner Schulter. Sanft drehte er mich auf den Rücken. Inzwischen war es mir egal, ob mein Kleid voll Schokolade sein würde oder wie der Stoff unter mir das alles vertrug.

Travis kniete halb auf dem Sofa. Sein Blick war verwegen, als er meinen nackten Oberkörper betrachtete.

»Du bist so schön, Ash.«

Dann beugte er sich zu mir herab und schleckte sanft über meine Lippen, bevor er mich endlich küsste. Gierig leckte ich über seine Zunge, sog an seiner Unterlippe. Meine Hände krallte ich in sein Hemd und in seine Haare, presste ihn an mich, als wäre er meine letzte Rettung vor dem Hungertod.

So ungestüm, wie wir uns küssten, so sanft glitten seine Hände über meine Arme und meinen Oberkörper und entlockten mir mit den zärtlichen Berührungen ein leises Wimmern. Mein ganzer Körper schien zu brennen.

Mit quälender Langsamkeit rieb er mit der flachen Hand über meine Brustwarzen, bis sie sich ihm hart entgegenstreckten. Dann verringerte er den Druck wieder, glitt so sanft wie eine Feder mit den Fingerspitzen über meinen Hals, mein Dekolleté und meine Taille, bis ich mich unruhig unter ihm zu winden begann.

»Willst du mehr?«, fragte er zwischen den Küssen.

Ob ich mehr wollte? Herrgott, ich wollte *alles*.

»Ja …«

»Ja, was?«

Ich konnte nicht anders, ich musste kichern. »Was soll ich darauf antworten, Travis? Ja, Sir? Ja, Mister King? Ja …«

»Ja, fick mich«, unterbrach er mich.

»Oh!«

Er schmunzelte selbstsicher. »Genau *das* wirst du dann stöhnen, bevor du meinen Namen schreist.«

Das klang eindeutig nach einem Versprechen.

Ich sah ihm tief in die Augen. Sein Atem ging schnell, genau wie meiner. Ich spürte seine Erektion an meinem Bein, die sich durch den Stoff seiner Hose an mich presste.

»Fick mich. Nimm dir alles von mir«, sagte ich dann mit flehendem Unterton.

Ein unterdrücktes Stöhnen drang aus Travis' Kehle. Dann hob er nacheinander meine Beine an, öffnete den Reißverschluss meiner Overknee-Stiefel und zog sie mir aus. Anschließend packte er mein Kleid und streifte es mir ab. Nun trug ich nur noch meinen Spitzenslip und Strümpfe.

Er stand auf, blickte auf mich herab.

Vielleicht hätte ich mich unwohl fühlen sollen, doch die Art, wie Travis mich ansah, gefiel mir. Es war, als würde er meinen Anblick genießen und sich auf das freuen, was noch kommen würde. Sein Blick war intensiv und weich zugleich, erregt und zärtlich.

Mit einer Hand fuhr er sich durch die Haare, die sofort noch zerzauster aussahen. Dann knöpfte er sein Hemd auf. Gemächlich. Knopf für Knopf und ohne den Blick von mir abzuwenden. Er betrachtete dabei jeden Zentimeter meines Körpers, als ob er bereits jetzt überlegte, was er gleich mit mir anstellen wollte, und das war irgendwie … heiß. Es regte gleichermaßen meine Fantasie an, welche Stellen er zuerst und wie berühren würde, und schürte in mir die Vorfreude auf das, was kommen mochte.

Als er den Stoff von seinen Schultern schob, genoss ich, was ich sah. Sein Oberkörper war fest und muskulös, aber ohne übertrieben bullig zu wirken. Dass er Kraft hatte, war zu erkennen, und seine Körperhaltung zeigte mir, dass er diese auch einzusetzen wusste. In seinen Augen loderte ein Feuer, und alles an ihm deutete darauf hin, dass er sich gleich auf seine Beute stürzen würde: auf mich.

Das Hemd warf er achtlos zu Boden, dann stieg er aus seinen Lederschuhen und zog seine Socken aus, ohne den Blick von mir zu nehmen, während ich nur auf die Wölbung in seiner Hose starren konnte. Sie war groß und gab mir schon eine leise Vorahnung dessen, was mich gleich erwarten würde. Instinktiv leckte ich mir über die Lippen.

»Ich will noch mehr von dir probieren«, sagte er dann und griff nach einem frischen Löffel.

»Hier? Aber was ist, wenn du die Couch ankleckerst?«

»Glaub mir, Ash, so etwas spielt keine Rolle. Abgesehen davon wird es nicht dazu kommen.«

»Ach ja?«

»Ich weiß meine Zunge gut einzusetzen«, antwortete er und grinste dabei selbstbewusst.

Ja, das glaubte ich ihm sofort. Zumindest in meiner Fantasie hatte er sich nicht schlecht angestellt, und die kurze Kostprobe an meinem Rücken hatte mir auch sehr gefallen. Von seinen Küssen ganz zu schweigen …

Travis wartete nicht, ob ich darauf noch einmal etwas erwidern würde. Stattdessen begann er, mit der warmen Schokolade quer verlaufende Linien auf meinen Bauch zu zeichnen, während ich versuchte, stillzuhalten und irgendwie anmutig und sexy zu wirken. Ein Bein hatte ich leicht angewinkelt, einen Arm legte ich locker neben meinen Kopf, die Hand neben meiner Wange.

Mein Atem ging inzwischen schnell. Allein die Vorstellung, dass er mich an diesen Stellen gleich küssen und seine Zunge über meine Haut tänzeln würde, machte mich an. Mein Schoß zog sich erwartungsvoll zusammen, und meine Brustwarzen reckten sich Travis entgegen.

»Das sieht doch schon mal gut aus«, meinte er dann zufrieden und legte den Löffel beiseite.

Er kniete sich auf den Boden und betrachtete sein Kunstwerk noch einmal eingehend. Dann beugte er sich ohne Vorwarnung hinab, fuhr mit fester Zunge über meinen Bauch und ließ die erste Linie saugend und leckend verschwinden.

Überrascht keuchte ich auf, was ihm zu gefallen schien. Er lachte leise, während ich ihn gedanklich verfluchte.

Innerlich brannte ich, sehnte mich nach so viel mehr, während er sich mit der nächsten Spur Zeit ließ und offensichtlich Spaß daran hatte, mich so zappeln zu lassen. Nach und nach verschwanden auch die anderen Schokospuren. Und ja, es kostete mich verdammt viel Kraft, nicht am ganzen Körper zu zittern, da seine Berührungen mich so unter Strom setzten.

Doch das schien ihn nicht zu kümmern. Als er dann die letzte Spur wegleckte, berührte er schon fast meine Brüste, und allein das Wissen, dass es nicht mehr lange dauern würde, bis er auch diese erreichte, steigerte meinen Wunsch, noch mehr von ihm zu wollen.

Ich wollte alles.

Jetzt. Sofort.

Travis jedoch schien es nicht eilig zu haben. Er setzte sich neben mich auf die Couch und wischte sich mit einer Serviette über seine Mundwinkel.

»So stelle ich mir ein perfektes Dessert vor.« Er grinste zufrieden. »Da wäre nur noch eine Sache …«

In seinen Augen flackerte unbändiges Verlangen auf, als er sich wieder vor mich kniete. Er beugte sich erneut über mich, glitt mit seinen Fingern über die Stellen, an denen nur noch zartbraune Spuren von den Schokolinien zeugten, bis er meinen Slip berührte. Mit seinen Fingern hakte er ein, dann zog er ihn mir von den Hüften.

Mein Herz raste. Erregt, aufgeregt und bis auf die Strümpfe nackt lag ich vor ihm, während er noch immer seine Hose trug. Und das machte mich verdammt noch mal an, denn es unterstrich seine Macht, die er immer wieder über mich erlangte – eine völlig neue Erfahrung für mich, denn bisher hatte mich die Vorstellung, mich von jemandem dominieren zu lassen, eher abgeschreckt. Doch bei Travis fühlte ich mich – ohne zu wissen, wieso – sicher und geborgen und genoss es, mich ihm hinzugeben.

»Das gefällt mir schon besser«, meinte er, als er mich von Kopf bis Fuß musterte. »Setz dich auf!« Seine Stimme war dabei scharf und ließ keinen Widerspruch zu, während sein Blick weich und fast bittend war.

Ich gehorchte, richtete mich auf und lehnte mich in die weichen Kissen in meinem Rücken. Dabei sah ich ihm zu, wie er wieder nach dem Löffel griff.

»Hier ist zu wenig Schokolade«, behauptete er und kippte einen vollen Löffel über mein Dekolleté. Der süße Duft stieg in meine Nase und benebelte zusätzlich meine Sinne.

Schnell bahnte sich die warme Schokolade den Weg über meinen Busen und tropfte von den Brustwarzen auf meinen Bauch. Ein kleines Rinnsal jedoch floss zwischen den Brüsten hindurch über den Bauchnabel mit meinem Schoß als Ziel. Instinktiv kniff ich die Knie zusammen.

»Nicht!« Travis griff in meine Kniekehlen und schob meine Beine auseinander.

Völlig überrascht sah ich zu ihm auf. Vorfreude lag auf seinem Gesicht, den Blick auf die süße Masse gerichtet, die gleich in vollem Schwall den Stoff des Sofas erreichen würde. Sie passierte meinen Venushügel, floss zwischen die Schamlippen …

Mit einem Ruck zog Travis an meinen Kniekehlen, sodass ich ihm entgegenrutschte. Und ehe ich michs versah, hatte ich seinen Kopf zwischen den Schenkeln, seine Zunge spürte ich breit über meiner Mitte.

»O Gott!« Ich stöhnte auf, teils, weil mich seine Aktion überrascht hatte, doch hauptsächlich, weil sich seine Zunge so unglaublich gut anfühlte.

»Richte dich noch einmal mit dem Oberkörper auf«, befahl er dann.

Ich stemmte die Ellenbogen in die Kissen und sah an mir hinab, wie noch eine weitere kleine Schokowelle den Weg zu seinem Mund suchte. Travis beeilte sich, den süßen Bach vor dem Versickern im Sofastoff zu hindern. Er sog und leckte über meine Spalte, kostete von der Schokolade und von mir und kommentierte es mit genüsslichem Seufzen, während ich aufstöhnte, die Augen schloss und mich kraftlos und ergeben wieder zurückfallen ließ.

So etwas hatte ich noch niemals erlebt, noch nie gespürt … Travis war nicht nur geschickt mit seiner Zunge, er war Meister seines Fachs.

Die Spannung in mir stieg. Mein Atem kam stoßweise, alles in mir zog sich zusammen. Es würde nicht mehr lange dauern … Da leckte Travis die Spur nach oben zu meinem Dekolleté. Verzweifelt wimmerte ich auf. Verdammt, ich war so kurz davor …!

»Keine Sorge, Ash, du kommst noch auf deine Kosten. Aber erst, wenn ich es will.«

Ich schnappte nach Luft und sah ihm in die Augen, die mich anlächelten, ehe er sich wieder der Schokolade auf meinem Körper widmete. Er säuberte mich rund um die Brust, näherte sich mehr und mehr meiner Brustwarze, die er lustvoll in seinen Mund einsog und um die er seine Zunge kreisen ließ.

»Und wann … wird das sein?«, fragte ich abgehackt.

Ich hatte das Gefühl, gleich zerfließen zu müssen, und wollte Travis wieder zwischen meinen Beinen spüren.

»Der erste Orgasmus ist der intensivste. Bei dem will ich in dir sein«, hörte ich ihn brummen.

»Dann … worauf wartest du noch?«

Inzwischen hatte er die zweite Brust sauber geleckt. Tiefes Lachen drang aus seiner Kehle hervor.

»Du bist wohl besonders ungeduldig, wie?«

Das liegt nur an dir und deinem Können, Travis …

»Willst du mich spüren, Ash?«

»O Gott, ja …«

Er legte den Kopf schief und sah mich abwartend an.

»Ja, ich will dich in mir haben, Travis. Jetzt! Sofort!«

Er lachte heiser und warf den Kopf dabei in den Nacken.. Dann hob er mich hoch und trug mich in das Schlafzimmer. Dort legte er mich auf das Bett.

Travis sah mir tief in die Augen und zog ein Kondompäckchen aus seiner Hose und warf es neben mich auf das Laken.

Ich sah ihm zu, wie er seine Hose und anschließend seine Pants auszog. Sein Schwanz war prall und groß. Und, noch mal, ich wollte ihn endlich spüren, schmecken … Ich wollte ihm auch etwas zurückgeben, wollte mich für die Wahnsinnsgefühle von eben revanchieren. Also rückte ich an den Bettrand und umfasste ihn mit einer Hand. Travis sah mir dabei zu, wie ich seinen Schaft massierte. Ein Lusttropfen glänzte an seiner Spitze, den ich mit der Zunge wegleckte. Er vergrub seine Finger in meinen Haaren und knurrte erregt.

»Verschränke deine Arme auf dem Rücken. Dann mach deinen Mund auf!«, befahl er, was ich liebend gerne tat.

Er schob seinen Schwanz an meiner Zunge entlang. Ich presste die Lippen fest um ihn herum, ließ meinen Kopf von Travis führen und spürte, wie er noch härter wurde.

Es war ein aufregendes Gefühl, ihm die ganze Kontrolle zu überlassen – und überraschenderweise genoss ich meine Rolle dabei. Es war befreiend und erregend zugleich. Mein Schoß zog sich zusammen, sehnte sich nach Erfüllung, doch ich hielt mich zurück, gab ihm, was er wollte. Ich massierte seinen Schwanz mit meinen Lippen und meiner Zunge, sog daran.

»Genug!«, befahl er und zog sich aus mir zurück.

Heftig atmend leckte ich mir über meine feuchten Lippen und sah zu ihm hoch. Er deutete mit dem Kopf auf das Kondompäckchen, das er zuvor auf das Bett geworfen hatte.

Ich riss die Folie auf, zog es heraus und rollte es ihm über.

»Leg dich zurück und spreize deine Beine!«

Dieser scharfe Ton hatte etwas Aufregendes an sich. Da er mich dann auch noch ansah, als würde er mich auf der Stelle nehmen wollen, hatte er mich dort, wo er mich haben wollte: In dem Moment hätte ich alles für ihn getan.

Das Laken fühlte sich kühl an meinem Rücken an, als ich mich zurücksinken ließ. Eine sanfte Gänsehaut schüttelte mich, nicht nur wegen der Kälte, sondern wegen dem, was mich erwartete. Als ich meine Schenkel auseinanderschob und ihm alles präsentierte, glühten meine Wangen. Noch nie hatte ich mich jemandem so geöffnet.

Travis stand vor dem Bett, seinen Schwanz in der Hand, und betrachtete mich eingehend.

»Fass dich an!«, knurrte er.

Zögernd tastete ich zwischen meine Beine. Ich hatte mich noch nie in Gegenwart eines anderen berührt … Doch Travis' strenger Blick ließ keine Zweifel daran, dass er darauf bestand. Und allein der Gedanke daran, von ihm dabei beobachtet zu werden, erregte mich.

Ich rieb über meine Knospe, und wie von selbst schlossen sich meine Lider. Ich stellte mir vor, dass er es wäre, der mich streichelte, dachte daran, wie er die Schokolade von mir geleckt hatte …

»Sieh mich an, Ashley!«

Blinzelnd sah ich zu ihm auf.

Sein Mund war leicht geöffnet, sein Brustkorb hob und senkte sich rasch. In seinen Augen konnte ich lesen, wie sehr er mich wollte und wie viel Kraft es ihn kostete, sich nicht sofort alles zu nehmen.

Travis atmete geräuschvoll aus und ein. »Ich werde dich noch einmal lecken. Wenn du kurz davor bist, werde ich dich meinen Schwanz spüren lassen. Hart und schnell. Verstanden?«

Seine Worte lösten eine Welle der Erregung aus, die meinen Körper durchflutete und zwischen meinen Beinen auf Erfüllung zu drängen schien. »Tu es endlich!«, flehte ich ihn an.

Das ließ er sich nicht zweimal sagen. Er sank auf die Knie und schickte mich mit seiner Zunge innerhalb weniger Sekunden saugend und lutschend zurück an den Gipfel. Ich keuchte, bog meinen Rücken durch, wühlte mit meinen Fingern durch seine Haare. Ich hielt seinen Kopf fest, wollte kommen. Ich spürte, wie sich die Welle in mir aufbaute. Doch Travis packte mich an den Armen und drückte sie über meinem Kopf in die Matratze. Dann spürte ich seine Spitze an meinem Eingang. Kraftvoll stieß er zu, sofort und ohne zu zögern. Fest und schnell. Immer wieder.

Ich schnappte nach Luft. Seine Stöße waren perfekt, die Kraft, die dahintersteckte, genau das, was ich jetzt brauchte. Hilflos wimmernd wand ich mich unter ihm, bis er endlich meine Hände losließ. Sofort klammerte ich mich an ihn, fühlte seinen Schweiß unter meinen Fingern. Das Ziehen in mir steigerte sich noch einmal, was ich nicht für möglich gehalten hätte. Es war wie ein Feuer, das mit dem nächsten Stoß in meiner Mitte explodierte und Wellen der Erlösung durch mich hindurchschickte. Ich hielt mich an seinen Armen fest, schrie seinen Namen, stöhnte bei jedem Atemzug.

Zitternd bog ich mich ihm entgegen, als auch er mit einem lauten »Fuck« kam. Seine Muskeln waren angespannt, und ich sah ihm an, wie sehr er sich bemühte, die Augen offen zu halten und mich dabei anzusehen.

Eine Strähne klebte ihm an seiner schweißnassen Stirn, als er auf mich herabsank, um mir einen Kuss auf den Mund zu hauchen. Dann zog er sich aus mir heraus, streifte das Kondom ab und verknotete es.

Wortlos ging er in das Badezimmer und drehte die Dusche auf.

Was zur Hölle …?

Ich starrte ihm hinterher. In diesem Moment fühlte ich mich nackt und unwohl. Natürlich war es dumm von mir, zu glauben, Travis King würde sich in mich verlieben. Aber nach allem, was heute geschehen war – die Kutschenfahrt, das Dinner, der Schokobrunnen, die vielen Kerzen, die noch im Nebenraum flackerten –, dachte ich, dass er danach noch Zärtlichkeiten mit mir austauschen würde. Doch dieser abrupte Abbruch war wie ein Eimer eiskaltes Wasser über den Kopf …

Also doch! Ich war nur eine von vielen Eroberungen. Ich setzte mich zitternd auf. Ich musste hier schnellstens raus, bevor …

»Kommst du?«

Travis steckte seinen Kopf durch die angelehnte Tür und sah mich erwartungsvoll an.

Ich schluckte kräftig und lächelte bemüht. »Sofort. Gib mir noch einen Moment.«

Er musterte mich kurz, dann nickte er und verschwand wieder im Badezimmer.

Ich nahm einen tiefen Atemzug und stand auf. Ich ging zu einem der deckenhohen Spiegel neben dem Schrankraum und starrte mir ins Gesicht. Meine Wangen waren noch gerötet, und leichte Spuren von Schokolade auf meinem Oberkörper zeugten von unserem Spiel.

Bleiben oder flüchten, das war hier die Frage …

Doch im Grunde kannte ich die Antwort und ärgerte mich, dass ich so verdammt schwach war. Denn ich musste nur zurückdenken, wie es sich angefühlt hatte, als Travis die süße Schokospur zwischen meinen Schenkeln weggeleckt hatte – das allein reichte aus, um seufzend die Augen zu schließen. Gott, nur bei der Erinnerung daran spürte ich wieder dieses Ziehen in meinem Unterbauch, das nach mehr schrie.

Wenn ich ehrlich war, übertraf die Nacht mit ihm all meine Vorstellungen und alles, was ich bisher erlebt hatte. Ich durfte gar nicht daran denken, dass die Zeit mit ihm begrenzt war. Und vor allem durfte ich nicht zulassen, dass ich in ihm mehr als ein Abenteuer sah. Denn das würde gefährlich werden. Schon, dass ich Enttäuschung verspürt hatte, als er so schnell aufgestanden war, ohne mich noch ein letztes Mal in den Arm zu nehmen, war ein Fehler. Er hatte mich gewarnt: Ich wusste, dass Travis King kein Mann fürs Herz war.

Ich musste einfach nur stark bleiben. Das sollte doch kein Problem sein, oder?

Travis stand bereits unter der Dusche, als ich das Bad betrat. Das Wasser prasselte auf seinen Körper herab und bildete leichte Dunstwolken um ihn. Den Kopf hatte er zum Strahl hochgehoben und wischte sich mit den Händen über das Gesicht und die Haare. Noch hatte er mich nicht bemerkt, also genoss ich seinen Anblick. Die Seife rann ihm über seinen kräftigen Körper, zeichnete die Formen seiner Muskeln nach. An diesen Anblick könnte ich mich gewöhnen … sollte ich aber nicht, dachte ich.

Ich unterdrückte ein schwermütiges Seufzen. Die Zeit mit ihm sollte ich einfach genießen und nicht daran denken, was morgen oder nächste Woche passieren würde …

oder nächsten Monat, falls ich überhaupt so viel Zeit mit ihm bekam.

Ich zog meine Strümpfe aus, trat zu ihm unter die Dusche und legte meine Arme von hinten um ihn. Travis sah über seine Schulter zu mir herab und schenkte mir ein atemberaubendes Lächeln. Dann drehte er sich zu mir und nahm mich in seine Arme. Ohne dass er sprach, wanderte seine Hand in meinem Nacken, die andere glitt an meinen unteren Rücken. Er presste mich an sich, und sofort spürte ich seine Erektion.

»Schon wieder?« Mit schiefem Lächeln sah ich ihm in die Augen.

»Noch immer«, murmelte er, dann legte er seine Lippen auf meine und küsste mich wie beim ersten Mal im Club. Nur, dass es diesmal kein Halten gab.

* * *

»Das Duschen hätten wir uns nach dem ersten Mal sparen können«, bemerkte ich trocken.

Ich saß auf Travis' Schoß. Seine Hände lagen noch auf meinen Hüften, mit denen er eben noch das Tempo bestimmt hatte. Sein Brustkorb hob und senkte sich so schnell wie meiner, und der Duft von süßer Schokolade, Sex und verloschenen Kerzen lag in der Luft.

Travis lachte, hob mich sanft herab und stand von der Couch auf.

»Also ich fand es sehr anregend mit dir unter der Dusche. Grundsätzlich wäre ich für eine Wiederholung, aber Kristopher wird in der nächsten Viertelstunde hier auftauchen und dich nach Hause fahren.«

Irritiert sah ich Travis nach, der mich erneut mit seiner abweisenden Art vor den Kopf stieß und im Bad verschwand, als wäre nichts gewesen. Als hätten wir nicht gerade zum dritten Mal miteinander geschlafen …

Okay. Dass ich von ihm nicht viel zu erwarten hatte, damit hatte ich mich abgefunden. Dass er mich jedoch mitten in der Nacht aus seinem Hotelzimmer warf, war ein starkes Stück. Für wen hielt er mich eigentlich?

Ich wollte ihm nicht zeigen, wie sehr mich sein ungehobeltes Verhalten nach diesen schönen Stunden verletzte. Deshalb zog ich mich widerspruchslos an, kontrollierte kurz, ob mein rotes Kleid alles unbeschadet überstanden hatte, und wartete auf ihn, bis er aus dem Bad zurückkam.

»Ich begleite dich nach unten«, sagte er. Sein Ton war freundlich, sein Blick ebenso.

Herrje, ich wurde aus diesem Mann nicht schlau … Aber ich war viel zu müde, um mir jetzt noch darüber den Kopf zu zerbrechen. Es war schon fast Mitternacht, und in wenigen Stunden musste ich wieder zur Arbeit.

Wie versprochen, begleitete mich Travis noch in die Lobby. Ich bekam meinen Mantel zurück und zog ihn schnell über. Travis jedoch wurde sein Mantel nicht gereicht. Bedeutete das also, dass er hierbleiben würde?

Ich sah ihn von der Seite an. Er wirkte machtvoll und entschlossen wie immer. Ein leichtes Lächeln lag auf seinen Lippen. Seine Haare waren perfekt frisiert – nichts deutete darauf hin, was wir in der Suite getan hatten … Trotzdem fühlte ich mich, als würden mich alle seltsam ansehen. Natürlich war das Unsinn und reine Einbildung, aber ich konnte es kaum erwarten, das Hotel zu verlassen.

Kristopher stand neben der Drehtür und sah freundlich in unsere Richtung. Als Travis ihn entdeckt hatte, drehte er sich zu mir.

»Danke für den Abend, Ash.« Nur wenige Zentimeter trennten uns voneinander. Trotzdem war der Abstand groß genug, um keine Spekulationen zuzulassen.

Das war doch alles lächerlich! Eben noch war er in mir, und nun tat er, als wären wir zwei Geschäftspartner, die von einer Besprechung kamen.

»Es war schön mit dir, Travis. Danke.« Es kostete mich alle Mühe, mir den Zorn und die Enttäuschung über die Zurückweisung nicht anmerken zu lassen.

Offensichtlich gelang es mir. Seine Gesichtszüge wurden weicher, dann legte er eine Hand an meine Wange. »Komm gut nach Hause. Wir sehen uns morgen in meinem Büro.« Schließlich beugte er sich zu mir und küsste mich flüchtig auf die Lippen.

»Ja. Bis morgen.«

Ärgerlich, dass meine Stimme fast versagte. Ich drehte mich um und ging zu Kristopher. Direkt vor dem Eingang parkte die Limousine, mit der er mich heute Abend von meinem Apartment abgeholt hatte.

Ein letztes Mal blickte ich mich zu Travis um, der mir mit in den Hosentaschen vergrabenen Händen nachsah. Dann stieg ich in den Wagen, zu dem mir Kristopher die Tür aufhielt.

* * *

»Alles in Ordnung mit dir?«, fragte mich Jacob, mein Assistent, als ich am Montagmorgen mit leichter Verspätung das Büro betrat.

Unpünktlichkeit passte so gar nicht zu mir, aber nicht nur das deutete auf meine Stimmung hin. Ich war unfassbar müde, da ich die restliche Nacht wach gelegen hatte und erst gegen fünf Uhr morgens eingeschlafen war. Zu sehr hatten mich die Grübeleien über meinen Rauswurf durch Travis beschäftigt.

Verdammt, ja, es hätte mir egal sein sollen, aber das war es nicht. Es hatte mich tief drinnen getroffen, und diese Tatsache ärgerte mich nur noch mehr. Ich würde hart an mir arbeiten müssen, dass mich solche Situationen in Zukunft kaltließen. Ansonsten sah ich nur eine Möglichkeit: mich von Travis King fernzuhalten – was mir nach letzter Nacht und der überzeugenden Darstellung seiner Fähigkeiten wirklich schwerfallen würde.

»Ja, alles klar. Ich hab nur schlecht geschlafen.« Mein Lächeln wirkte bestimmt gequält und bei Weitem nicht so überzeugend wie erhofft. Doch Jacob sagte nichts weiter, sondern nickte nur und nahm seine Arbeit wieder auf.

Ich ließ mich auf meinen Bürostuhl fallen und schaltete den Computer ein, um die letzten Feinarbeiten an den Aufnahmen von *KING Estate* vorzunehmen.

»Wie war dein Urlaub bei deiner Familie?«

»Ach, frag nicht. Ich mag sie ja grundsätzlich alle, aber länger als zwei Tage halte ich sie nicht aus. Meine Mutter ist hysterisch wie eh und je, während mein Vater stillschweigend ihr Keifen hinnimmt. Keine Ahnung, wie er das aushält, geschweige denn meine beiden Schwestern. Ich bin jedenfalls froh, so weit von zu Hause weg zu wohnen.« Er rollte theatralisch mit den Augen. »Und wie war die letzte Woche ohne mich? Ich hoffe, du hast mich vermisst?«

Ich schmunzelte. »Natürlich!« Dann erzählte ich ihm von dem Auftrag von *KING Estate,* was seine Kinnlade nach unten klappen ließ.

»Wahnsinn! So ein toller Kunde, und ich bin nicht da!«

»Willst du die Aufnahmen sehen?«, fragte ich und öffnete gleichzeitig den Ordner, da ich seine Antwort kannte.

»Doofe Frage, aber sicher!«

Schon stand er hinter mir und war völlig begeistert von der Immobilie und dem, was ich aus dem Rohmaterial gemacht hatte.

»Heute am späten Nachmittag bin ich noch einmal bei *KING Estate* und bringe die Daten vorbei. Du bist also ein paar Stunden allein«, sagte ich über meine Schulter hinweg. »Falls ich bis sechs Uhr abends nicht zurück bin, kannst du das Büro schließen.«

»Geht klar.«

Jacob konnte ich ohne Probleme auch für ein paar Stunden allein lassen. Normalerweise übernahm er viele grafische Arbeiten, aber auch die Terminverwaltung und die Rechnungslegung. Einzig das Fotografieren war meine Aufgabe.

Als Jacob wieder an seinem Schreibtisch saß, vibrierte mein Smartphone. Es war Madison.

Verdammt, jetzt erzähl endlich, wie es war. Sonst komm ich bei dir vorbei, und du musst mich neben deinem Assistenten auf den neuesten Stand bringen.

Schmunzelnd tippte ich:

Travis King hat all meine Vorstellungen übertroffen und mich trotzdem am Ende enttäuscht. Und jetzt muss ich arbeiten, sonst schaffe ich den Termin heute Nachmittag in seinem Büro nicht.

Es vergingen nur wenige Sekunden, bis ich eine Antwort erhielt.

Du kannst mich doch nicht einfach so abservieren! Warte mal … Sex im Büro? Sehr heiß!

Augenrollend schrieb ich zurück.

Du hast wohl vergessen, dass er mein KUNDE ist und ich meine Arbeit bei ihm abliefere? Lass uns die Tage mal telefonieren, dann erzähle ich dir alles.

Madison schickte noch drei weitere Nachrichten, mit denen sie vermutlich hoffte, mich weich zu kriegen, doch ich ließ sie unbeantwortet. Zu sehr war ich darauf erpicht, die Arbeit wirklich so perfekt wie nur irgendwie möglich zu erledigen – und da wollte ich keine wertvolle Minute vergeuden.

* * *

Als ich kurz vor fünf Uhr den Aufzug bei *KING Estate* verließ, war ich mächtig nervös. Travis hatte sich zwischenzeitlich nicht mehr bei mir gemeldet. Ich war zu sehr auf die Arbeit konzentriert gewesen und ehrlich gesagt auch zu stolz, nach dem doch sehr seltsamen Abschied den ersten Schritt zu machen.

Die Sekretärin kündigte mich wie beim letzten Mal über die Gegensprechanlage an und begleitete mich dann in sein Büro. Wieder fiel mir als Erstes das große Familienfoto hinter seinem Schreibtisch auf, das King senior mit seinen beiden Söhnen zeigte. Alle drei hatten dunkelbraune Haare, wobei Travis als Einziger diese wahnsinnig aufregenden eisblauen Augen hatte, wie ich sie noch nie zuvor gesehen hatte. Die Ähnlichkeit zu King senior war bei seinem Bruder deutlicher, was aber vielleicht auch nur an der kantigen Gesichtsform lag.

Ich fragte mich, ob diese Aufnahme bei Travis' Vater im Büro hing, als er noch lebte, oder ob Travis sie als

Erinnerung aufhängen ließ. Zudem hätte ich zu gern ein Foto seiner Mutter gesehen. Sie musste eine hübsche Frau gewesen sein …

Travis kam mir entgegen und begrüßte mich förmlich.

»Schön, dass Sie hier sind, Miss Crown. Ich bin schon auf das Endergebnis gespannt.«

Ich schüttelte ihm die Hand und kämpfte dabei mit aller Kraft gegen die aufsteigende Enttäuschung an. Hatte ich ernsthaft erwartet, es hätte sich etwas geändert? Er hatte seinen Spaß gehabt, und nun ging es wieder rein ums Geschäftliche.

»Ich kann es kaum erwarten, Mister Ki…«

Kaum dass die Sekretärin die Tür hinter sich geschlossen hatte, zog mich Travis an seine Brust. Er küsste mich so impulsiv, dass es mir beinahe den Atem raubte. Einen Arm legte er auf meinen unteren Rücken, mit der anderen Hand hielt er meinen Kopf im Nacken. Dabei bewegte er sich langsam mit mir auf die Tür zu, durch die ich gerade eben sein Büro betreten hatte. Er keuchte erregt, nahm meinen Mund in Besitz und begann, meinen Körper zu erkunden.

Seine Finger spürte ich schon an der nackten Haut unter meiner Bluse, als ich endlich wieder zur Besinnung kam. Mit aller Kraft schob ich ihn von mir.

»Sag mal, geht's noch?« Ich strich meine Bluse glatt und richtete mit den Fingern meine leicht zerzauste Frisur. Zum Glück hatten sich keine Strähnen aus dem Pferdeschwanz gelöst.

Travis begegnete meinem wütenden Blick zuerst mit Ratlosigkeit. Dann änderte sich seine Laune. »Herrgott, was wird das, wenn du fertig bist, Ash? Hast du deine Tage, oder warum bist du so zickig?« Seine Augenbrauen schoben sich vor Ärger zusammen.

Nun war ich es, die ihn mit offenem Mund anstarrte und dann anfauchte: »Wie bitte? Du bist doch derjenige, der mich aus dem Hotelzimmer geschmissen hat und vor der Sekretärin einen auf Distanz macht, nur um mich – kaum dass wir allein sind – fast gegen die Tür zu vögeln!«

»Wow …«

Hatte er mich eben noch mit resoluter Stimme angefahren, so kam dieser Laut ganz sanft über seine Lippen. Mit beiden Händen fuhr er sich durch seine Haare, was mir so gut gefiel – doch heute stieß er damit bei mir auf meine inneren Barrieren.

Er ging zu seinem Schreibtisch und lehnte sich an die massive Tischplatte. Die Arme verschränkte er vor der Brust und holte tief Luft, bevor er mit ruhigem Ton sagte: »Ich hab dich nicht aus dem Hotelzimmer geschmissen, Ash. Ich habe dich sogar bis zu Kristopher in die Lobby begleitet, um mich zu vergewissern, dass du gut bei ihm ankommst. Und er hat dich sicher nach Hause gebracht – ich verlasse mich da auf sein Wort. Er hat mir berichtet, du warst um kurz vor ein Uhr in deinem Apartment. Er hat vor dem Gebäude gewartet, bis Licht bei dir anging, nachdem du dich nicht von ihm bis zur Tür begleiten lassen wolltest, du Sturkopf.«

»Du lässt zu, dass dein Chauffeur mich einfach so überwacht, findest es aber nicht der Mühe wert, mir noch eine kurze Nachricht zu schicken, ob ich denn gut angekommen bin?« Innerlich bebte ich vor unterdrückter Wut.

»Du hast dich auch nicht bei mir gemeldet«, gab er schulterzuckend zur Antwort.

Seine Gefühllosigkeit nervte mich.

»Du hast mich aber auch kalt auflaufen lassen … Immerhin hatte ich nicht damit gerechnet, nach *so* einer Nacht noch nach Hause fahren zu müssen. Ehrlich gesagt dachte ich, wir würden beide im Hotel übernachten und ...« Nun hob ich verwirrt die Schultern. »... Ich weiß auch nicht ... heute Morgen vielleicht noch einmal ...«

Ich konnte es einfach nicht aussprechen. Zu unwirklich kam mir die letzte Nacht mit Travis vor. Der Mann, mit dem ich gestern zusammen gewesen war, war nicht dieser kühle Typ, der jetzt gerade vor mir stand. Allein sein Blick war so eisig, dass mich fröstelte.

»Bei mir hat noch nie eine Frau übernachtet, Ashley«, sagte er und brachte mich damit völlig aus dem Gleichgewicht. »Ich dachte, das sei klar.«

Nun verstand ich gar nichts mehr. »Wann bitte, denkst du, hättest du das angedeutet?«

Travis legte den Kopf schief und kniff die Augen zusammen, als würde er angestrengt nachdenken. Dann wechselte er wieder zu der gleichgültigen Miene. »Egal! Dann weißt du jetzt eben Bescheid. Spätestens um Mitternacht ist Schluss.«

Atemlos starrte ich ihn an. »Immer?«

»Immer. Und was die Distanz angeht ...« Er deutete mit dem Kopf zur verschlossenen Tür. »Vor einer Angestellten, die gerade erst ein paar Monate für mich arbeitet, halte ich prinzipiell mein Privatleben verdeckt. Ich habe keine Lust darauf, wenige Tage nach der Kündigung mein Leben in der Klatschpresse ausgebreitet zu lesen.«

»Oh ...« So hatte ich das natürlich noch nicht betrachtet.

Travis kam wieder auf mich zu, langsam wie ein Raubtier auf Beutefang. Um seine Lippen bildete sich ein sanftes Lächeln, das mich verwirrte. Seine gleichgültige Art war wie weggewischt.

»Dieses ›Oh‹ erinnert mich an eine ganz bestimmte Szene.« Seine Stimme war rau. »Womit wir beim letzten Punkt deiner Argumente angekommen wären ...«

Nun stand er direkt vor mir. Sein holziger Duft, warm und kalt zugleich – genau, wie Travis es war –, strömte in meine Nase und brachte mich aus dem Konzept. Wie schon vorhin wickelte er mich mit seiner unwiderstehlichen Nähe um den Finger und machte mich zu seiner willenlosen Marionette. Da konnte ich mir noch so fest vorgenommen haben, ihm gegenüber gleichgültig zu sein …

»Du ahnst gar nicht, wie gern ich dich hier und jetzt gegen diese verdammte Holztür vögeln würde …«

Und wieder war es passiert. Die Wut war verflogen, der Schutzwall gefallen. Und: Seine Worte erregten mich. Ich war hoffnungslos verloren …

Seine warme Hand lag an meiner Taille. Die andere hob er an und strich mit dem Zeigefinger über meine Unterlippe.

»Nicht …«, flüsterte ich, doch das klang nur wenig überzeugend.

Seine Mundwinkel hoben sich zu einem schmutzigen Lächeln. »Wieso nicht? Weil du auf mich reagierst? Weil du mich willst? Mich begehrst?«

Kräftig schüttelte ich den Kopf, sodass mein Pferdeschwanz hin und her flog.

»Lüg mich nicht an, Ash. Dein Körper spricht eine klare Sprache.« Mit dem Fingerrücken streifte er wie zufällig eine meiner steifen Brustwarzen, die sich deutlich unter dem Stoff der Bluse hervorhoben.

Nun beugte er sich noch näher zu mir, sodass seine Lippen fast mein Ohr berührten. »Lass mich raten … Ist dein Slip schon feucht? Sehnst du dich danach, dass ich meinen Schwanz in dich stecke? Dass ich dich ficke wie letzte Nacht?«

Mit großen Augen sah ich in sein Gesicht, auf dem ein selbstsicheres Grinsen thronte. Zu gern hätte ich jetzt einen lässigen Spruch auf Lager gehabt, aber ich war unfähig, darauf zu antworten. Meine Nippel und meine inzwischen heißen Wangen verrieten mich ja doch.

»Lass mich raten … du spürst, wie wund du bist. Bei jedem verdammten Schritt denkst du an mich und sehnst dich zurück in dieses Hotel.«

Ich holte Luft, wollte etwas sagen, wusste jedoch nicht, was. Am liebsten hätte ich mit einem festen »Nein« darauf geantwortet, aber meine Kehle war wie zugeschnürt. Denn ja, er hatte mich voll und ganz durchschaut. Auch wenn er nicht mit mir in einem Bett schlafen wollte, wenn er vor der Sekretärin tat, als wären wir zwei uns fremde Menschen, die auf Geschäftsebene miteinander kommunizierten, und wenn er so tat, als würde ich ihm nichts bedeuten – was durchaus so sein konnte –, sehnte ich mich zurück in diese Suite. Zurück zu letzter Nacht, als er Schokoladenrinnsale von meinem Körper geleckt hatte …

Resigniert stieß ich den Atem aus. Zögernd legte ich eine Hand an seine Brust … bereit, ihn jederzeit wieder von mir zu stoßen, obwohl ich es eigentlich als Ausrede benutzte, um die Distanz zwischen uns zu überbrücken.

»Herrgott, Ash … Wenn du wüsstest, wie hart ich heute Morgen war, als ich aufgewacht bin! Den ganzen Tag dachte ich an dich, an deine enge, feuchte Pussy. Daran, wie du gestöhnt hast, als du gekommen bist. Wie du meinen Namen geschrien hast …«

Sanft berührten seine Lippen meine Schläfe.

»Ich habe mir ausgemalt, wie ich dich über diesen Besprechungstisch beugen und dich von hinten nehmen würde. Oder wie du mich dort auf der Couch reitest, so wie letzte Nacht.«

Ich schluckte. Zwei böse kleine Worte tauchten in meinem Kopf auf, drängten sich vor bis an die Zungenspitze.

Es wäre so leicht, »Fick mich« zu sagen. Aber ich konnte nicht. Weil ich Angst davor hatte, noch einmal so von ihm enttäuscht zu werden, von seinen Worten oder wie er mich behandelte. Und dennoch sehnte ich mich zu sehr nach mehr Sex, mehr Travis …

Es war ein Teufelskreis.

Trotzdem schluckte ich die Worte hinunter, weil ich mich gerade im letzten Moment darauf besann, weshalb ich überhaupt hier war: Ich wollte meine Arbeit bei ihm abliefern.

»Ich bin nur ungern der Spaßverderber, aber … dürfte ich meine Arbeit abgeben?«

Unter Einsatz all meiner Selbstbeherrschung zog ich die Präsentationsmappe aus meiner Tasche, was Travis mit hochgezogenen Augenbrauen beantwortete.

Plötzlich hatte ich das Gefühl, ihn vor den Kopf gestoßen zu haben. Schnell suchte ich nach erklärenden Worten. »Schließlich bin ich deshalb hier, und …«

»Natürlich, bitte.«

Sofort war er wieder der kühle Geschäftsmann. Er deutete zum Besprechungstisch.

Ich setzte mich und schob ihm die Mappe rüber, als er neben mir Platz nahm. Diesmal hielt ich aber den nötigen Sicherheitsabstand ein, da ich nicht Gefahr laufen wollte, ihm doch noch hier wieder zu verfallen …

Obwohl oder vielleicht gerade weil Travis wieder in seinen Geschäftsmodus zurückgefallen war, freute ich mich sehr über sein Lob zu meiner Arbeit. Ich ging mit ihm noch einmal alle Aufnahmen durch, wies auf Details hin und erklärte, warum ich den Raum genau so fotografiert hatte. Als wir fertig waren, überreichte ich ihm noch den USB-Stick mit allen Aufnahmen in High Quality. Dann stand ich auf, um mich von ihm zu verabschieden. Ich musste endlich Abstand zwischen uns bringen, denn nicht nur einmal hatte ich vor meinem inneren Auge die Szenen gesehen, von denen er mir vor der Besprechung erzählt hatte.

Gleichzeitig mit mir erhob sich auch Travis. Doch statt in seinem Businesston weiterzusprechen, zeigte er mir seine Raubtier-Seite. Er kam mir sehr nahe, sein Gesicht war nur wenige Zentimeter von meinem entfernt. »Das nächste Mal, wenn du dieses Büro betrittst, Ash, werde ich meine Versprechen wahrmachen. Und denke nicht, dass ich mich zurückhalten werde – denn das kann ich dann garantiert nicht mehr.«

Dieser Mann war unglaublich. Seine Worte machten mich schon wieder an. Eine heiße Welle nach der anderen jagte durch meinen Körper und schien mich förmlich in seine Arme drängen zu wollen. Doch was er zuletzt gesagt hatte, machte mich neugierig …

»Wieso das?«

Statt mir eine Antwort zu geben, griff er nach meiner Hand und ließ es mich fühlen. Hart und groß spürte ich seine Erektion. Und so gern ich einfach nur teilnahmslos oder vielleicht sogar empört darauf reagiert hätte – ich konnte es nicht. Stattdessen packte ich fest zu, rieb ihn durch den Stoff. Ein hungriges Knurren stieg aus seiner Kehle hervor – ein Geräusch, das mir durch und durch ging und mich gleichermaßen erregte und an etwas erinnerte …

»Du kannst nicht einfach hier in deinem Büro Sex mit mir haben«, flüsterte ich. »Draußen würde man hören, was du mit mir machst.«

So ernst meine Worte gemeint waren, ich schaffte es nicht, einen unschuldigen Blick dabei aufzusetzen.

»Glaub mir, niemand wird dich dann hören. Denn entweder es wird schon Nacht sein, oder …«

»Oder?«

»Ich wüsste da schon so einiges, das dir den Mund stopfen würde.« Sein Grinsen war diabolisch.

»Oh«, entwich es mir leise.

»Ganz genau!« Mit zwei Schritten war er bei der Tür und hielt den Knauf schon mit einer Hand umschlossen. »Und nun wäre es besser, wenn du gehst, bevor ich es mir gleich anders überlege.« Zwinkernd gab er mir einen leichten Klaps auf den Hintern.

»Ach, und Ash?«

»Ja?«

Statt zu antworten, packte er mich im Nacken und küsste mich ein letztes Mal, so, wie nur er es konnte ...

Meine Knie waren weich und wabbelig, als ich den Flur entlang zurück zum Aufzug ging. Ich hatte die Sekretärin am Empfang bereits passiert, als sich die Aufzugtüren öffneten und eine langbeinige, perfekt gestylte Blondine den Lift verließ. Jelena Petrova.

Na prima ... *Die* hatte ich erfolgreich und vollständig aus meinen Gedanken verdrängt gehabt.

Als sie mich erkannte, verengten sich sofort ihre Augen zu kleinen Schlitzen, und ein boshaftes Grinsen erschien auf ihrem makellos schönen Gesicht. »Sieh einer an, wen haben wir denn da? Eines von Travis' neuen Flittchen. Hat er dich schon flachgelegt? Oder streitest du noch immer ab, scharf auf ihn zu sein?«

Völlig perplex angesichts dieser Unverschämtheit starrte ich die Frau an, ohne ein Wort herauszubringen.

»Keine Antwort ist auch eine Antwort ...« Sie lachte wie eine alte Hexe auf. »Hat er es dir etwa hier besorgt? Gerade eben in seinem Büro? Oder hast du ihn nur für mich heiß gemacht?« Sie musterte mich mit abschätzigem Blick von oben bis unten, als sähe ich wie ein alter Wischmopp aus.

»Ich tippe auf Letzteres. Für harten Sex am Arbeitsplatz bist du zu bieder.«

Da von mir immer noch nichts kam, deutete sie meine Reaktion erneut als Zustimmung.

»Perfekt – dann weiß ich ja schon, was mich in der nächsten Stunde erwarten wird.« Sie grinste noch breiter als bisher.

Am liebsten hätte ich ihr eine geknallt. Stattdessen – und glücklicherweise – nahm meine Schlagfertigkeit wieder ihre Arbeit auf. »Wenn du dich da mal nicht täuschst. Ich denke, du wirst dir nur die Aufnahmen ansehen, die ich letzten Dienstag von der Immobilie gemacht habe.« Das Wissen, dass sie nicht darauf zu sehen war, war mir eine Genugtuung. »Ich muss schon sagen, dass sie ganz besonders schön geworden sind. Travis ist von den Motiven richtig begeistert.«

Dann drehte ich mich auf dem Absatz um und drückte den Rufknopf für den Aufzug. Zu meinem Glück gingen die Türen sofort auf. Als ich mich noch einmal im Lift zu der Schnepfe umdrehte, konnte ich ein selbstgefälliges Grinsen auf ihrem Gesicht erkennen. Das würde ihr sicher gleich vergehen. Ich fand es nur schade, dass ich sie *dabei* nicht sehen würde …

KAPITEL 8

King

Ein wenig bedauerte ich es, dass ich Ashley nicht dazu hatte überreden können, noch hierzubleiben. Auch als ich sie gestern Nacht zu Kristopher begleitet hatte, wollte mich ein kleiner Teil in mir zurückhalten, sie gehen zu lassen. Doch ich hatte meine Prinzipien, und an die hatte ich mich noch immer gehalten. Damit war ich auf der sicheren Seite: Ich wusste, so konnte mir nichts passieren und niemand würde mich verletzen. Immer Abstand wahren, war seit Jahren meine Devise. Und wenn ich ehrlich war, war Ashley gefährlich nahe dran, diese Grenze zu überschreiten. Was für mich bedeutete, noch vorsichtiger sein zu müssen.

Es klopfte an meiner Bürotür. Sofort beschleunigte sich mein Puls, und mein Schwanz zuckte – hatte Ashley es sich anders überlegt? Doch als Elaine die Tür öffnete, hatte sie Jelena im Schlepptau. Auf die hatte ich am allerwenigsten Lust. Den Termin mit ihr hatte ich schon wieder völlig vergessen …

»Travis, ich freue mich, dich zu sehen!«

Ihre zuckersüße Stimme kaufte ich ihr nicht ab.

Kühl begrüßte ich sie und führte sie zu meinem Schreibtisch.

Kaum dass die Bürotür einrastete, drehte sich Jelena zu mir um. Schneller, als mir lieb war, spürte ich ihre Hände an meinem Oberkörper. Sie schmiegte sich an mich, das Kinn gereckt, die Lippen geöffnet.

Ich wich etwas zurück, doch sie verringerte den Abstand gleich wieder.

»Was machst du hier? Es war doch vereinbart, dass ich dich von deinem Hotel abhole.«

Mein barscher Ton ließ sie kalt.

»Ich habe mich so nach dir gesehnt, Travis.«

Sie küsste mich am Kinn, da ich ihr mit meinem Gesicht nicht entgegenkam. Noch war ich unentschlossen, wie ich mit diesem Überfall umgehen sollte. Immerhin war mein Plan, ihr beizubringen, dass unser Deal geplatzt war und unsere lockeren Treffen vorerst der Vergangenheit angehörten.

Doch noch ehe ich etwas sagen konnte, begann sie schon, meine Krawatte zu lockern und die ersten Knöpfe meines Hemdes zu öffnen. Sie rieb ihr Becken an meinem, und mein Schwanz, der Verräter, reagierte sofort.

»Lass das!«, sagte ich bestimmt und schob sie von mir.

Irritiert blinzelte sie. Ihr Blick verfolgte meine Finger, die das Hemd wieder schlossen und die Krawatte in Ordnung brachten. Dann sah sie an mir hinab zu meinem Schritt, in dem immer noch der Stoff spannte. Ich konnte ihr förmlich ablesen, wie die Rädchen in ihrem Hirn arbeiteten.

»Aber natürlich, Travis, tut mir leid.« Sie schüttelte kurz den Kopf, strich ihren Mantel glatt und sah mich mit ihrem perfekt einstudierten Lächeln an.

Ich ging auf die andere Seite des Schreibtisches, um Abstand zwischen uns zu bringen. Mit meinen Händen stützte ich mich am Drehstuhl ab.

»Lass uns essen gehen«, sagte ich entschlossen. In der Öffentlichkeit würde sie zumindest den *normalen* Abstand einhalten, wohingegen sie mir hier in meinem Büro oder in einem Separee auf die Pelle rücken würde – so weit kannte ich sie.

»Das wäre schön«, antwortete sie freundlich.

Ich drückte auf die Taste der Gegensprechanlage. »Elaine, geben Sie Kristopher Bescheid, dass wir in fünf Minuten fahren wollen.«

Ohne ihre Antwort abzuwarten, griff ich zu meinem Mantel und zur Laptoptasche und ging schon an Jelena vorbei zur Tür.

»Ich werde auf dem Weg noch ein wenig arbeiten müssen. Ich hoffe, das stört dich nicht.«

Überrumpelt blinzelte sie erst mich, dann die Tasche in meiner Hand an. »Aber natürlich nicht. Kein Problem.« Wieder dieses Lächeln, das ihre Augen nicht erreichte.

Die Fahrt zum Restaurant *Atwood* verlief relativ ruhig. Jelena saß mir gegenüber, und wenn ich den Blick hob, ohne dass sie damit rechnete, konnte ich sehen, wie verärgert sie war. Doch sogleich setzte sie ihr unechtes Lächeln auf und tat, als wäre die Welt in Ordnung.

Das würde ihr gleich vergehen …

Vielleicht war ich wirklich ein so kaltherziger Mensch, wie mich manche schimpften, aber sie tat mir in dem Moment noch nicht einmal leid. Ich bedauerte es kein bisschen, dass ich mich für Ashleys Aufnahmen entschieden hatte – sie waren einfach um Welten besser, und nur das zählte für *KING Estate*. Und wenn Jelena wirklich so professionell war, wie sie sich gab, dann würde sie diese Absage auch gut wegstecken, zumal sie ja trotzdem ihr Honorar erhalten hatte.

Elaine hatte ich bereits letzte Nacht eine Nachricht geschickt, sie solle einen Tisch mitten im Restaurant reservieren – und nicht wie sonst in einem ruhigen Teil oder gar in einem Separee. Ich wollte im Restaurant nicht mit Jelena allein sein und womöglich ihre Annäherungsversuche abwehren müssen.

Als wir im *Atwood* ankamen, wurden wir in die Mitte des Gastraumes geführt. Dass sich die Köpfe zu uns drehten, war mir bewusst. Bestimmt lag es an Jelena, die unter ihrem Mantel ein figurbetontes Kleid trug und damit unglaublich sexy aussah. Doch auch wenn mich ihre Absichten für das Treffen heute förmlich anschrien, sprach Jelena mich überhaupt nicht mehr an. Denn mit den Gedanken war ich immer noch bei Ashley. Bei ihrer süßen, von Schokolade überzogenen Haut, ihrem Seufzen, als ich mich tief in ihr versenkt hatte. Bei dem Flattern ihrer Lider, als sie gekommen war und meinen Namen geschrien hatte …

»Das ist ein … sehr ungewöhnlicher Platz für ein Dinner«, sagte Jelena zögernd.

Sie wusste von meiner Vorliebe für ruhige Ecken, in denen sie die Abgeschiedenheit schon das eine oder andere Mal ausgenutzt hatte. Sie liebte es, mir unter dem Tisch meinen Schwanz zu massieren. Einmal war sie sogar in einem Separee daruntergekrochen, um mir einen zu blasen, als der Kellner für einen Moment den Raum verlassen hatte …

»Vermutlich war nichts anderes mehr frei«, gab ich schulterzuckend zur Antwort und ignorierte ihren ungläubigen Blick.

Wir gaben unsere Bestellung auf, und kaum dass die Bedienung uns allein ließ, reichte ich ihr die Mappe mit Ashleys Aufnahmen über den Tisch.

Ihre Augen begannen zu leuchten, und neugierig schlug sie das Deckblatt auf. Die ersten Seiten blätterte sie noch langsam um, nach und nach wurde sie hektischer. Ihren Mund presste sie zu einem schmalen Schlitz zusammen.

»Was genau willst du mir damit sagen, Travis?«, fragte sie dann, und ich konnte sehen, wie sehr sie sich bemühte, ihre Wut nicht nach außen zu tragen.

»Das siehst du ganz genau, Jelena. Ich habe mich für die Aufnahmen ohne dich entschieden. Sie sind einfach um Welten besser geworden.«

Ihre Nasenflügel bebten, die Muskeln an ihrem Kinn arbeiteten. Ich war mir sicher, es kostete sie alle Kraft, Contenance zu bewahren. Dann schloss sie die Augen, nur um sie gleich darauf wieder zu öffnen. Gleichzeitig hatte sie ihre Maske aufgesetzt. Sie war bekannt als das Model mit den tausend Gesichtern, und ich war überzeugt, dass sie große Chancen hätte, als Schauspielerin eine Rolle zu ergattern.

Sie legte ihre Hand auf meine. Beherrscht schloss ich für einen Moment die Augen. Eine Szene inmitten all der Gäste wäre nicht wirklich gut – immerhin brauchte ich nicht noch mehr Aufmerksamkeit, als ich sie mit ihr schon hatte.

»Travis, Schatz, mach dir keine Vorwürfe. Ihre Arbeit ist bestimmt gut, und wenn du der Meinung bist, dass es für *KING Estate* förderlich ist, eine neue Linie zu beginnen, hast du sicher recht. Ich meine, niemand kennt den Markt so gut wie du, und wenn die *W. Griffyn Group* mit ähnlichen Aufnahmen erfolgreich ist, wieso nicht auch du.«

Nun wurde ich wütend. Ich zog meine Hand unter ihrer hervor und beugte mich drohend über den Tisch.

»Hüte deine Zunge, Jelena! Ashleys Fotografien haben nichts mit denen der Konkurrenz gemeinsam, und das weißt du auch.«

Wynston Griffyn investierte in Mittelklassehäuser. Sein Erfolg mit Villen hielt sich in Grenzen, was sicher auch auf seine Fotografien zurückzuführen war, die eher jenen aus einem billigen Möbelprospekt glichen.

»Ach … Ashley also? Nicht mehr Miss Crown?«

Ihr Grinsen war scheußlich, doch ich ignorierte ihre Anspielung.

»Dein Honorar hast du bekommen, Jelena. Dabei bleibt es auch. Aber vorerst besteht kein Bedarf an weiteren Aufnahmen. Das wollte ich dir heute mitteilen.«

»So? Und du denkst, damit wäre alles erledigt?« Sie zischte diese Worte mit einem falschen Lächeln im Gesicht. Als wir unser Essen serviert bekamen, setzte sie sich kurz aufrecht hin, doch kaum dass wir wieder allein am Tisch waren, beugte sie sich vor.

»Glaub mir, Travis, so einfach läuft das Ganze nicht. Ich habe eine mündliche Zusage von dir, die besagt …«

»Ich habe keine Ahnung, wovon du sprichst, Jelena.«

Ein Glück, dass ich den Vertrag über Folgeaufträge noch nicht ausgedruckt hatte. Die Datei würde ich sofort nach dem Essen vernichten, so viel war klar.

Sie verzog das Gesicht zu einer schiefen Fratze. Alle Schönheit, die sie sonst ausstrahlte, wich ihrer Wut. Sie knüllte ihre Stoffserviette zusammen und legte sie neben ihren Teller. »Wenn du denkst, dass du damit durchkommst, hast du dich geschnitten, Travis! Ich werde dir dein Leben zur Hölle machen, darauf kannst du Gift nehmen!«

Damit stand sie auf und ging auf den Ausgang zu.

Kristopher schickte ich eine kurze Nachricht, dass Jelena Petrova mit dem Taxi in ihr Hotel fahren würde – ich jedoch wollte in Ruhe den Dorsch essen, denn ich hatte Hunger. Und den Appetit würde ich mir von ihr nicht verderben lassen.

* * *

Sosehr ich mich bemühte, in Ashley eine Frau wie jede andere zu sehen und mich ihr gegenüber emotional genau so zu verhalten, wie ich es von mir gewohnt war – es gelang mir nicht.

Seit Jahren konzentrierte ich mich tagsüber auf die Arbeit, und abends, wenn ich Lust hatte, verabredete ich mich. Ich hatte Sex mit einer der zahlreichen Frauen, die sich wünschten, Teil meines Lebens zu sein – es aber nie sein würden, weil ich stets emotionalen Abstand hielt. Und das war wichtig für mich. Das hatte ich mir geschworen, als ich meine Mutter sterben sah.

Ich liebte sie, wie ein kleiner Junge seine Mutter nur lieben kann, und ihr Verlust war so schmerzlich für mich, dass ich beschlossen hatte, alles dagegen zu unternehmen, um nicht noch einmal diesen Qualen ausgesetzt zu sein.

Doch seit der Nacht mit Ashley – oder eigentlich schon seit unserem ersten Kuss –, ertappte ich mich immer wieder dabei, mit den Gedanken abzuschweifen. Ich dachte an ihre weichen Lippen, wie sie sich an meine drängten oder um meinen Schwanz lagen. Ich dachte an ihre Brüste, die so perfekt in meine Hände passten. An das Beben, das ihren Körper erfasst hatte, als ich die Schokolade von ihr leckte. Ihren Duft, ihren süßen Atem, der von ihrem Stöhnen begleitet wurde …

Dann war da ihr Lachen, das mich tief in meinem Inneren berührte, auf eine Art, wie ich es noch nie zuvor erlebt hatte. Der Duft ihrer Haare, der mich an den

Spätsommer am Lake Michigan erinnerte, oder wie sie ihre Augen aufschlug und mich unter ihren dichten, langen Wimpern ansah mit diesem unschuldigen Blick, in dem dieses verfluchte Feuer brannte. Und verdammt, ihre freche Art, mit der sie mir nicht nur einmal widersprochen und mich herausgefordert hatte.

Herrgott, diese Frau hatte etwas an sich, was mich beinahe wie hypnotisiert ihre Nähe suchen ließ.

Es war noch kein ganzer Tag verstrichen, seit ich sie das letzte Mal gesehen hatte, und trotzdem wollte ich sie schon wieder bei mir haben. Das verwirrte und ärgerte mich gleichermaßen, da ich das Gefühl hatte, dass ich die Macht über meine Ungerührtheit verlor. Als würde mir die Kontrolle nach und nach entgleiten, und ich wusste nicht, wie ich sie wieder zurückerlangen konnte. Alles, was ich seit dem Tod meiner Mutter an Barrieren um mein Herz aufgebaut hatte, schien Stein für Stein zu bröckeln.

Ich würde Abstand halten müssen, so schwer es mir auch fiel. Besser jetzt ein klarer Cut, als später in Erklärungsnot zu geraten. Oder noch schlimmer – zu tief drin zu stecken …

Ich schrieb ihr eine Nachricht. Ich musste ihr meinen Entschluss persönlich unter vier Augen mitteilen. Auch wenn ich gegen ihre Nähe und ihre verdammte magische Anziehungskraft würde ankämpfen müssen. Aber das war nun mal meine Art – und es war das Mindeste, was ich Ashley nach der atemberaubenden Zeit mit ihr schuldig war.

Können wir uns heute Abend sehen?

Tut mir leid, Mädelsabend. Wie sieht es morgen Abend aus?

Besser spät als nie. Ich sagte zu und betrachtete diesen Punkt als erledigt. Wie ich das mit mir selbst vereinbaren konnte und vor allem, wie ich es zukünftig anstellen sollte, Sex zu haben, ohne dabei an sie zu denken, war ein anderes Thema. Aber damit würde ich mich befassen, wenn es so weit war.

Der nächste Punkt auf meiner To-do-Liste war Jelena. Die Diskussion mit ihr im Restaurant hatte mich nicht losgelassen. Also hatte ich beschlossen, die Situation mit meinem Anwalt zu besprechen.

Cole Webb hatte schon seit der Firmengründung für meinen Vater gearbeitet, und seit ich *KING Estate* übernommen hatte, war ich froh, einen langjährigen Verbündeten zu haben, der mir auch nach dem Tod meines Vaters vertrauensvoll zur Seite stand.

Nachdem ich ihm am Telefon die Sachlage erläutert hatte, hatte er versprochen, sich darum zu kümmern und Augen und Ohren offen zu halten. Auch wenn ich Jelena nicht zutraute, dass sie tatsächlich rechtliche Schritte einleiten würde – immerhin gab es keinen Verstoß gegen schriftliche Verträge, und ich wusste nicht, wie sie mir sonst »das Leben zur Hölle machen« könnte, wie sie es genannt hatte –, wollte ich auf Nummer sicher gehen. Dazusitzen und auf ihren Angriff zu warten, wäre schlecht, da ich nur reagieren könnte und sie die Karten in der Hand hätte. Aber ich wusste auch, dass sie keine Chance gegen *KING Estate* haben würde.

Als ich diese zwei Punkte – Ashley und Jelena – quasi als erledigt betrachten konnte, war ich endlich wieder mit dem Kopf voll bei der Arbeit. Und der Tag wurde dann sogar noch sehr erfolgreich, da ich die Zusage für ein neues Objekt bekam. Einziger Nachteil: Ich würde Ashley für neue Aufnahmen brauchen. Aber jetzt, da sie wusste, worauf es mir ankam, und ich wusste, wie sie arbeitete, konnte ich sie vielleicht auch mit jemandem von der Marketingabteilung zu dem Fototermin schicken und mich so von ihr fernhalten, bis ich mich selbst und meinen Schwanz wieder unter Kontrolle hatte.

* * *

Es war schon spät, als ich das Büro verließ. Mir war nach einem Drink im Club. Wochentags war es dort verhältnismäßig ruhig. Nur die Geschäftsleute kamen auf einen After-Work-Drink, und ab halb elf war der meiste Rummel vorbei. Deshalb kam es vor, dass ich dann nicht die Treppe zum Separee nahm, sondern mich unter die Gäste mischte. So auch heute. Ich suchte mir einen Platz an der Bar und bestellte einen Scotch. Mit dem Glas in der Hand drehte ich dann dem Bartresen den Rücken zu und ließ meinen Blick schweifen.

Mehrere attraktive Frauen waren hier, doch keine wirkte in irgendeiner Weise ansprechend auf mich. Ich ertappte mich sogar dabei, wie ich Vergleiche zu Ashley anstellte … Herrgott, ich war so was von im Arsch!

Mein Smartphone vibrierte, und ich Idiot hoffte im ersten Moment mit rasendem Herzen, dass es Ashley sein könnte. Doch es war eine Nachricht von Damien.

Beweg deinen Arsch rauf. Und nimm die Flasche mit, die Samuel dir eben aufgemacht hat.

Ich hob den Blick zur Glasfront über mir. Natürlich konnte ich niemanden dahinter erkennen, doch ich wusste, mein Bruder stand dort und sah auf mich herab.

Also ließ ich mir von Samuel die Flasche geben und ging die Treppe hoch.

Damien erwartete mich bereits an der geöffneten Tür. Er breitete seine Arme aus und strahlte mich an, als wäre ich der Weihnachtsmann höchstpersönlich.

»Es ist nur Whisky, Damien. Beruhig dich wieder«, sagte ich trocken, als er hinter mir die Tür schloss.

»Darf ich mich nicht freuen, meinen großen Bruder zu sehen?«

Mit ironischem Blick hob ich eine Augenbraue und drückte ihm den Scotch in die Hand. Sofort ging er damit zur Bar, schenkte sich ein und trank.

»Scheiße, ist der gut. Sag Samuel, die sollen den auch hier oben bunkern.«

Gedankenverloren nickte ich und setzte mich auf einen der breiten Lederstühle mitten im Raum. Damien nahm neben mir Platz, stellte das Glas auf den Tisch vor uns und verschränkte seine Finger. Er grinste wie ein Honigkuchenpferd, so, als hätte er nicht mehr alle Tassen im Schrank.

»Was zur Hölle ist los mit dir, Mann?«

»Nichts. Was soll los sein?«, antwortete er, und schon bei dem ersten Wort wusste ich, dass er log. »Außer vielleicht, dass ich die ganze letzte Nacht Sex hatte und sie erst heute Nachmittag mein Haus verlassen hat.«

»Schön für dich.« Seufzend ließ ich mich zurück in das kühle Leder sinken und wischte mir mit den Händen über das Gesicht. Die Anstrengung des Tages machte sich bemerkbar – ich wurde müde. Lange würde ich nicht mehr bleiben, schon gar nicht, wenn Damien begann, mir von seinen Eroberungen vorzuschwärmen, die in der Regel genau zwei Tage aktuell waren, bevor ihm eine andere über den Weg lief, in die er seinen Schwanz stecken wollte …

»Oh, und bevor Jelena gegangen ist, hat sie gesagt, ich soll dir einen schönen Gruß ausrichten.«

Sofort war ich hellwach.

»Bitte?«

»Ehrlich, Mann, wie konntest du so eine Frau in den Wind schießen? Die ist eine Granate …!«

Irgendwie hatte ich das Gefühl, als hätte ich etwas verpasst …

»Wie zum Teufel …? Was …?«

»Also ehrlich, dass du ein abgebrühtes Arschloch bist, was Frauen betrifft, wusste ich ja schon. Aber dass du nun auch Jelena so behandelst … Und noch dazu aus beruflichen Gründen …« Er schüttelte tadelnd den Kopf. »Das hätte ich dir nicht zugetraut.«

Ich hatte keine Ahnung, wovon er sprach. Also … genau genommen schon, aber um die Situation beurteilen zu können, benötigte ich erst noch einen kräftigen Schluck. Ich ging mit meinem Glas zum Tresen, schenkte mir nach und trank.

Dann wandte ich mich wieder Damien zu, der mich mit gelassenem Grinsen beobachtete. Mit den Ellenbogen stützte ich mich an der Theke ab. Meinen Zeigefinger richtete ich auf ihn, und bei dem Blick, den ich aufgesetzt hatte, wusste er, dass mit mir nicht zu spaßen war.

»Ich will, dass du mir jetzt alles erzählst, was vorgefallen ist. Alles, was sie zu dir gesagt hat.«

Er lachte derb. »Alles also?«

»Die schmutzigen Details kannst du mir ersparen«, knurrte ich nur noch wütender.

Mit genüsslichem Schmunzeln sank er zurück und betrachtete mich eingehend. Vermutlich überlegte er, ob er mich verschonen oder es mir so richtig reinreiben wollte. Da unser Verhältnis in letzter Zeit eher geknickt war, traute ich ihm zu, dass er sich für die zweite Variante entscheiden könnte …

»Jelena hat mich gestern angerufen, völlig verheult. Sie hat mich gebeten, sie in der Nähe des *Atwood* abzuholen. Du Arsch hast sie aus dem Restaurant geworfen und zu Fuß nach Hause geschickt.«

Damien schenkte mir einen tadelnden Blick, den ich mit zusammengebissenen Zähnen ignorierte. So also hatte sie es dargestellt. Jelena war einfach eine falsche Schlange.

»Ich hab sie also aufgelesen und mit zu mir nach Hause genommen«, erzählte Damien weiter. »Sie hat sich fürchterlich aufgeregt, hat mir gesagt, dass du sie erst für Aufnahmen gebucht hast, ihr Folgeaufträge versprochen hast und sie jetzt hast abblitzen lassen. Und dass du nun Fotos verwendest, auf denen sie gar nicht drauf ist.«

Er sah mich abwartend an, doch ich würde darauf nichts erwidern. Im Grunde hatte er recht, und ja, vielleicht war es für Jelena ein Rückschritt in ihrer steilen Karriere. Aber meine Entscheidung bezüglich der Fotos war gut für das Unternehmen, und im Übrigen war ich mir auch sicher, dass sie ihm etwas vorgespielt hatte. Letztlich ging ihn das alles aber nichts an.

»Lass mich raten: Danach hast du sie ›getröstet‹?«, fragte ich stattdessen.

Damiens schmutziges Grinsen sprach für sich.

»Schön für dich, dass du deinen Spaß mit ihr hattest«, sagte ich und schluckte gleichzeitig meine Wut auf ihn und auf sie hinunter.

»Heute Nacht sehe ich sie wieder«, verriet er mir dann. Er warf einen schnellen Blick auf seine Rolex. »Genauer gesagt in etwas mehr als einer Stunde. Dann werde ich sie wieder in allen Zimmern meines Hauses vögeln …«

»Bitte! Erspar mir die Details.«

Damien lachte. »Bist du etwa eifersüchtig, Bruderherz? Bereust du es, sie aus deinem Leben gedrängt zu haben mit deiner egoistischen Entscheidung?«

Ich schnaubte auf. »Keine Sorge, Damien, ich bin nicht auf Jelena angewiesen. Weder in beruflicher Sicht noch privat.«

Den Teufel würde ich tun und Damien von Ashley erzählen. Das letzte Mal hatte ich ihm schon mehr als genug von ihr erzählt. Ganz davon abgesehen hatte ich keinen Schimmer, was ich ihm hätte sagen sollen – da ich selbst nicht wusste, was das mit ihr und mir war, geschweige denn, wo es mich hinführen würde. Stattdessen trank ich von dem Scotch und schluckte die wenigen wirren Worte, die vielleicht aus meiner Kehle hätten aufsteigen können, mit dem schottischen Whisky hinunter.

»Gut. Denn das zwischen Jelena und mir … könnte was Ernstes werden.«

Hustend wischte ich mir über die Lippen und klopfte mit geschlossener Faust gegen meinen Brustkorb, um den Alkohol, der mir im Überraschungsmoment in die Luftröhre gezischt war, wieder hochzubringen.

»Wie bitte?«, keuchte ich heiser und unter verschwommener Sicht.

Damien bemühte sich netterweise zu mir und klopfte mir kräftig auf den Rücken. »Jelena ist eine tolle Frau, echt. Sie … hat etwas an sich, was mich fasziniert.«

Gedankenverloren sah er durch die Glasscheibe auf die Bar unter uns.

Ja, Jelena hatte etwas Besonderes an sich, da hatte er bestimmt nicht unrecht. Sie *war* anders als die Nutten und Groupies, mit denen er sonst vögelte. Jelena war ein falsches Biest, berechnend und hinterfotzig, so viel war mir klar geworden. Was sie mit ihrem Spiel beabsichtigte – denn bis gestern noch hatte sie wenig Gutes über Damien gesagt –, war mir im Moment noch schleierhaft, jedoch würde ich meinen Anwalt noch heute Abend über diese Neuigkeit in Kenntnis setzen. Immerhin wusste man nie, wofür solche Infos gut sein konnten …

Was ich mir jedoch nicht verkneifen konnte, war ein Kommentar zu meinem Bruder bezüglich Jelena. Denn ich war überzeugt, dass ihr Interesse an Damien mit ihren Rachegelüsten zu tun hatte.

»Ich hätte nicht gedacht, dass du so naiv bist und auf ihre falsche Masche hereinfällst, Damien. Lässt mich nur für dich hoffen, dass du früh genug siehst, was ihre wahren Absichten sind – nämlich, mir zu schaden. Und ich hoffe, du weißt dann, hinter wem du stehen musst.«

Auf seinem Gesicht zeichnete sich ein selbstgefälliger Blick ab, der mir so gar nicht gefiel. »Weißt du, Travis, was witzig ist? Jelena hat mir gesagt, dass du so reagieren wirst. Sie sagte mir auch, dass sie zu *KING Estate* gehört und du mit ihr dein Markenzeichen aufgegeben hast. Aber bis du das irgendwann realisierst, wird es für dich zu spät sein …«

»So?« Ich verschränkte die Arme vor der Brust, um ihn nicht am Kragen zu packen. Damien wusste genau, wie er mich reizen konnte. Als Kind hatten seine Sticheleien nicht selten in einer Prügelei geendet. Jetzt kostete es mich verdammt viel Selbstbeherrschung, mich wie ein Mann zu verhalten und nicht wie ein dämlicher kleiner Junge, der aus purer Wut blind zuschlug.

»Sie ist davon überzeugt, dass du über kurz oder lang auf allen vieren angekrochen kommst, weil dir bewusst wird, dass du einen schweren Fehler begangen hast.«

Meine Antwort war ein Schnauben voll Ironie.

»Aber lass dir eins gesagt sein, Travis. Du hast bisher immer alles bekommen, was du wolltest. Mein ganzes

Leben lang stand ich in deinem Schatten, musste mich jedes Mal hintanstellen. Viel zu oft hast du gedacht, mir Vorschriften machen zu können. Und ob du es glaubst oder nicht, Jelena versteht mich und meinen Ärger. Aber damit ist jetzt endgültig Schluss. Und wenn du glaubst, du kannst sie zurückerobern, hast du dich deutlich geschnitten. Jelena gehört jetzt mir!«

Er leerte seinen Drink in einem Zug, knallte das Glas auf den kleinen Tisch und verließ ohne ein weiteres Wort das Separee. Die Tür krachte ins Schloss, während meine Finger zitterten und ich das Brodeln in mir unter Kontrolle zu bringen versuchte.

Diesmal hatte Damien eine Grenze überschritten. Er hatte sich mit dem Feind verbündet und mir den Rücken zugedreht. Mir – der einzigen Familie, die er noch hatte. Und das enttäuschte mich zutiefst.

Ganz zu schweigen von Jelena, von der ich eigentlich bis gestern gedacht hatte, dass sie eine Freundin wäre. Dass sie mir nun ihr wahres Gesicht zeigte und wohl plante, mir eins auszuwischen, indem sie noch am selben Tag mit Damien in die Kiste stieg, war billig und dumm – denn sie hatte mir nie etwas bedeutet. Mir tat nur mein Bruder leid, der offensichtlich nicht auf mich hören wollte. Ich konnte nur hoffen, dass er bald genug selbst feststellte, dass Jelena ein falsches Biest war.

KAPITEL 9

Crown

Ich wusste, ich durfte Jelenas gemeine Worte nicht für bare Münze nehmen. Sie wollte mich nur provozieren, als sie vor zwei Tagen, ohne mit der Wimper zu zucken, angedeutet hatte, sie würde gleich mit Travis in seinem Büro Sex haben. Und trotzdem ließ mich der Gedanke daran nicht mehr los. Er fraß sich wie ein Wurm durch meine Eingeweide und mein Gehirn und verursachte mir Kopf- und Magenschmerzen.

Was, wenn sie ihn tatsächlich verführt hatte? Meine Erfahrungen mit Tony hatten mich gelehrt, vorsichtig zu sein. Immerhin hatte auch er mir weismachen wollen, dass ich ihm bedingungslos vertrauen konnte – bis ich das Gegenteil erfahren musste.

Dazu kam, dass ich von Travis bis auf seine Frage, ob ich Zeit hätte, ihn zu sehen, nichts mehr gehört hatte. Meine Nachricht von heute Morgen, wie es ihm ginge, blieb unbeantwortet. Zwar hatte ich überlegt, ihn noch einmal anzuschreiben, doch ich war mir bei ihm einfach in allen Dingen unsicher. Einerseits war er so liebevoll, romantisch und zärtlich, und andererseits zeigte er mir im nächsten Moment die kalte Schulter und gab mir das Gefühl, einfach nur eine der vielen Frauen zu sein, die für sein Vergnügen sorgten.

Demütigender ging es also gar nicht.

Oder verwirrender. Denn ich hatte keine Ahnung, welcher Travis mir heute Abend gegenübertreten würde. Inzwischen rechnete ich mit allem. Seine Nachricht war kurz und sachlich gewesen und deutete nicht auf ein Date oder Ähnliches hin. Er würde mir also genauso gut mitteilen können, dass sich unsere Wege nun wieder trennen würden.

Als ich Madison gestern bei unserem Mädelsabend mit indischem Essen auf ihrer Wohnzimmercouch auf den neuesten Stand gebracht hatte, war auch sie mit ihrem Latein am Ende gewesen. Schlussendlich hatte sie mir geraten, mich auf das Schlimmste einzustellen und davon auszugehen, dass er jederzeit unsere Affäre beenden könnte.

Allein dass sie das, was Travis und ich hatten, als Affäre bezeichnete, war wie ein Schlag ins Gesicht. Andererseits fragte ich mich, was ich erwartet hatte? Ich hatte mir immer wieder vor Augen gehalten, dass unser Abenteuer nur von kurzer Dauer sein würde. Dass er kein Mann für langjährige Beziehungen war und es nur sexuelle Anziehungskraft war, die uns beherrschte.

Alles andere, was in meinem Bauch flatterte und mich davon überzeugen wollte, mehr in ihm zu sehen, versuchte ich jeden Tag aufs Neue hinunterzukämpfen und zu ignorieren.

Und als wäre das alles nicht schon schlimm genug, erreichte mich an diesem Morgen noch eine weitere Hiobsbotschaft in Form einer E-Mail. *J. C. Wood + Design*, ein

Tischlereibetrieb und einer meiner langjährigen Kunden, teilte mir mit, dass er Insolvenz anmelden müsse. Im Zuge dessen kündigte er mir auch gleich die drei ausstehenden Aufträge, die wir bei unserem letzten Shooting vor etwas über einem Monat vereinbart hatten. Was für mich bedeutete, dass eine fixe Einnahmequelle versiegte.

Seit zwei Jahren fotografierte ich im Schnitt alle zwei Wochen für den Betrieb, was nicht nur meiner Selbstständigkeit Sicherheit gegeben hatte, sondern mir vor allem auch Sorgenfreiheit bescherte. Zwar hatte ich auch noch andere Stammkunden, aber der Wegfall dieses Auftraggebers bedeutete einen ziemlichen Einschnitt in meine Finanzen.

Und hatte Auswirkungen auf meine Laune.

Derjenige, der all das Gefühlschaos und meine Verzweiflung ausbaden musste, war Jacob.

Ich fluchte leise vor mich hin, als ich wieder und wieder die E-Mail des Tischlereibetriebes las.

»Alles in Ordnung?«, erkundigte er sich.

Resigniert schüttelte ich den Kopf. »*J. C. Wood + Design* hat mich eben darüber informiert, dass sie pleite sind. Gleichzeitig haben sie alle Aufträge storniert.«

Jacob sog zischend die Luft zwischen den Zähnen ein. »Das ist scheiße für uns.«

Ich nickte nur. Treffender hätte ich es nicht formulieren können.

»Also … ich bleibe auf jeden Fall hier, solange es irgendwie geht. Ich meine … falls irgendwann das Geld knapp werden sollte …«

»Gott, Jacob, das ist wirklich lieb von dir. Aber du hast doch auch deine Miete zu bezahlen.« Ich seufzte tief. »Lass uns jetzt erst mal optimistisch in die Zukunft blicken«, sagte ich dann. »Vielleicht kann ich ja … *KING Estate* als festen Kunden für uns gewinnen.«

Es fiel mir schwer, daran zu denken. Wie sollte ich mit Travis King zusammenarbeiten, wenn ich noch nicht einmal wusste, woran ich bei ihm war? Wenn er mir heute sagen würde, dass er und ich Geschichte waren und wir nur noch auf rein beruflicher Ebene kommunizieren würden – wie sollte ich damit umgehen? Nach allem, was zwischen uns gelaufen war …

Ich wusste nur, dass ich jetzt nicht dazu in der Lage war, eine Entscheidung zu treffen. Aber spätestens nach unserem Treffen heute Abend würde ich mehr wissen, und je länger ich darüber grübelte, umso mulmiger war mir zumute. Irgendwie hatte ich ein ganz schlechtes Gefühl in der Magengegend, wenn ich daran dachte …

All das führte dazu, dass ich mich nur schwer konzentrieren konnte. Mit den Gedanken war ich heute einfach woanders. Und ja, es war unprofessionell, meine Arbeit schleifen zu lassen. Aber andererseits: Wofür hatte ich einen Assistenten? Ich überhäufte ihn mit Fotos, die grafisch bearbeitet werden mussten, und setzte ihm eine Deadline. Nie im Leben würde er sich darüber beschweren – dafür war er ein zu herzensguter Mensch. Aber ich war mir sicher, er spürte, dass etwas im Busch war.

Als er nach seiner Mittagspause wiederkam, brachte er mir einen dieser grenzgenialen Schokocupcakes mit flüssigem Kern und Erdbeere als Topping, auf die ich sonst immer gute Laune bekam. Doch was Jacob nicht wissen konnte, war, dass mich dieser Cupcake seit unserer Nacht im Hotel zu sehr an Travis erinnerte – und folglich leider auch an alles Negative, was danach noch gekommen war. Jelena inklusive. Und so schloss sich dieser verdammte Teufelskreis.

Ich war kurz davor, für heute aufzugeben und frühzeitig das Büro zu verlassen, als die Türklingel schrillte. Jacob sprang sofort auf, vermutlich froh über die kurze Pause, während ich ein gequältes Stöhnen unterdrückte.

Ich hörte neben Jacob eine weitere Männerstimme im Flur, und sofort beschleunigte sich mein Herzschlag.

Gott, ich war so erbärmlich, wenn ich nach allem, was ich mir von Travis hatte gefallen lassen müssen, hoffte, er wäre hier. Wo wir doch erst am Abend verabredet waren … Welchen Grund sollte er haben, mich vorzeitig sehen zu wollen? Unzählige fielen mir ein, die alle so utopisch waren, dass ich sie sofort wieder verwarf.

Die Stimmen waren verklungen, und ich war mir nicht sicher, ob derjenige, der sich in das Büro verirrt hatte, nicht schon wieder gegangen war. Vielleicht hatte nur wieder jemand nach dem Psychiater gesucht, der im selben Stockwerk seine Praxis hatte. Wäre nicht das erste Mal …

Doch dann stellten sich die Härchen auf meinen Unterarmen auf, noch bevor ich die Bewegung an der Tür ausmachte.

»Travis …«, hauchte ich atemlos. Mehr brachte ich nicht zustande. Den ganzen Tag hatte ich an *ihn* gedacht, und nun, da er vor mir stand, hatte ich das Gefühl, eine Fata Morgana vor mir zu haben.

»Ich hätte vorher anrufen sollen, aber ich war gerade auf dem Weg zum Hafen. Hast du Zeit, mich jetzt schon zu begleiten?«

Er beachtete Jacob nicht weiter, der sich an ihm vorbeischob und wieder an seinem Schreibtisch Platz nahm.

»Geh ruhig, ich hab hier noch zu tun.«

Mein Assistent wedelte heftig mit seiner Hand und bedeutete mir mit einem leichten Kopfnicken hinter seinem Monitor hervor, mit Travis mitzufahren, wohl wissend, wie wichtig das jetzt für uns war. Immerhin könnte unsere

Zukunft hier in diesem Büro durch *KING Estate* gerettet werden …

Und ehrlich, sosehr alles in mir »Nein« schrie und ich besser Abstand halten sollte, um einen kühlen Kopf zu bewahren und mir erst klar darüber zu werden, was genau das mit Travis und mir war – oder werden sollte –, so antwortete der vernünftigere Teil in mir. Jener, der wusste, dass wir auf *KING Estate* zwingend angewiesen waren.

»Klar, kein Problem. Ich schalte nur noch den Computer aus …«

Aus irgendeinem Grund hatte ich erwartet, ja sogar gehofft, dass Travis selbst den Wagen lenken würde. Es hätte mir Zeit geschenkt, mich darauf vorzubereiten, dass er mich mit seinen Augen anfunkeln oder ausziehen würde. Dass er mich von sich stoßen oder an sich reißen könnte … Doch nun saß ich neben ihm in seiner Luxuslimousine, die Kristopher durch den Verkehr manövrierte, und die Fahrt schien kein Ende zu nehmen. Ich war also gezwungen, mich Travis' voller Aufmerksamkeit auszusetzen, wobei ich mir noch nicht sicher war, ob ich das so gut fand.

Nichts an ihm verriet mir, ob er sich nun abweisend kühl mir gegenüber verhielt oder ob das wieder seine Art war, mit unserer Nähe und dem damit verbundenen Knistern in der Luft umzugehen. Denn obwohl ich mich unwohl fühlte – so eingesperrt in diesem Wagen mit ihm –, wollte ich ihm gleichzeitig seine Hose aufreißen, vor ihm in die Knie sinken und seinen Schwanz in den Mund nehmen, bis dieser sich zu seiner vollen Größe aufgerichtet hätte.

Ich schaffte es nicht, den Blick von ihm abzuwenden, von seinem festen Körper in dem Designeranzug, von seinem muskulösen Bauch unter dem Hemd und der Wölbung in seiner Hose. Ich schluckte trocken.

»Du bist so schweigsam heute.« Er musterte mich interessiert.

Ich war mir sicher, meine Wangen färbten sich rot, und ertappt blickte ich aus dem Fenster. »Liegt wahrscheinlich an dem anstrengenden Arbeitstag«, antwortete ich ausweichend und hoffte, dass er nicht weiter fragen würde.

Travis reagierte nicht, und als ich mich ihm wieder zu drehte, hatte er sich von mir abgewandt und sah nach draußen.

»Weiß Jelena inzwischen, für welche Aufnahmen du dich entschieden hast?«, fragte ich leise, um das unangenehme Schweigen zwischen uns zu brechen.

Immerhin war die Frage berechtigt – ich stellte sie ihm nicht als … was auch immer wir beide waren oder gewesen waren, sondern als seine Immobilienfotografin. Redete ich mir zumindest ein.

»Ich habe es ihr vorgestern Abend gesagt, ja.«

Mehr kam nicht von ihm. Ich schielte in seine Richtung. Sein Blick war grimmig, als hätte ihn meine Frage verärgert. Seine Kiefer mahlten aufeinander, und ich dachte sogar kurz, ein genervtes Schnauben zu hören.

Sein Verhalten auf meine Frage verunsicherte und verärgerte mich gleichermaßen, sodass ich beschloss, vorerst nichts mehr zu sagen. Was vielleicht auch besser war, denn in mir keimte der Verdacht auf, dass er so schroff zu mir war, weil er etwas vor mir verheimlichte und mich am Nachfragen hindern wollte.

Meine bisherigen Erfahrungen hatten mich gelehrt, dass gerade dann, wenn jemand von sich und seinen eigenen Fehlern ablenken wollte, derjenige besonders barsch zu einem war, um ein schlechtes Gewissen bei seinem »Opfer« hervorzurufen. Tony hatte das perfektioniert, und ich war nicht nur einmal seine Zielscheibe gewesen, wenn es darum gegangen war, von seinen Lügen und Geheimnissen hinter meinem Rücken abzulenken …

Endlich parkte Kristopher am Hafen, und Travis stieg aus. Unser Schweigen hatte die Spannung zwischen uns ins Negative erhöht, und ich wollte nicht auch noch darauf herumreiten, da ich zu neugierig war, was er hier vorhatte.

Travis öffnete meine Tür. Er reichte mir die Hand zum Aussteigen. Eisige Luft pfiff mir um die Ohren, und sofort hielt ich den Kragen meines Mantels zu, als ich mich umsah. Eine Yacht reihte sich neben die andere.

»Was machen wir hier?«

Ich sah Kristopher hinterher, der die Limousine vom Parkplatz lenkte, und fühlte mich mit einem Mal verloren.

»Wirst du gleich sehen«, sagte Travis, und zum ersten Mal an diesem Tag konnte ich etwas wie ein Lächeln auf seinem Gesicht erkennen.

Er ging den Steg entlang, und ich folgte ihm, innerlich fluchend und schimpfend. Nicht, dass ich heute bei der Arbeit maßgebend produktiv gewesen wäre, aber hier meine Zeit mit ihm zu verplempern und das Gefühl vermittelt zu bekommen, ein Schoßhündchen zu sein, das ihm wortlos auf Schritt und Tritt folgte, brachte mich auf die Palme.

Doch ich biss meine Zähne aufeinander und schluckte die Worte, die mir im Hals steckten, wieder hinunter. Zum Glück, denn die hätten bestimmt nur einen Streit provoziert.

»Hier sind wir schon«, sagte Travis, als wir eine riesige Yacht erreicht hatten, die aussah, als würde sie einem Filmstar oder einem Scheich gehören.

Ich hob zweifelnd eine Augenbraue, nicht sicher, ob er mich auf den Arm nahm. Doch Travis betrat die Yacht über eine Treppe und sah dann wartend zu mir.

»Komm!«, befahl er in seiner so typisch strengen Art, in der keine Bitte lag.

Ich unterdrückte ein Augenrollen und folgte ihm an Bord.

»Dürfen wir denn überhaupt hier sein?«, fragte ich ihn dann unsicher, weil mich das Gefühl beschlich, etwas zu tun, was nicht erlaubt war.

Travis' Blick war verständnislos. »Aber natürlich. Die Yacht gehört mir, wieso …«

»Ach so.« Peinlich berührt unterbrach ich ihn. Wie konnte ich – besonders nach der Fahrt in dieser abgrundtief teuren Limousine – vergessen, dass ich mit einem King unterwegs war?

»Na komm …« Travis öffnete eine Schiebetür und deutete hinein. »Du frierst, ich will nicht, dass du dich erkältest.«

Das ließ ich mir nicht zweimal sagen und kam seiner Aufforderung nach. Im Inneren schnappte ich erst einmal nach Luft. Der Luxus, den die Yacht schon von außen vermuten ließ, übertraf im Inneren noch einmal alle Erwartungen.

Nichts erinnerte hier daran, dass wir uns auf dem Wasser befanden. Eine gemütlich wirkende Wohnlandschaft mit Blick auf einen überdimensional großen Flat-TV an der Wand empfing uns. Einzig der Ausblick durch die riesige Fensterfront auf den Lake Michigan verriet, dass wir uns in keinem Luxusapartment befanden.

»Möchtest du etwas trinken?«, fragte Travis, der gezielt die Bar in der hinteren Ecke ansteuerte, vor der mehrere Barhocker standen. Er legte seinen Mantel und sein Sakko ab und sah mich abwartend an.

»Bitte. Ein Wasser«, ergänzte ich noch schnell, da ich unbedingt bei klarem Verstand bleiben wollte. Immer noch hatte ich keine Ahnung, was Travis im Schilde führte, und das machte mich zunehmend nervös.

Meine Antwort bescherte mir einen fragenden Blick von ihm, doch ich ignorierte ihn genauso, wie er mich während der Fahrt hatte links liegen lassen.

Travis reichte mir mein Getränk, während er ein Glas Rotwein schwenkte. »Komm mit, wir setzen uns an den Tisch.« Mit diesen Worten öffnete er eine doppelte Schiebetür zu einem Esszimmer mit zwölf Stühlen. Ein Laptop stand am Tischende, vor dem Travis Platz nahm. Er deutete auf den freien Stuhl neben sich.

Missmutig zog ich meinen Mantel aus, hängte ihn zusammen mit meiner Handtasche über die Stuhllehne und setzte mich. Wir hatten also etwas Berufliches zu besprechen, wie es aussah. Ich biss die Zähne zusammen.

Travis klappte das Notebook auf und entsperrte den Bildschirm. Ein Immobilienobjekt wurde mir angezeigt.

»Das ist meine neueste …«

»So läuft das jetzt also?«, unterbrach ich ihn barsch.

Ich hatte endgültig die Schnauze voll, und auch wenn all meine Alarmglocken schrillten und ich wusste, dass ich gleich einen schweren Fehler begehen würde, konnte ich mir nicht auf die Zunge beißen.

»Wenn du mich vögeln willst, bist du scheißfreundlich, schmierst mir Honig ums Maul und bringst mich dazu, all meinen Anstand zu vergessen. Und die restliche Zeit über bist du kalt und gefühllos, ignorierst mich und behandelst mich, als wäre ich einfach nur irgendeine Fotografin.« Erbost stand ich auf. »Weißt du was, Travis? Nicht mit mir. Sosehr ich als kleine Unternehmerin auf Folgeaufträge angewiesen bin – das hier habe ich nicht nötig.«

Ich griff nach meinem Mantel, zog ihn wieder an und schob den Riemen meiner Handtasche auf meine Schulter.

»Setz dich!«, herrschte er mich an. Sein Blick war intensiv, drohend.

Doch er konnte mich mal …

»So kannst du mit deiner Sekretärin umspringen. Vielleicht würde ich mir sogar auf die Zunge beißen und mir deine widerwärtige Art gefallen lassen, wenn nicht mehr zwischen uns gelaufen wäre. Aber du warst in mir, mehrfach, verdammt! Ich hab dir alles von mir angeboten, du hast dir alles genommen. Also verlange jetzt nicht von mir, dass ich so tue, als wären wir nur flüchtige Geschäftspartner.«

Wütend kämpfte ich die aufsteigenden Tränen hinunter, bevor er etwas davon mitbekommen könnte.

Travis erhob sich und kam auf mich zu. Seine Körperhaltung war angespannt, leicht vornübergebeugt, sein Blick intensiv. »Ich sagte, du sollst dich wieder setzen«, wies er mich erneut an und zeigte auf den Stuhl, von dem ich eben aufgestanden war.

»Du kannst mich zu nichts zwingen. Entweder du kontaktierst Kristopher, damit er mich nach Hause fährt, oder ich rufe mir ein Taxi. Mir ist das hier alles zu blöd.«

Er fuhr sich mit beiden Händen durch die Haare, was ihn verdammt anziehend für mich machte. Herrgott noch mal, einfach alles an ihm schrie nach purem Sex, egal, wie wütend ich auf ihn war.

»Du bist so …« Er kam auf mich zu, während ich zurückwich.

»Wie denn?«, unterbrach ich ihn. »Wirfst du mir wieder PMS vor wie beim letzten Mal? Nur weil ich nicht nach deiner Pfeife tanze und mich herumkommandieren lasse wie deine anderen Marionetten? Tut mir leid, Travis, ich bin nicht wie all die anderen, die sich das gefallen lassen …«

Mit dem Rücken stieß ich an die Wand hinter mir. Das war es mit dem Einhalten des Sicherheitsabstandes.

»Genau, Ash! Du bist nicht wie die anderen, und das …« Wieder raufte er sich die Haare und wandte sich von mir ab. »Du hast keine Ahnung, was du mit mir anrichtest!«

»Ich? Was ich mit dir anrichte?« Empört schnaubte ich. »Du denkst, du bekommst im Leben alles, was du willst, wann du es willst und wie du es willst. Mag sein, dass das bisher für dich funktioniert hat. Vielleicht sind all die anderen Frauen vor dir in die Knie gegangen und haben abgewartet, ob du nach ihnen trittst oder sie dir die Füße küssen dürfen.« Eine Gänsehaut schüttelte mich. »Da bist du bei mir aber an der falschen Adresse gelandet.«

Travis stützte sich mit beiden Armen links und rechts von meinem Kopf ab. Mein ganzer Körper bebte vor Wut. Gott, ich hätte gar nicht erst mit ihm hierherkommen sollen! Doch jetzt war es zu spät. Jeglicher weitere Fluchtversuch konnte nun von ihm im Keim erstickt werden, und ich ärgerte mich maßlos darüber, dass er *schon wieder* Kontrolle über mich hatte, obwohl ich ihm gerade das Gegenteil klarmachen wollte.

Seine eisblauen Augen funkelten mich wütend an, sein Brustkorb hob und senkte sich schnell, und sein Atem strich in kräftigen Schüben über mein Gesicht. Hätte ich mich nicht gerade so maßlos über ihn und seine arrogante Art geärgert, hätte ich die Augen geschlossen und tief seinen ausgestoßenen Atem in mich eingesaugt, ehe ich mich an ihn geworfen und ihn geküsst hätte, um die brennende Sehnsucht nach ihm zu stillen.

Travis' Kiefer mahlten aufeinander, seine Gesichtsfarbe wurde dunkler, und seine Nasenflügel bebten. Irgendwie war seine Wut erregend und gleichermaßen angsteinflößend. Ich war mir nur noch nicht sicher, welcher Teil davon überwog.

»Als ich dich gestern um ein Treffen gebeten habe, wollte ich diese Sache hier mit uns ein für alle Mal beenden. Kein Sex mehr, keine Treffen! Für die Fotoaufträge hätte ich dir jemanden aus der Marketingabteilung geschickt. Ich … wollte den Kontakt gänzlich zu dir abbrechen, Ash.«

Er zitterte und spie mir jedes Wort entgegen, er war aufgebracht, und trotzdem lag in seinem Blick eine Zärtlichkeit, die mich völlig verunsicherte. Ich wusste nicht, was ich davon halten sollte. Oder war es nur Wunschdenken von mir, in seinen Augen seine verletzte Seele zu erkennen?

»Warum bin ich dann trotzdem hier? Wieso hast du mich abgeholt und auf deine Yacht gebracht, Travis?«, flüsterte ich.

Mein Herz raste so sehr, dass ich befürchtete, er könnte es hören.

»Weil ich … Weil du …«

Ich sah seinen flehenden Blick. Dann spürte ich schon seine Lippen auf meinen. Seine Hände pressten mich an ihn, als wäre ich die Rettungsboje, die ihn vor dem Ertrinken retten sollte.

Unsere Zähne schlugen aneinander, unsere Zungen massierten sich gegenseitig.

Kapitulierend ließ ich meine Tasche fallen. Ich schob meine Hände in seine Haare, hielt ihn fest, als er sich saugend und beißend an meinem Hals hinunterküsste. Er schob meinen Mantel wieder von den Schultern, umfasste meine Brüste durch den Stoff meines Pullovers, strich mit den Daumen über meine harten Nippel.

Hätte ich eine reelle Chance gehabt, mich aus seinen Händen zu entwinden, hätte ich sie genutzt. Doch ich konnte nicht. Mein Körper hatte aufgehört, mir zu gehorchen. Im Gegenteil, ich drückte mich ihm entgegen, bot mich ihm an und spürte dieses Beben in mir, das nur er so gut besänftigen konnte wie sonst keiner zuvor.

Hektisch schob er meinen Pullover nach oben, den ich heute Morgen aus dem Schrank gezogen hatte, da ich keine Lust auf ein schickes Outfit verspürt hatte – schließlich hatte ich erst am Abend mit ihm gerechnet.

Ich zog sein Hemd aus der Hose, tastete nach den Knöpfen. Doch das dauerte mir viel zu lange. Ich brauchte ihn jetzt, sofort. Sein Hemd landete also auf dem Fußboden, nachdem ich es ihm hastig über den Kopf gezogen hatte. Dann öffnete ich seine Hose. Ich sah seine Erektion, spürte sie durch den Stoff an meinen Fingern. Doch ich brauchte Travis jetzt *in mir.*

Keuchend ließ ich von ihm ab und half ihm, mich von meinen Jeans zu befreien. Kaum dass ich in Unterwäsche vor ihm stand, packte er mich, hob mich hoch und küsste mich, an die Wand gedrückt. Ein tiefes Knurren drang aus seiner Kehle, während er meinen Mund eroberte und ich in seinen Händen dahinschmolz wie Butter in der Sonne.

All meine Wut auf ihn hatte sich in pure Lust verwandelt.

Meine Beine hatte ich fest um seine Hüften geschlungen, als er sich ohne Vorwarnung mit mir von der Wand löste und mich mit wenigen Schritten bis zum Esstisch trug. Er setzte mich auf der kalten Tischplatte an der Kante ab und sah mich heftig atmend an. In seinem Blick lag etwas Animalisches – und als würde er ein letztes Einverständnis von mir verlangen, nickte ich unmerklich.

Ja, ich wollte und brauchte ihn – unabhängig davon, dass mir mein Verstand im letzten Winkel meines Bewusstseins Schimpfwörter an den Kopf warf und mich für vollkommen bescheuert erklärte.

Diese Zustimmung von mir genügte Travis jedenfalls. Er packte meinen Slip mit beiden Händen und zerriss den Stoff ruckartig. Überrascht von seiner Impulsivität und dem kurzen schneidenden Schmerz von gespanntem Stoff auf meinen Hüften zog ich scharf die Luft zwischen den Zähnen ein. Sein teuflisches Grinsen machte mich nur noch mehr an.

Er schob seine Hose und die Pants hinab, gerade so weit, bis sich mir sein Schwanz prall und heiß entgegenreckte. Ich umfasste ihn mit einer Hand, während Travis zur gleichen Zeit meine Beine auseinanderschob und zwei seiner Finger in mir versenkte.

»Sieh dir das an«, sagte er dann, als er sie wieder herauszog. »Du bist so bereit für mich, Ash. So nass und bereit …«

Immer, wollte ich antworten, doch ich kam nicht dazu.

Er packte mich in den Kniekehlen und hob sie an. Ein überraschter Laut drang zwischen meinen Lippen hervor. Halt suchend stützte ich mich auf der Tischplatte hinter mir ab. Schon spürte ich seine Eichel an meinem Eingang, und noch bevor ich reagieren konnte, hatte er sich mit einem kraftvollen Stoß in mich versenkt.

»O Gott!«

Ich wimmerte vor Lust, hob ihm mein Becken entgegen, wollte ihn noch tiefer spüren. Travis kam meinem Wunsch nach. Mit schnellen Stößen gab er mir genau das, was ich im Moment brauchte. Als er mit seinem Daumen über meine Perle rieb, stöhnte ich seinen Namen.

»Verdammt, Ash! Davon werde ich nie genug kriegen können«, knurrte er.

Blinzelnd sah ich ihm ins Gesicht, doch ich konnte meine Gedanken nicht in Worte fassen. Stattdessen war ich zu sehr abgelenkt von den sanften Wellen, die sich in mir aufbauschten, angetrieben von Travis in mir, seinem Daumen auf mir.

Ich schloss meine Augen, ließ den Kopf in den Nacken fallen und gab mich ganz dem Gefühl der Erlösung hin, das durch mich hindurchfegte und die letzten Überreste von Wut und Enttäuschung mitriss. Ich genoss, wie sich meine Muskeln um Travis pressten, wie er keuchte. Wie es sich anhörte, als unsere Haut rhythmisch aufeinanderprallte.

Ohne Vorwarnung zog er sich aus mir heraus, und sein heißer Samen ergoss sich auf meinem Bauch.

Schwer atmend sah er mich an, und erneut konnte ich seinen Blick nicht deuten. Würde er nun gleich wieder gehen und mich so auf dem Tisch liegen lassen? Ich spürte, wie zum wiederholten Mal Zorn in mir aufwallte, doch Travis' Lachen fegte ihn fort.

»Was … ist so lustig?«, fragte ich, nachdem er sich nicht beruhigte und immer lauter lachte.

Er warf den Kopf in den Nacken, wischte sich Tränen von den Wangen. Das Unbehagen nahm langsam wieder von mir Besitz, da ich nicht verstand, was in ihn gefahren war. Fand er es so witzig, wie ich nackt auf seinem Tisch lag?

»Ich besitze eine fünfzig Meter lange Yacht, auf der es keine Taschentücher gibt«, japste er unverständlich.

»Keine … Taschentücher? Du hast auf dieser ganzen verdammten Yacht kein einziges Taschentuch?«

Als er nickte, musste auch ich lachen. »In meiner Handtasche müssten noch welche sein.« Ich deutete zu dem Lederbeutel, den ich hatte fallen lassen.

Er hob ihn auf und stellte ihn neben mir ab.

»Kannst du nicht …?«

»Niemals. Noch nie von der wichtigsten aller Regeln gehört? Greife nie in die Handtasche einer Frau.«

Ich gluckste. »Wer hat dir denn den Schwachsinn eingeredet? Greif in die verdammte Tasche und gib mir ein Taschentuch, bevor ich nicht nur den bestimmt schweineteuren Tisch einsaue, sondern auch den Teppich.«

Travis sah auf den dunkelbraunen Bodenbelag, runzelte die Stirn und öffnete seufzend meine Tasche.

»Na also, geht doch.«

Er hielt kurz inne, verzog das Gesicht zu einer Grimasse und widmete sich dann wieder meinem Tascheninhalt. Als er eine Packung herauszog, konnte ich mir ein »Yeah« nicht verkneifen.

Travis half mir, mich sauber zu machen. Doch kaum, dass die erotische und anschließend heitere Stimmung verflogen war, sank unsere Laune wieder. Seine Augenbrauen schoben sich zusammen, und ich fühlte mich wieder fehl am Platz. Ich sprang in meine Jeans – ohne Slip, den hatte er ja vernichtet – und schlüpfte in BH und Pulli, während auch Travis sich wieder anzog und an den Computer setzte, als wäre nichts zwischen uns passiert.

»War es das? Kann ich jetzt gehen? Ist deine Lust befriedigt?«

Ich hasste es, wenn ich so zickig war, aber Travis brachte meine negativsten Seiten ans Tageslicht.

Ohne auf meine Sticheleien einzugehen, drehte er den Laptop zu mir um. »Ich habe einen Auftrag für dich«, sagte er und klickte gleichzeitig durch ein paar grauenvolle Fotos, die vermutlich mit dem Smartphone gemacht worden waren. »Ich will, dass du ihn übernimmst und mir bis Freitag nächste Woche die Aufnahmen lieferst.«

Gott, ich war so wütend auf diesen Kerl. Es gab tausend Dinge, die ich ihm am liebsten an den Kopf werfen wollte, doch ich hielt mich zurück. »Ich mach es, aber unter einer Bedingung.«

Fragend hob er die Augenbrauen und schien mich mit seinen Augen zu durchlöchern.

»Ich will, dass wir ein für alle Mal klären, was das zwischen uns beiden ist … oder nicht ist.«

Wortlos stand Travis auf, drehte mir den Rücken zu und ging zur Fensterfront, die auf den Lake Michigan hinauszeigte. Er vergrub seine Fäuste in den Hosentaschen und regte sich nicht mehr. Ich dachte schon, er hätte mich nicht verstanden oder er hätte meine Bitte nicht als solche empfunden, als er sich endlich räusperte.

»Das ist alles viel komplizierter, als ich angenommen hatte. Ich habe vorhin schon versucht, dir zu erklären, dass mit dir … alles anders ist.«

»Was genau meinst du damit?«, flüsterte ich und hatte plötzlich Angst vor seiner Antwort. War *anders* gut oder schlecht für mich?

Er drehte sich zu mir um, und die Verzweiflung, die sich in seinem Gesicht spiegelte, ließ mich nach Luft schnappen.

»Das mit dir und mir … kann nicht gut gehen. Ich wollte es heute beenden, weil … weil ich daran kaputtgehen werde und weil ich dich wieder und wieder verletzen werde. Und das ist das Letzte, was ich möchte.«

»Aber … was redest du denn da? Wieso gehst du an uns kaputt?«

Ich ging auf ihn zu, hatte das Bedürfnis, ihn zu trösten und für ihn da zu sein. Er wirkte so traurig und verletzt – etwas, was so gar nicht zu dem starken, einflussreichen Mann passte, den ich kannte.

Er ging erst gar nicht auf meine Frage ein. »Ich habe es versucht. Ich war mir so sicher, ich würde das heute durchziehen, würde dir erklären, dass wir uns nicht mehr sehen können. Ich hatte einen Plan, wollte mit dir essen gehen und dich dann von Kristopher nach Hause fahren lassen. Ein glatter Schnitt, so würden wir beide am wenigsten verletzt werden … Aber hier stehe ich nun, wie ein erbärmlicher Versager.«

Er wischte sich mit beiden Händen über das Gesicht. Seine Schultern sackten nach vorne, dann stützte er sich Halt suchend an einem der Stühle ab. »Ich habe es vergeigt, komplett. Weil ich es nicht schaffe, mich von dir fernzuhalten, Ash.« Nun sah er mir tief in die Augen. Schmerz und Reue konnte ich bei ihm erkennen. »Also bitte verzeih mir, wenn ich dir wieder und wieder wehtun werde. Wenn du schlau bist, gehst du jetzt. Kristopher wartet am Hafeneingang, er wird dich nach Hause fahren. Denn du hast etwas Besseres als mich verdient.«

Sprachlos stand ich da, unfähig, den Sinn seiner Worte zu verstehen.

»Was ist, wenn ich dir sage, dass ich nicht gehen *will*? Weil ich bei dir bleiben möchte, weil ich … nicht ohne dich sein kann?«

Mein Herz raste, und leichter Schwindel erfasste mich. Reflexartig kniff ich die Augen zusammen, als er tief Luft holte. Gleich würde sie kommen, die Welle, die mich überrollte, mich hinausfegte aus dieser Yacht, und mir ein für alle Mal das Herz in Stücke reißen würde, noch bevor es so richtig für ihn hätte schlagen können.

Doch ich spürte seine Hand in meinem Nacken, gleich darauf seine Lippen auf den meinen. Seine Zunge teilte sie zärtlich, während er mich mit sanftem Druck an sich presste, als würde er mich nicht mehr gehen lassen wollen.

»Deine Antwort wird uns beide ins Verderben stürzen. Ich hoffe, du weißt das, Ash.«

»Solange ich mit dir gemeinsam stürze, nehme ich das in Kauf«, murmelte ich und öffnete zögernd die Augen.

Travis legte beide Hände an meine Wangen, und als ich seinem Blick begegnete, verschlug es mir fast den Atem. So viel Liebe konnte ich darin erkennen und Dankbarkeit und Fassungslosigkeit.

»Ich … du bist …«, begann er, dann schloss er die Lider und schüttelte sacht den Kopf.

Als er mich wieder ansah, war es, als würde er mich tief in seine Seele blicken lassen. Nur für einen kurzen Moment, aber ich ahnte, dass da noch viel mehr in ihm schlummerte, was ihn so menschlich, so verletzlich machte und mich endgültig davon überzeugte, dass er seine herrische Fassade nur aufgebaut hatte, um sich selbst zu schützen.

Dann hob er mich hoch und trug mich die Treppe nach oben, die vom Wohnzimmer aus in die nächste Etage führte. Er stieß mit dem Ellenbogen eine Tür auf und ließ mich auf ein Bett sinken. Aus den Augenwinkeln nahm ich warme Beigetöne wahr, aber all das war für mich nebensächlich. Ich hatte nur noch Augen für Travis, der sich langsam wieder auszuziehen begann.

»Jetzt werde ich mich um dich kümmern, so, wie du es verdienst. Zärtlich und langsam und …«

»Mir gefällt es, wenn du wild bist«, gestand ich leise.

Travis schmunzelte, als er mir aus meinem Pullover half und meinen BH öffnete. »Du wirst es vielleicht nicht glauben, aber ich habe nicht nur keine Taschentücher an Bord, sondern auch keine Kondome. Und wenn ich wild bin, könnte es sein, dass ich mich vergesse …«

»Ich nehme die Pille.« Abwartend sah ich ihm zu, wie er die Jeans von meinen Beinen zog. »Und ich hab mich nach meiner letzten Beziehung testen lassen – es ist alles okay.«

»Gott, Ash … dich ganz zu spüren …« Er schloss die Augen. »Ich bin auch gesund, ich lasse mich regelmäßig testen. Ganz davon abgesehen hab ich noch nie ohne Gummi mit einer Frau geschlafen.«

»Noch nie? «, fragte ich überrascht nach.

Er schüttelte langsam den Kopf. Dann kam er zu mir aufs Bett und löste sein Versprechen ein. Er war zärtlich und langsam, und trotzdem gab er mir alles, wonach ich mich sehnte, alles, was ich brauchte … Und ich wünschte mir, die Zeit würde stillstehen und mich für immer in dieser Blase aus Glück und Erfüllung festhalten.

* * *

Ich hatte völlig das Zeitgefühl verloren. Draußen war es schon lange finster, und wir hatten es uns in flauschigen Bademänteln auf dem riesigen Luxussofa bequem gemacht. Travis hatte uns verschiedene Gerichte bei einem kleinen Chinarestaurant bestellt, die wir nun mit Stäbchen aus Pappkartons aßen.

Irgendwie fühlte sich das alles so unwirklich an – so alltäglich, richtig und … gut. Viel zu gut, und meine Erfahrungen mit ihm in Verbindung mit seinen unzähligen Warnungen, dass das mit uns beiden zwangsläufig nicht funktionieren könne, zwangen mich dazu, meine Euphorie zu dämpfen.

»Wie spät ist es?«, fragte ich ihn so beiläufig wie möglich, als ich mich vorbeugte und ein Stück Hühnerfleisch aus seiner Packung stibitzte.

Er drückte einen Knopf an seiner Armbanduhr, die das Display beleuchtete. »Halb zwölf.«

Meine Stimmung war schlagartig im Keller.

»Okay.«

Ich ärgerte mich, dass man aus meiner Stimme heraushören konnte, wie belegt sie war. Travis sollte nicht wissen, wie sehr es mich kränkte, dass ich ihn gleich würde verlassen müssen. Schlagartig war mir der Appetit vergangen.

»Ich geh mich mal anziehen«, sagte ich tonlos und stand auf.

Den Treppenabsatz hatte ich schon fast erreicht, als ich Travis' Hand an meinem Oberarm spürte. Bestimmt, aber ohne mir wehzutun, drehte er mich zu sich um. Verdammt, ich durfte jetzt bloß nicht die Fassung verlieren. Vor ihm zu heulen oder überhaupt nur Tränen in den Augen zu haben, wäre in dieser Situation ein absolutes No-Go für mich.

»Bleib.«

Er sagte nur dieses eine Wort, das so befehlend wie immer klang. Doch seine Augen flehten mich an, bettelten förmlich, zu bleiben.

»Es ist gleich Mitternacht …«, erwiderte ich und erinnerte ihn damit an seine eigene Regel.

Ja, er hatte mir gesagt, dass er mich verletzen würde, wenn das mit uns beiden heute kein Ende nahm. Dann würde ich aber auch dafür sorgen, mich nicht bei jeder offensichtlichen Gelegenheit verletzen zu lassen. Ich zwang mich zu einem Lächeln und wollte mich wieder umdrehen, um ins Schlafzimmer zu gehen, wo noch immer meine Kleidung auf dem Boden lag, seit Travis sie mir ausgezogen hatte.

»Ash, bitte … Ich möchte, dass du bleibst. Ich will, dass du heute Nacht bei mir bist.«

Langsam drehte ich mich zu ihm um. »Aber …«

»Ich weiß, ich verstoße gegen meine eigenen Regeln. Aber verdammt, Ash, das tue ich ständig, seit ich dich kenne.«

»Tust du das?« Ungläubig sah ich ihn an.

Er zuckte mit den Schultern. »Ich lasse nie Frauen von Kristopher abholen und zu Dates bringen. Ich habe noch nie mit einer Frau eine Kutschenfahrt unternommen, weil ich der Meinung bin, dass Romantik die Distanz verringert. Außerdem war noch nie eine Frau hier mit mir allein auf der *Bernadine Gloria*. Noch nie hab ich mit einer Frau ohne Kondom geschlafen, noch nie eine Frau gebeten, über Nacht zu bleiben.« Er sah mir tief in die Augen. »Noch nie hat eine Frau das in mir ausgelöst, was ich bei dir fühle …«

Mein Herz raste, das Blut rauschte in meinen Ohren. Hatte er das eben wirklich gesagt?

»Travis, ich …«

Sanft legte er seinen Zeigefinger an meine Lippen. »Sag jetzt nichts. Komm einfach wieder mit mir zum Sofa. Ich brauche dich …«

Er brauchte mich!

So etwas Schönes hatte er noch nie gesagt.

Vor Glück schwebte ich fast neben ihm her, als wir zurück zum Sofa gingen. Ausnahmsweise ließ ich den Rausch der Gefühle für einen Moment zu.

Wir rückten noch enger zusammen als zuvor, genossen die Nähe des anderen. Sein sanfter Atem strich durch meine Haare, seine Hände ließen nicht von mir und suchten ständig Hautkontakt, als hätte er tatsächlich Angst, ich könnte ihm davonlaufen.

Und später gingen wir zurück ins Bett, wo wir uns ein weiteres Mal liebten und anschließend eng umschlungen und zusammengekuschelt wie zwei Verliebte einschliefen.

* * *

Sanftes Streicheln an meiner Wange weckte mich auf. Ein dezenter Duft, der mir nur allzu bekannt war, schlich sich in meine Nase und ließ mein Herz ein paar Takte schneller schlagen: Travis war hier.

Nein, *ich war bei Travis!*

Erinnerungen an die letzte, so unglaubliche Nacht sprudelten in mir hoch, und mit einem träumerischen Seufzen schlug ich die Augen auf. Travis lag nackt neben mir, den Kopf in die Hand gestützt, und lächelte mich an.

»Guten Morgen, Ash. Ich hoffe, du bist ausgeruht?«

Er sah so süß und gleichzeitig so heiß aus mit seinem verschlafenen Blick und den zerzausten Haaren.

»Ich hab uns ein kleines Frühstück gemacht. Du hast doch Hunger?«

»Großen Hunger«, antwortete ich und konnte es mir nicht verkneifen, meinen Blick an seinem Körper abwärts wandern zu lassen.

Travis lachte leise. »Du bist unersättlich!« Er setzte sich auf und reichte mir einen Teller mit Rührei und eine Tasse Kaffee, nachdem ich es mir ebenfalls gemütlich gemacht hatte.

»Und das wundert dich?«, fragte ich und hob vielsagend die Augenbraue.

»Na, also ich weiß ja, dass ich ein heißer Typ bin, aber …«

Ich boxte ihm gegen die Schulter und kicherte. »Aber was? Sehe ich so aus, als ob ich …? O Gott, ich weiß, es liegt am Pullover. Oder sind es die Blusen, die ich immer trage, wenn ich bei dir im Büro bin?«

Mit einem Mal fühlte ich mich unbehaglich. Ich wusste, ich war nicht mit Madison, der Sexbombe, vergleichbar, aber als frigide und unattraktiv hätte ich mich auch nicht unbedingt eingestuft. Sofort musste ich wieder an Jelenas Kommentar denken, als sie behauptet hatte, Travis würde nicht auf »pummelige« Frauen wie mich stehen.

Sofort stellte ich den Teller neben mich, griff instinktiv nach dem Bettlaken und zog es mir über meine nackten Beine.

»Du bist mit Abstand die heißeste Frau, die mir in den letzten Jahren über den Weg gelaufen ist«, sagte Travis, und dabei wirkte er wirklich überrascht, dass ich etwas anderes denken könnte. Gleichzeitig zog er die Decke wieder von mir, sodass ich erneut völlig nackt neben ihm saß. »Also hör auf, auch nur annähernd das Gegenteil zu denken.«

»Ich dachte nur, weil die Frauen, mit denen du …«

»Vergiss, was du über mich gelesen hast. Vergiss, was in den Klatschzeitschriften steht. Sensationell aufgebauschte Storys verkaufen sich besser, und das nutzen diese Aasgeier aus. Und vergiss die Fotos von Veranstaltungen, auf denen ich mit Leuten zu sehen bin, die sich erhofft hatten, ihren Bekanntheitsgrad zu steigern, wenn sie mit mir fotografiert werden. Viele von denen kenne ich nur flüchtig.«

Vermutlich hatte er recht. Trotzdem schaffte ich es nicht, seinen Blick zu erwidern. Es war mir einfach unangenehm, mit ihm über meine Figur zu sprechen und über andere Frauen in seinem Leben. Und auch wenn er behauptete, nicht mit jeder etwas am Laufen gehabt zu haben, wie es vielleicht die Presse geschrieben hatte, so war ich mir sicher, dass er mit weit mehr Frauen im Bett gewesen war als der Durchschnittsmann in Chicago.

»Sieh mich an, Ash.«

Ich gehorchte. In seinen eisblauen Augen loderte ein Feuer.

»Und jetzt sag mir, dass du keine Wirkung auf mich hast.«

Mein Blick wanderte seinen Körper abwärts. Seine Brustwarzen waren kleine harte Perlen, sein Schwanz reckte sich mir entgegen, bereit zum Einsatz, lecker, heiß und hart. Sofort spürte ich ein sehnsüchtiges Ziehen zwischen den Beinen, sehnte ihn genau dorthin.

Leise stöhnte ich auf. Die Vorstellung, dass ich auf ihn dieselbe Wirkung hatte wie er auf mich, gefiel mir.

»Gottverdammt, Ash! Noch einmal so ein Geräusch und du kommst nicht vor Mittag in dein Büro.«

Er knurrte die Worte, und die Art, wie er mich ansah, gierig und erregt, ließen keinen Zweifel aufkommen, dass er es ernst meinte.

Nur zu gern hätte ich den ganzen Tag mit Travis im Bett verbracht ... und von mir aus gleich noch eine Nacht. Weil es so schön war, neben ihm einzuschlafen und wieder aufzuwachen. Weil es das erste Mal mit einem Mann so war, wie ich es mir in meinen Mädchenträumen gewünscht und vorgestellt hatte.

Tony war nie der Typ fürs Kuscheln – und er hatte mir niemals Frühstück ans Bett gebracht. Dafür war er zu sehr mit sich selbst beschäftigt gewesen.

Ich biss mir auf die Unterlippe, um ein weiteres Stöhnen zu unterdrücken. Bei Travis schaltete mein Gehirn einfach ab, ließ mir keine Chance, das Kommando zu behalten. Ich verwandelte mich in eine sexhungrige, triebgesteuerte Frau, die die Welt um sich vergaß und nur noch Augen für ihn hatte: für den *King of Chicago.*

»Auch das solltest du besser nicht tun«, murmelte Travis und riss mich aus meinen schmutzigen Fantasien und Erinnerungen.

Er sah auf meine Unterlippe und grinste, als ich sie wieder freigab und ein leises »O Gott« murmelte.

»So bedauerlich es auch ist ... ich gehe unter die Dusche, und du isst dein Frühstück auf. In etwas über dreißig Minuten wird Kristopher hier sein, bis dahin müssen wir fertig sein. Ich habe heute Vormittag ein Meeting, bei dem ich nicht mit Abwesenheit glänzen sollte.« Er zwinkerte mir zu, küsste mich kurz auf die Lippen und gewährte mir einen letzten Blick auf seine sexy Kehrseite, ehe er das Schlafzimmer verließ und im Badezimmertür verschwand.

* * *

In frischen Klamotten war ich gut zwei Stunden später auf dem Weg von meinem Apartment ins Büro. Ich hatte beschlossen, mir auf dem Weg noch einen Kaffee mitzunehmen – einen großen Becher mit wenig Milch –, um der Müdigkeit aufgrund des Schlafmangels, die sich bestimmt im Laufe des Vormittags bemerkbar machen würde, entgegenzuwirken.

Nachdem ich meine Bestellung aufgegeben hatte und auf die Becher wartete – ich nahm jedes Mal auch gleich einen für Jacob mit –, tippte ich Madison eine Nachricht.

Rate mal, wo ich letzte Nacht war …

Nicht einmal zehn Sekunden später kam schon die Antwort.

Bei ihm? Nicht wahr!

Doch. Die ganze Nacht auf seiner Yacht!

Schon klingelte das Telefon.

»Ich will alles wissen, jedes Detail, hörst du? Und wenn der Kerl nicht nett zu dir war, dann gnade ihm Gott!«

Ich lachte. »Dir auch einen guten Morgen. Ich kann jetzt nicht sprechen, ich hole gerade Kaffee.«

Sie sog zischend Luft durch die Zähne ein. »Uh! Dann war es also ein heißes Date? Meine Güte, Ash, spann mich nicht so auf die Folter!«

Grinsend drehte ich mich im Kreis, um zu sehen, wer lauschen könnte – um Madison vielleicht doch das eine oder andere Detail zu verraten. Ich sah auf die Leute, die in morgendlicher Hektik an mir vorbeihasteten, und auf jene, die am Kiosk gegenüber ihre Zeitung kauften. Manchmal, wenn ich auf den Kaffee wartete, stand ich hier und las die Headlines, um mir die Wartezeit zu verkürzen.

Normalerweise tat ich das mit einem Lächeln auf den Lippen, aus Vorfreude auf den leckeren Kaffee, der nirgends so gut schmeckte wie hier, und einfach, weil ich mich, seit ich mich selbstständig gemacht hatte, jeden Tag darauf freute, arbeiten zu dürfen. Doch heute gefror mir das Lächeln und löste sich mit einem eiskalten Schauder in Dunst wie Nebelschwaden auf.

»Hallo? Ash? Bist du noch dran?«

»So ein … Das ist jetzt nicht wahr, oder?«

Ohne auf Madison zu reagieren oder auf den bestellten Kaffee zu warten, ging ich zu dem Kiosk und griff nach einer der Zeitschriften, die mir ein Bild zeigten, das mir den Magen umdrehte und meine Stimmung von himmelhoch jauchzend zu Leck-mich-am-Arsch sinken ließ, wie Madison es beschreiben würde.

»Ash?! Was ist los bei dir, verdammt noch mal?«

»Ich … schick dir ein Foto.«

Dann legte ich auf, bezahlte bei dem Kioskverkäufer ein Exemplar dieses Klatschmagazins und fotografierte das Titelblatt, um es an Madison weiterzuleiten.

Erst das genervte Rufen des Kaffeeverkäufers riss mich aus meiner Starre und meinen Blick von der Headline:

Das geheime Liebesleben des Travis King.

Über die gesamte Seite war ein Foto zu sehen, das ihn mit Jelena zeigte, wie sie Händchen haltend mitten in einem Restaurant saßen – und er und Jelena hatten ganz eindeutig dieselbe Kleidung an wie am Montag, als ich bei ihm im Büro gewesen und dieser Schlange im Flur begegnet war …

Und ein etwas kleineres Foto am Rand zeigte seine Yacht von oben, wie er mir gerade an Bord half. Unter dem Foto stand:

Weiß Kings Freundin Jelena Petrova von seiner heimlichen Affäre mit dieser Unbekannten?

Wieder und wieder las ich die Zeilen, betrachtete die Bilder, irritiert, gekränkt, verletzt, beschämt, während das Smartphone in meiner Hand klingelte und klingelte.

Doch ich musste erst selbst verarbeiten, was ich hier sah – und was das für Travis und mich bedeuten könnte …

KAPITEL 10

King

Hätte mir jemand vor einem Monat gesagt, dass eine Frau in meinem Bett übernachten würde – noch dazu auf meiner Yacht, die für mich ein Rückzugsort war, an dem ich die Stille und Ruhe genoss –, ich hätte denjenigen für verrückt erklärt.

Doch es war gerade mal zwei Stunden her, dass ich dieser Frau sehnsüchtig nachgeschaut hatte, die so anders war als alle, die bisher in meinem Bett gelandet waren. Zum Abschied hatte sie mir noch einmal neckisch in die Unterlippe gebissen und mit der Zunge über die Stelle geleckt. Sie hatte mir zugelächelt, obwohl sie mich sicher nicht mehr durch die verspiegelten Scheiben hatte sehen können. Als sie die Treppen zu ihrem Wohnhaus hochgelaufen war, hatte sie dabei so unglaublich sexy ausgesehen, dass sich mein Schwanz schon wieder sehnsüchtig in meiner Hose aufgerichtet hatte.

Ich hatte immer schon einen ausgeprägten Sexualtrieb gehabt. Mit elf hatte ich meinen ersten Kuss, mit vierzehn war ich das erste Mal mit einem Mädchen im Bett. Sex war meine Droge – ohne konnte ich unmöglich leben. Zu meinem Glück mangelte es mir nie an willigen Frauen. Aber an mehr als Ficken war ich nicht interessiert. Mit richtigen Beziehungen kamen Verpflichtungen und Gefühle, die alles nur verkomplizierten.

Bisher war das jedoch noch nie ein Thema gewesen. Doch dann war Ashley aufgetaucht und brachte meine gesamte bisherige Weltansicht ins Wanken. Herrgott, ich hätte nie gedacht, dass es so schön sein könnte, mit einer Frau in den Armen einzuschlafen.

Nein, falsch. Nicht mit irgendeiner Frau … Denn Ashley war alles andere als *irgendjemand*.

Was mich wieder zu meinem Problem führte – nämlich dass sie mir viel mehr bedeutete, als gut für mich war …

Scheiße, ich war mir so sicher gewesen, dass ich die Sache mit ihr einfach so beenden könnte. Ich hatte es mir so lange eingeredet, bis ich selbst daran geglaubt hatte. Bis ich davon überzeugt gewesen war, dass ich es zustande bringen würde, Ashley Crown einfach so zu vergessen.

Doch dann hatte sie vor mir gestanden, wütend. Ihre Lippen bebten, ihre Brust hob und senkte sich vor Aufregung, und dann war da noch dieser Schmerz in ihren Augen … Dieser Schmerz, dessen Grund meine Zurückweisung war. Wieder einmal. Und ich konnte es nicht ertragen, sie leiden zu sehen. Ich wollte sie beschützen. Ich wollte sie trösten und ihr zeigen, dass ich sie eigentlich nicht von mir stoßen, sondern für sie da sein wollte – so, wie sie es verdient hatte.

Und ja, verdammt, eher würde ich durch die Hölle gehen, als sie noch einmal in diesem Zustand zu erleben … Das hatte ich mir gestern Abend geschworen.

Vielleicht war das mit ein Grund, weshalb ich sie gebeten hatte, zu bleiben. Weshalb ich Kristopher in den Feierabend geschickt hatte, lange bevor wir unser Essen beim Chinarestaurant bestellt hatten. Ich hatte entschieden, meine eigenen Regeln zu brechen, und im Nachhinein betrachtet war es die beste Entscheidung, die ich getroffen hatte. Neben der, sie mit auf die *Bernadine Gloria* zu nehmen. Meine Yacht, die den Namen meiner Mutter trug und für mich genauso ein Zufluchtsort war, wie es meine Mutter für mich gewesen war, als sie noch gelebt hatte.

Es fühlte sich gut an, Ashley dort zu wissen, auch wenn ich es nicht schaffte, sie in dessen Bedeutung einzuweihen. Noch nicht jedenfalls …

Doch allein, dass ich sie mit auf die Yacht genommen hatte – ohne dabei in Panik zu geraten oder den Wunsch zu verspüren, sie schnellstmöglich loswerden zu wollen –, war überraschend für mich. Und das wertete ich als gutes Zeichen.

* * *

Irgendwann am Vormittag, als ich nach dem ersten Termin wieder im Büro war, musste ich Ashley schreiben.

An: Ashley Crown
Von: Travis King
Betreff: Gestern, heute und morgen

Sehr verehrte Miss Crown,
falls ich es noch nicht deutlich genug betont habe: Sie haben ja keine Ahnung, was Sie mit mir anstellen.
Fast hätte ich die Verhandlung heute verbockt, da ich

mit den Gedanken bei Ihnen war. Bei uns, bei letzter Nacht. Der Gedanke daran, wie ich Sie auf meinem Esstisch genommen habe, bringt jedes Mal aufs Neue mein Blut in Wallung, und ich bin froh, dass der Besprechungstisch den Ständer in meiner Hose vor den Blicken der anderen Anwesenden geschützt hat.
Vielleicht erkennen Sie mich nicht wieder – und glauben Sie mir, ich erkenne mich selbst nicht –, aber ich würde nur zu gern letzte Nacht wiederholen. Nicht nur deshalb, weil ich Sie wieder ficken will, sondern auch, weil ich dieses wundervolle Gefühl noch einmal erleben möchte, wie Sie in meinen Armen einschlafen und wieder aufwachen …
Hätten Sie denn vielleicht Lust, morgen mit mir das neue Immobilienobjekt zu besichtigen, bevor wir einen Termin für das Shooting vereinbaren?

Mit besten Grüßen,
Travis King
CEO, KING Estate

Lange hatte ich überlegt, ob ich in dieser förmlichen Art schreiben sollte, in der schon unser erster Mailverkehr abgelaufen war. Irgendwie fand ich es damals schon amüsant, also blieb ich auch diesmal dabei.

Während ich auf ihre Antwort wartete, wollte ich ein paar Verträge durchsehen, aber ich konnte mich nicht konzentrieren. Immer wieder ertappte ich mich dabei, wie ich auf das Symbol des E-Mail-Programms starrte, in der Hoffnung, eine Nachricht von Ashley zu erhalten.

Der Vormittag verstrich, und hätte ich nicht ein paar wichtige Meetings gehabt, hätte ich vermutlich stundenlang den Monitor angestarrt.

Herrgott, diese Frau machte aus mir einen Idioten. So schnell ging es abwärts mit mir: Letzte Nacht schlief sie noch in meinem Bett, heute hatte ich mich selbst und meine Verpflichtungen hintangestellt, und morgen würde ich womöglich für sie kochen und ihr den Haushalt machen. Hätte Damien davon gewusst, er hätte mich ausgelacht. Und trotzdem fühlte es sich so verdammt richtig an, dass es mir fast schon Angst machte …

Es war schon später Nachmittag, als endlich diese eine E-Mail einging, auf die ich so sehnlichst gewartet hatte.

An: Travis King
Von: Ashley Crown
Betreff: Gestern und heute

Sehr geehrter Mister King,
als Fototermin für das neue Immobilienobjekt schlage ich nächsten Mittwochnachmittag vor. Wenn Sie mir den Schlüssel zukommen lassen, kann ich das auch allein erledigen.
In den nächsten Tagen habe ich viel Arbeit, was bedeutet, dass Sie nicht wie gestern unangemeldet in meinem Büro auftauchen und davon ausgehen können, dass ich Zeit habe, mit Ihnen einen Ausflug zu Ihrem Privatvergnügen zu unternehmen.
Und ja, da haben Sie recht – ich erkenne Sie nicht wieder. Kurzzeitig hatte ich das Gefühl, dass Sie ein richtig netter Mensch wären. Doch irren ist menschlich, wie es mir heute Morgen wieder bewiesen wurde.
Falls Sie noch etwas benötigen, wenden Sie sich bitte an meinen Assistenten Jacob. Er ist über die Arbeit an Ihren Objekten bestens informiert und wird Ihnen alle Fragen beantworten können.

Einen schönen Tag noch!
Ashley Crown
Crown[Estate]Photographer

Was. Zur. Hölle. War. Das?

Wieder und wieder las ich ihre Zeilen, versuchte, etwas dazwischen herauszulesen – irgendwas. War vielleicht irgendwo ein Scherz versteckt, den ich nicht erkannte? Doch ich war auch nach zehn Minuten noch nicht schlauer. Im Gegenteil, ein unerträglicher Druck machte sich in meinem Inneren breit und führte mir vor Augen, dass das, was sie geschrieben hatte, ihr bitterer Ernst sein musste.

Sie wollte mich nicht sehen.

Sie wollte nicht mit mir sprechen.

Und sie wollte keine Wiederholung von letzter Nacht.

Aber was zur Hölle war vorgefallen? Ich war mir keiner Schuld bewusst – wieder und wieder spulte ich gestern Nacht und den heutigen Morgen vor meinem inneren Auge ab. Sah sie noch einmal vor mir, wie sie sich mir leidenschaftlich hingegeben hatte. Wie sie lächelnd die Augen aufgeschlagen, sich von mir verabschiedet und sich noch einmal zu mir umgedreht hatte, um meinen Herzschlag anzutreiben, bevor sie mit wiegenden Hüften die Treppen zu ihrem Wohnhaus hochgeeilt war. Es war doch alles perfekt gewesen. Und jetzt das?

Verdammt, genau deshalb hielt ich es normalerweise unkompliziert!

Irritiert, aber auch verletzt stand ich auf und tigerte in meinem Büro auf und ab. Dann griff ich nach meinem Telefon und wählte ihre Nummer. Dass sie nicht mit mir sprechen wollte, war mir völlig egal.

Es klingelte, doch niemand ging ran.

Ich wählte erneut, wieder keine Antwort.

Beim dritten Versuch meldete sich ihr Mitarbeiter Jacob Williams.

»Ich will mit Ashley sprechen«, forderte ich wütend.

»Tut mir leid, sie ist leider nicht hier.«

»Das ist Bullshit, und das wissen Sie auch!«

Mein Puls war jenseits von Gut und Böse. Meine Armbanduhr vibrierte und ermahnte mich zur Ruhe. Ich atmete tief ein und aus und bemühte mich um eine normale Lautstärke. »Holen Sie mir bitte Miss Crown ans Telefon, Mister Williams. Ich muss mit ihr reden.«

»Tut mir leid, Mister King, aber das ist leider nicht möglich. Wenn ich sonst nichts für Sie tun kann, wünsche ich Ihnen einen schönen Tag.«

Da hatte dieser Kerl einfach aufgelegt!

Sprachlos starrte ich mein Telefon an.

Diese verdammte Frau brachte mich zur Weißglut!

Doch jetzt auf sie sauer zu sein, führte zu nichts. Ich musste den Grund ihrer Abfuhr herausfinden.

»Sir?«

»Kristopher, ist heute Morgen irgendwas vorgefallen, was Ashley Crown hätte aufregen können? Auf ihrem Weg zur Arbeit vielleicht? Hat man irgendwas ...?«

Und da dämmerte mir etwas. Es war nur eine Vermutung, aber es war der einzige Ansatz, den ich hatte.

»Besorgen Sie mir alle Zeitungen und Zeitschriften, die Artikel über mich veröffentlicht haben.«

»Ja, Sir.«

* * *

Ich wusste, ich durfte mich nicht zu sehr über die Klatschpresse ärgern. Sie schrieben überwiegend nur Lügen und pushten Kleinigkeiten auf, um die Verkaufszahlen zu steigern – und die Leser sprangen auch noch aus Sensationsgeilheit an. Was mich aber noch mehr verdrießte, war, dass ich Ashley ausdrücklich gebeten hatte, nicht ernst zu nehmen, was sie in diesen Schundblättern abdruckten – doch bei diesem Foto von Jelena und mir war es fast unmöglich, dies nicht zu tun.

Es war so geschickt aufgenommen, dass es aussah, als wären wir völlig vernarrt ineinander. Man sah mich nur von der Seite. Meine Augen hatte ich geschlossen – jetzt, wo ich diese Aufnahme sah, konnte ich mich ganz genau an diesen Moment erinnern. Ich war kurz davor gewesen, die Beherrschung zu verlieren, als sie ihre Hand auf meine gelegt und mit ihrer zuckersüßen, falschen Stimme versucht hatte, mich um ihren Finger zu wickeln. Dabei wirkte ihr Blick auf dem Foto, als würde sie mich sofort ins Schlafzimmer zerren wollen und sich nackt vor mir auf das Bett werfen.

Scheiße, und genau in diesem Moment hatte jemand ein Foto von uns gemacht!

Ob es wer von den Gästen gewesen war, der sich mit dem Verkauf dieses Fotos ein goldenes Näschen verdient hatte, oder ob ein Paparazzo anwesend gewesen war, konnte ich nicht sagen. Kristopher hätte mir definitiv Bescheid gegeben, wenn er denn etwas bemerkt hätte. Ärgerlich war es allemal.

Das geheime Liebesleben des Travis King.

Ich las mir die Headline laut vor und schnaubte verächtlich.

Was mich bei diesem Artikel am meisten verletzte, war das Foto von Ashley und mir auf der Yacht. Dass uns dort jemand unbemerkt beobachtet hatte, war schon ein

Schlag unter die Gürtellinie. Mein sicherer Hafen war es nicht mehr. Und dass dann auch noch Ashley als meine heimliche Affäre dargestellt wurde – nebst Jelena als meine Freundin –, stieß mir doppelt übel auf.

Doch ich ahnte nun, was der Grund für Ashleys abweisende E-Mail war. Und ehrlich, ich konnte es ihr nicht einmal verübeln. Aber noch einmal durfte so etwas nicht passieren. Ja, es brauchte einen klaren Schnitt. Aber der betraf sicher nicht Ashley und mich, sondern Jelena. Dass sie meine Bekanntheit in den letzten Jahren unserer Freundschaft ausgenutzt und sich dadurch einen beruflichen Vorteil geschaffen hatte, war nicht völlig an mir vorbeigegangen. Grundsätzlich war das auch nichts Verwerfliches. Doch nun war das Fass definitiv übergelaufen.

Verärgert wählte ich ihre Nummer, doch es lief nur das Band, das mir verriet, dass sie momentan wegen eines Shootings nicht erreichbar sei und sie zurückrufen würde. Was bei ihr noch heute oder aber erst in zwei Tagen sein konnte, je nachdem, wo sie im Moment war.

Doch ich hatte keine Lust, auf ihre Reaktion zu warten. Ich wollte handeln, und zwar jetzt.

Wenig später hielt ich vor Damiens Haus. In seiner Einfahrt parkte provokant Jelenas schwarzer Mercedes … Von wegen Shooting …

Ich drückte den Klingelknopf und ließ ihn erst wieder los, als mir ein verschlafener Damien in Pyjamahose und mit nacktem Oberkörper die Tür öffnete. Sein Atem roch nach Alkohol, seine Haare waren noch unordentlicher als sonst.

Müde strich er seinen Bart glatt. »Was ist los, Travis?«

»Hab ich dich etwa geweckt?«

Dass Damien eine sehr eigenwillige Einstellung zum Tagesrhythmus hatte, war mir nichts Neues. Aber am späten Nachmittag zu schlafen, war selbst für ihn ungewöhnlich.

»Ja, wir haben die halbe Nacht geprobt, und danach … hatte ich einen anstrengenden Morgen, wenn du verstehst, was ich meine.« Er lachte heiser. »Ups, sorry, ich wollte dich nicht schon wieder eifersüchtig machen.«

Genervt biss ich die Zähne zusammen. Jetzt war weder der richtige Zeitpunkt, mit ihm über seinen Lebenswandel zu streiten, noch mich von ihm aufstacheln zu lassen. Fest ballte ich meine Hände zu Fäusten und presste sie an meine Oberschenkel, um nicht die Kontrolle zu verlieren. Wenn dieser Arsch von Bruder etwas verdient hatte, dann definitiv eine ordentliche Abreibung.

Herrgott, wie sehr vermisste ich an Tagen wie diesen die mütterliche Wärme, die mich jedes Mal besänftigt hatte, wenn Damien mich auf die Palme gebracht hatte. Oder Vaters Strenge, die ihn zur Vernunft rief – wenn auch jedes Mal nur kurzzeitig.

»Damien, kommst du?«, hörte ich eine mir allzu bekannte Stimme.

Entnervt kniff ich die Augen zusammen und wollte mich an ihm vorbei in sein Haus schieben, doch er stieß mich bestimmt zurück und zog die Tür hinter sich bis auf einen kleinen Spalt zu.

»Wage es nicht …«, drohte er mir.

»Du hast keine Ahnung, was du mit deiner Ignoranz anrichtest, Damien.« Meine Stimme bebte.

Es wäre nicht das erste Mal, dass die Presse uns gegenüberstellte – mich als den zielorientierten, stahlharten CEO eines Imperiums und begehrten Junggesellen, der regelmäßig Frauen verführte, und ihn als den Playboy, der keine Party und ebenfalls keine Frau ausließ. Wenn die jetzt auch noch mitbekämen, dass er was mit Jelena am

Laufen hatte, wäre das Chaos perfekt – und Ashley würde vielleicht noch mehr in den Dreck gezogen werden, was ich definitiv verhindern musste.

»Ich muss mit Jelena sprechen!«, sagte ich mit Nachdruck und schluckte die aufschäumenden Aggressionen gegen meinen Bruder und dieses Miststück hinunter.

»Wieso? Willst du sie dir ausborgen? Glaub mir, die kann heute kaum noch laufen.« Wieder lachte er derb.

»Lass mich sofort in dein Haus, bevor ich …!«

Damien richtete sich mit breitem Grinsen vor mir auf und schnaubte verächtlich. »Bruderherz, Bruderherz … du hast wohl vergessen, dass ich keine deiner kleinen Schlampen bin, die du herumkommandieren kannst. Und zu deiner Info: Jelena ist nicht daran interessiert, mit dir zu sprechen. Im Übrigen befindest du dich auf meinem Privatgrundstück, und ich will dich nicht hier haben. Nicht heute. Also bitte … steig wieder in dein Auto und verschwinde, bevor ich die Bullen rufe.«

So weit waren wir also schon gekommen – dass wir uns mit der Polizei drohten.

»Damien, sei kein Idiot! Diese Frau ist eine Schlange, die dich genauso fertigmachen wird, wie sie es bei mir versucht. Du willst dir eine Karriere aufbauen? Mit ihr an deiner Seite würde ich mir das gut überlegen. Sie weiß, welche Fäden sie ziehen muss, um alles in Sekundenbruchteilen zusammenstürzen zu lassen.«

Ohne auf meine Warnung einzugehen, lachte er auf. »Haha, sie hat dich also an den Eiern?«

»So weit lasse ich es nicht kommen …«, knurrte ich wütend.

»Also mich hatte sie letzte Nacht bei den Eiern, und mir hat es gefallen. Apropos …« Er drehte sich um und streckte den Kopf bei der Tür hinein. »Babe, ich komme sofort.«

Dann sah er mich mit schmutzigem Grinsen an und deutete über seine Schulter ins Haus. »Wie du siehst, bin ich beschäftigt.« Seine Mine verfinsterte sich. »Also verschwinde endlich, Travis.«

Er ging ins Haus und knallte mir die Tür vor der Nase zu.

Verficktes Arschloch! Herrgott, wenn ich nicht wüsste, dass Gewalt keine Lösung war, hätte ich ihm heute gehörig die Fresse poliert.

KAPITEL 11

Crown

»Ach, komm schon, Süße. Du kannst doch jetzt nicht die ganze Zeit hier sitzen und den Kopf hängen lassen wegen diesem Arsch. So viel Aufmerksamkeit hat er doch gar nicht verdient.«

Madison saß auf dem Tisch in der Waschküche und sah mir zu, wie ich meine Wäsche faltete.

Genervt rollte ich mit den Augen. Mir war ehrlich nicht danach, die Tatsache, die von einem sensationsgeilen Fotografen festgehalten worden war, weiter zu diskutieren. Das hatte ich in den letzten sechsunddreißig Stunden bereits zur Genüge getan. Mir war immer noch schlecht von dem gruseligen Gedanken, dass ich doch nur eine von vielen für Travis sein sollte, ja, sogar nur eine von vielleicht vielen neben seiner festen Beziehung mit Jelena.

»Da hast du sicher recht, aber ich hab auch keine Lust, so zu tun, als wäre nichts vorgefallen. Du kennst die Geschichte mit Tony.«

Madisons betretenes Gesicht sprach Bände.

Er war mein Mentor während meiner Ausbildung zur Fotografin gewesen: Tony Hanson, Schwarm aller Studentinnen. Aber er wollte nur *mich*. Er hatte mich so vieles gelehrt, was in der Fotografie wichtig war. Und dass man Menschen nicht trauen durfte, egal, wie gut man dachte, sie zu kennen.

»Nur weil dich deine ehemals große Liebe mit Models betrogen und deine Arbeit als seine eigene ausgegeben hat, um dir anschließend deinen mühsam erarbeiteten Kundenstamm zu klauen …«

»Vielen Dank auch für diese schonungslose Zusammenfassung der schwärzesten Phase meines bisherigen Lebens.« Ihre Worte ließen die jahrelang unterdrückte Erniedrigung und das Gefühl von Wertlosigkeit und verletztem Ehrgefühl wieder aufwallen. Und gleich fühlte ich mich so hilflos wie damals.

»Das will ich doch damit gar nicht sagen«, unterbrach sie mein Selbstmitleid, sprang vom Tisch und wandte sich mir zu. »Ich meine damit viel eher, dass du es trotz dieser Erfahrung zu etwas gebracht hast. Sieh dich doch an! Hätte Tony nicht diese Arschaktion abgezogen, wärst du nie auf die Immobilienfotografie gekommen. Du hättest diesen Neustart nicht gewagt und wärst nicht so erfolgreich. Ich meine, Modefotografen gibt es doch wie Sand am Meer. Soll er sich weiterhin diese dürren Bitches reinziehen – du bist um Klassen besser!«

Nun musste ich doch schmunzeln. »Das ist lieb von dir, danke. Aber ich kann nicht von Tony auf Travis schließen. Auch wenn beide Vornamen mit einem ›T‹ beginnen und beide eine Vorliebe für Models haben …« Mühsam schluckte ich dieses erdrückende Gefühl, zweitrangig zu sein, hinunter, das sich erneut in mir ausbreiten wollte. Doch das durfte ich nicht zulassen. Nicht schon wieder.

»Travis hat es mir gesagt. Er hat mir immer wieder gesagt, dass er mir wehtun werde. Immer wieder hat er mich vor sich gewarnt, und ich Dummchen bin ihm trotzdem mit offenen Armen nachgelaufen und hab mich wieder und wieder von ihm flachlegen lassen.«

Madison kicherte verhalten. »Sorry, das ist natürlich nicht witzig.« Trotzdem kicherte sie weiter. »Aber der Sex war wenigstens gut, oder?«

»O ja!« Ich zog eine Grimasse.

Ich durfte ja nicht einmal daran denken, wie es mit Travis war, wenn er meinen Körper verwöhnt hatte. Sofort kribbelte es in meinem Schoß, und ich war mir sicher, wenn ich mir nicht auf der Stelle diese Gedanken verbot, würde mein Höschen feucht werden ...

»Na also! Immer das Positive sehen!«

Madison machte ein zufriedenes Gesicht, als wäre nun alles gegessen, und umarmte mich.

»Und um dich auf andere Gedanken zu bringen, gehst du heute Abend mit mir aus«, beschloss sie dann, griff sich ein Shirt mit Wasserfallausschnitt, das ich eben zusammengefaltet hatte, und hielt es mir vor den Oberkörper.

»Ich helfe dir auch, deine Sorgenfalten zu überschminken.« Vergnügt zwinkerte sie mir zu, was mich zum Schmunzeln brachte.

»Aber wir gehen garantiert nicht in den *V*«, sagte ich, und Madison nickte.

»Kein Problem. Wir gehen hin, wo immer du hin möchtest.«

* * *

Drei Stunden und gefühlt zwei Kilogramm Make-up später fand ich mich in einer Bar namens *Broken Heart* wieder, die Madison als »In-Lokal« bezeichnet hatte. Rockmusik untermalte das Gemurmel der Leute. Zu unserem Glück wurde ein Tisch frei, an den wir uns setzten. Madison bestellte uns zwei Tequila Sunrise und eine große Schale Nachos.

»Und wenn du willst, kannst du hier sogar einen Eisbecher haben«, erklärte sie mir belustigt, als die Bedienung verschwunden war.

»Ach, deshalb also der Name der Bar. Die setzen auf das Leid der gebrochenen Herzen und haben alles hier, um den Schmerz vergessen zu lassen.«

»Genauso ist es.« Madison zwinkerte mir zu. »Inklusive heißer Kerle.« Sie deutete auf die Bühne, auf der Instrumente standen. Ob der Mann einer der Musiker war oder der Roadie, war nicht ersichtlich. Aber er war definitiv hübsch anzusehen mit seiner blonden Tolle und seinen engen Jeans, auch wenn er keine Ähnlichkeit mit Travis hatte.

Ich seufzte tief und sah mich sehnsüchtig nach unseren Cocktails um, die gerade gemixt wurden.

Da fiel mir ein Mann Mitte dreißig an der Bar auf, der zu mir hersah. Er hatte kurze, braune Haare und trug ein lässiges Shirt zu einer zerschlissenen Jeans. Als sich unsere Blicke begegneten, lächelte er, was Lachfältchen um seine Augen sichtbar machte, und hob sein Glas zum Gruß. Ich zuckte mit den Schultern, zeigte auf die Cocktails an der Bar und lächelte zurück.

Er folgte meinem Fingerdeut und runzelte die Stirn. Dann stand er auf, griff nach den beiden Gläsern und brachte sie an unseren Tisch.

»Sind das eure?«, fragte er und stellte sie bei uns ab. »Wenn nicht, sind sie es jetzt.«

Madison und ich sahen uns sprachlos an und grinsten.

»Darf ich mich setzen?«, fragte er und sah dabei nur mich an.

Da Madisons Blick nur noch begeisterter wurde und sie mich unter dem Tisch anstieß, nickte ich.

»David Hopson. Ich bin Chef dieser Bar, habe mir heute aber ausnahmsweise freigenommen. Ein Glück, dass ich trotzdem hier bin, sonst hätte ich dich verpasst. Du warst noch nie Gast im *Broken Heart*, hab ich recht?«

»Sieht man mir das an?«, fragte ich und war mir in dem Moment sicher, dass Madison es mit meinem Styling übertrieben hatte.

»Nein, aber ich merke mir schöne Frauen, und dich hab ich definitiv noch nie gesehen.«

Auch wenn seine Sprüche abgedroschen und vielleicht ein bisschen zu offensiv waren, fand ich ihn nett.

»Und weshalb bist du trotzdem heute hier, wenn du doch freihast?«, fragte ich, weil ich nicht wusste, was ich auf sein Kompliment erwidern sollte.

David deutete mit dem Kopf zur Bühne. »Weil heute eine richtig geniale Band spielt. Kennst du *Dark Craving*?«

»Noch nie gehört.«

Ich schielte zu Madison – wenn es eine bekannte Band war, kannte sie sie definitiv. Immerhin verschlang sie alle Klatsch- und Promizeitschriften und war bei den Stars und Sternchen auf dem neuesten Stand – das heißt, falls man das bei Klatschartikeln wirklich sein konnte. Doch meine Cousine war in einen Augenflirt mit dem Barkeeper verstrickt, der unsere Cocktails gemixt hatte, und da die Musik lauter geworden war, hatte sie David vermutlich auch gar nicht verstanden.

»Dann mach dich auf ein geniales musikalisches Erlebnis gefasst.« Er zwinkerte mir verschwörerisch zu.

»Alles klar.«

Ich schmunzelte. Auch wenn ich nach dem Desaster mit Travis eigentlich die Nase voll hatte von Männern, tat es mir gut, von diesem Exemplar Beachtung zu bekommen. Denn heute fühlte ich mich außerordentlich beschissen und sah vermutlich nur dank Madisons Make-up-Künste überhaupt vorzeigbar aus.

»Und was machst du, wenn du nicht gerade in Bars sitzt und einen der besten Cocktails trinkst?« Der Mann beugte sich noch näher zu mir und sah mich herausfordernd und neugierig an.

»Ihr seid hier beschäftigt, wie ich sehe. Ich bin mal … an der Bar«, sagte Madison, noch bevor ich David antworten konnte. Sie schnappte sich, ohne eine Reaktion abzuwarten, Cocktail, Handtasche und Mantel und peilte den süßen Barkeeper an, der sie mit einem breiten Lächeln empfing.

Ich wandte mich wieder David zu, der mich keine Sekunde aus den Augen gelassen hatte – offensichtlich schien ich ihm wirklich zu gefallen. »Ich bin Fotografin.«

»Das klingt nach einem aufregenden Beruf.« Und dann verwickelte er mich in eine Unterhaltung, erkundigte sich interessiert nach meinem Equipment.

Er war wirklich nett, und dass er sich so für meine Arbeit interessierte, gefiel mir. Nachdem ich den Tequila Sunrise ausgetrunken hatte, stand wie von selbst ein neues Glas vor mir, das David gleichzeitig mit einem Cuba Libre für sich geordert hatte.

Dann betrat die Band die Bühne. Ich warf einen kurzen Blick nach vorne, doch mir war nicht mehr nach einem Konzert, bei dem es nur noch lauter werden würde. Ich wollte mich viel lieber weiter mit David unterhalten und die Lachfältchen in seinem noch jungen Gesicht studieren, die viel Lebenserfahrung verrieten.

Kaum dass die Band das Publikum begrüßt hatte und die ersten Akkorde anschlug, rückte David noch einmal zu mir auf. Sein Oberschenkel berührte meinen, genauso wie sein Oberarm meine Schulter streifte. Sein Gesicht war nur wenige Zentimeter von meinem entfernt, und obwohl ich weder ein Flattern noch ein Knistern zwischen uns fühlte, fragte ich mich, wie es sich anfühlen würde, ihn zu küssen. Hier und jetzt, Tequila Sunrise mit Cuba Libre.

David sah mir tief in die Augen, dann senkte er seinen Blick auf meinen Mund. Ich wusste, er wollte dasselbe, wenn auch vielleicht aus anderen Gründen. Und ich brauchte einfach diese Bestätigung, wollte wissen, was ein Kuss mit einem fremden Mann in mir auslösen würde.

Würde ich Travis vergessen? Würde ich mich dann nicht mehr so verletzt fühlen? Und so beschämt? Vielleicht würde ich morgen den Zeitungsartikel nur noch halb so wild empfinden und könnte unter Umständen sogar darüber lachen. Oder aber mir würde endgültig bestätigt werden, dass es für mich nur Travis gab und ich um ihn kämpfen musste. Auch wenn das bedeutete, mich mit einem Supermodel anzulegen.

Ich fixierte Davids Lippen, wartete, dass er den letzten Schritt tat. Denn dazu fehlte mir trotz der beiden Cocktails der Mut.

Seine Mundwinkel hoben sich leicht, und ich konnte nicht anders, als ebenfalls zu grinsen. Dann neigte er seinen Kopf und verringerte die Distanz. Bevor seine Lippen auf meine trafen, schloss ich die Augen. Ich wollte ganz fühlen, was dieser Kuss in mir auslösen würde.

»Diese Lady gehört zu mir!«

Eine wütende Stimme neben mir und ein fester Griff um meinen Oberarm zwangen mich, die Augen aufzureißen. Ich starrte in Travis' wütendes Gesicht, der David ansah, als würde er ihn bei lebendigem Leib zerfleischen wollen.

Dieser hob abwehrend die Hände und stand sofort auf, um Travis auf derselben Höhe zu begegnen.

»Schon gut, wir haben uns nur unterhalten.«

»Unterhaltung sieht bei mir aber anders aus«, knurrte Travis, ohne meinen Arm loszulassen. Stattdessen zog er mich hoch und legte besitzergreifend seinen Arm um meine Mitte.

»Entschuldigen Sie bitte, aber ich weiß leider nicht, wovon Sie sprechen, Mister.« Wütend funkelte ich Travis an und versuchte, mich aus seinem Arm zu befreien.

Was bildete er sich eigentlich ein? Nach allem, was er sich mit dieser Jelena leistete, mich so in Verlegenheit zu bringen. Ich war ihm zu nichts verpflichtet, ja, ich *gehörte* ihm nicht, und er hatte schon gar kein Recht, das zu behaupten. Dachte er wirklich, ich würde mich jetzt einfach in seine Arme schmiegen und mitspielen? Da hatte er sich gewaltig geschnitten. Obwohl ich zugeben musste, dass mein dummes Herz nicht nur vor Wut so wild klopfte.

Wen ich wann küsste, entschied immer noch ich. Denn das mit Travis und mir war … keine Ahnung. Aber nichts, was mir verbot, andere Männer zu küssen. Immerhin hatte er auch mit Jelena bei diesem romantischen Dinner Händchen gehalten – und weiß Gott was noch. Und das, nachdem er mir kurz zuvor in seinem Büro noch eröffnet hatte, dass er mich am liebsten an seine Tür gelehnt vögeln wollte! So ein Mistkerl!

Wie es schien, hatte ich Travis mit meinem Konter völlig überrascht, und er brauchte erst einen Moment, um sich zu fangen.

»Spiel hier nicht die Unnahbare, Ash. Ich weiß, du bist sauer, aber ich will wenigstens die Möglichkeit haben, meine Sicht der Dinge zu erklären.«

Seine kleine Ansprache hätte mich nicht annähernd so berührt, hätte ich seinen flehenden Blick dabei nicht gesehen. Trotzdem wollte ich nicht so schnell nachgeben.

»Ich unterhalte mich gerade und finde es ziemlich unhöflich, wenn …«

»Und ich sagte bereits, dass bei mir eine Unterhaltung anders aussieht.«

»So? Etwa wie die mit Jelena im Restaurant?«

Er zuckte zurück. Sein Gesicht wurde unnatürlich bleich, das konnte ich sogar in dem düsteren Licht der Bar erkennen.

»Erinnere dich an das, was ich dir auf der Yacht gesagt habe, Ash. Du darfst nicht alles glauben, was …«

»Entschuldigung, aber ich habe mich hier gerade mit dieser Frau unterhalten. Da sie nicht den Eindruck macht, sich mit dir abgeben zu wollen, schlage ich vor, du verziehst dich …«

So schnell konnte ich gar nicht schauen, wie Travis David am Kragen gepackt hatte. Er zischte dem Barchef etwas zu, und Travis' finsterem Gesichtsausdruck nach zu urteilen, war ich mir sicher, dass er jeden Moment Lokalverbot bekommen würde. Doch Davids Augen weiteten sich, dann nickte er, und als Travis den Griff lockerte, sah David noch einmal kurz zu mir, ehe er auf direktem Weg das Lokal verließ.

Was zur Hölle war das denn?

Wütend starrte ich Travis an, stemmte meine Fäuste in die Hüften und wollte bereits mit einem neuen Protest starten, doch er packte mich am Unterarm, griff nach meiner Tasche und meinem Mantel und zog mich ebenfalls in Richtung Ausgang. Das war doch echt die Höhe! Ich war doch kein kleines Kind, das man für schlechtes Benehmen maßregeln musste!

Kurz bevor wir den Ausgang erreicht hatten, konnte ich mich endlich von Travis losreißen.

»Verdammt, was soll das?«, schnauzte ich ihn an, entriss ihm Mantel und Handtasche und presste beides schützend an mich. »Und vor allem: Was machst du hier? Verfolgst du mich etwa?«

»Was du hier machst, könnte ich dich auch fragen.«

Sein Blick war zynisch, doch ich hatte keine Lust, ihm darauf zu antworten. Was hätte ich auch sagen sollen? Dass ich meine Enttäuschung und die Erniedrigung, die ich durch die Klatschpresse erfahren musste, in dieser Bar in Alkohol ertränken wollte? Dass ich Spaß haben wollte, und sei es nur durch einen Kuss mit dem Barchef?

Ich wich seinem Blick aus, genervt und gedemütigt.

»Sieh mich an!«, befahl er, griff nach meinem Kinn und zwang mich, seinem Blick standzuhalten.

Das brachte das Fass bei mir zum Überlaufen. »Es reicht, Travis! Du führst dich hier auf wie mein eifersüchtiger Freund, machst hier eine Szene wegen etwas, was gar nicht passiert ist und weswegen ich dir nicht einmal Rechenschaft schuldig bin. Ja, vielleicht wollte ich ihn küssen – und wenn schon! Du hast keine Besitzansprüche geltend zu machen. Schon gar nicht, seit ich weiß, dass du mit Jelena …«

»Du weißt überhaupt nichts!«

Travis' Augen funkelten wütend, seine Kiefer mahlten aufeinander, die Fäuste hatte er geballt. Seine ganze Haltung war angespannt.

»Gar nichts weißt du, und genau das bringt mich so auf die Palme … Du bist nicht bereit, über den Tellerrand zu sehen, dir eine Erklärung von mir anzuhören. Du lässt dich am Telefon verleugnen und gehst stattdessen in die nächstbeste Bar, um dich abfüllen und verführen zu lassen.«

Als würde er sich vor mir ekeln, sah er mich von oben bis unten an und verletzte mich durch diese abfällige Art.

»Wieso bist du hier?«, wollte ich erneut wissen.

Mit zusammengekniffenen Augen sah Travis zur Bühne und nickte in die Richtung. »Siehst du den Sänger dort oben? Das ist Damien, mein Bruder. Diese Bar gehört mir, und … da wir momentan nicht gerade auf einer Wellenlänge sind, dachte ich, wenn ich ihm hier einen Auftritt verschaffe, könnten wir unseren … Streit beenden.«

So viel Privates von Travis zu erfahren, überraschte mich. Ich sah zur Bühne, sah mir den Mann hinter dem Mikrofon genauer an. Er hatte dieselben dunkelbraunen Haare wie Travis, trug sie jedoch länger und zu einer Tolle geföhnt. Sein dichter Bart ließ ihn älter wirken als Travis, und er steckte in ausgewaschenen Jeans und einem weißen T-Shirt, dessen Ärmel er hochgekrempelt hatte.

»Wieso hattet ihr Streit?«, rutschte es dann aus mir heraus, ehe ich mir auf die Zunge beißen konnte. Aber jede noch so kleine Neuigkeit, die mir mehr über Travis verriet, sog ich gierig in mich auf wie ein Schwamm. Auch wenn ich immer noch wütend und verletzt war …

Unbeweglich sah er zu seinem Bruder auf der Bühne hoch, doch er wirkte nicht mehr verärgert, sondern verletzt. Gekränkt.

Aber zu meiner Enttäuschung schüttelte Travis den Kopf, ehe er sich mir wieder zuwandte. »Das tut nichts zur Sache.«

»Tja, dann werde ich wohl wieder zurück zu meinem Tisch gehen«, entschied ich eingeschnappt.

Doch als ich den Raum mit den Augen absuchte, erkannte ich, dass der Tisch bereits besetzt war. Natürlich. Auch an der Theke waren keine Hocker mehr frei – überhaupt war die Bar brechend voll geworden. Madison war immer noch an ihrem Platz beim Barkeeper und beobachtete uns von dort aus. Ihr Blick war besorgt, während ihre Finger ihr Ohrläppchen bearbeiteten, doch als ich ihr zulächelte, merkte ich, dass sie sich entspannte. Sie deutete mir mit wedelnder Hand, dass ich mich ruhig vom Acker machen könnte. Dann zwinkerte sie mir zu und sah zu ihrem Flirt. Alles klar, den würde sie sich heute wohl krallen … Prima.

Ich unterdrückte ein Augenrollen. Mein letzter Rettungsanker hatte sich eben von mir verabschiedet.

»Komm!«, hörte ich Travis nahe an meinem Ohr. Das Wort ließ keinen Widerspruch zu, trotzdem erkannte ich, dass er sich nicht sicher war, ob ich tatsächlich mitkommen würde.

Ich sah in seine Augen, die in diesem Halbdunkel aussahen wie die raue See …

»Ich … kann nicht«, antwortete ich atemlos. Mein Herz raste, als wollte es mir sagen, dass es bereit war, um mit mir über meinen eigenen Schatten zu springen und mit Travis mitzugehen. Mir anzuhören, was er zu sagen hätte …

Er schüttelte den Kopf. Einer seiner Mundwinkel zuckte unmerklich nach oben, als er mir den Mantel abnahm und ihn über meine Schultern legte.

»Doch, du kannst, Ash«, sagte er dann mit solcher Sicherheit, dass ich keine Gegenargumente mehr aufbringen konnte. Zudem war ich neugierig, was er mir über den Bericht in der Klatschpresse erzählen würde. Und ich sehnte mich unendlich nach ihm … nach seiner Nähe, seinem Duft. Nach seinen Lippen.

Heiliger Bimbam, ich war so was von hoffnungslos verloren!

Verärgert über meine eigene Schwäche, folgte ich ihm hinaus auf die Straße. Die Chicagoer Nachtluft empfing uns mit eisiger Kälte, als bereits eine Limousine neben uns hielt. War ja klar … Doch diesmal war ich sogar richtig froh darüber, dass er einen Chauffeur hatte, der uns von hier wegbrachte.

Travis öffnete mir die Tür und half mir beim Einsteigen. Als er mir gegenüber Platz nahm und der Wagen anfuhr, lehnte er sich sofort nach vorne und sah mich eindringlich an.

»Zwischen Jelena und mir läuft nichts.«

Ich konnte mir ein Schnauben nicht verkneifen. »Ja, klar. Weißt du, wenn die Presse einen Bericht verfasst hätte zu einem Foto, auf dem ihr beide nebeneinandersteht oder die Straße entlanggeht, könnte ich deiner Aussage Glauben schenken. Immerhin habt ihr zusammengearbeitet und …«

Ich wusste ja nicht einmal, ob zwischen ihm und Jelena jemals mehr gelaufen war, als ich unfreiwillig beobachten musste.

»Wir waren immer nur Freunde«, sagte er, als hätte er meine ungestellte Frage gehört.

»Fickfreunde.«

Mir war das Wort herausgerutscht, doch Travis' Gesichtsausdruck ließ keine Interpretation zu, ob ich mit meiner Vermutung richtig lag oder nicht.

»Als diese Fotos von Jelena und mir gemacht wurden, hatte ich ihr eben die Aufnahmen von dir gezeigt und ihr klarmachen wollen, dass ich mich gegen sie entschieden habe. Das hat ihr nicht gefallen, und sie hat versucht, mich mit ihrem … Charme … davon zu überzeugen, meine Meinung zu überdenken.«

Ah ja …

Ich gab mir nicht einmal Mühe, meinen sarkastischen Blick zu verbergen. Aber wenn er die Wahrheit sprach? Wie gerne würde ich ihm glauben.

Ich versuchte angestrengt, mich an das Foto zu erinnern. Hatte man da die Fotomappe auf dem Tisch liegen sehen? Oder auf einem der leeren Stühle? Ich war mir nicht sicher. War sie vielleicht einfach wegretuschiert worden?

Angestrengt musterte ich ihn und versuchte, herauszufinden, ob er mir etwas vormachte oder nicht. Durch meine Erfahrungen mit Tony war ich kritisch geworden. Travis war außerdem ein verdammt guter Verkäufer, wie ich ihn selbst schon in Aktion erleben durfte, und allein deshalb war ich vorsichtig. Besonders seit die Klatschpresse zu behaupten wagte, dass zwischen ihm und dieser Bitch doch etwas laufe, legte ich jede Äußerung von Travis auf die Waagschale.

Vielleicht war das dumm und falsch. Aber ich war ein gebranntes Kind.

Damals bei Tony hatte ich auch »Freunde«, die mir weismachen wollten, dass er mir treu sei und ich mir alles nur einbilden würde. Seitdem hatte ich mir geschworen, alle Warnsignale auch tatsächlich als solche zu sehen und mir nicht nur einzureden, es wäre alles in Ordnung. Selbst wenn es eine Nachricht in einem stinkenden Boulevardblatt war, musste ich in Erwägung ziehen, dass etwas Wahres dran sein könnte.

Vielleicht sollte ich ihm ja glauben, dass fast alles zusammengesponnen war, was dort geschrieben wurde. Aber möglicherweise versuchte er auch einfach nur, mich insoweit zu beeinflussen. Und das wollte und konnte ich nicht ohne Weiteres zulassen. Erst musste ich tatsächlich innerlich absolut überzeugt sein.

Er merkte wohl, dass ich schwankte, mir nicht sicher war, was ich glauben sollte und was nicht. Er schnallte sich ab, rutschte von seinem Sitz und kniete sich vor mich. Meine Hände nahm er in seine, kam mir ganz nah.

»*Du* bist mir wichtig, Ashley. Siehst du denn nicht, dass du einen völlig anderen Menschen aus mir machst? Ich habe all meine Prinzipien über Bord geworfen und habe es kein einziges Mal bereut. Das mit dir und mir ist … einzigartig für mich, und ich lasse nicht zu, dass das jemand zerstört. Weder die Presse noch Jelena noch sonst irgendjemand. Und du auch nicht.«

Seine Worte berührten mich. Er hob meine Hände zu seinem Mund und küsste erst die Handrücken, dann die einzelnen Finger. »Und jede Stunde, die ich ohne dich bin, kann ich nur daran denken, wie sehr du mir fehlst. Wie gern ich deine Lippen spüren möchte. An meinem Mund, an meinem Schwanz. Wie gern ich deine Haut schmecken möchte, hören will, wie du meinen Namen schreist, wenn du kommst …«

Das alles sagte er, während er meine Hände verwöhnte. Er leckte jeden einzelnen Finger entlang, nahm sie nacheinander in seinen Mund und sog daran. Mit seinem Daumen massierte er meine Handinnenfläche und löste damit ein Kribbeln aus, das meine Arme entlang nach oben wanderte und mich ganz schwummrig werden ließ, bevor es sich an meiner Wirbelsäule abseilte, um sich in meinem Schoß zu sammeln.

War das unfair? Absolut. Aber was sollte ich sagen: Jeder Widerstand brach, ich sank tiefer in den Sitz und öffnete meine Schenkel für ihn, wie ein stummes Flehen nach mehr.

»Noch nicht«, murmelte Travis und zog sich leicht zurück. »Wir sind gleich da.«

Ich sah aus dem Fenster und erkannte eine Straße in der Nähe meines Apartments. »Wir fahren zu mir?«

»Deine Wohnung liegt am nächsten. Oder willst du noch einmal so lang durch die Stadt fahren?«

Ich hätte auch nichts dagegen gehabt, wenn Travis hier und jetzt sein Spiel fortgesetzt hätte. Trotzdem schüttelte ich den Kopf. Doch die Vorstellung, ihn gleich in meiner Wohnung zu wissen, fand ich aufregend und machte mich gleichermaßen nervös …

Kurz bevor wir das Wohnhaus erreicht hatten, in dem mein Apartment lag, ließ Travis die Trennwand zwischen uns und Kristopher hinunter.

»Du kannst uns aussteigen lassen und anschließend fahren. Ich brauche dich heute nicht mehr.«

Der Fahrer nickte nur, während ich Travis fragend ansah.

»Außer du willst nicht, dass ich bei dir bleibe …«, hakte er schnell nach.

»Doch, natürlich. Gern sogar.«

Irgendwie konnte ich gerade gar nicht fassen, wie sich dieser Abend entwickelt hatte. Dass ich nun mit Travis auf dem Weg zu meinem Apartment war und er mir eben eröffnet hatte, dass er heute Nacht bei mir schlafen wollte …

Ein Kichern stieg in mir hoch, das ich mühsam hinunterkämpfte und sich trotzdem als breites Grinsen auf meinen Lippen zeigte.

Ja, verdammt, ich war so was von hoffnungslos verloren …

KAPITEL 12

King

Dieser verdammte Hopson! Dass David jedem Rockzipfel hinterherjagte, der sich im *Broken Heart* verirrte, hatte mir Lennard, Geschäftsführer der Bar, schon bei unserem letzten Meeting erzählt. Den Hilfskellner nun live und in Aktion zu erleben, trieb mir jedoch die Galle hoch. Noch dazu, da er sich an Ashley rangewagt hatte …

Nur gut, dass er nun wusste, dass er unter Beobachtung stand. In meiner Bar sah ich es nicht gern, wenn sich die Angestellten als jemand ausgaben, der sie nicht waren. Schon gar nicht, wenn der Hilfskellner behauptete, der Chef zu sein. Dinge dieser Art machten mich gewaltig sauer und waren für mich eigentlich ein Grund, jemanden zu entlassen. Nur Lennards wiederholte überzeugende Behauptung, David Hopsen sei eine zuverlässige Arbeitskraft, hatte mich davon abgehalten, den Kerl sofort hochkant aus der Bar zu befördern.

Dazu kam, dass Damien zwar dankbar war, dass er mit seiner Band heute Abend hier auftreten durfte, jedoch konnte ich wieder einmal das Gefühl nicht loswerden, dass er dachte, ich würde ihn bevormunden oder mich in sein Leben einmischen. Dass er ein King war und von unserem Namen profitieren konnte, wollte er nicht kapieren. Und ich verstand nicht, wieso er sich partout dagegen wehrte. Warum sollte man es auf eigene Kraft versuchen, wenn man doch einen Namen hatte, der einem Türen und Tore öffnete?

Dass ich ihm den Gig verschafft hatte, sollte eigentlich bewirken, dass wir unseren Streit begraben konnten. Ob ich damit bei ihm längerfristig Erfolg haben würde, wusste ich noch nicht.

Ich atmete tief ein und aus und versuchte, mich zu beruhigen. Ich hatte getan, was ich tun konnte.

Aber alles, was im Moment für mich zählte, war Ashley. Immer einen kleinen Schritt nach dem anderen, war die Devise. Denn mit ihr stand ich vor der nächsten Herausforderung. Auch wenn ich keine Erfahrung mit diesem Zwischenmenschlichkeitsding und Beziehungskram hatte, so wollte ich es nicht versauen.

Wie sie so in meinem Wagen vor mir gesessen hatte, konnte ich mich nicht länger zurückhalten. Ashley war wichtiger als alle anderen Frauen. Sie hatte etwas Besonderes an sich, das mich zu ihr hinzog, und auch wenn ich stinkwütend war ihretwegen und wegen David Hopson, brauchte ich sie. Mein Körper sehnte sich nach ihr, mein Herz schlug schneller, als würde es mich zu ihr hin drängen wollen.

Ob sie ihre Entscheidung, mit mir die Bar zu verlassen, bereute, konnte ich nicht sagen. Sie war wütend auf mich – und das nicht völlig unberechtigt. Die Sache mit Jelena musste ich so schnell wie möglich und endgültig aus der Welt schaffen, das wusste ich jetzt. Denn Ashley bedeutete mir so viel mehr als alles andere … Und das musste ich ihr zeigen. Beweisen. Also hatte ich mich einfach vor sie gekniet und sie berührt.

Bestimmt war sie nervös und durcheinander – sie konnte ihre Finger nicht stillhalten, die sie in ihrem Schoß verschränkt hatte. Doch als ich ihre Hände in meine nahm, spürte ich, wie die Anspannung aus ihrem Körper wich. Als ich ihr erklärte, wie wichtig sie mir sei, bekamen ihre Augen diesen besonderen Glanz. Und als ich ihre Finger zu küssen begann, schmolz sie in meinen Armen.

Ja, sie glaubte mir. Doch etwas in ihr blockierte noch. Und ich würde alles daransetzen, mit allen Mitteln dafür kämpfen, dass sie auch die letzten Unsicherheiten ablegte und mir endlich voll und ganz vertraute.

Als die Limousine vor ihrem Wohnhaus hielt, hoben sich ihre Lippen zu einem leichten Lächeln. Das wertete ich als Schritt vorwärts.

Kristopher öffnete uns die Tür, und wir stiegen aus. Sofort war ich an ihrer Seite, legte meinen Arm um sie und führte sie zum Eingang.

Nervös nestelte Ashley in ihrer Tasche, bis sie den Schlüssel herauszog. »Tut mir leid, ich … habe nicht damit gerechnet, dass heute jemand zu mir kommt«, sagte sie mit entschuldigendem Unterton, was mich zum Schmunzeln brachte.

Einerseits beruhigte mich ihr Geständnis – zumindest war sie nicht losgezogen, um einen Kerl abzuschleppen und nach Hause zu nehmen –, andererseits fand ich es unterhaltsam, dass sie sich Sorgen machen könnte, mir würde ihre Wohnung nicht gefallen oder ich könnte mich gar an Unordnung stören. Dabei war es mir völlig egal, wie es dort aussah. Ich würde vermutlich sowieso nur Augen für sie haben.

Wir nahmen den Fahrstuhl nach oben. Schweigend standen wir nebeneinander, ich leicht versetzt hinter ihr. Dabei hatte ich ihren Nacken im Blickfeld, der so verlockend duftete, dass mein Schwanz in freudiger Erwartung zuckte. Am liebsten hätte ich sie sofort genommen, doch ich atmete tief durch und hielt mich zurück. Immerhin waren es nur noch wenige Meter bis zu ihrer Wohnung.

»Ich bin mir sicher, meine Nachbarin wird mich morgen darauf ansprechen, wen ich denn mit zu mir nach Hause genommen habe«, flüsterte sie mir zu und deutete dabei auf eine der Türen im Flur.

Fragend hob ich die Augenbrauen.

»Sie weiß echt über alles und jeden Bescheid, der an ihrer Wohnungstür vorbeigeht. Ich bin mir sicher, sie ist am Türspion festgewachsen.«

»Soll ich ihr meinen Schwanz zeigen?«

Ashleys empörter Blick amüsierte mich.

»Das würde die alte Frau vermutlich ins Grab bringen. Kannst du das mit deinem Gewissen vereinbaren?«

Herrgott, diese Frau war sensationell!

Lachend betraten wir ihre Wohnung. Kaum dass die Tür hinter uns ins Schloss gefallen war, waren wir gefangen in einer seltsamen Stimmung aus prickelnder Erotik und Stille. Ich hörte uns atmen, zu schnell und zu laut, angetrieben von unseren kräftigen Herzschlägen. Meines pochte so stark, dass ich es in der Kehle spürte.

Ashleys Wangen waren rosig gefärbt, als sie sich zu mir umdrehte. Sie zog ihren Mantel aus. Ihre Brustwarzen pressten sich hart gegen den dünnen Stoff ihres Wasserfallshirts.

»Komm rein, und … fühl dich wie zu Hause«, murmelte sie und eilte sofort zur Couch, um Kleidungsstücke von dort wegzuräumen. »Ich bin in zwei Minuten wieder bei dir«, rief sie mir noch zu, als sie in einem Zimmer mit einem Bett verschwand, das unter einem Berg Klamotten versteckt war.

Schmunzelnd blickte ich mich um, entdeckte dann die Küche. In ihrem Kühlschrank leisteten ein paar Eier neben zwei schrumpeligen Tomaten einer Milchtüte und zwei Energy Drinks Gesellschaft. Ich schloss ihn wieder. Aus einem schmalen Weinregal zog ich eine Flasche Rotwein heraus, ein Pinot Noir aus Kalifornien – was ja schon mal nicht schlecht klang. Jedoch kannte ich weder das Weingut noch hatte ich schon einmal irgendwo dieses Etikett gesehen.

Ich öffnete ein paar Schränke, bis ich auf Weingläser stieß. Mit den Schubladen ging ich genauso vor, fand einen Korkenzieher und entkorkte den Wein. Mit zwei gefüllten Gläsern ging ich zurück ins Wohnzimmer, als auch Ashley schon aus dem Schlafzimmer gestürmt kam.

Sie wirkte gehetzt – vermutlich, weil sie schnell noch die Unordnung darin vor mir versteckt hatte, was mich unglaublich amüsierte.

»Oh, du hast den Wein gefunden …«, stammelte sie. »Eine gute Idee.« Sie lächelte und nahm mir ein Glas ab. »Auf diesen verrückten Abend«, sagte sie, prostete mir zu und trank gleich mehrere Schlucke.

»Muss ich mir Sorgen machen?«, fragte ich und sah ihr belustigt zu, wie sie verlegen meinem Blick auswich.

»Wegen David?«

Irritiert blinzelte ich. An dieses Arschloch hatte ich gar nicht gedacht. »Nein. Weil du in meiner Gegenwart jedes Mal den Alkohol hinunterschüttest, als müsstest du dich schnellstmöglich betäuben.«

Sie schnappte peinlich berührt nach Luft. »Herrje, nein, das … Ich habe kein Alkoholproblem, wenn du das damit sagen willst. Ich bin einfach nur immer verdammt nervös, und … der Alkohol hilft, locker zu werden.«

»Ich mache dich nervös?«

Ashley nickte. »Deine ganze Art, deine … Präsenz …« Sie holte tief Luft. »Und wenn ich dann nicht weiß, was mich erwartet …« Sie hob die Arme und ließ sie wieder an ihre Seiten sacken. »Ich meine, erst machst du mir in der Bar eine Szene und verjagst den Barchef …«

»Er ist bloß ein Hilfskellner«, warf ich ein, was sie ins Stocken brachte.

Verwirrt sah sie mich an, dann schien sie sich wieder zu fangen, schüttelte kurz den Kopf und fuhr fort. »Dann überredest du mich, mit dir mitzufahren, nur um mich im Auto mit deinen Lippen an meinen Händen fast in den Wahnsinn zu treiben. Und dann sagst du auch noch, dass du heute Nacht hierbleiben willst. Einfach so. Bei mir …«

Sie nahm die Hände vor ihr Gesicht, und ich war mir nicht sicher, was ich davon halten sollte. Würde sie gleich weinen? Doch dann vernahm ich ein leises Lachen hinter ihren Händen.

»Ich weiß einfach nie, woran ich bei dir bin, Travis. Das überfordert mich …«

Sie kam auf mich zu, bis sie nur wenige Zentimeter von mir entfernt stehen blieb. Eine Hand legte sie an meine Brust und fixierte für einen Moment ihre Finger, ehe sie ihren Blick hob und mich ansah.

»Das mit dir und mir ist nicht wie bei anderen Menschen, hab ich recht? Das ist etwas ganz … Außergewöhnliches«, flüsterte sie.

Einen Arm legte ich um ihre Taille und zog sie an mich, sodass sie meine Erektion spürte. Sie schnappte nach Luft, ehe ich die andere Hand in ihren Nacken schob. »*Du* bist außergewöhnlich, Ashley Crown.« Dann senkte ich meinen Kopf, bis sich unsere Lippen berührten.

Ashley begegnete mir mit ihrer umwerfenden Leidenschaft. Sie presste ihren Oberkörper an mich, keuchte mir in den Mund, gefolgt von einem verboten süßen Seufzen, und krallte sich an meinem Hemd fest.

»Wirst du jetzt mit mir schlafen?«, murmelte sie, als ich über ihren Hals leckte und ihr Oberteil über die Schulter schob, um noch mehr von ihrer Haut zu kosten.

Noch nie hatte ich für Sex den Ausdruck »miteinander schlafen« verwendet. Es hätte nicht gepasst. Meist war es leidenschaftlicher, harter Sex gewesen, bei dem ich der Frau gegeben hatte, was sie brauchte, bis ich mir genommen hatte, wonach mir war.

Alles, was darüber hinausging, hätte die von mir beabsichtigte Distanz zwischen den Frauen und mir verringert – etwas, was für mich in der Vergangenheit nicht infrage gekommen war. Es diente meinem eigenen Schutz, und ich hatte auch noch nie das Bedürfnis gehabt, daran etwas zu ändern. Denn sie waren mir nicht wichtig. Sie waren ein guter Fick, mehr nicht.

Doch jetzt, mit Ashley, war alles anders. Ich war mit einem Mal bereit, meine Regeln über Bord zu werfen.

Ich hob sie hoch. Sie schmiegte sich eng an mich, als ich ihr Schlafzimmer ansteuerte.

»Ja, ich werde heute mit dir schlafen, Ash.«

Sanft setzte ich sie auf dem Bett ab und glitt über sie. Führte meinen Kuss dort fort, wo ich ihn zuvor unterbrochen hatte. Meine Zunge tänzelte über ihre zarte Haut an ihrem Hals, weiter hinunter zu ihrer Schulter. Meine Hände suchten den Bund ihres Shirts, tasteten darunter. Als ich ihre erhitzte Haut berührte, seufzte sie leise auf und bog sich mir entgegen.

Heilige Scheiße, es würde mir verdammt schwerfallen, mein Versprechen einzuhalten. Meine Eier zogen sich schmerzhaft zusammen, doch ich würde noch ganz andere Dinge in Kauf nehmen, um Ashley so zu behandeln, wie sie es verdient hatte. Denn sie war weit mehr als ein schneller Fick, der meiner Befriedigung diente. Sie war … so unbeschreiblich anders … eine Königin … *meine* Königin.

Ich half ihr auf, zog ihr das Shirt über den Kopf und öffnete ihren BH. Als sie wieder zurück in die Laken sank, beugte ich mich über sie und küsste sie innig. Ich trank von ihrem Mund, während meine Fingerspitzen jeden Zentimeter ihrer nackten Haut erkundeten, bis sie sich unruhig unter mir wand.

Ihr süßes Stöhnen war im Moment alles, was ich brauchte. Ihre Lider flatterten, sie krallte sich im Laken fest, vergrub ihre Finger in meinen Haaren, bog sich mir entgegen.

»Du bist so schön, wenn du erregt bist. Das habe ich schon damals im Hotel festgestellt. Von diesem Anblick kann ich nicht genug kriegen.«

Ich nahm ihren Nippel in den Mund und sog daran, massierte gleichzeitig ihren anderen Busen und war ein ums andere Mal erstaunt, wie gut sich Ashley in meine Hände fügte. Als wäre sie für mich gemacht.

Ich küsste sie weiter nach unten, zog den Reißverschluss ihres Rockes an ihrer Seite auf. Bedächtig schob ich den Stoff mit ihrer Hilfe nach unten. Dann tat ich das Gleiche mit ihrer Strumpfhose, bis sie nur noch ein Spitzenhöschen trug.

Ich kniete mich zwischen ihre Beine, die sie für mich spreizte, strich mit beiden Händen ihre Oberschenkel nach oben und genoss ihr sehnsuchtsvolles Seufzen, als ich mich ihrer Pussy näherte.

Ich war überrascht, wie sehr sie auf meine Berührungen reagierte, als ich über ihre Mitte, über ihr weiches Fleisch strich. Ich fühlte die Nässe durch den Stoff, konnte es kaum erwarten, sie zu schmecken. Doch ich wollte mir Zeit lassen. Ich würde mich zurückhalten und ihr stattdessen vollen Genuss bescheren. Ich schob meine Finger unter die Spitze und zog ihren Slip nach unten, bis sie völlig nackt vor mir lag.

Gott, sie war so schön! Ihre brünetten Haare waren wie ein Fächer um ihren Kopf ausgebreitet, sie sah mich aus ihren rehbraunen Augen unter halb geschlossenen Lidern an. Ihre vollen Lippen waren geschwollen und leicht geöffnet, als würden sie mich zurück an ihren Mund sehnen. Ihre Brustwarzen waren wie zwei harte Perlen, ihr Bauch war flach, die Haut glatt, schön, und wenn ich nur daran dachte, wie gut sie schmeckte, wollte ich sofort mehr von ihr. Ihre Beine, die sie leicht gespreizt hatte und mir alles darboten, was sie zu geben hatte …

Ich unterdrückte ein Stöhnen und schloss kurz die Augen. Ich musste mich zusammenreißen, denn auch wenn ich mir sicher war, dass der harte Sex Ashley bisher gefallen hatte, so wollte ich ihr beweisen, dass ich auch anders konnte. Weil ich es so wollte …

Halb schob ich mich auf sie, ohne sie dabei aus den Augen zu lassen. Nervös und vielleicht auch verunsichert über meine neue Herangehensweise leckte sie sich über ihre Lippen, die in dem schwachen Licht glänzten.

Ich sog ihre Unterlippe ein, biss sanft darauf, was sie mit einem süßen Laut beantwortete. Ihre Hände fuhren suchend über meinen Rücken, tasteten nach Haut.

»Ich will dich spüren«, hauchte sie an meiner Wange.

»Das hat Zeit, Ash. Ich will dich heute genießen.«

»Bitte. Nur deinen Oberkörper … Ich brauche es, deine Haut unter meinen Fingern zu fühlen.«

Das leichte Flehen in ihrer Stimme brachte meinen kleinen Widerstand sofort zu Fall.

»Aber nur das Hemd«, ordnete ich an und ließ zu, dass sie Knopf für Knopf öffnete.

Als sie es mir ausgezogen hatte und es auf den Boden warf, griff ich sofort nach ihren Händen und führte sie über ihrem Kopf zusammen. Ihren aufkeimenden Protest erstickte ich mit meinen Lippen, rieb so lange meine Zunge an ihrer und erkundete ihren Mund, bis sie völlig vergessen hatte, dass ich nicht zugelassen hatte, meinen Oberkörper zu berühren. Dafür ließ ich sie mich auf ihr spüren, Haut an Haut.

Ich wollte sie schmecken, wollte sie riechen, am liebsten ein Stück von ihr für die Zeiten aufbewahren, in denen sie nicht bei mir war oder – so wie eben – nackt unter mir lag.

Ich knabberte an ihrem Kinn entlang, was sie mit einem Schnurren beantwortete, ließ dann ihre Arme los, die sich sofort um meinen Körper schlangen, genau wie ihre Beine.

»Bitte«, wimmerte Ashley, als ich sie an der Stelle unter ihrem Ohr küsste.

Sie presste ihr Becken an mich, rieb sich an meinem Schwanz, der so verdammt hart war. Ich spürte ihre Zunge an meinem Hals, ihre Fingernägel an meinem Rücken.

»Bitte …« Sie tastete sich weiter nach unten zu meiner Hose. »… lass mich nicht länger warten.«

Ich packte ihre Hände, bevor sie den Reißverschluss hätten öffnen können, und hielt sie fest. »Nicht so hastig, Ash. Ich will mir Zeit lassen, will, dass du es genießen kannst.«

»Aber das tue ich doch. Jedes Mal …« Sie sagte das mit einer Selbstverständlichkeit, die mich völlig überraschte.

»Bitte, Travis … fick mich endlich«, wimmerte sie fast und versuchte, ihre Hände aus meinem Griff zu befreien.

Überrascht ließ ich sie los. Ihre Worte heizten mir ein, brachten mich dazu, sie noch mehr zu wollen. Hastig öffnete sie meine Hose und half mir, mich vollständig auszuziehen. Sie legte sich wieder zurück, spreizte ihre Beine und sah mich herausfordernd an.

»Fuck, Ash …! Du machst es mir verdammt schwer …« Ich atmete geräuschvoll aus. »Ich habe versprochen, mit dir zu schlafen, nicht, dich zu ficken.«

Sie sagte nichts darauf, packte nur meine Hand und zog mich auf sich.

Ich platzierte meinen Schwanz an ihrem Eingang und glitt langsam in sie. Es war wieder … unglaublich. Diese Enge, Nässe und Wärme, die sich um meine Erektion schob, hätte schon fast ausgereicht, um zu kommen.

Mit meinen Armen stützte ich mich links und rechts von ihrem Kopf ab, hielt die Luft an und versuchte, mich zu beruhigen. Ich spürte ihre Finger in meinem Nacken und auf meinem Rücken, ihre Beine schoben sich an meinen Oberschenkeln nach oben und drückten mich noch tiefer in sie hinein. Wenn sie jetzt auch noch ihr Becken kippte, dann …

Scheiße, sie tat es.

Herrgott, ich war verloren.

Endgültig.

Langsam begann ich, mich zu bewegen, immer wieder aufs Neue in sie einzutauchen. Ashley kam mir mit ihren Hüften entgegen, passte sich meinen Stößen an, und ich versuchte mit aller Kraft, nicht die Kontrolle zu verlieren.

»Lass mich auf dir sein, Travis.«

Mit zusammengebissenen Zähnen schüttelte ich den Kopf. Wenn ich das zulassen würde, würde ich Gefahr laufen, sofort zu kommen, und das wollte ich auf alle Fälle vermeiden …

»Du kannst nicht immer alles kontrollieren, Travis«, murmelte sie an meinem Ohr. »Also hör auf damit und lass mich nach oben.«

Knurrend wälzte ich mich zur Seite und zog Ashley mit, bis sie auf mir saß.

»Geht doch.« Ihr freches Grinsen wollte ich ihr wegküssen, doch sie drückte mich zurück in die Kissen. »Entspann dich, Travis«, erklärte sie, schloss die Augen, lehnte sich zurück und begann, sich zu bewegen. Sanft wiegte sie auf und ab, glitt an meinem Schwanz nach oben und ließ sich wieder an mir herab. Dabei fühlte es sich an, als würde ich jedes Mal noch tiefer in sie vordringen als zuvor.

Sie ließ sich noch weiter zurück. Ihre Hände streichelten erst von den Knien aufwärts über meine Oberschenkel, dann glitt sie mit den Fingern zwischen meine Beine. Als sie meine Eier berührte, stöhnte ich leise auf. Wieder und wieder strich sie darüber, bis ich nicht mehr wusste, wie ich mich beherrschen sollte.

Schnell richtete ich mich auf, packte ihre Hände und zog sie nach vorne. Mein Herz raste. Mit aufgerissenen Augen sah sie mich an und sog ihre Unterlippe ein.

»Wenn du willst, dass ich mit dir schlafe, musst du damit aufhören.« Die Tiefe meiner Stimme überraschte selbst mich. »Denn ansonsten werfe ich dich zurück in die Matratze und ficke dich, wie ich dich noch nie gefickt habe.«

Ashley wirkte überrascht, doch sie nickte.

Bedächtig fuhr sie fort, sich auf mir zu bewegen, und als ich ihre Hände losließ, klammerte sie sich an meinem Nacken fest. Sie warf ihren Kopf zurück, schloss die Augen und stieß ein gurrendes Geräusch aus, das so heiß klang, dass mein Schwanz zuckte.

Ihr die Kontrolle zu überlassen, gefiel mir. Es war eine neue Erfahrung, die durch Ashley zu etwas ganz Besonderem wurde. Ich packte ihre Hüften, trieb sie in der Geschwindigkeit an, aber nicht zu viel. Dieses Mal wollte ich ihr die Zügel überlassen.

Ich hielt sie in meinen Armen, wiegte sie auf meinem Schoß, bis sie immer wieder leise aufstöhnte. Dann zogen sich ihre Muskeln um mich zusammen, wieder und wieder, bis ich mich selbst vergaß. Ich drückte mich über sie, sodass Ashley auf dem Rücken lag, und stieß noch zweimal kraftvoll zu, bis ich meinen Kampf gegen die Beherrschung verlor. Ich kam, bäumte mich auf. Sämtliche Muskeln in mir spannten sich an, bevor ich mich in sie ergoss. Dann verließ mich meine Kraft. Ich sank auf sie nieder, spürte die Hitze auf ihrer Haut und hatte das seltsame Gefühl, dass ich dort angekommen war, wo ich seit Jahren hätte sein sollen.

* * *

Sanft strich Ashleys Atem über meine Brust. Ihre Finger tanzten über meine Haut, und eine angenehme Ruhe lag über uns. Es gab nichts, was gesagt werden musste.

All die verwirrenden Empfindungen von eben hatte ich tief in meinem Innersten vergraben, weil ich mich nicht näher damit auseinandersetzen wollte … konnte. Sie fühlten sich falsch an und doch so richtig, aber jetzt und hier waren definitiv nicht Ort und Zeit, mich damit zu beschäftigen.

»Kann es denn nicht immer so sein?«, fragte Ashley in die Stille hinein.

Sprach sie damit den Sex an? Denn es hatte mir zwar gefallen, mich zurückzuhalten, aber ich hatte auch den Eindruck, dass sie die wildere Seite an mir mehr schätzte. »Was genau meinst du?«, fragte ich deshalb.

»So … unbeschwert. Nach dem Sex fühlt es sich immer an, als seien alle Probleme, die zwischen uns standen, gelöst. Ich mag den Streit und die Anspannung dazwischen nicht.«

Sanft streichelte ich über ihre Haare und vergrub für einen Moment meine Nase darin.

»Mir ist es auch lieber so, wie es jetzt ist.«

»Was genau ist das eigentlich mit uns beiden? Bin ich … siehst du mich als deine Affäre? Oder bin ich … deine Freundin?« Ashleys Stimme war gegen Schluss hin immer leiser geworden.

Ich merkte, dass sie Angst vor meiner Antwort hatte, und ehrlich gesagt ging es mir nicht anders. Denn bisher hatte ich mir darüber noch keine Gedanken gemacht. Und mich jetzt auf der Stelle festlegen, wollte ich nicht. Konnte ich nicht.

Eine Beziehung einzugehen, war für mich bis heute nicht infrage gekommen. Mit einer Partnerschaft würden Monogamie oder wer welche persönlichen Dinge bei wem einquartiert Thema werden. Familiäre Verpflichtungen und die Frage nach dem Wohnungsschlüssel würden folgen. Und – ehe mir bewusst werden würde, was geschah –, würde ich vor den Traualtar gezerrt werden. Das waren alles Punkte, die ich bisher erfolgreich gemieden hatte. Aus Prinzip. Mein Vater war mir in dieser Hinsicht vielleicht ein zu negatives Beispiel gewesen.

Da ich, völlig überfordert mit ihrer Frage, lange nicht darauf antwortete, richtete sie sich auf und sah mich an. Die Traurigkeit in ihren Augen schmerzte in meiner Brust, und wenn ich tief in mich hineinhörte, wusste ich, dass Ashley definitiv keine Affäre war. Sie bedeutete mir so viel mehr, was ich noch gar nicht in Worte fassen konnte.

»Was hältst du davon, wenn du mich morgen Abend auf eine Benefizgala begleitest?«, hörte ich mich sagen und hätte mir am liebsten mit der flachen Hand gegen den Kopf geschlagen.

Wie kam ich denn bitte jetzt auf diese Gala? Wo unzählige Presseleute waren und sie Fragen stellen würden. Fragen, die ich *Ashley* noch nicht einmal beantworten konnte …

»Morgen? Ich …«

Sie zögerte. Begeisterung sah wirklich anders aus.

»Bitte, Ashley. Begleite mich als meine Freundin.«

Was. Zur. Hölle …?

Doch in dem Moment, in dem es ausgesprochen war, hatte ich nicht das Bedürfnis, es zurückzunehmen. Im Gegenteil, es war, als hätte mir mein Unterbewusstsein den nötigen Schubs gegeben, den ich gebraucht hatte, um zu verstehen, was hier vor sich ging.

Ashleys Augen waren die Bestätigung dafür. Sie strahlte mich an, und ich wusste, dass ich das Richtige gesagt hatte.

»Aber … Mist, ich habe gar nichts … Ich werde Madison fragen, ob sie mir ein Kleid borgen kann«, stammelte sie mit geröteten Wangen.

Ihre Aufregung und ihre Freude waren ansteckend, bis sich schließlich ein Schatten über ihr Gesicht legte.

»Alles okay, Ash?«

»Na ja, wenn ich mit dir auf diese Gala gehe, wird sicher auch jemand von der Presse anwesend sein. Das bedeutet, dass ich nicht länger deine *heimliche, unbekannte Affäre* bin, sondern dass ich meinen Namen übermorgen zum Frühstück in der Zeitung lesen werde.«

Sie wich meinem Blick aus und zeichnete mit ihren Fingerspitzen Kreise auf meine nackte Brust. »Ob das nun gut oder schlecht ist für meinen Ruf, weiß ich leider nicht …«

Irritiert richtete ich mich auf. »Wieso sollte denn dein Ruf darunter leiden, wenn dein Name im selben Atemzug wie meiner genannt wird?« Den stechenden Schmerz in meiner Brust über ihre Aussage ignorierte ich.

»Na, weil ich dann für die Öffentlichkeit *Ashley Crown, Immobilienfotografin und Affäre von Travis King*, bin. Bestenfalls mit Foto in Großaufnahme von mir.«

Daher wehte also der Wind.

Ich legte eine Hand auf ihre Wange. »Hör zu! Wenn du mit mir auf diese Gala gehst, Ash, dann tust du das *ganz offiziell* als meine Freundin und nicht als meine Affäre.«

Scheiße, ich hatte es gesagt! Ich hatte sie eben wirklich als meine Freundin bezeichnet! Und doch fühlte es sich gar nicht so schlimm an wie befürchtet. Deshalb sprach ich schnell weiter, um meine Verwirrung und Verunsicherung zu überdecken. Denn die Gala würde erst der Anfang eines Lebens in der Öffentlichkeit für Ashley bedeuten, und das musste ich ihr klarmachen.

»Die Presse wird so oder so keinen Bogen um dich machen. Wenn du an meiner Seite sein willst, musst du dich leider auch damit abfinden, dass man weiß, wer du bist und wie du heißt. Sie werden deine Vergangenheit durchwühlen. Sie werden dich beobachten, und wenn sie etwas finden, was sie für erwähnenswert halten, werden sie die Neuigkeit bis ins kleinste Detail zerpflücken. Was nicht immer erfreulich ist und auch oft nicht der Wahrheit entspricht, Ash.«

Ashley sah mich mit großen Augen an, in denen Unsicherheit aufflackerte.

»Also, wenn du das nicht willst, dann sollten wir uns nicht gemeinsam in der Öffentlichkeit sehen lassen – zumindest nicht außerhalb der Fotoshootings. Die Geier haben Blut geleckt und werden uns garantiert nicht so schnell aus den Augen lassen.«

Ashley rollte zur Seite und ließ sich auf den Rücken fallen. Ihre Hände schlug sie vor ihr Gesicht, und sie atmete geräuschvoll ein und aus.

»Also gut«, sagte sie und sah mich ernst an. »Wenn du und ich also jetzt ein Paar sind und du das auch so nach außen kommunizierst, dann … werde ich dich morgen begleiten.«

KAPITEL 13

Crown

Madison war vermutlich nervöser als ich. Sie schwirrte wieder einmal durch mein Apartment, suchte parallel im Internet nach passenden Frisuren, die sie mir zeigte und von denen ich mir eine aussuchen sollte. Zudem hatte sie mir vier ihrer Abendkleider zur Wahl mitgebracht.

»Kannst du endlich mal aufhören, so hektisch zu sein? Du machst mich noch nervöser, als ich es schon bin«, beschwerte ich mich, als sie mir verschiedene Lidschatten vor das Gesicht hielt und mich dazu abwechselnd ihre Kleider an meinen Oberkörper halten ließ.

»Du willst doch schön aussehen, wenn du nachher von der Presse fotografiert wirst. Immerhin ist dieser erste offizielle Eindruck sehr wichtig. Nicht nur für dein Image, sondern auch für eure Zukunft als Paar.« Dann quietschte sie auf. »O Gott, wie aufregend das ist! Meine Cousine hat sich den attraktivsten Junggesellen der Upperclass geangelt!«

Ich verdrehte die Augen, sagte aber nichts mehr gegen den Zirkus, den sie hier veranstaltete. Immerhin hatte sie nicht ganz unrecht – auf dieser Benefizgala wollte ich nicht als »Flop des Tages« bezeichnet werden. Und schon gar nicht wollte ich diesen Stempel von der Presse aufgedrückt bekommen. Heute war ein Abend, an dem wir wirklich alles aus meinem Erscheinungsbild und mir herausholen mussten. Mir zuliebe. Meiner Karriere zuliebe. Und natürlich Travis zuliebe.

Das Schrillen der Türklingel ließ uns zusammenzucken.

»Ist er etwa schon da?«, fragte Madison und bescherte mir mit dieser Frage fast einen Herzinfarkt.

»Ich hoffe nicht. Sieh mich an … ich bin noch nicht einmal geduscht, meine Haare sind fettig, und ich trage nur Baumwollunterwäsche!«

»Ein Glück, dass du das alles als großen Fehler betrachtest. Bleib sitzen, ich geh schon zur Tür.«

Sie warf die kleinen Lidschattendosen neben mich auf das Bett und rauschte aus dem Schlafzimmer.

Angestrengt lauschte ich, hörte sie mit einem Mann sprechen. Ob es Travis war oder jemand anderes, konnte ich nicht an der Stimme erkennen. Trotzdem hatte ich mir in der Panik ein T-Shirt übergezogen und war in meine Jogginghose geschlüpft, um zumindest *Tweety und Sylvester* auf meinem Schlüpfer und auf dem dazu passenden BH zu verbergen.

Die Eingangstür fiel ins Schloss, und Madison kam mit einer großen Schachtel in ihren Händen zurück. »Von Travis King«, sagte sie.

Ich runzelte die Stirn, sie tat es mir gleich.

»Was, wenn ich dir tatsächlich Travis hereingebracht hätte? Würdest du ihm wirklich in diesen Schmuddelklamotten gegenübertreten?« Mit gerümpfter Nase sah sie mich von oben bis unten an und schüttelte verständnislos den Kopf.

»Entschuldige, aber ich *wohne* hier. Da kann ich ja wohl anziehen, was ich will.«

»Nicht, wenn du jetzt in einer offiziellen Beziehung mit einem wohlhabenden Mann bist. Den willst du doch nicht gleich wieder vertreiben?«

Sie reichte mir das Paket und setzte sich neben mich.

»Sein Geld ist mir egal. Und er wird bestimmt auch gemütliche Kleidung tragen, wenn er zu Hause ist.« Dabei konnte ich ihn mir überhaupt nicht in einer Jogginghose und einem ordinären T-Shirt vorstellen.

Madison rollte mit den Augen. »Ein King im Freizeitlook?«, fragte sie und unterstrich damit noch meine Zweifel an dieser wirklich seltsamen Vorstellung. »Egal, mach endlich auf. Ich will wissen, was er dir schickt.«

Mein Herz raste vor Aufregung, als ich den Deckel anhob und ihn aufs Bett legte. Dann schlug ich das seidene Papier zurück. Madison stieß einen entzückten Laut aus, mir verschlug es die Sprache, und der Atem stockte mir.

Andächtig blickte ich auf das weinrote Kleid in dem Karton. Es war bestickt mit Perlen und aufwändigen Mustern und hatte bestimmt unglaublich viel gekostet. Ich nahm es aus der Verpackung, ging damit zum Spiegel und hielt es mir an den Körper. Gott, es war wunderschön! Das Oberteil war trägerlos, die Perlenstickereien bedeckten eine Brust und verliefen zu einer Spitze nach unten. Bis unter den Po war es eng anliegend und von da an abwärts ging der Stoff fließend auseinander.

Ich versuchte mir vorzustellen, wie Travis in einem Salon für Abendmoden dieses Kleid für mich ausgesucht hatte. So surreal dieses Bild auch für mich war, so kräftig schlug mein Herz. Denn er hatte sich Gedanken darüber gemacht, was mir gefallen könnte – und er hatte meinen Geschmack genau getroffen.

Bei allem, was ich inzwischen über ihn wusste, war mir klar, dass das keine Selbstverständlichkeit für ihn sein musste. Und ich traute mich zu behaupten, dass er noch nie zuvor einer Frau ein Kleid gekauft hatte …

»Hammer!«, stieß Madison aus, die neben mir stand und das Abendkleid von allen Seiten bestaunte. »Schau mal, es hat sogar einen Schlitz, der deine Beine in Szene setzt.«

Sie hob den gebauschten Stoff in Höhe der Oberschenkel an und fuhr mit einer Hand hinein.

»Damit wirst du die Benefizgala definitiv rocken, Süße«, meinte sie dann entschlossen, nahm mir das Kleid ab und legte es vorsichtig auf das Bett. »Geh jetzt erst mal duschen. Ich kümmere mich um den Rest.«

* * *

Madison hatte Wort gehalten. Als mich Travis Stunden später abholte, war ich völlig fasziniert von meinem Spiegelbild. Dieses Kleid war ein Traum, und ich wollte eigentlich gar nicht wissen, woher Travis meine Größe kannte. Madison hatte mir schwarze Pumps bereitgestellt und einen ihrer umwerfend schönen Pelzimitatmäntel geliehen.

»Du siehst wunderschön aus«, sagte Travis, als wir in seiner Limousine saßen.

»Danke.« Meine Stimme verließ mich fast, so aufgeregt war ich. Zum Glück hatte Madison nicht mit Make-up gespart, sodass ich nicht wie eine knallrote Tomate aussehen würde, wenn sich gleich die Pressefotografen auf uns stürzen würden.

Als Kristopher uns die Tür öffnete, sah ich das Gedränge draußen auf dem roten Teppich, und ich wünschte mich zurück in mein Schlafzimmer mit dem Schmuddel-

T-Shirt und der Jogginghose. Bestenfalls mit einer Decke über dem Kopf. Doch da musste ich jetzt durch.

Zuerst stieg Travis aus, strich kurz sein Smokingjackett glatt, ehe er sich zum Wagen herabbeugte und mir mit einem Mut machenden Lächeln die Hand reichte. Ich griff nach diesem Rettungsring, klammerte mich fast schon daran fest und stieg mit zittrigen Beinen aus dem Auto. Sofort flammten die Blitzlichter der vielen Fotoapparate auf, während die Journalisten Travis' Namen riefen, um seine Aufmerksamkeit zu erlangen.

Er legte ohne zu zögern seinen Arm um meine Taille und lächelte mich an. Ihn schien es nicht weiter zu stören, dass ein Blitzlichtgewitter auf uns niederging, denn er beugte sich zu mir und küsste mich vor den Pressefritzen auf den Mund.

»Mister King, wer ist die Frau an Ihrer Seite?«

»Weiß Jelena Petrova, dass Sie mit ihr hier sind?«

»Werden Sie die Beziehung zu dem Supermodel beenden?«

Diese und mehr Fragen, die ein mulmiges Gefühl in mir auslösten, flogen uns um die Ohren.

Travis schien sich nicht daran zu stören, im Gegenteil. Er ging auf die Journalisten zu, ohne seine Hand von meiner Taille zu nehmen. Ich wusste gar nicht, wo ich hinschauen sollte, versuchte mich aber an einem freundlichen Lächeln.

»Meine Freundin Ashley Crown und ich besuchen heute gemeinsam diese Veranstaltung. Wir haben uns bei der Arbeit kennengelernt – sie ist meine neue Immobilienfotografin. Jelena Petrova und ich sind nur Geschäftspartner. Zu ihren privaten Plänen kann ich nichts sagen.«

Dann wandte er sich ab und führte mich den roten Teppich entlang in das Foyer, wo er mir den Mantel abnahm.

Als Travis sah, wie ich zitterte, wollte er ihn mir wieder über die Schultern legen, doch ich winkte ab.

»Mir ist nicht kalt. Das muss die Aufregung sein.« Ich bemühte mich um ein Lächeln und konnte nur hoffen, dass ich auf den Fotos nicht allzu verschreckt aussah.

Sein Blick wurde weich. »Du hast keinen Grund, aufgeregt zu sein. Du siehst fantastisch aus, Ash. Du *bist* fantastisch!« Dann küsste er mich noch einmal, diesmal länger und inniger.

Als er sich wieder von mir löste, durchflutete mich wohlige Wärme, und mir war leicht schwindelig von seinem Duft und seiner Nähe.

»Möchtest du was trinken?«

»Gerne.«

»Dann kümmere ich mich darum. Warte bitte hier, an den Bars herrscht immer dichtes Gedränge.«

Schon war er mit unseren Mänteln in der Menge verschwunden. Ich setzte an, ihm zu folgen, doch dann entschied ich mich, genau an dieser Stelle auf ihn zu warten. Immerhin waren so viele Leute hier, und was ich als noch schlimmer empfand, als hier allein auf ihn zu warten, war die Vorstellung, dass wir uns nicht wiederfinden würden.

Okay, meine anfängliche Sicherheit war schon wieder verflogen. Ohne ihn fühlte ich mich in dieser Situation etwas verloren und fehl am Platz, und Panik kroch in mir hoch. Am liebsten hätte ich mich auf den Toiletten versteckt, was natürlich idiotisch gewesen wäre, da Travis mich dort niemals finden würde. Also hielt ich die Stellung und fand mich mit dem unangenehmen Gefühl ab, bestellt und nicht abgeholt oder – noch schlimmer – stehen gelassen worden zu sein.

Die neugierigen Blicke der Leute, die an mir vorbeigingen, trugen nicht wirklich dazu bei, dass ich mich wohler fühlte. Als ich dann auch noch Frauen dabei erwischte, wie sie die Köpfe zusammensteckten, gleichzeitig in meine Richtung sahen und kicherten, machte ich auf dem Absatz kehrt und ging spontan zurück Richtung Ausgang, in der Hoffnung, mit etwas Frischluft einen kühleren Kopf zu bekommen – was eine bescheuerte Idee war, denn meinen Mantel hatte Travis. Doch ich konnte nicht länger hier stehen und auf ihn warten. Nicht, wenn ich das Gefühl hatte, zur allgemeinen Belustigung beizutragen.

»Sieh einer an, wen haben wir denn da?«

Die Stimme der Person, die ich noch weniger gebrauchen konnte als die missgünstigen Blicke, schoss in meine Ohren und bremste mich abrupt ab: Jelena Petrova.

»Travis Kings Freundin«, konterte ich. Ich war richtig stolz auf mich, dass mir gerade in dieser Sekunde so eine schlagfertige Antwort eingefallen war, und bedachte sie mit abgeklärtem Lächeln.

»Richtig. Und was machst du hier?«, gab sie schnippisch zurück und nahm mir damit auch schon wieder den Wind aus den Segeln.

Dass ich nicht sofort einen Konter parat hatte, ließ sie wissen, dass sie mir überlegen war. Ein teuflisches Grinsen bildete sich auf ihren Lippen, als sie näher kam.

»Lass dir eines gesagt sein: Travis mag dich vielleicht jetzt in sein Bett lassen, aber das ist nicht von Dauer. Schon sehr bald wird er sich mit dir langweilen, und dann kommt er zu mir zurück. Ganz genau so, wie er es schon mehrere Male gemacht hat.« Dann drehte sie sich auf dem Absatz um und ließ mich einfach stehen.

Die Luft in meinen Lungen wurde knapp, und alles in meinem Blickfeld begann, sich zu drehen. Ich wankte zu einem Stehtisch in meiner Nähe, hielt mich daran fest, eine Hand gegen meine Brust gepresst.

Ich wusste, meine Reaktion war übertrieben. Jelena wollte mir nur die Laune verderben und Unruhe stiften. Aber in Verbindung mit meiner Aufregung wegen der Presse vor der Tür und dem Gefühl des Alleingelassenseins, den Blicken der Gäste und dem Tuscheln der Frauen hinter meinem Rücken wurde es mir einfach zu viel.

Ich schwankte erneut. Mit dem Handrücken stieß ich unabsichtlich gegen ein Glas Champagner, das jemand auf dem Tisch abgestellt hatte. Klirrend fiel es zu Boden, was mir abfällige Blicke von den Frauen neben mir einbrachte. Nur ein älterer Mann, der etwas abseits stand, eilte zu mir, stützte mich und sah mich besorgt an. »Alles in Ordnung, Miss?«

Erst schüttelte ich den Kopf, nickte dann aber. »Geht gleich wieder. War wohl der Wechsel zwischen den kalten Temperaturen draußen und der Wärme hier drinnen«, stammelte ich.

»Sind Sie denn ganz allein hier?«

Suchend sah ich mich um.

»Mein Begleiter kommt bestimmt gleich wieder.«

Doch ich konnte Travis nirgends sehen. Verdammt, ich hätte einfach stehen bleiben und auf ihn warten sollen, wie er es von mir verlangt hatte …

»Vielleicht wollen Sie kurz die Waschräume aufsuchen? Kühles Wasser über den Armbeugen soll Wunder wirken.« Er lächelte väterlich.

»Das ist wirklich eine gute Idee …«

»Ich begleite Sie ein Stück. Nicht, dass der Kreislauf Sie noch einmal im Stich lässt.«

Er bot mir seinen Arm an, bei dem ich mich dankbar unterhakte, und ließ mich von ihm durch die Gänge führen. Vor den Damentoiletten hielt er an. »Von hier aus schaffen Sie es allein?«

»Ja, vielen Dank.« Ich fühlte mich zwar nur ein klein wenig besser als zuvor, doch ich wollte nicht die ganze Zeit jammern.

»Soll ich auf Sie warten?«

Sein Angebot war wirklich nett, aber ich verneinte dankend. »Den Rückweg finde ich allein. Danke, dass Sie sich um mich gekümmert haben.«

Er nickte mir noch einmal freundlich zu, dann drehte er sich um und ging zurück zur Empfangshalle.

Ich ließ kaltes Wasser über meine Haut fließen und spürte, wie ich mich langsam besser fühlte, und als der Kreislauf wieder stabil war, trocknete ich meine Hände ab und ging noch auf die Toilette.

Da hörte ich, wie sich die Tür öffnete und zwei oder mehr Frauen den Waschraum betraten.

»… und dann dieses Kleid. Ich wette mit dir, da ist noch das Preisschild drin, damit sie es morgen wieder zurückgeben kann.«

»Oder aber Travis hat es ihr besorgt.«

Gekicher setzte ein, und ich hielt vor Schreck den Atem an. Sprachen die etwa gerade über mich?

»Ich sag's dir, das läuft nicht lange mit den beiden. Ich weiß aus sicherer Quelle, dass er es noch nie lange mit einer Frau ausgehalten hat. Und gerade sie … ich meine, sieh sie dir doch an! Was verspricht sie sich von dem Kleid? Sieht sie denn nicht, dass es unmöglich an ihr aussieht?«

»Ja, ihre Möpse fallen ihr fast über den Tellerrand.«

Wieder kicherten die Frauen, während ich an dem Kleid hinabsah. Ja, es setzte meinen Vorbau gut in Szene, aber als ich mich zu Hause im Spiegel betrachtet hatte, gefiel mir, was ich sah. Jetzt fühlte ich mich jedoch nur noch nuttig …

Gott, was für ein Abend!

Wie oft ich mir in der kurzen Zeit hier schon gewünscht hatte, ich würde in T-Shirt und Jogginghose vor meinem Fernseher herumlümmeln. Und dabei hatte die offizielle Veranstaltung noch nicht einmal angefangen!

»Weißt du, was meine Vermutung ist? Die beiden führen eine Zweckbeziehung.«

»Wie meinst du das?«

»Na, das liegt doch auf der Hand. Sie ist seine Fotografin. Klar wirft sie sich ihm an den Hals – immerhin beschert ihr sein Name in ihren Referenzen einen guten Ruf in der Branche und bestimmt auch ein paar Folgeaufträge. Und für Travis ist es ebenfalls von Vorteil: Er bleibt im Gespräch – wovon sein Geschäft profitiert. Hat man ja nach dem Tod seines Vaters gemerkt, wie rasant es mit *KING Estate* bergauf ging. Innerhalb weniger Monate waren sie die Nummer eins in Chicago.«

»Klingt logisch. Und dass sie die Beine für ihn breitmacht, ist ja mehr als klar. Ich meine, wer würde zu einem King schon Nein sagen?«

Wieder kicherten die beiden. Mir war inzwischen kotzübel.

Ich hörte Schritte, dann fiel die Tür zu, und es war still. Mit rasendem Herzen lehnte ich mich gegen die Kabinentür, stützte mich an den Seiten ab und betete, nicht zu kollabieren. Bewusstlos auf einer Toilette in der Öffentlichkeit zusammenzubrechen, gehörte definitiv nicht zu den Dingen, die ich erleben wollte.

Keine Ahnung, wie lange ich mich hier versteckt hielt. Irgendwann fiel mir auf, dass mein Handy in der Clutch vibrierte. Auf dem Display erkannte ich Travis' Namen.

»Verdammt, Ash, wo steckst du?«, fuhr er mich an, kaum dass ich rangegangen war. Bestimmt war er wütend, weil er mich nicht mehr dort finden konnte, wo wir uns getrennt hatten. Vielleicht dachte er ja, ich wäre vor ihm davongelaufen … Was wiederum nicht vollständig falsch war. Ich war davongelaufen, aber nicht vor ihm.

»Auf der Toilette«, antwortete ich platt.

»Alles okay bei dir?« Sofort klang er besorgt, und demnach, wie sich die Lautstärke in seinem Hintergrund änderte, ging ich davon aus, dass er sich auf den Weg zu mir machte.

»Ja, geht gleich wieder. Ich hatte wohl einen … Kreislaufzusammenbruch. Aber du musst dir keine Sorgen machen.«

Jemand drückte geräuschvoll die Tür auf. »Ash? Bist du hier?«

Travis! Er hatte mich tatsächlich gesucht! Und zum Glück gefunden.

»In der letzten Kabine«, hauchte ich ins Telefon, ehe ich auflegte.

Ich entriegelte die Tür und fiel ihm förmlich in die Arme.

»Ash … Süße!«

Er sah mich mit großen Augen an, legte sofort seine Hand an meine Wange und strich mir besorgt über meine Haut. Erst jetzt fiel mir auf, wie stark ich zitterte.

»Du bist ganz blass. Komm, setz dich.«

Er führte mich zu dem Sofa, das in dem weitläufigen Raum neben den Waschtischen stand. Als ich saß, griff er nach einem der kleinen, schneeweißen Handtücher, die fein säuberlich zusammengerollt in einer opulenten goldenen Schale lagen. Er hielt das Frottee unter das Wasser, wrang es aus und kam damit zu mir.

Inzwischen war ich den Tränen nahe – ich hatte den Abend verdorben, bevor er angefangen hatte. Und nun würde ich mir mit dem feuchten Tuch auch noch das

Make-up oder gar das Kleid ruinieren … Wie sollte ich je wieder aus dieser Toilette rausgehen, ohne nicht das Gespräch des Abends zu sein?

»Hey … Alles wird gut.« Travis war vor mir in die Knie gegangen und wischte mit dem eiskalten Handtuch über meine nackten Arme. »Ich besorge dir gleich noch einmal etwas zu trinken. Etwas mit viel Zucker und … hast du Hunger? Wann hast du zuletzt etwas gegessen?«

Streng sah er mich an, als ich meinen Tag Revue passieren ließ.

»Vormittags einen Apfel«, sagte ich. »Und zum Frühstück einen halben Bagel.«

Travis hob eine Augenbraue, als würde er auf mehr warten, doch da kam nichts mehr.

»Okay, ich besorge dir definitiv was zu essen. Bleib hier und …«

»Lass mich bitte nicht allein.«

Dass ich weinerlich klang, war mir gerade egal.

Er küsste mich sanft auf die Lippen. »Dann bringe ich dich in den großen Saal. Dort sind genügend Sitzgelegenheiten, und das Buffet ist auch nicht weit.«

Mir schwirrte der Kopf, und ich hatte zwar noch nicht viel von dieser Gala gesehen – genau genommen gar nichts –, doch ich hatte jetzt schon die Nase voll. Wenn ich mir vorstellte, später in einem großen Saal zu sitzen, in dem noch mehr Frauen waren, die sich wie die in der Eingangshalle das Maul über mich zerrissen, oder jene, die vorhin hier auf der Toilette aufgekreuzt waren, dann wurde mir übel. Ganz zu schweigen davon, dass ich dieser Jelena nicht noch einmal über den Weg laufen wollte.

Und ja, ich wusste, dass ich mir das, was ich mit anhören musste, nicht einmal ansatzweise zu Herzen nehmen sollte. Trotzdem ertappte ich mich dabei, wie ich die Beziehung zu Travis plötzlich hinterfragte. Dass ich mir schon wieder Gedanken darüber machte, was er eigentlich an mir fand – wo ich doch so anders aussah als die Size-Zero-Vorzeigefrauen in seinem bisherigen Leben. Verdammt, ich war so unsicher, was das anging.

Und war ich nicht auch ein klein wenig zu meinem eigenen Vorteil mit ihm zusammen? – Immerhin galt es, mein Unternehmen zu retten, und Travis hatte sich bereits gegenüber der Presse dahingehend geäußert, dass ich seine neue Immobilienfotografin sei. Sollten sich unsere Wege jedoch trennen, würde das garantiert anders aussehen. Und selbst wenn er mich weiterhin als seine Fotografin haben wollte, wusste ich nicht, ob ich es schaffen würde, nach einer Trennung noch für ihn zu fotografieren. Vermutlich würde ich es auf Dauer nicht aushalten, ihm nicht mehr näherkommen zu dürfen als auf rein geschäftlicher Ebene.

»Eigentlich möchte ich nach Hause«, gestand ich kleinlaut und fühlte mich schrecklich dabei.

»Wir können gerne nach meiner Rede …«

»Nein, Travis. Jetzt sofort!« Irgendwie klang ich hysterisch.

Er sah mich an. Kein einziges Wort verließ seine Lippen. Dieses Schweigen war schlimmer, als wenn er etwas zu mir gesagt hätte. Dann stand er auf, steckte die Hände in die Hosentaschen und ging ein paar Schritte von mir weg. Mit einer Hand stützte er sich an der Wand ab und ließ seinen Kopf hängen.

Irgendwie sah er gekränkt aus, und ich war kurz davor, doch hierzubleiben. Ihm zuliebe. Doch ich wusste genau, dass es uns beiden nicht guttun würde. Zumindest heute war ein schlechter Tag dafür …

»Okay, Ash, unter normalen Umständen würde ich dich fragen, was denn eigentlich passiert ist. Und ich würde dich sicher auch nach Hause begleiten. Aber ich muss gleich in den Veranstaltungssaal.« Er warf einen Blick auf seine Uhr. »In zwanzig Minuten soll ich eine Rede halten, also …«

Er wirkte plötzlich genervt, und ich traute mich kaum, darauf etwas zu sagen. So ein Mist, ich hatte ihn wütend auf mich gemacht und uns den heutigen Abend versaut. Aber ich konnte nicht hierbleiben, nicht abwarten, bis er mit seiner Rede fertig war.

»Tut mir so unendlich leid … Schon allein wegen des Wahnsinnskleides. Aber ich kann nicht mehr … Du kannst ja später noch …«

Als ich seinen Gesichtsausdruck sah, verschlug es mir die Sprache. Sein Blick war so hart, grimmig und … herablassend. Mich sah er dabei nicht an.

»Schon gut. Du musst nicht hierbleiben, Ashley, wenn du nicht willst. Ich rufe Kristopher, er bringt dich nach Hause.«

Seine Worte klangen, als würde ihm das überhaupt nichts ausmachen. Doch als er mir kurz in die Augen sah, hatte ich den Eindruck, dass dies nur eine Art Selbstschutz war. Dass er unter dieser Maske verletzt und gekränkt war …

Mein Herz zog sich schmerzhaft zusammen.

Wenn er doch nur wüsste … Ich wollte ja eigentlich hier mit ihm sein, aber ich war einfach noch nicht stark genug, mich all den Anfeindungen gegenüber zur Wehr zu setzen. Und ich war wegen meiner eigenen Gefühle und meiner Motivation gerade sehr irritiert.

»Ich melde mich noch zur Absprache wegen des Fototermins bei dir. Kristopher wird in einer halben Stunde beim Eingang sein.« Er warf einen Blick auf seine Armbanduhr. »Du findest doch allein raus?«

Er wollte mich nicht einmal zum Ausgang begleiten? Nachdem er mich in diesem Zustand auf der Toilette gefunden hatte? Ich verstand ja, dass er Verpflichtungen hier hatte, aber das …

Ein dicker Kloß drückte meinen Hals zu. Diesmal hatte ich wirklich gedacht, dass wir es schaffen würden, uns die kleine perfekte Blase zu erhalten …

»Man erwartet mich im großen Saal. Du verstehst sicher, dass ich jetzt gehen muss«, sagte er halb über die Schulter, als er sich schon umdrehte, um die Damentoiletten wieder zu verlassen.

»Klar«, hörte ich mich sagen. Doch eigentlich wollte ich laut »Nein« schreien, wollte ihn aufhalten. Wollte zumindest einen Abschiedskuss, eine Umarmung … irgendwas, was mir zeigte, dass sich zwischen uns nicht schon wieder diese Kluft auftat, die uns ständig auseinander drängte.

Aber Travis ging hinaus in den Flur, die Tür fiel hinter ihm zu, und ich saß allein auf diesem grässlich kitschigen Sofa.

* * *

Eine halbe Stunde später wartete ich beim Eingang. Travis hatte ich nicht mehr gesehen. Wo mein – oder eigentlich Madisons – Mantel war, wusste ich nicht. Vermutlich würde sie mich killen, wenn ich ohne ihre Leihgabe nach Hause kam, aber nachdem ich, erneut zurückgezogen in der Toilettenkabine, fast zwanzig Minuten dagegen angekämpft hatte, nicht noch einmal zu heulen, wollte ich einfach nur weg von hier.

Zum Glück waren die Pressefotografen abgezogen, und ich musste mich nicht erneut dem Blitzlichtgewitter stellen – noch dazu allein, mit nicht mehr ganz perfektem Make-up und reichlich blass um die Nase.

Kristopher hielt an, und ein Page öffnete mir die Tür, damit ich einsteigen konnte. Frierend, mit beginnenden Kopfschmerzen und bis auf die Knochen gedemütigt, ließ ich mich auf den Sitz fallen. Kaum dass die Tür wieder ins Schloss fiel, fuhr die Trennwand herunter.

»Alles in Ordnung, Miss?«

»Alles bestens«, antwortete ich leise, schüttelte aber gleichzeitig den Kopf. Denn gar nichts war in Ordnung. Überhaupt nichts.

Kristopher sagte nichts weiter, aber ich erkannte an seinem Gesichtsausdruck, dass er mir kein Wort glaubte … Was auch nicht schwer war, immerhin verließ ich die Gala viel zu früh und allein. In diesem schrecklichen Aufzug. Und schon wieder mit Tränen in den Augen.

Die kurze Zeit, die wenigen Stunden, in denen ich mir hatte einreden wollen, dass Travis und ich vielleicht doch funktionieren könnten wie ein normales Paar, kamen mir rückblickend gesehen reichlich lächerlich vor. Ich meine, wem wollte ich hier eigentlich etwas vormachen? Wollte ich mir tatsächlich weismachen, dass es einfacher werden würde? Dass wir all die Differenzen zwischen uns aus der Welt schaffen und darüber hinwegsehen könnten, dass wir einfach nicht zueinanderpassten? Die ganze Welt schrie es hinaus, die Leute sahen es uns von Weitem an – Herrgott, es hatte sogar in der Zeitung gestanden, dass er mich geheim halten würde, weil ich so anders sei als jene zuvor und er sich womöglich mit mir schämte …

Ich zerknüllte mein feuchtes Taschentuch.

Dann fiel mir etwas ein, was er mir auf der Yacht gesagt hatte. Dass es genügend Leute in seinem Umfeld gegeben hätte und noch immer gäbe, die ganz scharf darauf seien, auf einem Foto mit ihm abgelichtet zu werden, um ihren Bekanntheitsgrad zu steigern.

Ein Schluchzen stieg mir in die Kehle. O Gott, vermutlich dachte er nun, dass ich genauso eine war! Immerhin hatte er mich der Presse als seine Freundin vorgestellt – und …das vielleicht nur, weil ich zuvor darauf bestanden hatte.

Je länger ich über ihn und mich nachdachte, desto mehr kam ich zu folgendem Schluss: Es wäre wohl das Beste für uns beide, endlich einzusehen, dass wir nicht füreinander geschaffen waren. Wenn es die ganze Welt so sah, sollten wir es auch endlich begreifen.

KAPITEL 14

King

Wie ich damit umgehen sollte, jetzt auf dieser Veranstaltung zu sein – ohne Ashley, die mich herbegleitet hatte und die ich an meiner Seite haben wollte –, wusste ich noch nicht. Den anderen Frauen hier war es natürlich mehr als recht, dass sie mich ohne sie sahen. Sofort kamen zwei auf mich zu, hakten sich bei mir unter und dachten, sie könnten mich in ein Gespräch verwickeln.

Doch ich hörte gar nicht hin. Ich konnte nur an Ashley denken. Daran, wie sie mich angesehen hatte, als sie meinte, dass sie sofort nach Hause wolle.

Das war wie ein Schock für mich gewesen. Sie wollte nicht hier sein. Zog es vor, nach Hause zu fahren, statt mit mir – Travis King – diesen Abend auf der Gala zu verbringen. Sie fühlte sich in dieser Gesellschaft nicht wohl. Nicht nur das, sie ging mir und den Leuten auf dieser Gala, von denen viele meine Freunde und jahrelange Bekannte waren, regelrecht aus dem Weg – und erschreckenderweise verletzte mich das. Und es schmerzte. Ja, verdammt, und vielleicht war auch mein Ego angekratzt … Denn so etwas war mir noch nie passiert.

Dann jedoch war in mir noch eine üble Vermutung hochgestiegen, die ich aber sofort wieder zu unterdrücken versuchte. Nein! Ich konnte mir nicht vorstellen, dass sie unsere Beziehung nur ausgenutzt haben sollte, um die Bekanntheit ihres Unternehmens zu pushen. Andererseits war sie es, die mir die Worte quasi in den Mund gelegt hatte, dass sie als meine Freundin mitkommen wollte …

Vielleicht war ich deshalb so schroff zu ihr gewesen, als ich ihr gesagt hatte, Kristopher könne sie nach Hause bringen. Doch was, wenn ich mit meiner Annahme richtiglag?

Ich steuerte die Hauptbühne an und hatte dabei genug damit zu tun, dieses Bild, das sich in mir immer wieder hochzukämpfen versuchte, niederzuringen. Doch nein, Ashley war anders … Da war ich mir inzwischen sicher!

Schlechtes Gewissen breitete sich in mir aus. Ich hätte sie nicht einfach so gehen lassen dürfen …

Tief in mir hatten sämtliche Alarmglocken geschrillt, doch ich hatte sie ignoriert. Stattdessen hatte ich die Frau verletzt und im Stich gelassen, für die ich da sein wollte. Die ich beschützen wollte. Die ich nie wieder traurig machen wollte …

Als ich nun so zurückdachte, erinnerte ich mich, wie unglücklich sie mich angesehen hatte, als wäre ihr erst auf der Toilette bewusst geworden, dass sie nicht hierher passte.

Verdammt, warum hatte ich Idiot sie nur allein in der Eingangshalle stehen lassen? Für sie war das doch eine völlig neue Situation gewesen. Die Pressehaie, die vielen fremden Menschen. Andererseits hätte sie nur noch ein wenig auf mich warten müssen.

Aber wie es aussah, hatte ich mich geirrt – Ashley hatte alles hier doch mehr schockiert als erwartet.

Ja, es stank nach Geld, keine Frage. Und ich wusste außerdem, wie erschlagend es sein konnte, wenn man ins kalte Wasser der Pressehaie geworfen wurde. Mir war es damals ähnlich ergangen, als mein Vater gestorben war und ich – eigentlich viel zu früh – *KING Estate* hatte übernehmen müssen.

Vielleicht hätte ich Ashley vorab noch besser warnen sollen? Sie besser auf das vorbereiten sollen, was sie hier erwarten würde?

Ich quälte mich mit schlechtem Gewissen, während ich versuchte, meine beiden unwillkommenen Anhängsel wieder elegant und mit einem Mindestmaß an Höflichkeit loszuwerden.

»Wenn Sie mich jetzt bitte endlich entschuldigen würden!«, schnauzte ich die beiden Frauen an, die verdutzt zurückwichen und mich gehen ließen.

So eine Scheiße, King, das war ja eine Glanzleistung von dir!

»Na? Musste deine Cinderella schon wieder nach Hause? Das ist aber schade, immerhin hatte sie noch gar keine Zeit, um mit dem Prinzen zu tanzen.«

Innerlich kochte ich, ließ mir aber nach außen nichts anmerken, als ich mich umdrehte.

»Jelena, was willst du?«

Die Schärfe in meiner Stimme sagte ihr klar, dass ich am allerwenigsten darauf Lust hatte, mich jetzt mit ihr zu unterhalten. Ungeachtet dessen hakte sie sich bei mir unter und zog mich weiter Richtung Bühne.

»Ich will einfach die Zeit hier mit dir nutzen«, schnurrte sie, blieb stehen und wandte sich mir zu. Sofort legte sie eine Hand an meine Brust und strich in vertrauter Weise darüber. Die Finger der anderen Hand spürte ich an meiner Wange.

So ein Biest! Sie wusste genau, dass ich ihr hier in diesem hellen Scheinwerferlicht keine Szene machen konnte, ohne Aufsehen zu erregen.

»Nimm sofort deine verdammten Finger von mir!«, drohte ich ihr wütend. Auf meinen Lippen lag ein Lächeln, das den umstehenden Leuten nichts von unserer Unterhaltung verriet.

»Aber wieso denn, mein Süßer? Alles wird gut, ich bin hier, um dich zu trösten. Keine Sorge, *ich* stelle dich nicht in der Öffentlichkeit bloß, indem ich vor dir davonlaufe.«

»Wie reizend von dir, dass du um mein Wohlergehen besorgt bist.« Den Sarkasmus in der Stimme verbarg ich nicht. »Ich habe zwar keine Ahnung, was du im Schilde führst. Welche Rolle Damien darin spielt … Aber lass dir eines gesagt sein: Egal, was es ist, du wirst damit keinen Erfolg haben.«

»Oh, Süßer … Ich habe keine Ahnung, was du damit meinst«, sagte sie so falsch, dass ich fast lachen musste. Und noch bevor ich reagieren und Abstand zwischen uns bringen konnte, hatte sie mir einen Kuss auf die Lippen gedrückt.

Schon rauschte sie ab und drehte sich noch einmal kurz zu mir um. Dabei schenkte sie mir ein böses Lächeln wie der Teufel höchstpersönlich.

* * *

Keine Ahnung, wie ich diese Veranstaltung hinter mich gebracht hatte … Ich war mehrfach versucht gewesen, bei Ashley anzurufen, hatte sie dann aber doch in Ruhe gelassen, obwohl ich mir Sorgen machte.

Irgendwann weit nach Mitternacht kam ich nach Hause, Ashleys Mantel auf dem Arm. Viel lieber hätte ich sie mit in mein Penthouse genommen. Sooft ich auch meine Nase in dem Fell des Mantels vergrub, ich konnte Ashley kaum riechen. War ich verrückt geworden? Glitt sie mir nicht nur aus den Händen, sondern auch aus der Nase?

Wie ferngesteuert ging ich zu Bett, fand aber keine Ruhe. Fast die ganze Nacht wälzte ich mich hin und her, und als ich endlich eingeschlafen war, schreckte ich verschwitzt und durcheinander auf. Zwar hatte ich keine Ahnung, was ich geträumt hatte, aber die Unruhe, die ich im Traum verspürt hatte, ließ mich bis zum Morgen wach liegen.

Verärgert und müde gab ich es auf, zur Ruhe kommen zu wollen. Ich zog meine Sportsachen an, nahm meinen iPod und ging hinaus, um meinen Körper wenigstens durch eine Stunde Joggen in Gang zu bekommen.

Nachdem ich mich geduscht und angezogen hatte, rief ich Ashley an, doch sie ging nicht ran. Ich vermutete, dass sie vielleicht noch schlief, und beschloss, es später noch einmal zu versuchen.

Als ich sie nach dem Mittagessen immer noch nicht erreicht hatte, schrieb ich ihr eine Nachricht, mit der Bitte, dass sie mich zurückrufen solle.

Abends hatte ich noch immer nichts von ihr gehört. Langsam machte ich mir Sorgen, und ich war kurz davor, zu ihr zu fahren und mich davon zu überzeugen, dass es ihr gut ging. Mit dem Autoschlüssel in der Hand stand ich in der Tür, zögerte jedoch.

Wann bitte war ich zu so einem verweichlichten Idioten geworden, der einer Frau hinterherrannte? Ich konnte mich nicht erinnern, dass ich überhaupt jemals ein zweites Mal an einem Tag versucht hätte, eine Frau zu erreichen. Wenn die eine nicht abgehoben hatte, hatte ich die nächste angerufen.

Doch diesmal gab es keine »Nächste«. Ich wollte nur mit Ashley sprechen, wollte mich vergewissern, dass sie gut nach Hause gekommen war – auch wenn Kristopher es mir bereits versichert hatte.

Wütend schlug ich mit der Faust gegen den Türrahmen, knallte die Tür wieder zu und warf den Schlüssel mit voller Wucht auf die Couch. Warum war diese Frau so stur und eigensinnig? Wieso verhielt sie sich manchmal so kindisch und ging mir einfach aus dem Weg, anstatt mit mir darüber zu sprechen, was sie störte? Und wieso war ich so verrückt und nicht schon längst aus dem Spiel ausgestiegen?

Genau *das* war der Grund, warum ich bisher die Nähe zu Frauen vermieden hatte. Ich hatte sie gevögelt, nach Hause geschickt und nach Lust und Laune wieder ausgeführt, nur um sie danach wieder zu nehmen. Doch das alles war bei Ashley komplizierter.

Sie konnte ich nicht mehr nach Hause schicken – ich wollte sie bei mir haben. Am liebsten rund um die Uhr. In meinem Bett bis frühmorgens, an meinem Frühstückstisch. In meinem Büro, auf meiner Yacht … einfach überall wollte ich mit ihr zusammen sein. Und an jedem dieser Orte wollte ich sie vögeln, wollte mit ihr schlafen, sie küssen, mich in ihr verlieren …

Dabei war ich schon längst verloren.

Nein, ich war im Arsch.

Und wenn Ashley sich nicht endlich melden würde, lief ich Gefahr, noch eine Nacht wach zu liegen. Und das wäre für die Verhandlungen morgen definitiv tödlich. Griffin Wynston wollte ich auf gar keinen Fall die Objekte überlassen.

* * *

Selten zuvor war ein Arbeitstag so anstrengend wie dieser. Ich hatte bereits meinen sechsten Kaffee getrunken, dabei war es gerade mal früher Nachmittag. Trotzdem war ich müde und unkonzentriert, was mich ärgerte.

Das Klingeln meines Telefons ließ mich zum wiederholten Male an diesem Tag zusammenzucken. Doch die Nummer war nicht Ashleys. »Damien, ich hab jetzt keine Zeit, ich bin gleich in einer Verhandlung«, begrüßte ich meinen Bruder barsch, verbesserte aber meinen Ton, als ich weitersprach. »Ich rufe dich später zurück.«

»Scheiße, Mann, bist du mit dem falschen Fuß aufgestanden?«

Keine Ahnung, ob er vorher schon schlechte Laune hatte oder ob ich daran schuld war. Jedenfalls war es ganz und gar nicht förderlich für unser Verhältnis, das gerade erst wieder besser zu werden schien, nachdem ich ihm den Gig in meiner Bar verschafft hatte.

»Verdammt … nein. Ich … hab einfach viel um die Ohren im Moment«, versuchte ich, mich zu entschuldigen.

»Probleme, von denen ich keine Ahnung habe, oder was willst du damit sagen?«

Ich zwang mich zur Ruhe und atmete tief durch. »Das hab ich mit keinem Wort angedeutet. Also … warum rufst du an?«

»Wir – also *Dark Craving* – haben einen Plattenvertrag unterschrieben. Scheint so, als ob wir endlich an unserem Ziel angelangt wären. Kannst schon mal Champagner kühlen, Bruderherz, bald bist du mich los.«

Bestimmt lag es daran, dass ich an akutem Schlafmangel litt, aber ich verstand gar nichts.

»Was soll das heißen, ich bin dich los?«

»Wir gehen nach L. A., das ist doch klar. Dort haben Musiker einfach die besten Chancen, durchzustarten.

Unser Plattenlabel ist dort, die Tonstudios sind in Los Angeles perfekt ausgelegt auf unseren Stil, und dort sind nun mal die besten Leute, die von Musik Ahnung haben.«

Unfähig, meine Gedanken auf die Reihe zu kriegen, holte ich erst einmal tief Luft und ließ mich in den Bürostuhl zurücksinken. »Wann reist du ab?«

»Voraussichtlich schon morgen. Danke übrigens für den Gig im *Broken Heart*. Dort wurden wir entdeckt.«

Seufzend stützte ich den Kopf in die Hand. Das hatte ich nun davon, dass ich meinem kleinen Bruder helfen wollte – er ließ mich allein in Chicago zurück.

»Und Jelena?«, fragte ich dann.

»Was soll mit ihr sein? Denkst du etwa, in L. A. gibt es keine Frauen?« Er lachte laut, und ich hielt das Telefon etwas vom Ohr weg. »Hör zu, ich hab sie gefickt, das war alles. Nur weil du verweichlichst, was Frauen angeht, trifft das nicht auf mich zu. Klar, sie war gut, aber im Grunde auch nicht besser als alle anderen. Und du kennst mich, ich habe keine Lust, ewig bei einer Frau zu bleiben. Das wird mir zu langweilig. Also falls du Jelena wiederhaben willst, tu dir keinen Zwang an.«

Sprunghaft war eine Untertreibung für Damiens Verhalten. Ich unterdrückte ein Schnauben und rollte mit den Augen.

»Ich wollte dir eigentlich nur Bescheid sagen, dass ich dir morgen vor dem Flug noch den Zweitschlüssel zu meinem Haus vorbeibringe. Kannst ja ab und zu mal nach dem Rechten sehen.«

Dann legte er einfach auf und hatte mich damit zum Hausmeister seiner Villa degradiert.

Was für ein verdammt beschissener Montag war das eigentlich?

* * *

Die Verhandlungen konnte ich gerade noch für *KING Estate* entscheiden. Griffin hatte sich sicher schon die Hände gerieben, als ich den Kunden doch noch im letzten Moment durch unsere Referenzen für uns gewinnen konnte. Trotzdem hatte ich schlechte Laune, als ich wenig später in meinem Maserati saß, den ich mir von Kristopher hatte bringen lassen.

Heute wollte ich selbst fahren, auch wenn der abendliche Verkehr die Hölle war. Aber ich brauchte das Gefühl des schnurrenden Motors und der Power, die von ihm ausging. Außerdem wollte ich meine Ruhe haben und trotzdem nicht nur mit meinen Gedanken allein sein. Da war das Fahren eine gute Ablenkung.

Ashleys Mantel lag auf dem Beifahrersitz – ein guter Grund für mich, bei ihr im Büro vorbeizufahren. Inzwischen musste ich über Jelenas Bemerkung – Ashley sei Cinderella – schmunzeln. Zwar hatte sie nicht ihren gläsernen Schuh auf dem Ball zurückgelassen, sondern ihren Mantel, und ja, wir hatten auf dem Ball nicht gemeinsam getanzt, aber wenn ich der Prinz war, war sie definitiv meine Prinzessin.

Herrgott, mir wurde sogar von meinen eigenen Gedanken schlecht, so ekelhaft kitschig waren sie. Ashley hatte mich in ein verdammtes Weichei verwandelt!

Ich fand einen Parkplatz nur wenige Meter von Ashleys Büro entfernt. Den Mantel auf dem Arm betrat ich das Gebäude und machte mich auf alles gefasst. Ich wusste ja nicht einmal, ob sie hier war … immerhin hatte sie sich immer noch nicht bei mir gemeldet.

Bei ihrem Büro angekommen, öffnete mir wie schon bei meinem letzten Besuch dieser Jacob die Tür. Dieser

Typ war äußerst seltsam, wirkte auf mich wie eine Frau in Männerhülle. Schwul schien er trotzdem nicht zu sein – ich hatte gesehen, wie er Ashley anstarrte. Doch ich glaubte nicht, dass er eine Konkurrenz werden könnte. Ashley schien ihn nur als Angestellten zu sehen und bemerkte womöglich gar nicht, wie sehr er sie anschmachtete.

»Guten Tag, Mister King. Ich hoffe, Sie wissen, dass hier dank Ihnen die Hölle los ist. Das Telefon klingelt fast ununterbrochen, weil irgendwelche Pressefritzen Interviews wollen, und zwei standen sogar vor der Tür und wollten ein Foto von Ashley bekommen. Und zu Mittag konnte man kaum aus dem Gebäude, weil sie den Eingang belagert haben. Zum Glück ist der Sicherheitsdienst dann eingeschritten und hat sie verjagt. Sie verstehen also, dass wir mit der Tagesarbeit hinterherhängen. Deshalb weiß ich nicht, ob Ashley jetzt Zeit für Sie hat …« Seine Stimme klang weich und piepsig – eine schreckliche Mischung, noch dazu für einen Mann.

Dass der Horror für Ashley hier weiterging, tat mir schrecklich leid. Aber es würde wohl eine Weile dauern, bis die Presse alle Infos über sie hatte, und dann würden sie irgendwann auch wieder das Interesse an ihr verlieren. Und ich konnte nur für sie hoffen, dass dieser Zustand schnell erreicht sein würde.

Ohne Jacob weiter Beachtung zu schenken, ging ich an ihm vorbei. Den Weg zu Ashley kannte ich ja bereits.

Als ich ihr Büro betrat, saß sie an ihrem Schreibtisch. Die Stirn lag in Falten, den Kopf hatte sie auf eine Hand gestützt.

»Wer war es?«, fragte sie erst und hob dann den Kopf. »Oh … Travis.«

Sofort wurde ihr Blick ausdruckslos und abweisend.

Verdammt, das sah nach einem schwierigen Start aus.

»Ich bringe dir deinen Mantel«, erklärte ich, da ich mir noch ein genaueres Bild von ihr und unserer … was auch immer Situation machen wollte.

»Danke. Jacob, wärst du so nett und hängst Madisons Mantel in den Schrank?«

Sie deutete auf eine Tür, hinter der sich wohl der Wandschrank verbarg. Madison gehörte der Mantel! Das erklärte auch, weshalb ich Ashleys Duft darin kaum ausmachen konnte.

»Natürlich, Ashley.« Jacob eilte übereifrig auf mich zu, nahm mir den Mantel ab und strich seltsam bedächtig über das Fellimitat.

Ashley hingegen widmete sich sofort wieder ihrem Monitor und tat so, als würde sie mich ignorieren. Jedoch bemerkte ich ihre Unruhe, sah, wie ihre Augen hektisch hin und her rasten, ohne einen Punkt zu fixieren. Sie stand unter Strom, das spürte ich.

»Kann ich mit dir reden, Ashley?«

»Ach so, der Fototermin am Mittwoch geht klar. Schick mir einfach noch die Adresse, dann bin ich pünktlich dort.«

Ihre bemühte Coolness nervte mich.

»Ash …«

»Die Aufnahmen hast du jedenfalls ganz sicher bis Freitag.«

Ich stützte mich mit beiden Händen neben ihr auf ihrem Schreibtisch ab.

»Unter vier Augen. Jetzt. Sofort.«

»Ich hole uns Donuts«, erklärte Jacob schnell, da wenigstens er verstand, dass ich ungestört mit ihr sein wollte.

Ashley reagierte jedoch noch immer nicht, abgesehen davon, dass sie mich endlich ansah, sich in ihren Stuhl zurücklehnte und die Arme vor der Brust verschränkte.

»Wollen Sie auch welche, Mister King?«, fragte Jacob noch, bevor er zur Tür hinausging.

Da ich ihm keine Antwort gab, verließ er das Büro.

»Was zur Hölle ist los mit dir, Ashley?«, fragte ich sie wütend, kaum dass ich hörte, wie die Tür geschlossen wurde.

»Ich arbeite hier, falls du das nicht siehst. Und bei meiner Arbeit muss ich mich konzentrieren. Was mir heute dank der aufdringlichen Presse nicht wirklich leichtgefallen ist.«

»Ach komm schon! Hör auf mit diesem Theater und rede mit mir wie eine erwachsene Frau. Was ist passiert, dass du mir so aus dem Weg gehst?«

Sie verdrehte genervt die Augen und setzte schon an, etwas zu sagen, besann sich dann aber eines anderen. Sie stand auf, ging zum Fenster und sah hinaus.

»Das fragst gerade du, der mich so eiskalt am Samstag auf der Gala abserviert hat?«

Mein schlechtes Gewissen hob bedeutungsvoll den Zeigefinger. Ja, ja, ich weiß …

»Aber du hattest doch gesagt, dass du nach Hause willst. Es hat nicht den Eindruck auf mich gemacht, als hätte ich dich überreden können, noch zu bleiben.«

Okay, es war eine lächerliche Entschuldigung. Nein, eigentlich war es nicht einmal das, es war eine erbärmliche Rechtfertigung, die ich mir hätte sparen können …

Sie drehte sich zu mir um und sah mich mit zusammengekniffenen Augen an.

Uh-oh, das Kätzchen fährt ihre Krallen aus!

»Ja, aber du hast mich allein und ohne meinen verdammten Mantel nach draußen zu Kristopher geschickt!«

Autsch! Jep, ich war ein Arschloch zu ihr gewesen. Und im Entschuldigen war ich noch nie gut …

»Weil ich meine Rede halten musste und nicht gleichzeitig mit dir vor der Tür warten konnte. Dass du deinen

Mantel vergessen hast, dafür kann ich nichts. Deshalb bin ich ja auch heute hierhergekommen – um ihn dir zu bringen«, sagte ich mit ruhiger Stimme.

Einen weiteren Streit mit ihr war das Letzte, was ich wollte, und ich konnte nur hoffen, dass sie zumindest aus meinem Ton raushörte, wie leid es mir tat …

Sie schnaubte auf. »Danke.« Wieder drehte sie sich von mir weg und sah nach draußen.

Herrgott, am liebsten hätte ich sie geschüttelt für ihre Art, mich auf die Palme zu bringen. Doch ich entschied mich für eine andere Taktik. Eine, in der ich besser war als im Entschuldigen …

Langsam ging ich auf sie zu und stellte mich hinter sie. Mein Atem streifte ihren Nacken – ich erkannte es an ihrer Reaktion, da sie eine leichte Gänsehaut bekam. Dann legte ich meine Arme um ihre Mitte.

»Ash, komm schon. Ich weiß, dass das nicht der einzige Grund ist. Es tut mir leid, wenn du von den Fotografen geschockt warst, von dem Andrang und deren Neugierde – auf der Gala und heute. Ich hätte dich besser darauf vorbereiten sollen, was dich erwarten würde, das weiß ich jetzt. Und ich hätte dich definitiv nicht alleinlassen sollen.«

»Die Presseleute standen auch schon gestern vor meinem Wohnhaus. Und nein, *darauf* hättest du mich nicht vorbereiten können, glaub mir.«

Endlich drehte sie sich zu mir um, sah mich an mit ihren wunderschönen rehbraunen Augen, in denen Schmerz aufflackerte.

»Du hast keine Ahnung, was die Frauen hinter deinem Rücken über mich … über uns sagen, oder? Von wie vielen falschen Schlangen du umgeben bist. Natürlich weißt du das nicht.« Sie lachte sarkastisch auf. »Vermutlich zeigen sie dir nie ihr wahres Gesicht. Sie flirten mit dir, und wenn du Interesse zeigst, erhoffen sie sich, dass du sie willst. Und weißt du, wovor ich Angst habe? Dass das irgendwann eintreten wird. Dass dann dein Interesse an ihnen größer ist als an mir. Denn dann gehöre ich wieder der Vergangenheit an. Wenn nicht schon eher. *Du* hast nichts zu verlieren, Travis. Bei mir hingegen steht viel auf dem Spiel. Mein Ruf, mein Geschäft, mein …« Sie stockte.

»Dein was?«, fragte ich atemlos, doch sie schüttelte nur den Kopf.

Waren das Tränen in ihren Augen?

»Nicht so wichtig …«

Sie wandte sich ab und sah wieder hinaus auf die Stadt.

»Ich weiß nicht, wie du auf die Idee kommst, dass ich nicht sehe, wie falsch die Leute rund um mich sind«, begann ich und hoffte, sie würde mich wieder ansehen.

Ich hatte Glück. Ihre Augen suchten fragend und überrascht die meinen. Doch ich würde mich hüten und vorerst nichts von Jelena erzählen. Jedoch wollte ich herausfinden, was Ashley wusste – vielleicht würde es mir ja helfen, gegen Miss Supermodel vorzugehen.

»Aber ich weiß, dass du nicht zu diesen Menschen gehörst«, sagte ich dann, denn es war mir wichtig, dass sie meine Meinung dazu kannte. »Du bist anders, Ashley. In allen Dingen. Und wie kommst du darauf, dass ich mich für jemand anderes interessieren könnte? Glaubst du etwa immer noch, was in der Klatschpresse stand?«

»Nein …«

»Hast du heute Morgen die Boulevardblätter gesehen? Jetzt sieht der Bericht über uns beide schon anders aus. Sie haben uns beide auf ihren Titelblättern abgelichtet und dich als meine große Liebe bezeichnet. Weil es das erste Mal ist, dass ich eine Frau als meine Freundin vorstelle.«

Auch bei mir war heute die Hölle los gewesen, und meine Sekretärin hatte alle Hände voll zu tun gehabt, die Presseleute abzuwimmeln.

»Also … bist du noch immer nicht zufrieden mit dem, was sie schreiben? Oder hab ich was falsch gemacht?«, fragte ich, da ich immer noch nicht schlau aus ihr wurde.

»Nein … ich …«

»Sag es mir. Bitte.« Flehend sah ich in ihre Augen und hoffte, dass sie mir anvertrauen würde, was ihr auf dem Herzen lag.

Sie atmete tief durch, dann erzählte sie mir von einem Gespräch, das sie auf der Toilette mit anhören musste. Mein Blut kochte, ich war stinkwütend – nicht nur auf die Frauen, die sich die Frechheit herausgenommen hatten, so über Ashley und mich zu sprechen. Sondern auch auf Ashley, weil sie mir nicht gleich am Samstag oder spätestens gestern davon erzählt hatte. Und ich war auf mich sauer, weil ich zu ignorant gewesen war, um zu erkennen, was der wahre Grund für ihre überstürzte Flucht von der Gala gewesen war. Leider konnte sie keinen Namen nennen, geschweige denn mir sagen, wie die Frauen ausgesehen hatten.

Jetzt ärgerte ich mich, dass ich Ashley allein gelassen hatte. Wären wir gemeinsam zur Garderobe und dann zur Bar gegangen, wären wir sicher bis zum Schluss gemeinsam dortgeblieben und hätten einen schönen Abend verbracht.

Ich nahm Ashley wieder in meine Arme und hob ihr Kinn leicht an, damit sie mich ansah. Jetzt war es mir mehr als wichtig, dass sie meine Worte ernst nahm. Sie sollte verstehen, dass ich nicht einfach so dahersagte, was gleich über meine Lippen kommen würde.

Mein Herz raste in meiner Brust, doch auch wenn ich Angst hatte vor meinen Worten und ihrer Reaktion darauf, war ich mir diesmal meiner Sache so sicher.

»Egal, wie viele Frauen mit mir zu flirten versuchen, Ashley, seit du in mein Leben getreten bist, existieren die anderen für mich nicht mehr.«

Ihre Antwort war ein sarkastisches Heben einer Augenbraue.

»Du denkst, ich mache Scherze? Oder dass ich dich belügen würde? Dir das sagen würde, was du hören willst, nur um dich für mich zu gewinnen? Glaub mir, Ash, so arrogant sich das anhören mag, aber das habe ich nicht nötig. Abgesehen davon: Denkst du wirklich, dass ich der Typ Mann bin, der einer Frau hinterherläuft? Der sie mehrmals am Tag anruft, um zu erfahren, ob es ihr gut geht, nur um dann abends in ihr Büro zu fahren, um sie zu sehen? Der ihr ihren Mantel bringt, als Vorwand, um sie endlich wieder in die Arme nehmen zu können?«

Sie sah mich mit großen Augen an, und zu gern hätte ich in dem Moment ihre Gedanken kennen wollen.

»Nein, Ash, das ist das erste Mal in meinem Leben, dass ich so etwas mache«, gab ich ihr dann auf meine eigene Frage die Antwort. »Vor einem Monat noch hätte ich einfach die nächstbeste Frau angerufen, die mir eingefallen wäre.«

Schmerz flackerte in ihren Augen auf, und sie wich meinem Blick aus.

»Jetzt will ich aber nur von einer die Stimme hören. Von dir, Ashley. Weil ich …« Nun stockte ich doch. Diese Worte zu denken und auszusprechen, war dann doch noch einmal etwas anderes.

»Weil was?«, fragte sie leise nach und sah mich verunsichert an.

»Weil ich so viel mehr für dich empfinde als ich jemals zuvor für eine Frau.« Ich atmete geräuschvoll ein und aus. Diese Gefühle waren immer noch so neu für mich. Ich hatte sie nie zulassen wollen. Weil ich wusste, wie groß der Schmerz war, wenn sich dieser besondere Mensch wieder aus meinem Leben verabschieden würde. Doch sosehr ich dagegen ankämpfte, ich … konnte es nicht länger. Ich musste es riskieren, denn es war längst zu spät. Ich hatte schon lange die Kontrolle über meine Empfindungen Ashley gegenüber verloren.

Damit hatte sie wohl nicht gerechnet. Tränen stiegen ihr in die Augen, während sie mich ungläubig musterte.

»Ich bin auch dabei, mich in dich zu verlieben, Travis«, hauchte sie dann, schlang ihre Arme um meinen Nacken, und schon landeten ihre weichen Lippen auf meinen.

Dieses Geständnis hob mich völlig aus den Angeln. Nie und nimmer hatte ich erwartet, dass sie, nach allem, was passiert war, aussprechen würde, was ich nicht einmal zu denken wagte. Ich wusste ja nicht einmal, was ich darauf hätte antworten sollen. Stattdessen legte ich meine Hände an ihre Hüften, drückte Ashley an mich und fühlte ihre Wärme. Es tat so gut, sie endlich wieder bei mir zu haben. Nie zuvor hatte ich gedacht, dass es so schön sein könnte, mich nach einer Frau zu sehnen.

Zu hören, dass Ashley dabei war, sich in mich zu *verlieben*, war das schönste Geschenk, das sie mir machen konnte. Ich war zwar noch nicht so weit, meine Gefühle in diese Worte zu verpacken. Aber ich war mir sicher, sie hatte meine Reaktion richtig gedeutet. Und dass sie mein Empfinden erwiderte, fühlte sich an, als würde ein Stück meiner kaputten Seele wieder heilen.

* * *

Nachdem ich noch eine Weile bei Ashley geblieben war und ihr bei ihrer Arbeit zugesehen hatte, hatte ich einen

Entschluss gefasst. Kaum dass ich wieder in meinem Auto saß, rief ich Jelena an. Und überraschenderweise ging sie sofort ran.

»Travis, Schatz, wie schön, dass du dich meldest. Ich habe dich so vermisst. Tut mir leid, dass wir am Samstag keine Zeit mehr hatten, uns zu unterhalten. Hast du Lust, vorbeizukommen?«

Ihre Scheinheiligkeit ging mir gehörig auf die Nerven.

»In der Tat. In welchem Hotel bist du?«

»Im *Waldorf Astoria*.«

Sie nannte mir ihre Zimmernummer.

»Ich bin in vierzig Minuten bei dir.«

Als mir Jelena wenig später die Tür zu ihrer Suite öffnete, trug sie nichts weiter als einen seidenen Morgenmantel über Spitzendessous. Vor einem Monat hätte sich sofort mein Schwanz in der Hose geregt, doch jetzt fand ich sie nur billig, und vor allem war ich genervt von ihrer aufdringlichen Art.

Verstand diese Frau nicht, dass sie Geschichte war? Vor allem, da sie erst vor wenigen Tagen noch die Beine für meinen Bruder breitgemacht hatte …Was bildete sie sich eigentlich ein? Dass sie innerhalb der King-Familie einfach so von einem Mann zum anderen wechseln konnte, je nach Lust und Laune? Gut, Damien war das offenbar gleichgültig, aber mich widerte es einfach nur noch an.

»Zieh dir bitte was an, wir gehen hinunter in die Hotelbar«, herrschte ich sie an.

Doch Jelena stützte ihre Hand in die Hüfte und schob dabei wie zufällig ihren Mantel zur Seite, sodass sie noch mehr nackte Haut präsentierte. Dabei winkelte sie ein Bein lasziv an.

»Jelena, es reicht! Ich erwarte dich in fünf Minuten.«

Wütend verließ ich ihre Suite und fuhr nach unten.

Tatsächlich tauchte sie kurz darauf an der Bar auf. Natürlich hatte sie auf ein viel zu kurzes Kleid nicht verzichten können. Der Ausschnitt war ebenfalls provokant. Sie rutschte auf den Barhocker neben mir und legte sofort ihre Hand auf meinen Unterarm.

»Tut mir leid, wenn ich dich überrumpelt habe. Was kann ich für dich tun?«

Der Barkeeper kam zu uns und nahm unsere Bestellung auf. Als wir wieder allein waren, beugte ich mich ganz nahe zu ihr. »Spar dir deine zuckersüße Stimme, Jelena. Ich will, dass du dich endlich aus meinem Leben raushältst. Lass Ashley in Ruhe, und vor allem hör auf, die Presse mit Lügengeschichten zu versorgen.«

Kurz sah sie mich mit großen Augen an – vermutlich hatte ich mit meinem Schuss ins Blaue den Nagel auf den Kopf getroffen und sie hatte tatsächlich etwas mit der Berichterstattung zu tun. »Ich habe keine Ahnung, wovon du sprichst«, meinte sie dann und mimte die Unschuldige.

»Spar dir das! Wir wissen beide, dass du hinter dem Zeitungsartikel steckst. Also hör auf damit, sonst …«

»Sonst was?«

Ich wollte ihr schon darauf antworten, doch sie kam mir zuvor.

»*Nichts* wirst du machen, Travis. Und weißt du auch, wieso?« Sie beugte sich zu meinem Ohr und raunte dann: »Weil sonst die ganze Welt erfahren wird, dass du gar nicht Jefferson Kings Sohn bist.«

Ich lachte lauthals. »Der war gut.«

»Das ist kein Scherz.« Sie sah mich herausfordernd an.

Ihr Blick war boshaft, was mich bei ihr schon lange nicht mehr wunderte, aber auch sehr überzeugt – und das machte mich doch stutzig. Und noch bevor ich darauf reagieren konnte, redete sie erneut weiter.

»Du erinnerst dich an Matthew Friedman?«

Natürlich, wie könnte ich Matthew vergessen? Er war ein guter Freund meiner Eltern gewesen und hatte viel Zeit mit uns verbracht, als Mom noch lebte und unser Vater mit der Arbeit sehr beschäftigt gewesen war. Oft waren wir mit ihm Basketball spielen oder am See gewesen. Einmal hatte er uns sogar in seinem Hubschrauber mitgenommen und einen Rundflug über die Stadt mit uns gemacht. Solche Abenteuer vergaß man nicht …

Ich kniff die Augen zusammen. »Woher kennst du ihn?«, fragte ich, weil ich noch nicht wusste, wie ich mit ihrer seltsamen Andeutung umgehen sollte.

»Damien hat mir ein Foto gezeigt, auf dem ihr als kleine Jungs gemeinsam mit eurer Mutter und Matthew Friedman zu sehen seid. Und … nun ja, was soll ich sagen … er hat mir ein wenig von dieser Zeit erzählt, woraufhin ich Nachforschungen angestellt habe. Sag, hast du es nie als seltsam empfunden, dass er so oft bei euch war, während euer Vater gearbeitet hat?«

Wütend ballte ich meine Hände zu Fäusten, als ich verstand, worauf das hinauslaufen sollte. Woher nahm sie die Frechheit, meiner Mutter eine Affäre zu unterstellen? Noch dazu eine, aus der ich das Resultat sein sollte!

Als kleiner Junge hatte ich mir nie Gedanken darüber gemacht, dass Matthew so oft bei uns war. Im Gegenteil, ich hatte es genossen, jemanden zu haben, der mit uns all die Sachen machte, für die unser Vater nie Zeit hatte. Und auch nach Moms Tod hatte ich die intensive Freundschaft zwischen ihm und unserer Mutter nie infrage gestellt. Selbst dann nicht, als er und unser Vater sich zerstritten hatten, nachdem sie gestorben war. Wobei ich den Grund für den Streit bis heute nicht hinterfragt hatte … Doch zuvor gab es keine Hinweise auf Unstimmigkeiten zwischen

Matthew und unserem Vater. Im Gegenteil, die beiden hatten viele Abende im Wohnzimmer gesessen und sich gut unterhalten. Und natürlich war es völliger Unsinn, dass ich nicht der leibliche Sohn meines Vaters war. Doch ich konnte weder meine Mutter noch meinen Vater fragen, was damals wirklich vorgefallen war. Warum unsere Mutter so viel Zeit mit ihm verbracht hatte, unseren Vater das nicht gestört hatte und weswegen sich die beiden Männer schlussendlich zerstritten hatten. Und je länger ich gedanklich in der Vergangenheit festhing, umso mehr breitete sich gegen meinen Willen ein beunruhigendes Gefühl in meiner Magengegend aus …

»Selbst wenn es so wäre … würde es nichts ändern, aber es ist absoluter Unsinn, Jelena!«, knurrte ich zwischen zusammengebissenen Zähnen hervor.

Scheiße, war es nicht egal, wer mein Erzeuger war? Ich meine, mir war es natürlich gleichgültig. Von Matthew hatte ich über zwanzig Jahre nichts mehr gehört. Mein Vater war sicher kein Musterbeispiel, aber er hatte uns geliebt. Und heute waren meine Eltern tot. Ich würde nie herausfinden, wie sie diese Anschuldigung sahen oder ob vielleicht doch ein kleiner Kern an Wahrheit dahintersteckte.

Wie sehr mich ihre Mutmaßung traf, verschwieg ich Jelena jedoch.

»Bist du dir so sicher, dass alles beim Alten bleiben würde?«, schnurrte sie wie ein Kätzchen und streckte ihren Zeigefinger aus, um an meinem Kinn entlangzustreichen.

Doch ich wich zurück und packte sie grob am Handgelenk.

»Behalte deine Finger bei dir, Jelena!«, zischte ich drohend und ließ ihre Hand los, als hätte ich nach einer Königskobra gegriffen. »Verschwinde endlich aus meinem Leben und …«

Unbeeindruckt fuhr sie fort: »Soweit ich weiß, steht im Testament deines Vaters, dass *KING Estate* an den Ältesten seiner Nachfolger geht.«

Als hätte sie etwas völlig Uninteressantes gesagt, studierte sie ihre Fingernägel. Dann erst hob sie den Kopf und sah mich mit einem siegessicheren Grinsen an.

Wenn mir Damien das nächste Mal über den Weg läuft, würde ich ihn umbringen! Andererseits passte das gar nicht zu ihm. Sie musste ihm entweder eine Kopfwäsche verpasst haben – oder der Idiot hatte sich völlig betrunken bei ihr ausgeheult und sie hatte sich seinen Zustand zunutze gemacht. Zutrauen würde ich ihr beides …

In meinem Kopf ratterte es. »Du hast nichts in der Hand, Jelena. Gar nichts. Also was hast du davon, hier jetzt diese Show abzuziehen?«

»Denkst du ernsthaft, ich würde dir so etwas sagen, wenn ich keine Beweise hätte?«

Ja, sie war eine gute Schauspielerin. Denn ich konnte weder aus ihrer Stimme noch aus ihrer Mimik herauslesen, ob sie mich anlog oder ob sie tatsächlich etwas vorlegen konnte, das ihre Behauptung bestätigen würde.

Trotzdem ging ich von Ersterem aus. In den letzten Tagen und Wochen hatte sie mir immerhin oft genug ihr wahres Gesicht gezeigt. Zornig packte ich sie am Oberarm. »Spar dir deine Lügen, Jelena. Du legst dich mit dem Falschen an.«

Der Barkeeper servierte uns unsere Drinks und bedachte mich mit einem warnenden Blick. Er hatte wohl mitbekommen, wie ich Jelena gepackt hatte. Dabei war sie der Teufel und nicht ich …

Ihr freundliches Lächeln wurde zu einer hässlichen Fratze, kaum dass wir wieder allein waren. »Ach, dabei fällt mir ein, dass es interessant wäre, zu erfahren, was Ashley

Crown zu dieser neuen Erkenntnis sagen würde – wenn sie herausfände, dass du nicht der rechtmäßige Eigentümer von *KING Estate* bist. Ob sie dann immer noch so scharf drauf ist, sich von dir vögeln zu lassen? Klar, wer wäre das nicht. Aber auf Dauer …? Immerhin müsste sie dann mit Damien ins Bett, um weiterhin ihren Kunden zu behalten.«

Fast hätte ich mich vergessen, aber ich hatte noch nie eine Frau geschlagen, und den Teufel würde ich tun und mir noch mehr Probleme aufhalsen …

Ashley würde sich nie von mir abwenden, wenn ich nicht mehr Eigentümer von *KING Estate* wäre. Sie war nicht wegen des Geldes bei mir und auch nicht wegen meines Status. Sie war nicht wie Jelena, das hatte diese Schlange nicht bedacht. Doch dieses Wissen behielt ich für mich.

»Du bist so erbärmlich, weißt du das, Jelena? Ich bin mit Ashley zusammen, und daran kann nichts etwas ändern. Auch keine von dir erfundenen Lügengeschichten«, sagte ich lediglich.

Innerlich bebte ich. Ich umklammerte das Glas, das der Barkeeper neben mir abgestellt hatte, um dieser Schlampe vor mir nicht den Hals umzudrehen.

Denn als hätte sie mich gar nicht gehört, redete sie einfach weiter. »Oh, und was würde wohl dein liebes Brüderlein dazu sagen, in der Erbfolge nach vorne gerückt zu sein? Immerhin stand er immer in deinem Schatten. Ständig warst du Daddys Liebling. Ganz klar, dass er nicht einmal den Funken einer Chance gehabt hat, *KING Estate* zu übernehmen.«

Es machte ganz den Eindruck, als hätte sie mit Damien bisher noch nicht darüber geredet.

Sie legte den Kopf schief. »Und die Presse wird sich über diese Story freuen. Hach, ich sehe die Schlagzeilen jetzt schon vor mir: ›Travis King entthront‹.« Dabei hob sie ihre Hand und fuhr bei ihren letzten Worten eine unsichtbare Headline nach.

Finster lachte ich auf. »Du denkst doch nicht allen Ernstes, dass du damit durchkommst, oder?«

»O doch, das denke ich schon.« Seelenruhig ließ sie die Eiswürfel an ihr Glas schlagen, während sie es in der Hand schwenkte.

»Du hast keinen einzigen Beweis für deine lächerliche Geschichte, Jelena.«

»Oh, du irrst dich, mein Lieber.«

Aus ihren Augen sprühte Gift, und ich fragte mich, was mich jemals an dieser Frau gereizt hatte. Sie zeigte mir ihre perfekten Zähne, als sie lächelte.

»Du meinst doch nicht etwa dieses lächerliche Foto von uns mit Matthew?« Gott, diese Frau war so dumm … »Damit kannst du gar nichts beweisen, Jelena. Überhaupt nichts.«

Ich stand auf, knallte dem Barkeeper ein paar Scheine hin und wollte gehen. Von diesem Theater hatte ich die Schnauze voll. Dafür war mir meine Zeit zu kostbar.

»Ich habe Haare von dir und von Matthew Friedman. Genug, um eure Blutsverwandtschaft zu beweisen. Du kannst also deinen Schreibtisch schon mal räumen.«

»Woher kennst du Matthew?«, fragte ich überrascht und gleichermaßen geschockt.

»Ach, ein alter Bekannter von mir.« Sie grinste verwegen, und wenn ich so recht darüber nachdachte, wollte ich gar nicht wissen, *wie gut* und *woher* sie ihn tatsächlich kannte. »In einer guten Stunde hab ich einen Termin mit der *Chicago Sun-Times*. Was für ein Spaß, wenn morgen die ganze Stadt erfährt, dass deine Mutter ein Flittchen war und …«

Nun war das Fass voll. Ich packte sie grob am Oberarm und zog sie an mich, sodass unsere Gesichter nur wenige Zentimeter voneinander entfernt waren.

»Du wirst gar nichts tun, hörst du? Ich lasse nicht meinen Ruf in den Dreck ziehen von einem frustrierten, eifersüchtigen Weibsstück wie dir! Du hörst von meinem Anwalt, und dann kannst du mit deiner Karriere einpacken, Jelena!«

Sie stand nun ganz nah vor mir. Sofort legte sie wieder eine Hand an meine Brust. Sie öffnete leicht die Lippen, ihr Atem wurde schneller. Erst sah sie mir in die Augen, dann senkte sie ihren Blick auf meinen Mund. Vielleicht machte sie meine Wut sogar an.

»Nicht, wenn es die Wahrheit ist.«

Sie beharrte wohl auf ihrer Theorie. Grinsend beugte sie sich vor, vermutlich, um mich zu küssen. Angewidert schob ich sie von mir.

»Den Termin heute mit der Presse lass ich mir jedenfalls nicht entgehen. Außer …«

»Außer was?«, knurrte ich. »Sag schon, was willst du von mir, Jelena?«

»Das wird dich einiges kosten, Travis.« In ihren Augen funkelte es teuflisch auf.

»Wie viel willst du?«, fragte ich mit zusammengebissenen Zähnen und wollte schon das Scheckheft zücken.

Doch Jelena legte den Kopf schief und verschränkte ihre Arme vor der Brust. »Ich will die Villa, in der das letzte Shooting stattfand.«

Ich lachte laut auf. »Das soll wohl ein Scherz sein?«

»Sehe ich so aus, als würde ich es nicht ernst meinen?« Sie presste ihre Lippen zusammen. Ihr Blick war eiskalt und berechnend.

Nein, sie meinte jedes Wort ernst.

Ich fuhr mir mit der Hand durch die Haare. »Das kannst du dir abschminken.«

»O nein, das denke ich nicht. Wenn du mir nicht gibst, was ich will, werde ich der Presse geben, was sie will. Ich rate dir also, meine Geduld nicht zu sehr zu strapazieren, denn sonst werde ich dir weiterhin dein Leben zur Hölle machen, Travis. Darauf kannst du Gift nehmen. Dass ich dazu in der Lage bin, hast du ja in den letzten Tagen gemerkt.«

Sie grinste hinterhältig.

Diese Frau machte mich rasend vor Wut, und ich atmete tief durch, um meinen schnell pochenden Herzschlag zu beruhigen.

»Cancle diesen verdammten Pressetermin, und ich werde sehen, was sich machen lässt.«

Definitiv würde ich mir ein Schlupfloch offen lassen, sollte ich ihr wirklich die Villa überlassen müssen, um sie aufzuhalten, so viel war klar. Und die Lösung mit der Immobilie war vielleicht sogar ein besserer Weg, als ihr Geld zu geben.

»Ich werde den Termin um zwei Tage verschieben. So lange hast du Zeit, alles in die Wege zu leiten.«

Offenbar genoss sie es, mich so in der Hand zu haben.

»Von mir aus.«

Sie würde ja doch nicht eher Ruhe geben. Und das Risiko, ihre abstruse Geschichte meiner Herkunft morgen in der Zeitung zu lesen, war mir zu groß. Noch dazu war ich mir im Moment nicht mehr sicher, ob sie mit ihrer Behauptung nicht doch recht haben könnte. Konnte es wirklich sein, dass sie Matthew Friedman kannte und ihn dazu gebracht hatte, bei dieser Sache mitzumachen? Ich wusste es nicht. Wobei, wenn es stimmte, dass ich tatsächlich sein Sohn war, warum sollte er mir schaden wollen? Ginge es ihm ums Geld, hätte er mich auch direkt ansprechen können. Egal, was der Grund dafür war, Jelena saß momentan am längeren Hebel, und nun musste ich schnell und vor allem überlegt handeln.

»Danke, Schatz.« Sie rutschte vom Barhocker, küsste mich auf die Wange und zeigte mir noch einmal ihr teuflisches Lächeln, ehe sie die Hotelbar verließ.

KAPITEL 15

Crown

Seit Travis' Geständnis hatte sich zwischen uns etwas verändert. Wir waren uns noch näher gekommen, und obwohl noch niemand von uns die drei magischen Worte ausgesprochen hatte, war es einfach schön, Zeit mit ihm zu verbringen und zu wissen, dass ich nicht *irgendeine Frau* für ihn war, sondern dass ich ihm so viel mehr bedeutete.

Wir verbrachten so gut wie jede freie Minute miteinander. Wir liebten uns in jedem Raum meiner kleinen bescheidenen Wohnung. Es war schön, ihn hier zu haben, mit ihm zu Abend zu essen und zu frühstücken. Ein Gefühl von Normalität umgab uns, und alles, was draußen in dieser verlogenen Welt voll Sensationsgier passierte, berührte uns in meinen vier Wänden nicht. Hier waren wir nur Ashley und Travis, zwei Verliebte, auch wenn ich manchmal das Gefühl hatte, dass Travis etwas beschäftigte, worüber er nicht mit mir reden wollte.

Dazu kam, dass auch in meiner beruflichen Laufbahn Aufwind zu spüren war. Die *Season Galerie* hatte bei mir angerufen – sie seien über die Presse auf mich aufmerksam geworden. Irgendwie unangenehm, dass ich durch den Artikel über die Benefizgala nun doch von Travis' Bekanntheit profitierte. Doch sie meinten, sie hätten Interesse daran, einige meiner Architekturfotografien auszustellen, und da wäre ich dumm gewesen, hätte ich abgelehnt. Mit dem Honorar, das sie mir boten, würde ich das Loch, das die *J. C. Wood + Design* mit der Stornierung ihrer Aufträge in meinen Finanzhaushalt gerissen hatte, locker wieder stopfen können. Ganz zu schweigen davon, was passieren würde, wenn sich dort auch noch Werke von mir verkaufen ließen …

Es war, als hätte sich ganz von selbst wieder alles ins Lot gerichtet.

* * *

Am Mittwoch war es endlich so weit: Ich würde das zweite Immobilienobjekt für *KING Estate* fotografieren. Dazu entdeckte ich morgens während des ersten Kaffees eine E-Mail von Travis in meinem Posteingang.

An: Ashley Crown
Von: Travis King
Betreff: Fotoshooting

Liebe Ash,
leider kann ich bei dem heutigen Shooting nicht dabei sein. Mir ist ein Termin dazwischengekommen, der sich nicht verschieben lässt. Kristopher wird vor Ort sein, um Jacob und dir die Villa aufzuschließen.
Wenn du heute Abend mit deiner Arbeit fertig bist, will ich, dass du zu mir nach Hause kommst. Kristopher

wird dir beim Fototermin die Adresse und die Zugangscodes sagen sowie alles erklären, was du sonst noch wissen musst, um zu meinem Penthouse zu kommen. Ich kann es nicht erwarten, dich in meinem Bett zu haben …
Travis
CEO, KING Estate

Einerseits war ich enttäuscht, dass Travis nicht zum Shooting auftauchen würde. Doch mich ehrte auch sein Vertrauen, das er mir dadurch entgegenbrachte. Und ja, er konnte sich auf mich verlassen, dass ich meine Arbeit genauso gut machte wie beim letzten Mal.

Dass er mich anschließend zu sich eingeladen hatte, machte mich hibbelig und aufgekratzt. So hatte ich endlich wieder die Chance, mehr über ihn zu erfahren, und würde zum ersten Mal sehen, wie und wo er wohnte.

Die Villa war noch größer als die vom ersten Shooting. Jacob pfiff durch die Zähne, als wir sie betraten, doch wir machten uns gleich an die Arbeit. In meiner Hosentasche brannte die Scheckkarte, mit der ich Zugang zu Travis' Penthouse bekommen würde. Den Code für seine Garage hatte ich mir ins Smartphone gespeichert.

Als wir mit dem Shooting fertig waren und alles in meinem Lieferwagen verstaut hatten, aktivierte ich noch die Alarmanlage, ehe ich mit dem Schlüssel, den Kristopher mir dagelassen hatte, abschloss.

Jacob, der zur nächsten U-Bahn-Station gehen und von dort nach Hause fahren wollte, verabschiedete sich von mir. Meine Nervosität nahm zu, als ich in den Lieferwagen stieg und Travis' Adresse ins Navi eingab.

Bis ich in der Straße, in der er wohnte, angekommen war, war ich so aufgeregt, dass ich laut zum Radio sang, um mich etwas abzulenken. Dann erreichte ich einen Wolkenkratzer, bei dem ich Kristophers Beschreibung folgte und in die Parkgarage fuhr. Mit der Scheckkarte bekam ich nicht nur Zugang zu den Parkplätzen, sondern auch zu Travis' privater Garage, die durch ein separates Tor vor neugierigen Blicken geschützt wurde.

Ich parkte meinen Lieferwagen auf einem freien Stellplatz und erkannte die Limousine, den Maserati, den Audi, ein Motorrad sowie ein Quad und einen Geländewagen. Mein Lieferwagen wirkte armselig zwischen all diesen Luxusschlitten, doch ich nahm es mit Humor.

Am gegenüberliegenden Ende der Garage entdeckte ich einen Aufzug. Ich drückte den Rufknopf, und sofort gingen die Türen auf. Mit gerunzelter Stirn sah ich auf die drei Knöpfe: Garage, Erdgeschoss und Penthouse.

»Ach du Schande«, murmelte ich und drückte den für das Penthouse.

Die Türen schlossen sich, dann setzte sich der Fahrstuhl in Bewegung, und ich war froh, mich am Handlauf festhalten zu können. Sonst wäre ich womöglich vor Nervosität umgekippt. Die Fahrt nach oben kam mir endlos vor, und da auf der Anzeige nicht zu erkennen war, in welchem Stockwerk ich mich befand, geschweige denn in welchen Stock ich fahren würde, hatte ich das Gefühl, dass die Zeit stillzustehen schien.

Als sich endlich die Türen öffneten, waren meine Nerven zum Zerreißen gespannt. Doch Travis erwartete mich bereits, und als ich in seine eisblauen Augen sah, war meine Aufregung wie weggeblasen.

Er trug tief sitzende Jeans, die verdammt sexy an ihm aussahen. Dazu eine Art Longshirt mit tiefem V-Ausschnitt, das den Ansatz seiner Brustmuskeln zeigte. Die langen Ärmel hatte er lässig hochgeschoben. Auch die

Haare waren nicht mehr so akkurat nach hinten gekämmt, wie er sie im Büro trug, sondern standen wild und ungebändigt in alle Richtungen ab. Und er war barfuß.

Gott, er war einfach heiß!

Er stand mit in die Hosentaschen geschobenen Händen in einer Art Vorhalle. Die Wände hier waren eierschalenfarben gestrichen, den Boden zierte ein schwarzgrauer, glatt polierter Steinboden. An einer Wand stand eine weiße Kommode, über der ein Gemälde im Art-déco-Style hing.

»Hi.« Er strahlte mich an und nahm mich sofort in seine Arme.

»Selber hi«, antwortete ich und kuschelte mich an seine Brust.

»Wie war das Shooting?«

»Gut. Ich denke, die Aufnahmen sind wieder genau nach deinem Geschmack.«

»Diese Antwort gefällt mir«, meinte er schmunzelnd und deutete auf die einzige Tür in diesem Raum. »Lass uns hineingehen.«

Auch seine Wohnung war mehr als beeindruckend. Egal, wer hier als Innenarchitekt tätig gewesen war, diese Person hatte Geschmack bewiesen.

Travis führte mich in das geräumige Wohnzimmer, auf dessen dunkelbraunem Holzboden eine riesige weiße Ledercouch stand, von der aus man über deckenhohe Panoramafenster einen atemberaubenden Ausblick auf die Stadt hatte. Unzählige Lichter der umliegenden Häuser und Wolkenkratzer wirkten wie ein einmaliges Gemälde, und obwohl die Stadt immer hektisch war, konnte man das von hier oben nicht erkennen.

»Möchtest du etwas zu trinken?«, fragte er und ging zu einer Bar im hinteren Bereich des Wohnzimmers. Irgendwie wirkte er etwas angespannt auf mich.

»Hast du auch Kaffee?« Zwar war ich noch ziemlich aufgedreht, aber die letzten Tage waren anstrengend und die Nächte viel zu kurz gewesen. Und etwas sagte mir, dass ich auch heute Nacht nicht viel Schlaf bekommen würde.

»Natürlich.« Er ging zu einer gigantischen Kaffeemaschine, wie sie sonst nur in Cafés standen. Ich gesellte mich zu ihm und sah ihm zu, wie er mit wenigen Handgriffen einen herrlich duftenden Kaffee für mich zauberte.

»Im wievielten Stock sind wir?«, fragte ich, als ich aus dem gegenüberliegenden Fenster auf die Stadt sah, die unwirklich klein vor uns lag.

»In der zweiundsiebzigsten Etage.«

Staunend hob ich die Augenbrauen und schielte noch einmal zur Fensterfront und den bunten Lichtern der Stadt.

Travis nahm sich eine Flasche Wasser aus dem Kühlschrank und ging mit mir dann zurück ins Wohnzimmer. Wir setzten uns auf die Couch. Mit einer Fernsteuerung dimmte er das Licht, sodass wir den Ausblick auf die Stadt noch besser genießen konnten.

»Es ist unglaublich schön hier«, sagte ich bewundernd. »Hier zu leben muss sich jeden Tag wie Urlaub anfühlen.«

Travis schmunzelte. »Ein klein wenig hast du recht, ja. Ich bin wirklich froh, dieses Penthouse mein Eigentum nennen zu dürfen. Der Ausblick bei Tag ist fast genauso schön wie nachts.«

Daran zweifelte ich nicht. »Das ist dann wohl der Vorteil, wenn man die schönsten Immobilien Chicagos verwaltet.«

Nun lachte er leise auf. »Das stimmt.«

Sein Telefon vibrierte. Entschuldigend griff er danach und las den Namen des Anrufers. Sofort verdunkelte sich sein Blick.

»Ich bin sofort wieder bei dir, lauf nicht weg«, sagte er grimmig, küsste mich kurz auf den Mund und eilte mit dem Telefon in der Hand davon.

Ich lehnte mich zurück, genoss die Aussicht und trank meinen Kaffee, der nicht zu vergleichen war mit dem Gebräu, das meine Kaffeemaschine hergab.

»... du wirst dich eben noch ein paar Stunden gedulden müssen ...«, hörte ich Travis wütend und mit erhobener Stimme.

Ich fühlte mich unwohl dabei, Fetzen dieses Streitgesprächs mit anhören zu müssen.

»Morgen ... Natürlich bekommst du den Schlüssel, immerhin haben wir einen Vertrag!«

Verlegen blickte ich ihn an, als er wieder zu mir zurückkam. »Alles in Ordnung?«

»Klar.« Doch sein Lächeln erreichte seine Augen nicht. »Soll ich dir den Rest der Wohnung zeigen?«

Ein geschickter Schachzug von ihm, vom Thema abzulenken. Offenbar wollte er nicht mit mir darüber reden. Ich war jedoch auch neugierig auf die anderen Räume und nickte zustimmend. Ein letztes Mal nippte ich am Kaffee, dann stellte ich die Tasse auf den ovalen Couchtisch aus Holz und folgte Travis. Er zeigte mir die beiden Gästezimmer, die wirkten, als würden sie nur regelmäßig sauber gemacht werden, wären aber noch nie bewohnt worden. Sein Arbeitszimmer dagegen sah aus, als würde er sich viel darin aufhalten und arbeiten.

»Bereit für das Highlight?« Er lächelte zwar, doch ich spürte, dass ihm der Ärger über den Anruf noch immer in den Knochen saß.

»Dein Schlafzimmer etwa?«, fragte ich frech und schmiegte mich an ihn. Vielleicht würde ich ihn ja von seinen Sorgen ablenken können.

»Das zeige ich dir danach.« Nun zwinkerte er geheimnisvoll und brachte mich zu einer Wendeltreppe, die nach unten führte. Wir kamen in einen Flur, von dem mehrere Türen wegführten. Eine davon öffnete er und … offenbarte einen riesigen Indoorpool.

Ein übertriebenes Lachen schob sich gegen meine Kehle, und ich war mir nicht sicher, ob ich es lange unterdrücken können würde. »Du hast deinen eigenen Pool? Mit Blick auf Chicago?«

Er nickte grinsend.

Ungläubig und völlig sprachlos über diesen grenzenlosen Luxus lachte ich laut auf und betrat diesen großen Raum, in dem die Luftfeuchtigkeit und die Temperatur um einiges höher lagen als in den Räumen darüber.

Ich ging neben dem Becken in die Hocke, das bestimmt mindestens halb so lang war wie die Sportbahnen in den Schwimmbädern, und sicher sechs Meter in der Breite hatte. Das Wasser war angenehm warm.

»Lass uns schwimmen«, hörte ich Travis sagen, der ans andere Ende des Pools gegangen war. Er griff in das Wasser hinein, und plötzlich sprudelte vor ihm ein kleiner Whirlpool.

Noch bevor ich ihm hätte klarmachen können, dass ich keine Badesachen mithatte, begann er schon, sich auszuziehen. Seine Kleidung legte er auf eine der Liegen am Poolrand, dann sprang er kopfüber in das Wasser und tauchte vor mir wieder auf.

»Komm schon, das Wasser ist fantastisch!«

Kurz zögerte ich noch, biss auf meine Zunge, doch dann zog ich mich ebenfalls aus, während Travis mich dabei beobachtete, und setzte mich an den Poolrand. Sofort war er bei mir und strich mit seinen nassen Händen über meine noch trockene Haut.

»Das brauche ich jetzt«, murmelte er.

Dann hob er mich in das Wasser. Kaum dass ich den Boden des Beckens unter meinen Füßen spürte und das Wasser meine Schultern umspülte, presste er seine Lippen auf meine. Er eroberte meinen Mund, rieb seine Erektion an mir. Was für ein Gefühl, ihn Haut auf Haut zu spüren, nur das warme Wasser zwischen uns. Es fühlte sich herrlich an, und sofort schlang ich meine Beine um ihn, sodass ich seinen Schwanz an meinem Eingang spürte.

»Noch nicht.«

An seiner gepresst klingenden Stimme konnte ich erkennen, wie sehr er sich zurückhielt. Wie viel Beherrschung es ihn kostete, mich nicht sofort zu nehmen.

»Ich will dich aber spüren.« Ich ignorierte seine Bitte, gab meinem Drängen nach und umfasste ihn mit festem Griff.

»Herrgott, Ash«, knurrte er und trug mich zu einer seichteren Stelle. »Du machst es mir nicht leicht, mir nicht einfach zu nehmen, wonach mir ist.«

Travis hatte offenbar nach wie vor das Gefühl, sich bei mir zurückhalten zu müssen, doch das war völlig unnötig. Ich mochte es, wenn er aus sich herauskam, wenn er tat, wonach ihm war. Es waren jene Momente, in denen er völlig er selbst war, ohne die Rolle des korrekten Immobilienmoguls zu spielen. Wenn er sich gehen ließ, war er heiß, wild und animalisch, und das gefiel mir. Es machte mich an, und ich konnte mir nicht vorstellen, jemals genug davon zu bekommen.

»Wieso tust du es nicht einfach?«

Bestimmt provozierte ich ihn mit meiner Frage, aber ich sehnte mich so sehr nach ihm. Sein heißer Atem strich über mein Gesicht, ehe er mich von sich löste. Ich ertastete den Boden unter meinen Füßen, dann drehte er mich um.

»Genieße die Aussicht, Baby.« Er packte mich im Nacken und drückte mich sanft über den Poolrand auf die warmen Steinfliesen, bis sich mein Po halb aus dem Wasser reckte. »Ich werde das ebenfalls tun«, hörte ich ihn sagen.

Ich hielt einen Moment erwartungsvoll die Luft an. Mit seiner anderen Hand massierte er meinen Hintern und teilte anschließend mit zwei seiner Finger meine Schamlippen. Er tauchte in mich ein, ohne seinen eisernen Griff um meinen Nacken zu lockern.

Dass er sich nahm, wonach ihm war, erregte mich. Mein Schoß zog sich lustvoll zusammen, als er seine Finger in mir bewegte und sich über mich beugte.

»Mir gefällt, dass du immer bereit für mich bist, Ash.«

Dann zog er sich aus mir zurück, nur um gleich darauf seinen Schwanz in mich zu schieben.

»O Gott«, stöhnte ich, als er mich voll ausfüllte und kurz innehielt, damit ich Zeit hatte, mich an ihn zu gewöhnen.

»Du darfst mich auch King nennen«, murmelte er in mein Ohr, und ich konnte hören, wie er dabei grinste.

Endlich begann er, sich in mir zu bewegen. Und ja verdammt, ich liebte es so sehr, ihn in mir zu spüren. Jeden seiner Stöße hieß ich willkommen, hob meinen Hintern weiter aus dem Wasser, damit er noch tiefer in mich kam.

Meine Brustwarzen rieben über den harten Stein, während wieder und wieder Wasser an meiner Haut entlang aus dem Pool schwappte.

Da ließ er meinen Nacken los, packte mich stattdessen an den Hüften, um nur noch härter zuzustoßen. Ich richtete mich auf, um seiner Kraft entgegenzuwirken, und lehnte mich gegen seinen Oberkörper. Sofort umschloss er mit einer Hand meine Brust und zog sanft und doch mit wilder Leidenschaft an meinem Nippel.

Meine Lider flatterten. Energie baute sich in mir auf, bereit zum Entladen. Als ich seine Hand an meinem Hals spürte, mit sanftem Druck, jedoch ohne zu würgen, und die Finger der zweiten Hand über meine Klitoris rieben, gab es kein Halten mehr. Die Wellen jagten über mich hinweg, rissen mich mit. Mit Travis' animalischem Stöhnen in meinem Ohr spürte ich, wie auch er kam. Seine Stöße wurden langsamer, bis er mich an sich drückte und zärtlich über meinen Hals küsste.

»Danke«, murmelte er in mein Ohr. »Das hab ich gebraucht.«

Ich vermutete, dass es eine Anspielung auf den Anruf war, der ihm die Laune verdorben hatte, ging aber nicht darauf ein.

»Immer wieder gerne«, antwortete ich stattdessen und küsste ihn auf die Wange, einen Arm nach hinten um seinen Nacken geschlungen.

* * *

Irgendwann später lagen wir zusammengekuschelt in seinem Bett. Wenn er vom Pool noch als Highlight gesprochen hatte, dann war sein Schlafzimmer mindestens genauso erwähnenswert. Das Bett war riesig und mit unglaublich weicher, seidener Bettwäsche in einem glänzenden Bronzeton überzogen. An drei Seiten war der Raum von deckenhohen Fenstern umgeben, die einen herrlichen Ausblick auf den Lake Michigan erlaubten. Ich fühlte mich wie im siebten Himmel.

Müde und glücklich lag ich in seinen Armen, eng an ihn geschmiegt, und lauschte dem Klopfen seines Herzens.

»Was hältst du davon, wenn wir am Wochenende mit der Yacht auf den See rausfahren? Das Wetter soll schön sein, die Temperaturen sollen milder werden, und ich könnte etwas Auszeit gut vertragen.«

»Am Wochenende bin ich leider nicht hier«, gestand ich und sah zu ihm auf. »Ich besuche meine Familie.«

»Oh … Okay, dann nicht.«

Die Enttäuschung in seiner Stimme traf mich einerseits tief und freute mich zugleich sehr. Immerhin war es ein weiteres Zeichen dafür, wie gern er Zeit mit mir verbrachte und wie viel ich ihm bedeutete.

»Was … hältst du davon, mich zu begleiten?«, fragte ich deshalb vorsichtig.

Klar, wir hatten schon einmal darüber gesprochen, aber damals empfand ich es eher als scherzhafte Unterhaltung. Ihn nun wirklich nach Kewanee einzuladen und meiner Familie vorzustellen, war definitiv eine Nummer größer.

Travis streckte sich und verschränkte die Arme hinter dem Kopf. Den Blick hatte er zur Decke gerichtet, und in dem spärlichen Licht konnte ich nicht sehen, ob er ernsthaft darüber nachdachte oder nur nach einer Ausrede suchte.

»Das ist ein großer Schritt, Ash, ich hoffe, das weißt du«, sagte er zögernd. »Wenn die mich sehen und mich nicht ausstehen können, was machst du dann?«

Nun fehlten mir die Worte. Der sonst immer so selbstbewusste Travis King zweifelte an sich selbst?

»Sie für eine sehr lange Zeit zum letzten Mal besuchen«, antwortete ich ihm halb im Scherz und halb ernst, was ihn zum Schmunzeln brachte.

»Du ziehst mich also deiner Familie vor?«, fragte er noch einmal, und ich konnte erneut Überraschung in seiner Stimme hören.

»Die wohnen viel zu weit weg, um Einfluss auf mich und mein Leben nehmen zu können. Abgesehen davon weiß ich jetzt schon, dass sie dich lieben werden.«

Sein Lachen wärmte mich von innen. »Na, wenn du das sagst …«

»Wie könnte man dich nicht lieben?«, fragte ich, ohne zu überlegen und mit einer solchen Selbstverständlichkeit, dass seine Reaktion mir zeigte, wie tief ich ihn damit berührt haben musste. Denn nun drückte er mich an sich, vergrub seine Finger in meinen Haaren und küsste mich drängend.

Wir mussten nicht reden, wir fühlten die Verbundenheit, wussten um die Gefühle des anderen, auch wenn es vielleicht noch nicht der richtige Zeitpunkt war, sie auszusprechen.

* * *

Es war ein seltsames Gefühl, zu meinen Eltern zu fahren – oder besser gesagt, gefahren zu werden. Travis saß am Steuer seines Audis – er hatte darauf bestanden, auch wenn ich ihm mehrmals angeboten hatte, auf halber Strecke zu tauschen.

Ob er mir nicht zutraute, mit seinem Auto zu fahren, oder ob er einfach den Gentleman raushängen lassen wollte, wusste ich nicht. Aber mir war es auch ganz recht, denn je näher wir Kewanee kamen, desto aufgeregter wurde ich.

Wie würden meine Eltern tatsächlich auf ihn reagieren? Ich hatte ihnen natürlich gesagt, dass ich jemanden mitbringen würde, aber wer Travis war – nämlich einer der reichsten, einflussreichsten Männer Chicagos –, hatte ich ihnen verschwiegen. Ich kannte meine Mutter. Sie wäre in letzter Sekunde panisch geworden und womöglich noch in den Laden gefahren, um teure Bettwäsche zu kaufen, aus Angst, Travis würde sich in normalen Baumwolllaken nicht wohlfühlen.

»Du bist so schweigsam.« Travis sah mich sorgenvoll von der Seite an, als wir das Ortsschild von Kewanee passierten, und unterbrach damit meine Grübeleien. »Ich hoffe, du bereust deine Entscheidung nicht, dass du mich hierher mitgenommen hast?«

Beruhigend griff ich nach seiner Hand, die auf der Mittelarmlehne lag, und drückte sie. »Keine Sorge, ich bin nur etwas nervös. Es ist das erste Mal, seit … Tony, meinem Ex, dass ich meinen Eltern jemanden vorstelle. Nicht, dass es dazwischen jemanden gegeben hätte, aber …« Mist, daran hatte ich noch gar nicht gedacht! »Daddy ist vermutlich etwas skeptisch, was dich angeht.«

Fragend hob er eine Augenbraue und fuhr sofort an den Straßenrand. »Was war zwischen dir und diesem Tony? Hat er dich nicht gut behandelt?«

»Das … erzähle ich dir ein anderes Mal«, sagte ich ausweichend, da ich jetzt keine Lust hatte, auch noch diese Geschichte auszurollen. »Jedenfalls könnte es sein, dass Daddy ein bisschen … voreingenommen reagiert.«

Travis nickte. »Okay. Worauf muss ich mich gefasst machen? Wird er mir mit dem Gewehr drohen?«

Er machte ein übertrieben entsetztes Gesicht, was mich zum Kichern brachte.

»Nein, ich denke nur, er wird dich vielleicht mal zur Brust nehmen und ein ernstes Wörtchen mit dir reden. Von Mann zu Mann. Etwa so was in der Art wie: ›Wenn du meiner Tochter das Herz brichst, wirst du es mit mir zu tun kriegen, Bürschchen.‹« Ich ahmte seine Stimme nach, was Travis zum Schmunzeln brachte.

»Dann hab ich ja nichts zu befürchten.« Er legte seine Hand an meine Wange, sah mir tief in die Augen und küsste mich anschließend so zärtlich, dass mir ganz warm in der Brust wurde.

»Bereit?«, fragte er dann, und ich nickte.

Keine fünf Minuten später fuhren wir in die Einfahrt meines Elternhauses.

Kaum dass Travis den Motor abgestellt hatte, kam meine Mom aus dem Haus. »Ashley, Liebes! Travis! Wie schön, dass ihr hier seid!«

Ich war noch nicht einmal richtig aus dem Wagen ausgestiegen, als sie mich bereits umarmte.

»Langsam, Mom, lass uns doch erst einmal ins Haus gehen, bevor du mich mit deiner Liebe überhäufst.«

»Papperlapapp, du hast dich viel zu lange nicht sehen lassen. Außerdem ruft sie viel zu selten an«, erklärte sie Travis, der schmunzelnd auf unsere Seite des Wagens kam.

»Mom, darf ich dir Travis vorstellen? Travis, das ist meine Mom, Cynthia, mit dem großen Herz.«

Sie strahlte ihn an und schüttelte entzückt seine Hand. »Ich freue mich, dass ihr uns besuchen kommt. Lasst uns ins Haus gehen. Euer Gepäck könnt ihr in dein altes Kinderzimmer bringen, ich habe das Bett schon vorbereitet«, meinte sie mit einem Zwinkern, was mir peinlich war.

»Mom, du bringst mich in Verlegenheit«, sagte ich leise zu ihr, als sie sich bei mir unterhakte und schon mit mir vorausging, während Travis unsere Taschen aus dem Kofferraum holte.

»Ach, komm schon. Du willst mir doch nicht weismachen, dass du auch nur eine Nacht neben diesem Prachtkerl liegen und deine Finger bei dir behalten kannst. Ich war immerhin auch einmal jung.«

Meine Wangen glühten trotz des kalten Windes, als wir die Eingangstür erreicht hatten. Zum Glück hatte uns Travis eingeholt, und meine Mom besaß zumindest so viel Anstand, dass sie nicht noch weiter über ihr und mein Sexleben sprach.

Dad saß im Wohnzimmer und sah sich ein Spiel der *Chicago Bulls* an. Als er uns hörte, schaltete er den Fernseher auf stumm und kam zu uns. Seine Hände hatte er in die Hosentasche vergraben und musterte Travis reserviert.

»Daddy, darf ich dir …«

Doch er kam mir zuvor und streckte Travis die Hand entgegen. »Kenneth Crown.« Seine Stimme wirkte streng, und er gab sich keine Mühe, zu verbergen, dass Travis sich seinen Respekt erst verdienen musste.

»Travis King. Schön, Sie kennenzulernen, Sir.«

»King?« Mein Vater musterte mich fragend. »Etwa *der* King?«

Am irritierten Blick meiner Mutter merkte ich, dass sie keine Ahnung hatte, wer hier vor ihr stand.

»Daddy, Travis ist der Inhaber von *KING Estate* in Chicago.«

So viel zu dem Thema, dass ich nicht gleich mit der Tür ins Haus fallen wollte. Aber da hatte ich wohl meinen Dad und sein Interesse für die nationale Wirtschaft unterschätzt.

Die Augenbrauen meines Vaters hoben sich, als er von mir zu Travis sah. Trotzdem hatte sich an seiner reservierten Haltung nichts verändert.

»Genau der bin ich.« Travis ließ sich seine Anspannung nicht anmerken, doch ich ahnte, dass für ihn viel davon abhing, ob mein Vater ihn akzeptierte oder nicht. »Sie sind ein *Bulls*-Fan?« Travis deutete auf den Fernseher.

»Ja.«

Gott, Daddy war so mürrisch! Ich wusste, er meinte es nur gut mit mir, aber ich hoffte auch, er würde sich nicht zwischen Travis und mich stellen.

»Ich bin denen auch immer noch treu«, fuhr Travis fort, als wäre mein Vater ihm mit der gleichen Freundlichkeit begegnet wie meine Mom. »Seit der Saison 1991/92, als ich mir mit meinem Dad ihren Meisterschaftssieg gegen die *Portland Trailblazers* im Fernsehen angesehen habe.«

Da hoben sich die Mundwinkel meines Vaters. Welch wundersame Verwandlung! Er klopfte Travis kumpelhaft auf die Schulter, und ohne ein weiteres Wort setzten sich die beiden vor den Fernseher, dessen Ton mein Vater wieder laut stellte.

Mit gerunzelter Stirn sah ich den beiden hinterher. Männer waren seltsam und undurchschaubar. Wie sie Freundschaften schlossen, würde ich wohl nie ganz kapieren.

»Wie es aussieht, verstehen sich die beiden«, meinte meine Mom schmunzelnd. »Dann lass uns mal in die Küche gehen und mit den Vorbereitungen für das Mittagessen beginnen. Madison und deine Tante Carolann kommen auch, und Grandma und Grandpa haben sich ebenfalls angemeldet.«

Ich unterdrückte ein Stöhnen. Dass Madison seit gestern hier war, wusste ich, weil ihre Mutter Geburtstag hatte. Aber dass nun so viele Leute kamen, um Travis kennenzulernen, war mir unangenehm.

»Muss das wirklich sein, Mom? Ihr könnt doch nicht sofort die ganze Verwandtschaft auf ihn loslassen … Seine Eltern sind beide tot, er hat nur noch seinen Bruder, und ihr wollt ihn gleich den Löwen zum Fraß vorwerfen.«

»Ach, das … tut mir leid. Wirklich. Aber wir hatten deinen Großeltern und Carolann schon letztes Wochenende zugesichert, dass sie heute …«

»Schon gut. Ich bin mir sicher, er wird es überleben«, unterbrach ich sie mit einem gequälten Lächeln. »Du kommst doch vorerst allein hier zurecht, oder? Ich will ihn nur noch schnell darauf vorbereiten, was ihn erwartet.

Und wenn sich Besuch angekündigt hat, sollten wir unsere Taschen nach oben bringen. Die stehen noch neben der Eingangstür.«

Ehe meine Mutter etwas dagegen hätte sagen können, war ich von der Küche ins Wohnzimmer geflüchtet. Dort saßen immer noch die beiden Männer, die in eine Diskussion über Basketball verwickelt waren, von der ich kein Wort verstand.

Als Travis mich im Türrahmen lehnen sah, stand er auf.

»Entschuldigen Sie mich bitte, Mister Crown.«

»Aber natürlich, mein Sohn. Und sag doch Kenneth zu mir, bitte.«

Mein Sohn? Kenneth?

Das war aber schnell gegangen, dass er Vertrauen in Travis gefasst hatte, stellte ich überrascht fest. Mühsam verkniff ich mir ein Grinsen. Was zur Hölle war hier eben passiert?

»Lass uns mal unsere Taschen nach oben tragen. Ich zeige dir, wo wir schlafen werden und wo du das Badezimmer findest.«

Mit einem letzten Blick zu meinem Vater, der ein seliges Lächeln auf den Lippen hatte und den Fernseher fixierte, ging ich die Treppe nach oben, dicht gefolgt von Travis. Ich spürte seinen Blick auf meinem Hintern, noch bevor er seine Hand darauf legte.

»Travis, was …« Leise kichernd drehte ich mich zu ihm um, als er seine Arme um mich schlang.

Plötzlich war er mir ganz nah, drückte mich an das Treppengeländer. Sein Blick war leidenschaftlich und trotzdem so weich und zärtlich, dass es mir fast den Atem verschlug.

»Danke, dass du mich hierher mitgenommen hast, Ash.«

»Oh, danke mir nicht zu früh …« Besser, ich hielt mit den Neuigkeiten nicht länger zurück.

»Ich wüsste nichts, was mir die Zeit hier vermiesen könnte. Ich mag deine Eltern.«

Ich wand mich aus seiner Umarmung und stieß meine Zimmertür auf. Die Tasche warf ich auf das Bett, dann drehte ich mich um und beobachtete Travis, wie er das Zimmer meiner Kindheit und Jugend neugierig in Augenschein nahm.

»Du wirst heute aber nicht nur meine Eltern, sondern auch noch meine Tante und meine Großeltern kennenlernen. Du erinnerst dich an meine Cousine Madison?«

Er nickte.

»Die ist heute Abend auch beim Essen dabei. Und wenn wir Pech haben, kommen noch andere Familienmitglieder, um sich ›Ashleys Neuen‹ anzusehen.«

Nun lachte er herzlich auf. »Du hast mich ja schon damals vorgewarnt, als du zum ersten Mal gemeint hast, ich sollte dich hierher begleiten. Keine Sorge, ich bin bereit.«

Unsicher sah ich ihn an. »Ja? Wirklich?«

Er nickte, nahm mich erneut in den Arm und stieß wie beiläufig mit dem Fuß die Tür zu.

»Und wenn es mir zu bunt werden sollte, werfe ich dich einfach über die Schulter und trage dich hoch in dein Zimmer, wo ich dich ordentlich durchvögeln werde, dass sogar die Nachbarn eine Zigarette danach brauchen werden.«

Ich schnappte nach Luft und sah ihm in die Augen, um die sich ein freches Lächeln bildete. Als er dann noch mit einer Hand an meiner Hüfte nach oben glitt, über meinen Rippenbogen, bis er meine Brust erreichte, die er knetete, prickelte es vor Vorfreude zwischen meinen Beinen. Leise keuchte ich auf, hielt mich in seinem Nacken fest. Seine Erektion rieb er provokant an meinem Bauch, während er sanft auf meine Unterlippe biss. »Vergiss nicht, was ich mit dir auf der Yacht gemacht habe.«

»Du meinst, als du mich auf dem Esstisch …« Ich atmete tief aus. Allein die Erinnerung daran schürte das Feuer in mir.

»Ganz genau. Denk dran, wenn wir heute Abend mit deiner Familie essen: Wären wir allein, würde ich genau das wiederholen. Egal, auf welchem Tisch …«

Langsam tastete er sich wieder nach unten, bis er meinen Schritt erreicht hatte. Mit festem Druck rieb er über meine Jeans, trieb meine Erregung noch weiter an. Leise wimmernd wand ich mich in seinen Armen. Als ich nach den Knöpfen seines Hemdes tastete, packte er mich an den Handgelenken und schüttelte den Kopf.

»Noch nicht, süße Ash.«

In dem Moment klopfte es an der Tür.

»Ashley, seid ihr da drin? Deine Mutter schickt mich, sie braucht deine Hilfe in der Küche.«

Meine Wangen glühten. Schnell fuhr ich mir mit den Fingern durch die Haare. »Wir kommen sofort«, rief ich.

Travis lachte leise – ihn schien meine Panik zu amüsieren.

»Hör auf, ich finde das gar nicht witzig«, murrte ich, konnte mir aber ein Grinsen nicht verkneifen. Ich boxte ihn in die Seite und zog eine Schnute.

»Na komm, lass deine Mom nicht länger warten. Ich werde mich währenddessen mit deinem Dad unterhalten. Ich bin mir sicher, wir haben noch genug Gesprächsstoff für dieses Wochenende.«

* * *

»Schön, dich auch wieder einmal zu sehen, Miss So-in-Love. Ich hoffe, du hast später Zeit, mir zu berichten, wo du in den letzten Tagen warst.« Madison beugte sich zu mir und griff nach der Schale Kartoffeln neben meinem Teller.

»Da ist nicht viel, was ich dir erzählen könnte«, sagte ich mit einem Grinsen.

Madison schnappte nach Luft. »Dir ist hoffentlich bewusst, dass ich jetzt noch mehr wissen will, was ihr in den letzten Tagen getrieben habt.«

Ich prustete los, was die Aufmerksamkeit des restlichen Tisches auf uns zog. »Darauf kannst du lange warten«, zischte ich meiner Cousine zu.

»Ashley, Schätzchen, wie geht es dir in Chicago? Deine Mutter hat mir erzählt, dass dein Geschäft nicht mehr so gut läuft wie erwartet.« Meine Grandma sah mich mit ihren grauen Augen an und lächelte.

Der Geräuschpegel senkte sich. Alle sahen nun interessiert in meine Richtung. Auch Travis hob eine Augenbraue – wie es wirklich um mein Geschäft stand, hatte ich ihm bis heute nicht gesagt.

Meiner Mom schenkte ich einen »Vielen Dank auch«-Blick, den sie völlig zu ignorieren schien. Verlegen stocherte ich in meinem Gemüse herum. »Na ja, einer meiner langjährigen Kunden hat Insolvenz angemeldet und sämtliche Aufträge gecancelt. Aber es ist nicht so, dass ich am Hungertuch nagen muss, es kommen ja auch immer wieder neue Auftraggeber hinzu.« Ich sah zu Travis und lächelte.

»Bevor du Schulden machst, schließ das Geschäft und such dir einen anständigen Job, Ash, hörst du?« Mein Dad sah mich streng an.

Gott, wie unangenehm konnte es denn noch werden?

»Keine Sorge, noch schreibe ich schwarze Zahlen …«

»Noch!«, rief mein Vater aus, als müsse er darauf hinweisen, wie brenzlig es um mich stand.

»Außerdem will die *Season Galerie*, dass ich bei ihr ausstelle«, ergänzte ich schnell, doch dem schien niemand Beachtung zu schenken. Was war denn schon Kunst? Damit konnte man kein Geld verdienen, so die Meinung meiner Familie.

»Ich bin mir sicher, dass deine Tochter nicht unvorsichtig handelt, Kenneth. Ich habe sie als sehr zielstrebige und verantwortungsbewusste Person kennengelernt und vertraue darauf, dass sie nichts Unüberlegtes machen wird, was ihre Existenz gefährden könnte.«

Dankbar sah ich Travis an, der mir zuzwinkerte. Unter dem Tisch drückte er meine Hand, als wollte er mich noch zusätzlich beruhigen.

»Wenn du das sagst …«, grummelte mein Vater.

Die Gespräche setzten wieder ein, doch mir war die Lust an einer Unterhaltung sowie der Appetit vergangen. Dass meine Mutter dieses Thema, das ich ihr letzte Woche am Telefon anvertraut hatte, einfach so weitererzählt hatte, ärgerte mich. Dass es nun meine Grandma zur Sprache brachte und mein Vater auch noch so tat, als hätte ich mein Unternehmen nicht im Griff, verletzte mich in meinem Stolz. Ebenso die Tatsache, dass die geplante Ausstellung in der Galerie für niemanden aus meiner Familie etwas wert war, außer für Madison, die mir aufgeregt zugegrinst hatte.

»Bitte, entschuldigt mich.« Ich stand auf und ging ins Wohnzimmer, wo ich mich vor den Kamin setzte, die Beine angewinkelt und mit den Armen umschlungen.

»Hey … Alles in Ordnung?«

Travis ging neben mir in die Hocke und strich mir eine Strähne hinter das Ohr.

Ich nickte, obwohl mir eher nach Heulen zumute war. »Ich will nicht, dass du denkst, ich wäre eine schlechte Unternehmerin«, begann ich dann leise und blickte ihn an. »Ja, bis vor wenigen Tagen sah es nicht rosig aus, doch ich bin mir sicher, dass ich mit der Galerie wieder alles ins Gleichgewicht bringen kann. Außerdem werde ich wieder Neukunden akquirieren. Ich plane auch ein Mailing an bestehende Kunden …«

»Lass den Kopf nicht hängen. Das mit der Galerie hört sich doch fantastisch an! Und vergiss nicht: Es kann nicht immer alles rund laufen«, versuchte er, mich zu trösten, was ich süß fand.

Trotzdem musste ich sarkastisch auflachen. »Du hast gut reden. Wenn ich so ein riesiges Penthouse hätte, mit eigenem Indoor-Pool und einer Garage mit mehreren Luxusschlitten wäre ich auch relaxter. Ach so, nicht zu vergessen die Yacht …« Ich rollte mit den Augen. »Versteh mich nicht falsch, aber obwohl wir beide Unternehmen leiten, kämpfen wir an ganz verschiedenen Fronten.«

»Sieht es wirklich so schlecht aus?«, fragte er leise.

Er machte nicht den Eindruck, als würde er mich dafür verurteilen oder gar bemitleiden. Er klang nur ehrlich interessiert.

»Na ja … Mit der Insolvenz der Tischlerei ist mir ein wichtiger Kunde weggefallen. Aber du hast mir schon einen weiteren Auftrag beschert, und noch kann ich meine Rechnungen bezahlen. Aber wenn ich kein Geld mehr für Jacobs Lohn habe, wird es schwierig. Allein schaffe ich die Arbeit nicht. Ich brauche jemanden, der mir unter die Arme greift.«

»Sag Bescheid, wenn ich dir helfen kann …«

Ich wusste, er meinte es sicher nur gut mit mir. Aber nie und nimmer könnte ich von ihm Hilfe annehmen. Wie würde die denn aussehen? Wollte er mir Geld geben? Das käme für mich überhaupt nicht infrage. Vehement schüttelte ich den Kopf.

»Danke, aber ich möchte das alles allein schaffen. Und das werde ich auch …«

»Daran zweifle ich nicht.« Er küsste mich sanft auf die Stirn. »Na komm, lass uns wieder zu den anderen gehen. Wäre doch schade, wenn wir das Dessert verpassen würden.«

Er half mir hoch, drückte mich noch einmal an sich, und Arm in Arm gingen wir zurück ins Esszimmer.

Meine ganze Familie war verrückt nach Travis. Mein Dad hatte in ihm einen neuen Basketball-Kumpanen gefunden, und meine Mom war stolz auf mich, nachdem sie endlich realisiert hatte, wen ich mir da geangelt hatte.

Madison machte ihre Drohung wahr – nach dem Essen zerrte sie mich ins Bad, schloss die Tür ab und zwang mich, auf dem Toilettendeckel Platz zu nehmen und ihr alles von meinen letzten Tagen mit Travis zu erzählen. Sie setzte sich mir gegenüber auf den Badewannenrand und hing mir gespannt an den Lippen. Die Details über unsere gemeinsame Zeit sparte ich aus, aber als ich ihr von seinem gigantischen Penthouse und dem wundervollen Pool über Chicago erzählte, schnappte sie nach Luft.

»Gott, Ashley, den Mann musst du unbedingt behalten. Hach, ich beneide dich! Travis ist ja wie ein Lottogewinn, ein absoluter Glückstreffer. Weißt du, wie hoch die Chancen für eine Normalsterbliche sind, einen reichen Mann kennenzulernen und ihn dann auch noch zu daten? Und dann erst die verschwindend geringe Prozentanzahl derer, die jung sind und gut aussehen. Und dann eine Yacht, ein Penthouse, ein Maserati …« Sie kriegte sich gar nicht mehr ein.

»Sein Geld ist mir völlig egal«, unterbrach ich Madisons Redeschwall. »Wenn er nun ein einfacher Büroangestellter wäre oder Kellner in einem Diner … für mich würde das keinen Unterschied machen, verstehst du?«

»Du liebst ihn, oder?«, fragte sie mich mit weichem Blick und sanfter Stimme.

Mein Herz schwoll an. »Ja, ich denke, das könnte man so nennen.« Ich grinste, als ich fühlte, wie die Schmetterlinge in meinem Bauch zu flattern begannen. »Wenn ich an ihn denke, schlägt mein Herz schneller. Wenn er nicht in meiner Nähe ist, vermisse ich ihn schrecklich. Und wenn ich ihn sehe, will ich ihn ständig berühren und küssen. Und dann erst der Sex …!«

Madison kicherte, als ich einen verträumten Seufzer ausstieß.

»Weiß er, was du für ihn empfindest? Und … denkst du, dass es ihm genauso geht?«

»Irgendwie hat es sich schon ein paarmal so angefühlt, als würde einer von uns es aussprechen. Also ja, ich denke, er liebt mich auch. Aber für ihn ist das alles ziemlich neu. Bisher lehnte er feste Beziehungen einfach ab. Deshalb denke ich auch, dass es noch dauern wird, bis er es mir sagen kann. Ich will ihn nicht drängen, deshalb warte ich auch noch damit …«

Madison runzelte die Stirn. »Wenn ich du wäre, würde ich ihm klarmachen, wie viel er mir bedeutet. Wenn er es nicht weiß, ist er vielleicht schneller wieder weg, als dir lieb ist.«

Ich wiegte den Kopf hin und her. »Denkst du nicht, dass ich ihn dann unter Druck setze? Ich meine, wenn jemand ›Ich liebe dich‹ sagt, ist es doch sehr seltsam, wenn der andere schweigt. Und wenn Travis noch nicht dazu bereit ist …«

Sie zog eine Schnute und legte den Kopf schief. »Vielleicht hast du recht. Entscheide einfach nach Bauchgefühl und vor allem: Hör auf dein Herz. Und lass es dir verdammt noch mal nicht brechen!«

Madisons mehr oder minder weise Ratschläge verfolgten mich auch noch, als ich später an diesem Nachmittag mit Travis durch den Ort schlenderte. Wir wollten etwas frische Luft schnappen – beziehungsweise nahm ich es als Vorwand, um den armen Mann an meiner Seite aus den Klauen meiner Verwandtschaft befreien zu können. Mein Grandpa hatte ihn nämlich während des Desserts in eine Diskussion über die aktuelle Wirtschaftslage verwickelt, während meine Mom ihn mit Kuchen und Keksen versorgte, als müsste er in Chicago Hunger leiden.

»Tut mir so leid, dass sie dich so vereinnahmen«, sagte ich und lachte. »Ich dachte nicht, dass sie sich wie Geier auf dich stürzen würden.«

Travis blieb mitten auf dem Bürgersteig stehen und nahm mich in den Arm. Er strahlte über beide Ohren und stupste mit seiner Nase gegen meine. »Es gibt überhaupt keinen Grund, dich zu entschuldigen. Ich mag deine Familie, und … es ist eine total neue, aber schöne Erfahrung für mich. Ich kann mich nicht erinnern, jemals so ein Familienessen, geschweige denn überhaupt Familie auf diese Art und Weise erlebt zu haben.«

Seine Worte gaben mir einen Stich ins Herz. »Sorry, manchmal vergesse ich, dass du außer Damien keine Familie mehr hast.« Ich wollte noch so viel mehr sagen, um ihn zu trösten und um mein Mitgefühl auszudrücken, doch ich hatte keine Ahnung, wie ich das hätte anstellen sollen, ohne noch mehr Wunden aufzureißen.

»Das mit Damien gehört wohl auch der Geschichte an«, erklärte er dann mit düsterem Gesichtsausdruck. Dann erzählte er, dass sein Bruder bereits vor Tagen Chicago verlassen habe, um in L. A. als Musiker Karriere zu machen.

Mir traten Tränen in die Augen, obwohl ich das nicht wollte. Aber dieser starke, mächtige, selbstbewusste Mann, der so reich war, war im Grunde arm. Denn mit all dem Geld, das er hatte, konnte er sich eine Sache nicht kaufen: Und das war eine Familie.

Wie es sich anfühlen musste, ohne Eltern, Großeltern, Tanten und Onkeln, Cousinen und Cousins zu sein, konnte ich mir nicht einmal im Ansatz vorstellen.

»Nicht weinen, süße Ash.« Er wischte mit dem Daumen eine Träne von meiner Wange. »Solange ich Zeit mit dir verbringen kann, ist alles gut. Und wenn ich mir ab und an deine Familie ausleihen darf, gibt es nichts, was mir fehlen könnte.«

Ich schniefte. »Nie hätte ich gedacht, dass hinter dem arroganten Arsch, der mir die Tür vor der Nase zugeknallt hat, ein so liebevoller Mann steckt.«

Ich kicherte, als Travis mich gespielt entrüstet ansah.

»Ich liebe dich«, sagte ich, ohne dass das so wirklich von mir geplant war. Viel zu früh und noch dazu heute, wo Madison und ich uns erst vor etwas über einer Stunde darüber unterhalten hatten. Hätte ich einen Tisch vor mir gehabt, hätte ich den Kopf auf die Tischplatte knallen lassen.

Da ich nicht nur mich selbst mit meinen Worten überrascht hatte, sondern seinem Gesichtsausdruck nach auch Travis, stellte ich mich auf die Zehenspitzen und küsste ihn leidenschaftlich. Hier auf der Straße, mitten in Kewanee. Weil ich nicht wusste, was ich sonst hätte machen sollen, und weil ich nicht wollte, dass er nun in Verlegenheit kam und dachte, mir antworten zu müssen.

Als ich atemlos wieder Abstand zwischen uns brachte, verschränkte ich meine Finger mit seinen und zog ihn weiter, als ob nichts gewesen wäre. »Komm, ich zeige dir, wo es die besten Cupcakes zu kaufen gibt.«

Den verwirrten Travis im Schlepptau eilte ich die Straße entlang und hielt an einem kleinen Laden. »Also den mit

Schokostücken und Kirschcreme musst du unbedingt probieren«, plapperte ich weiter.

»Ashley?«

Travis sah mich mit seltsamem Blick an.

»Oder den mit Karamellkern. Der ist auch wirklich einmalig lecker.«

»Ash!« Er grinste belustigt, doch ich war zu sehr durch den Wind, als dass ich jetzt hören wollte, was er zu sagen hatte. Zu groß war meine Angst, er könnte mir sagen, dass er nicht so für mich empfand. Oder dass er nicht wollte, dass die Beziehung so schnell so tiefgreifend wurde. Oder … Ach, warum hatte ich mich nur nicht noch länger zurückhalten können?

»Ash, ich l…«

»Was ist das denn?«, rief ich geschockt, was Travis sofort zum Verstummen brachte. Er folgte meinem Fingerzeig mit den Augen.

Eine Frau neben uns an der Bushaltestelle las gerade einen Bericht in der Tageszeitung, dessen Headline mir einen eiskalten Schauer über den Rücken jagte:

Von wegen große Liebe für Ashley Crown!
Travis King schenkt Supermodel Jelena Petrova
Villa als heimliches Liebesnest

KAPITEL 16

King

Ash, ich liebe dich …

Fast hätte ich gesagt, was für mich vor wenigen Wochen noch absolut undenkbar gewesen war. Ich konnte nicht länger verleugnen, was sich in mir abspielte.

Doch Ashley stieß sich von mir weg, den Blick auf eine Frau an der Bushaltestelle gerichtet. Sie ließ mich links liegen, als hätte sie einen Geist gesehen … Und dann entdeckte ich es auch.

Von wegen große Liebe für Ashley Crown! Travis King schenkt Supermodel Jelena Petrova Villa als heimliches Liebesnest

Ohne die Frau zu fragen, hatte Ashley die Zeitung an sich genommen, sah mit großen Augen, in denen ich pure Enttäuschung erkennen konnte, von der Headline zu mir und wieder zurück, während ihr Zeigefinger zwischen mir und der *Chicago Sun-Times* hin und her deutete.

Die Frau ließ eine kleine Schimpftirade auf uns niederprasseln, doch weder Ashley noch ich schenkten ihr Beachtung.

»Ich weiß, du hast mir gesagt, dass das meiste nicht stimmt, was in der Klatschpresse steht. Aber … kannst du mir das hier erklären?«

»Ich … das …«, stammelte ich fassungslos und in absoluter Erklärungsnot. Scheiße!

Denn was sollte ich ihr sagen? Dass ich vielleicht nicht der war, für den ich mich die ganzen Jahre gehalten hatte und für den mich alle hielten – nämlich Jefferson Kings Sohn? Dass ich vielleicht auch bald mit Existenzängsten zu kämpfen hatte, sollte sich bewahrheiten, dass Matthew Friedman mein leiblicher Vater war und ich *KING Estate* verlieren würde? Dass ich Jelena die Villa überlassen hatte, um sie ruhig zu stellen, bis ich die Testergebnisse hatte?

Auch wenn ich mir sicher war, dass Ashley mein Geld und mein Name nicht wichtig waren, hatte mir mein Anwalt geraten, zu Jelenas Vorwürfen gegen meine Mutter zu schweigen, bis wir die Testergebnisse vorliegen hätten. Sogar vor Ashley sollte ich nichts erwähnen – zu meiner eigenen Sicherheit. Somit blieb mir nichts anderes übrig, als den Unschuldigen zu mimen und ihr was vorzumachen, was mir so gar nicht gefiel.

Zum Glück hatte ich noch ein paar Mäntel meines Vaters aufgehoben, an denen eine zu große Erinnerung haftete, als dass ich sie hätte entsorgen oder spenden können. Und wie durch ein Wunder hatte ich dort ein Haar meines Vaters gefunden, das ich gemeinsam mit einem Haar von mir ins Labor geschickt hatte. Aber das Ergebnis lag mir leider noch nicht vor.

Doch nun sah ich mich vor der Herausforderung, Ashley weder zu verletzen noch zu enttäuschen, wenn ich mich noch eine Weile zurückhalten musste, bevor ich sie einweihen konnte.

Um Zeit zu sparen und mir die nächsten Worte gut zurechtzulegen, damit ich bloß nichts Falsches sagte, drückte ich der immer noch empört schimpfenden Frau neben uns zehn Dollar in die Hand mit den Worten, sie möge sich bitte ein neues Exemplar kaufen. Dann schob ich Ashley weg von dieser Straße, in der viel zu viel los war – denn auf erhöhte Aufmerksamkeit hatte ich keinen Bock.

»Hör zu, das lief … folgendermaßen: Jelena und ich hatten noch eine Rechnung offen, und wir haben uns auf diese Art der Bezahlung geeinigt«, erklärte ich dann so vage wie möglich.

Ich wollte unbedingt, dass sie verstand, dass ich Jelena die Villa nicht überlassen hatte, weil die Frau mir was bedeutete. Und meine Erklärung kam der Wahrheit am nächsten.

Ashley sah mich mit zusammengekniffenen Augen an, dann schnappte sie nach Luft. »Eine offene Rechnung also?«

»Jep.« Betont lässig sah ich mich um und schob die Hände in die Manteltaschen. Innerlich verfluchte ich mich und meine unangenehme Lage und insbesondere auch Jelena. Ich spürte, dass Ashley mir kein Wort glauben wollte, doch jetzt, wo ich damit angefangen hatte, musste ich das auch durchziehen.

»Also ich gehe mal nicht davon aus, dass sie für das Shooting mehrere Millionen bekommen hätte – denn so teuer schätze ich diese Villa. Da stellt sich mir die Frage, welche Art von ›Diensten‹ zusätzlich zu begleichen war, und vor allem, was das gewesen sein muss, dass du ihr gleich so ein Luxusanwesen *schenkst*. Verstehe mich nicht falsch, Travis, mich geht das alles natürlich nichts an, aber wenn ich dir Vertrauen entgegenbringen soll, wäre es gut, wenn ich *solche* Dinge nicht aus der Klatschpresse erfahren würde. Gerade wo Jelena und ich … nun ja … nicht die besten Freunde sind, würde ich mal sagen. Also, erklär mir bitte, wieso schuldest du ihr so viel?«

Mühsam kämpfte ich gegen den Kloß an, der sich in meinem Hals festzusetzen drohte und meine Stimme kratzig und unsicher klingen lassen würde. *Natürlich* war Ashley so schlau, mich sofort zu durchschauen …

»Den genauen Grund für diesen Deal … kann ich dir leider nicht sagen. Noch nicht. Aber du wirst es noch erfahren, das verspreche ich dir. Vielleicht so viel: Es dient dem Unternehmen.«

Verunsichert sah Ashley mich an. Der Schmerz in ihren Augen, die Verletzlichkeit und Enttäuschung darin drückten unerträglich in meiner Brust. Doch ich wusste genau, die Geheimniskrämerei war nicht von Dauer. Schon bald würde ich ihr die Wahrheit sagen können, und bis dahin konnte ich nur hoffen, dass sie mir weiterhin vertraute und mir diesen Aufschub noch gewährte.

»Du verlangst also von mir, dass ich all das jetzt hinnehme? Dass ich schweigend akzeptiere, dass du dieser … Bitch … einfach so eine deiner Villen überlässt? Ich verstehe das nicht, Travis!«

Irgendwann, irgendwo in dieser Unterhaltung hatte ich den sicheren Boden unter meinen Füßen verloren.

»Es ist besser so«, antwortete ich verbissen.

Sie stieß einen empörten Laut aus. »Besser so? Das ist dein Ernst, oder? Mal ganz davon abgesehen, dass die Presse behauptet, es sei euer *Liebesnest*. Wieso soll ich dir vertrauen und nicht der *Chicago Sun-Times* Glauben schenken?«

»Weil *ich* dir was bedeute, Ash, und Vertrauen zwischen uns wichtig ist. Der Presse bin ich egal, solange ich für eine gute Story herhalte.«

»Vertrauen – ja richtig, Travis.« Mit traurigem Blick wandte sie sich von mir ab, und ich fühlte, als würde mir alles entgleiten.

Cole Webb hatte mir dringend geraten, Ashley aus dem Ganzen rauszuhalten. Sie so weit wie möglich von der Presse und vor allem von Jelena fernzuhalten. Seine Vermutung war, Jelena handele so, weil sie es nicht verkraften würde, dass ich mit Ashley glücklich war – wovon ich ehrlich gesagt auch überzeugt war.

Als mein Anwalt war er nicht sehr glücklich mit meiner Spontanentscheidung gewesen, Ashley auf der Benefizgala der Presse als meine Freundin vorzustellen, solange das Thema Petrova nicht vom Tisch war. Als Freund verstand er meine Entscheidung natürlich, aber der neu entstandene Wirbel gab seiner professionellen Meinung recht. Doch für diese Erkenntnis war es zu spät. Nun würden wir handeln müssen und konnten nur hoffen, dass wir Jelena einen Schritt voraus waren. Und … was am wichtigsten war: Ich musste beten, dass mein Vater mich gezeugt hatte und nicht Matthew Friedman.

Falls meine Mutter tatsächlich eine Affäre mit ihm gehabt hatte, dessen Resultat ich war, wusste ich noch nicht, wie ich damit umgehen sollte …

Wie ich es Damien beibringen sollte, ebenso wenig. Immerhin wollte er *KING Estate* nie haben. Dass er mir dazu die Wahrheit gesagt hatte, wusste ich. So gut kannte ich meinen Bruder. Jelena lag falsch mit ihrer Behauptung, er würde das Unternehmen haben wollen, denn Damien hatte noch nie etwas für das Geschäft übrig gehabt. Er war schon immer ein Träumer, ein Musiker … Dass er nun seinen Ambitionen in L. A. nachging, war seine Berufung. Er würde also sicher nicht alles stehen und liegen lassen und zurück nach Chicago kommen. Schon gar nicht, um

KING Estate zu übernehmen. Trotzdem würde es nicht so einfach werden und erst mal mit viel bürokratischem Aufwand verbunden sein, wenn ich in diesem Fall das Unternehmen weiterführen wollte.

Ganz zu schweigen von dem Presserummel – von dem sicher auch Ashley wieder nicht verschont bleiben würde. Und da es ihr jetzt offensichtlich schon zu viel wurde, hatte ich keine Ahnung, wie es ihr dann damit ergehen würde. Ich konnte nur hoffen, dass das nicht unser Ende bedeutete.

»Weißt du was?«, fragte sie in diesem Moment und durchbrach damit meinen Gedankensturm. Die Art, wie sie es sagte, brachte mein Herz noch mehr zum Rasen. »Ich hab so etwas alles schon einmal durchgemacht. Ich wurde belogen, hingehalten, für dumm hingestellt. Damals war ich vielleicht wirklich zu blind, um zu merken, was sich vor meinen Augen abgespielt hat. Aber eines hab ich geschworen: nämlich, dass ich mir so etwas nicht noch einmal antue.«

Schmerz und Wut spiegelten sich in ihren Augen, dann drehte sie sich um und ließ mich einfach stehen. Die Zeitschrift warf sie in den nächstbesten Abfalleimer, dann war sie um die Straßenecke verschwunden.

Und ich stand da und war wie gelähmt. All das, was ich gerade noch zu verhindern gehofft hatte, hatte eine Eigendynamik bekommen, bei der ich nur tatenlos danebenstehen und zusehen konnte, wie die Frau, die mein verdammtes Leben auf den Kopf gestellt hatte, wieder daraus verschwand … Ich konnte nur hoffen, dass sich Ashley wieder beruhigen würde.

Der Weg, den sie eingeschlagen hatte, ging nicht zu ihrem Elternhaus, sondern führte in die andere Richtung. Doch ich beschloss vorerst, ihr nicht nachzugehen. Erstens, weil sie bestimmt Zeit brauchte, um über alles nachzudenken, und zweitens, weil ich mir zunächst selbst darüber klar werden musste, was dieser Zeitungsartikel und vor allem ihr Davonhasten für mich – für uns bedeutete. Außerdem musste ich erst herausfinden, ob Jelena etwas mit diesem Bericht über unseren Villen-Deal zu tun hatte. Wenn ja, wäre es ein Vertragsbruch mit der Folge, dass ich sie sofort wieder ihren Krempel packen und aus der Villa ausziehen lassen würde.

Also angelte ich die Zeitschrift aus dem Müll und setzte mich damit ins nächste Café. Erst musste ich verstehen, was Ashley gesagt hatte. Sie hatte so etwas schon einmal durchgemacht? Was genau meinte sie damit? Doch sicher nicht, dass ihr Ex ebenfalls von einer Frau erpresst wurde. Wobei sie *das* wiederum ja nicht wissen konnte …

Ich bestellte einen Espresso und schlug die *Chicago Sun-Times* auf. In dem Artikel wurde über Jelenas Modelkarriere berichtet, und er zeigte auch Luftaufnahmen ihres neuen Zuhauses sowie die Fotos, die Ashley von der Villa gemacht hatte und die auf unserer Website veröffentlicht worden waren. Natürlich wurde bei jeder Gelegenheit erwähnt, dass es sich hier um eine *KING Estate*-Immobilie handele. Zudem war sich der Redakteur sicher, dass Jelena und ich ein absolutes Traumpaar seien und die kurze Affäre mit Ashley der Vergangenheit angehöre – so würden zumindest enge Freunde des Models berichten.

Scheiße, war mir schlecht …

Sofort angelte ich mein Telefon aus der Innentasche und wählte die Nummer meines Anwaltes. In wenigen Worten erzählte ich ihm, was passiert war – darauf bedacht, nicht zu sehr ins Detail zu gehen und keine neugierigen Zuhörer zu haben. Anschließend schickte ich ihm noch Fotos vom Zeitungsartikel per E-Mail.

Er versprach, sich dieser Sache sofort anzunehmen, und bedauerte zutiefst, dass Jelena und die Presse uns wieder einen Schritt voraus waren.

Dieses Miststück würde schon noch sehen, wohin sie mit ihrer Intriganz kam.

* * *

Als ich etwas später Ashleys Elternhaus erreichte, herrschte Hektik im Vorgarten. Ein Krankenwagen parkte vor dem Haus, und Ashleys Tante Carolann lag auf einer Trage, die gerade in den Wagen gehievt wurde. Ihr Kopf war bandagiert. Madison hielt die Hand ihrer Mutter und redete auf sie ein, während Ashley und ihre Eltern mit bleichen Gesichtern danebenstanden.

Ich lief auf sie zu. »Was ist denn passiert?«, fragte ich, noch bevor ich sie erreicht hatte.

»Carolann hatte einen Schwächeanfall. Dabei ist sie so unglücklich auf den Kopf gefallen, dass sie ins Krankenhaus zum Röntgen muss«, erklärte mir Kenneth.

Ashley wich meinem Blick völlig aus und sagte auch nichts zu mir. Ihre Signale waren deutlich – und das fühlte sich an wie ein Schlag in die Magengrube.

Madison fuhr mit dem Krankenwagen mit ihrer Mutter mit, während wir wieder zurück ins Haus gingen. Die Stimmung war am absoluten Nullpunkt angelangt.

Ashley steuerte die Küche an, ich folgte ihr auf direktem Weg.

»Komm schon, lass uns darüber reden, bitte«, begann ich, in der Hoffnung, die Wogen doch noch glätten zu können.

Sie drehte sich zu mir um, warf einen kurzen Blick auf die Zeitung in meiner Hand, bevor sie mir in die Augen sah.

»Travis, ich weiß nicht, was ich da noch sagen soll … Du schenkst dieser Jelena eine Villa und erzählst mir gar nichts davon. Okay, wir sind noch nicht lange zusammen, aber zumindest so viel hättest du mir sagen können, dass ich nicht wie die Dumme dastehe und es aus der Zeitung erfahren muss. Dort steht, dass ihr immer noch zusammen seid und du ihr die Villa als Entschuldigung für unsere *Affäre* geschenkt hättest. Mag ja sein, dass das alles erstunken und erlogen ist, aber hast du nur im Entferntesten eine Ahnung, wie es mir dabei geht, wenn ich so was lese?« Ihre Stimme klang belegt, und sie wich meinem Blick aus. »Ich will eigentlich gar nichts von deinen Verflossenen wissen … Aber wenn sie Einfluss auf unsere Beziehung nehmen, würde ich schon gern von dir die Wahrheit hören.«

»Ashley … Ash …« Verdammt, was sollte ich tun, was sagen? Da waren so viele Dinge, die ich ihr unbedingt erklären wollte, aber nicht konnte, zumindest nicht im Moment.

Sie machte einen Schritt auf mich zu und sah mich mit traurigen Augen an.

»Du hast ihr diese Villa wirklich überlassen?«, fragte sie dann noch einmal, als wäre es für sie völlig unverständlich.

Was ich ihr nicht übel nahm, denn ich selbst konnte nicht fassen, dass ich mich tatsächlich auf diesen Deal eingelassen hatte. Doch Cole Webb meinte, dass es der für uns sicherste Weg sei, vielleicht völlig unbeschadet aus dieser Erpressungssituation rauszukommen.

Gequält nickte ich. »Ja, verdammt, aber das hat auch seinen Grund. Und es ist nicht der, der in der Zeitung steht.«

»Aber du willst ihn mir nicht sagen«, schlussfolgerte sie.

»Tut mir leid, aber ich kann es dir noch nicht sagen. Wenn du nur ein paar Tage Geduld hättest …«

So schwer es mir auch fiel, sie hinzuhalten, aber es ging nicht anders. Nicht nur, weil mein Anwalt vehement darauf beharrte, alle Nicht-Betroffenen außen vor zu lassen. Nein, da ging es um so viel mehr. Noch nie zuvor hatte ich eine Frau so weit in mein Leben, in mein Innerstes vordringen lassen. Wenn ich überhaupt mal Privates von mir preisgegeben hatte, waren es Oberflächlichkeiten.

Natürlich war Ashley nicht wie alle anderen Frauen … aber es wäre mir im Moment nicht möglich gewesen, sie in all meine Ängste und Zweifel einzuweihen und ihr diesen ganzen Ballast aufzubürden.

Diese Sache mit meiner Mutter und Matthew, die Jelena behauptete, könnte mein ganzes Leben auf den Kopf stellen. Damit musste ich erst selbst klarkommen – egal, ob ihre Behauptung nun stimmte oder nicht.

Ich konnte Ashley nicht einweihen. Noch nicht. Ich war immer ein Einzelkämpfer gewesen, und erst musste ich für mich herausfinden, was das überhaupt für mich bedeutete. Ganz davon abgesehen wollte ich sie nicht noch mehr in *meinen Kampf* hineinziehen. Sie hatte meinetwegen schon genug durchmachen müssen …

Das alles hätte ich ihr eigentlich sagen müssen, doch ich konnte sie nur hilflos anstarren, auf der Suche nach Worten, die ihr dieses Chaos in mir hätten erklären können.

»Du willst, dass ich dir so lange vertraue, dass alles so weiterläuft wie bisher …?« Sie schüttelte den Kopf. »Tut mir leid, aber unter diesen Umständen kann ich das im Moment nicht. Mir ist das gerade alles zu viel.«

Dann lief sie an mir vorbei, die Treppe hoch.

Kraftlos ließ ich mich gegen die Arbeitsplatte sinken. Noch nie hatte ich mich so machtlos gefühlt wie jetzt.

Ihr Vater kam in die Küche und holte sich ein Bier aus dem Kühlschrank. Wortlos reichte er mir auch eines, dann lehnte er sich neben mich an die Arbeitsfläche und verschränkte die Arme vor der Brust.

»Ich hab eure Unterhaltung ungewollt mit angehört«, begann er und trank einen Schluck. »Ich weiß ja nicht, was du von ihrer Vergangenheit weißt, aber sie hat mit ihrem Exfreund verdammt schlechte Erfahrungen machen müssen – besonders in Bezug auf andere Frauen in seinem Leben.« Er stieß sich von der Küche ab. »Redet miteinander«, war sein Rat, dann ging er ins Wohnzimmer.

Seufzend stellte ich das ungeöffnete Bier wieder in den Kühlschrank. Wenn ich mit Ashley reden wollte, brauchte ich einen klaren Kopf.

Sie saß auf ihrem Bett, die Beine angewinkelt, ihre Arme hatte sie um ihre Knie geschlungen.

»Hey …«, sagte ich leise und setzte mich neben sie.

Seufzend lehnte sie sich zurück an das Kopfteil und sah mich abwartend an. »Wie geht es jetzt weiter mit uns?«, fragte sie mit leiser, monotoner Stimme.

»Ash, ich kann dir so viel verraten, dass es Jelena nicht mehr gestattet ist, in den Medien über dich und mich oder über unsere Beziehung zu sprechen. Mein Anwalt weiß bereits über diesen Artikel Bescheid. Er wird prüfen, ob sie damit etwas zu tun hat. Wenn ja, wird er rechtliche Schritte gegen sie einleiten, aber bis dahin können wir nur abwarten. Aber bitte verstehe, dass ich nicht mehr sagen kann im Moment. Ich … kann es einfach nicht. Also bitte … hab Vertrauen.«

Resigniert zuckte sie mit den Schultern. Ihre Augen glänzten, als würde sie gleich anfangen, zu weinen. Scheiße, und ich konnte nur dastehen und durfte ihr nicht die Wahrheit sagen. Die Tage bis zum Testergebnis würden sich qualvoll in die Länge ziehen, so viel wusste ich jetzt schon.

Besänftigend zog ich sie in meine Arme und hielt sie fest. Ich küsste sie sanft auf die Stirn.

»Das fällt mir aber unheimlich schwer«, gestand sie mit belegter Stimme.

»Was ist damals mit diesem Tony passiert?«, fragte ich, und bei der Erwähnung seines Namens zuckte sie zusammen. »Bitte, sag es mir.«

Wenn sie jetzt behauptet hätte, dass mich das ebenso wenig anginge wie sie die näheren Hintergründe wegen Jelena sie angehen würden, hätte mich das nicht gewundert. Doch zu meiner Überraschung begann sie zu erzählen.

Wie es zwischen ihrem Mentor Tony und ihr während der Ausbildung zur Fotografin geknistert habe und sie nur wenig später zusammengekommen seien. Dass sie ihm eine ganze Menge zu verdanken gehabt habe. Bis er irgendwann erkannt habe, dass sie besser geworden war als er.

»Tony und ich waren ein tolles Team. Aber er verkraftete nicht, dass er offenbar seine Grenzen erreicht hatte, bei mir aber noch Potenzial nach oben war. Vielleicht war es seine Art, mit seinem Frust umzugehen, indem er sich nach der Arbeit mit Models vergnügte. Heute vermute ich, er hat sich von ihnen die – natürlich falsche – Bestätigung geholt, die er durch seinen Job nicht mehr bekam. Denn unsere Kunden wollten irgendwann nur noch mich – oder zumindest die Art Aufnahmen, die ich liefern konnte.«

Ashley klang müde – müde von ihrer Reise in die Vergangenheit, vom Erzählen dieser Geschichte und sicher auch von der Aufregung der letzten zwei Stunden …

»Und was bedeutet das?«, fragte ich trotzdem nach, da ich wissen musste, was dann passiert war.

»Er hat meine Arbeit als seine ausgegeben. Und eines Morgens, als ich ins Studio kam, hatte er sämtliche

Kundendaten gelöscht, die wir auf dem Computer gespeichert hatten. Natürlich nicht, ohne sich zuvor eine Kopie anzufertigen. Auf der Website hatte er mich komplett rausgelöscht, hatte unter all meine Aufnahmen seinen Namen gesetzt. Keine Ahnung, wie er das alles gemacht hat, ich stand jedenfalls quasi vor dem Nichts.«

»Ich hoffe, du hast ihn angezeigt?«, fragte ich wütend.

»Er war untergetaucht, hatte sich lange Zeit nicht blicken lassen. Ich habe dann erfahren, dass er mit einem der Models zusammen war und mit anderen ebenfalls immer wieder was am Laufen hatte. Und das alles, während wir beide in einer Beziehung waren. Es war die erniedrigendste Zeit meines Lebens.«

»Herrgott, Ash! Das tut mir so leid für dich.«

Nun verstand ich, warum sie so eine große Abneigung gegen Jelena hegte.

Ich drückte Ashley noch fester an mich und wiegte sie leicht hin und her. »Aber du hast es wieder geschafft. Du hast allen bewiesen, dass du nicht auf dieses Arschloch angewiesen bist.«

Sie lachte gequält auf. »Ja, aber es hat mir viel Kraft geraubt. Außerdem stehe ich immer noch an einem Punkt, an dem die Existenz meines Unternehmens nicht gesichert ist. Und dann verliebe ich mich ausgerechnet in dich – wo du mir doch von Beginn an gesagt hast, dass du mir das Herz brechen wirst.«

Nun rann eine einzelne Träne über ihre Wange.

Sie so zu sehen, gab mir einen schmerzhaften Stich in die Brust. Mit dem Daumen wischte ich die Träne weg und hob ihr Kinn an.

»Ich liebe dich auch, Ashley.« Ich war überrascht, wie erleichtert ich mich fühlte, als ich es ihr endlich gesagt hatte.

Ihre Augen weiteten sich, und ihre Gesichtszüge wurden weicher. Sie wollte etwas darauf erwidern, doch ich bat sie, mich erst ausreden zu lassen.

»Leider kann ich dir heute nicht sagen, was es mit Jelena und der Villa auf sich hat. Es würde vielleicht die Klage gegen sie gefährden, meinen Ruf oder aber sogar unsere Beziehung – und das will ich nicht. Lass mir bitte noch Zeit, alles wieder ins Lot zu bringen. Bitte … vertrau mir, Ash!«

Dass ich außerdem zu viel Schiss hatte, mich ihr jetzt schon so weit zu öffnen, verschwieg ich.

Lange sah sie mich mit traurigen Augen an. Ich saß wie auf Nadeln, wollte sie am liebsten schütteln, dass sie mir endlich etwas darauf erwidern würde, und ich konnte nur hoffen, dass es nichts Negatives war, das noch mehr Abstand zwischen uns bringen würde. Und wenn, dann wäre ich selbst daran schuld …

»Ich werde es versuchen, Travis, aber ich kann nichts versprechen. Dafür bin ich ein zu gebranntes Kind, was dieses Thema betrifft.«

Es klang wie eine Abfuhr, auch wenn es keine war. Trotzdem bemühte ich mich, zu lächeln, und nickte schweren Herzens.

»Ich werde alles daransetzen, dass sich diese Sache so schnell wie möglich aufklärt. Das verspreche ich dir.«

Und dann würde ich auch endlich so weit sein, mich ihr zu öffnen und sie in diese privaten Details einzuweihen, die im Moment noch zu hartnäckig an meinem Stolz nagten.

»Okay«, sagte sie leise, »aber versprich mir bitte, dass ich zukünftig Sachen über dich direkt von dir und nicht aus der Zeitung erfahre.«

»Versprochen, Ash.«

Erleichterung machte sich in mir breit.

Endlich hoben sich ihre Mundwinkel, obwohl sie immer noch bedrückt wirkte. Sie atmete tief ein und aus und wischte sich mit beiden Händen über das Gesicht. »So war das mit Entspannen am Wochenende bei meinen Eltern nicht gedacht«, meinte sie dann sarkastisch. »Erst das, dann Tante Carolann. Ich hoffe sehr, es ist nur eine Platzwunde. Aber da sie bewusstlos war, werden die Ärzte sie sicher zur Beobachtung behalten.«

»Bestimmt ist alles nur halb so schlimm«, versuchte ich, sie zu trösten. »Madison wird sich garantiert melden, sobald sie Neues erfährt.«

Sie nickte. Dann endlich legte sie ihre Arme um mich und ein warmes Gefühl durchflutete mich.

Ich hielt Ashley fest und hoffte im Stillen, dass dieser Albtraum mit Jelena bald ein Ende haben würde.

Spätabends saßen wir bei einer Partie Scrabble, als sich Madison endlich meldete. Ihre Mutter habe eine Gehirnerschütterung erlitten, was bedeute, dass sie diese eine Nacht zur Beobachtung im Krankenhaus bleiben müsse. Jedoch habe sie Glück im Unglück gehabt und sich bei ihrem Sturz nichts gebrochen.

Ashleys Mutter bot ihrer Nichte an, sie vom Krankenhaus abzuholen, was diese dankbar annahm. Wir unterbrachen also unser Spiel, und sie machte sich sofort auf den Weg, was Ashley und ich nutzten, um ins Bett zu gehen.

Darauf freute ich mich schon. Ihr endlich wieder nahe zu sein, so gern ich auch Zeit mit ihrer Familie verbrachte. Aber die Nähe, die wir hatten, wenn wir allein waren, war mit der Zeit in Gesellschaft natürlich nicht zu vergleichen.

Wir kuschelten uns in ihrem Bett aneinander. Ashley lag halb auf meinem Arm, halb auf meiner Brust. Ihre Hand lag über meinem Herzen. Ich spürte, wie ihr Atem langsam über meine Haut strich. Zärtlich streichelte ich über ihren Rücken.

Was ich an der ganzen Situation so erstaunlich fand, war, dass wir beide nicht wie sonst übereinander herfielen. Ich wollte sie einfach nur im Arm halten – weil ich, nach allem, was heute gewesen war, nicht wusste, ob wirklich sämtliche Missverständnisse zwischen uns geklärt waren, ich ihr aber zeigen wollte, wie wichtig sie mir war und dass ich sie liebte. Also hielt ich sie fest und atmete tief ihren Duft ein, in der Hoffnung, dass der Tag morgen besser werden würde.

* * *

Als hätte ich bereits letzte Nacht geahnt, dass ein Schatten über uns lag, der sich nicht so schnell vertreiben ließ, setzte sich am nächsten Morgen die Pechsträhne unseres gemeinsamen Wochenendes fort.

Während Ashley im Bad war, checkte ich meine E-Mails. Eine war von einem potenziellen Kunden, mit dem ich für Montagnachmittag ein Treffen in seiner Villa in New York vereinbart hatte. Ich wollte dieses Objekt unbedingt, deshalb musste ich persönlich vor Ort sein und nicht einer meiner Makler. Doch nun schrieb mir der Noch-Eigentümer, dass er am frühen Nachmittag an die Westküste reisen müsse, was für mich bedeutete, den Termin vorzuziehen.

Als Ashley nur mit einem Handtuch bekleidet aus dem Bad kam und sich ihre Haare mit einem zweiten Tuch frottierte, bemerkte sie sofort, dass etwas nicht stimmte.

»Was ist los?«

Ich erzählte ihr von der Misere. »Das bedeutet, ich muss noch heute zurück nach Chicago. Tut mir leid, ich wollte nicht, dass unser Wochenende so abrupt endet …«

Sie setzte sich neben mich und legte eine Hand auf meinen Oberschenkel.

Erregung und Enttäuschung fochten in mir einen Kampf.

»Mach dir keinen Kopf. Vielleicht steht dieses Wochenende einfach unter einem schlechten Stern. Irgendwie hatte ich vorher schon so ein ungutes Gefühl … Es ist fast so, als hätten wir nicht herkommen sollen.« Sie seufzte und ließ die Schultern hängen. »Und gestern Nacht haben wir nicht einmal …«

Sie verstummte und sah mich dann unsicher von der Seite an. »Lag es daran, dass meine Eltern nebenan ihr Zimmer haben? Oder daran, dass seit unserer Ankunft irgendwie alles schiefgelaufen ist?«

Oder haben dich deine Worte lahmgelegt, als du ihr gesagt hast, dass du sie liebst, verhöhnte mich eine böse Stimme im hintersten Winkel meines Gehirns.

Mit kräftigem Kopfschütteln versuchte ich, diese widerlichen Gedanken zu verjagen. Denn nein, es lag gewiss nicht daran. Sonst hätte ich mich nicht so glücklich und befreit gefühlt, als ich ihr meine Liebe gestanden hatte.

»Nein, ich fand es einfach schön, mit dir Haut an Haut zu liegen und deine Nähe zu genießen«, sagte ich dann ehrlich. »Oder wolltest du …«

»Nein, nein! Also … natürlich schon, aber … ich hab das Kuscheln gestern auch sehr genossen«, antwortete sie, und an ihren leuchtenden Augen konnte ich ablesen, dass sie es ernst meinte.

»Na siehst du.« Ich küsste sie auf die nackte Schulter. »Und wenn wir uns wiedersehen, werde ich dich ordentlich durchvögeln, wie ich es dir für dieses Wochenende versprochen hatte.« Ich stand auf und holte meine Tasche aus dem Schrank, um meine Sachen zu packen.

»Du fährst jetzt sofort?«, fragte sie traurig.

»Willst du nicht mitkommen?« Nun war ich es, der enttäuscht war.

»Also … falls du wirklich vorhast, sofort abzureisen, würde ich gerne noch bei meinen Eltern bleiben. Ich sehe sie viel zu selten. Madison fährt heute Abend zurück nach Chicago, und ich kann sicher bei ihr mitfahren.«

Das war nicht, was ich mir erhofft hatte, zu hören, aber ich konnte auch nachvollziehen, dass sie gerne noch mehr Zeit mit ihren Eltern verbringen wollte. Und zurück in Chicago müsste ich sie sowieso bei ihr zu Hause absetzen, da ich keine Zeit für sie haben würde.

»Okay. Ich packe nur eben meine Sachen.«

* * *

Kenneth umarmte mich und klopfte mir väterlich auf die Schulter, als ich mich von ihm und Cynthia verabschiedete.

»Schön, dich kennengelernt zu haben, mein Sohn. Ich hoffe, wir sehen dich bald wieder.« Er zwinkerte mir verschwörerisch zu.

»Das hoffe ich auch. Wie wäre es in zwei Wochen? Du kommst nach Chicago und schaust dir mit mir ein Spiel der *Bulls* an?«

Überrascht strich er sich das Karohemd über seinem Bauch glatt. »Das … also …«

»Ich hätte Karten direkt hinter der Spielerbank.«

Nun schnappte er nach Luft und sah von seiner Frau weiter zu seiner Tochter und wieder zu mir. »Ist das jetzt ein Scherz?«, fragte er dann und schaute mich dabei ungläubig an wie ein Junge, der den Weihnachtsmann höchstpersönlich beim Naschen von Keksen und Milch erwischt hatte.

»Kein Scherz, Sir.«

Er lachte auf und drückte mich noch einmal an sich. »Danke, das ist … Ich weiß gar nicht, was ich sagen soll.«

»Keine Ursache.«

»Travis, es war so schön, dich hier zu haben. Besuch uns doch bald wieder.« Nun schüttelte Ashleys Mom meine Hand. Ihre Augen strahlten stolz, und für einen kurzen Moment wurde ich an meine eigene Mutter erinnert.

»Vielen Dank für die Gastfreundschaft. Ich hab mich sehr wohl bei euch gefühlt.«

Nun drückte auch sie sich an mich …

Bevor mir das alles zu viel wurde und ich vor Ashley und ihren Eltern zu heulen anfing wie ein Baby, löste ich mich von Cynthia und holte Ashley in meine Arme. Ihre Eltern zogen sich dezent zurück, als ich ihre Tochter küsste.

»Wir sehen uns voraussichtlich erst Ende der Woche wieder.«

»So lange bist du weg?« Ashley wirkte geknickt.

»Ja. Ich habe ein paar Termine in New York. Aber du wirst sehen, die Zeit wird schnell vergehen, und dann bin ich nur für dich da.«

Ashley nickte, während sie auf ihrer Wangeninnenseite kaute. »Dann … bis in ein paar Tagen«, sagte sie schließlich. »Ich liebe dich.«

»Ich liebe dich auch.«

Ein letztes Mal küsste ich sie, sog ihren Atem ein, inhalierte ihren Duft und fühlte ihr Haar. Dann drehte ich mich um und ging zu meinem Wagen.

KAPITEL 17

Crown

»Wie war dein Wochenende?«, fragte mich Jacob, als ich am Montagmorgen das Büro betrat. Dabei hatte er einen seltsamen Blick aufgesetzt, der mir verriet, dass er mir etwas verheimlichte.

Schnaubend hob ich eine Augenbraue. »Raus mit der Sprache! Was weißt du?«

Er lachte verlegen und griff nach dem Kaffee, den ich ihm über den Schreibtisch reichte. »Nun … wenn ich von deiner Laune und deinem Augenbrauending …« Er wedelte mit dem Finger vor seinem Gesicht herum. »… darauf schließen darf, dass du die *Chicago Sun-Times* am Samstag und die *Chicago In* heute Morgen gelesen hast, dann vermutlich dasselbe wie du.«

Mir wurde übel, während Hitze durch meinen Körper fuhr. »Das mit der *Sun-Times* weiß ich. Aber was ist mit der *Chicago In*?«

»Ups«, machte Jacob und versteckte seinen Kopf hinter dem Monitor.

»Willst du Musik hören? Ich hab mir das neue Album von …«

»Lenk nicht ab! Was steht in der *Chicago In*?« Drohend drehte ich seinen Schreibtischstuhl in meine Richtung und starrte ihn wütend an.

»Ich … Das …« Er seufzte, dann zog er das zusammengerollte Magazin aus seiner Jacke, die er über die Stuhllehne gehängt hatte. »Tut mir leid, ich dachte, du weißt davon. Es hängt überall, an allen Kiosken.«

Die zahlreichen Frauen des Travis King

Allein die Headline hätte den Kaffee wieder nach oben befördern können. Ich sackte auf meinen Bürostuhl nieder und trank noch einen großen Schluck.

»Scheiße!«, zischte ich schockiert.

Jacob zog den Kopf ein. »Seite siebzehn. Nicht zu übersehen.«

Mit einem üblen Geschmack im Mund schlug ich das Magazin auf. Ich erwartete nichts Gutes. Dass es nicht nett werden würde, ahnte ich bereits. Doch dann sah ich die Bilder von drei Frauen, eine püppchenhafter als die andere. Schlank, heiße Klamotten und Gesichter wie Göttinnen … Die drei sahen nicht aus wie ich, sondern wie Supermodels … wie Jelena.

»Das ist ein Scherz, oder?«, fragte ich Jacob, der mich mit bedauerndem Blick musterte.

»Wenn du das Magazin verbrennen willst, sag Bescheid. In meinem Hinterhof hab ich einen Grill, den du jederzeit dafür benützen darfst.«

Seufzend stützte ich den Kopf in die Hände und überflog den Artikel. Er klang wie die anderen zuvor. Reißerisch, sensationsheischend, übertrieben. Und doch konnte ich nicht aufhören, auf die Zeilen zu starren, in denen genau beschrieben stand, wann diese Frauen mit Travis zusammen gewesen seien. Alle vor meiner Zeit, aber das war nur ein schwacher Trost. Denn eine der drei war angeblich sogar ein Escort-Girl, wobei ich mich fragte, wieso er so etwas nötig hatte.

»Darf ich das Magazin behalten?«, fragte ich Jacob, der sofort nickte.

Ich fühlte mich nicht nur mies, mir ging es beschissen. Hatte ich mich gerade erst von dem Schreck am Wochenende so einigermaßen erholt und mich innerlich damit arrangiert, dass Travis etwas – aus Gründen, die ich ehrlich nicht verstand – vor mir geheim hielt, waren die Berichte ein weiterer Schock.

Dass er viele Frauen vor mir gehabt hatte, war mir bewusst, denn ich kannte mittlerweile seine Wirkung auf das andere Geschlecht nur zu gut. Und klar hatte ich ihn vor unserem ersten Date gegoogelt und wusste, wie sein Geschmack war – nur um festzustellen, dass ich in dieses Klischee nicht passte. Doch nun auch noch in diesem Klatschmagazin detailliert lesen zu müssen, mit wem er vor mir über welchen Zeitraum Sex gehabt hatte, traf mich zutiefst. Ich fühlte mich mit einem Mal, obwohl es total blödsinnig war, irgendwie beschmutzt.

»Ach, Schätzchen, lass den Kopf nicht hängen. Diese Pressefutzis stürzen sich nun auf jede Story, die sie kriegen können. Und so wie es aussieht, sind das in diesem Schundblatt drei Frauen, die wieder einmal von sich reden machen wollten. Also …«

Er seufzte. Vermutlich war ihm die Überzeugungskraft ausgegangen.

»Das ändert alles nichts daran, dass hier steht, wann und wie lange sie zusammen waren und wo sie gemeinsam ihren

Urlaub verbracht haben …« Langsam wurde mir das alles zu viel. »Eigentlich dachte ich, dass ich seine erste richtige Beziehung sei. So hat er es mir jedenfalls erklärt. Er sagt, er habe noch nie so etwas empfunden wie bei mir …«

»Das bedeutet doch nicht, dass er lügt, Ashley. Die anderen waren bestimmt nur … flüchtige Bekanntschaften.«

»O Gott«, stöhnte ich und vergrub das Gesicht in den Händen. »Das macht es nicht besser, wirklich.«

Fragend hob Jacob die Augenbraue.

»Na, überleg mal. Wie würdest du reagieren, würdest du über den Menschen, den du liebst, ständig durch die Presse von seinen vorherigen Liebschaften erfahren? Und wer weiß, wie viele es noch dort draußen gibt, die mit ihm im Bett waren? Dass er kein Engel ist, weiß ich doch. Aber wenn ich von Verflossenen erfahren will, dann von ihm persönlich – in seiner Version. Und nicht, was diese Schlampen erfinden und die Presse noch aufbauscht!«

Jacob machte ein betretenes Gesicht. Ja, darüber hatte er wohl auch noch nicht nachgedacht. Und ich offenbar auch immer noch nicht genug, sonst würde es mich nicht so aufregen, immer wieder Neues über ihn in den Zeitungen zu lesen.

Ich wollte doch nur meine neue Liebe in Ruhe genießen, ohne Trubel, ohne Aufregung, ohne Belastungen aus seiner Vergangenheit. Ich wollte mit ihm glückliche Stunden verbringen und nicht jedes Mal aufs Neue zuerst hinterfragen müssen, was ich gerade wieder in der Zeitung über ihn entdeckt hatte.

»Wieso konnte ich mich nicht einfach in einen stinknormalen Mann verlieben?«, murmelte ich. »Wieso musste es gerade Travis King sein?«

»Man weiß nie, welche Pläne das Herz mit einem hat«, sagte Jacob.

»Da hast du wohl recht. Gott, ich weiß nicht, ob ich das alles durchstehe. Irgendwie ist es, seit ich ihn kenne, ein ständiges Auf und Ab. Immer, wenn ich denke, es ist alles in Ordnung und wir sind glücklich miteinander, passiert … so was.« Ich deutete auf die Zeitung mit den Fotos von Travis, jeweils Arm in Arm mit einer der Frauen.

»Irgendwann wird die Presse sicher müde werden, darüber zu berichten, und sich auf andere stürzen. Dann könnt ihr endlich glücklich zusammen sein, wie jedes andere normale Paar.«

Ich grummelte zustimmend. Jacob hatte vermutlich recht damit, aber ich wusste nicht, ob ich so lange durchhalten würde …

* * *

Die nächsten Tage hörte ich nicht viel von Travis. Er war wohl sehr beschäftigt in New York. Natürlich hatte ich ihm von dem Bericht im *Chicago In* erzählt. Es tat ihm sehr leid, dass ich das wieder auf diesem Wege erfahren musste, und er regte sich fürchterlich darüber auf. Er versprach mir sofort, wenn er zurück sei, mit mir darüber zu reden – wobei ich mir noch nicht sicher war, ob ich tatsächlich noch mehr darüber erfahren wollte. Eigentlich hatte ich schon weit mehr als nötig Einblicke in seine Vergangenheit erhalten. Trotzdem fand ich es schön, dass er sich Sorgen um mich machte und er mir helfen wollte, damit besser klarzukommen.

Dann hatte er mir von seinen Terminen erzählt, hatte mir gesagt, dass es gut für ihn laufen würde und er viele neue Immobilienobjekte in seinen Katalog aufnehmen könne, was mich freute. Vielleicht wollte er nicht nur sich, sondern auch mich durch diese guten Nachrichten aufmuntern.

Und herrje, ich vermisste ihn schrecklich. Trotzdem lag wieder diese seltsame Stimmung zwischen uns – wobei ich nicht wusste, ob es auf die Entfernung oder auf den Artikel in dem Magazin zurückzuführen war, der über uns schwebte wie eine dunkle Wolke. Deshalb hoffte ich nur, dass die Zeit, die wir getrennt waren, schnell vorübergehen würde und am Freitagabend, wenn wir uns endlich wiedersehen konnten, zwischen uns wieder alles beim Alten war.

Bis dahin versuchte ich, mich abzulenken. Oder besser gesagt fand sich Madison dazu berufen. Denn sie schleppte mich am Mittwoch auf einen After-Work-Drink in eine Cocktailbar neben dem Kino, in dem wir uns später eine Teenie-Liebeskomödie ansehen wollten.

»Schön, dass du wieder für einen Cocktailabend Zeit hast«, sagte sie, kaum dass wir uns gesetzt hatten. »Das letzte Mal ging ja ziemlich in die Hose.«

Ich prustete laut los. »Was ist eigentlich mit dem Barkeeper, den du dir damals aufgerissen hast?« Sie hatte mir nach diesem Abend erzählt, dass sie ihn mit zu sich nach Hause genommen und eine wilde Nacht mit ihm verbracht hatte.

»Ab und an schreiben wir noch miteinander. Ich denke, falls ich wieder einmal einen Schwanz zwischen meinen Beinen brauche, ist er eine gute Alternative.«

»Madison!« Ich machte große Augen, musste aber trotzdem kichern.

Sie zuckte mit den Schultern. »Wieso sollst nur du umwerfenden Sex haben?«

»Ich dachte ja eigentlich, du würdest Ausschau nach einem reichen Kerl halten, der als potenzieller Ehemann infrage kommt?«

»Wer sagt denn, dass ich das nicht mache?«, konterte sie frech. »Aber dass die nicht so leicht zu finden sind wie Männer, die es einem ordentlich besorgen, habe ich dir ja schon einmal erklärt.«

»Hör auf, sonst werfen sie uns noch aus der Bar«, zischte ich belustigt, als die Bedienung uns mit schrägem Blick musterte, während sie uns unsere Drinks servierte.

»Ist doch so.« Sie grinste und sog an ihrem Strohhalm.

»Tut mir leid, aber um das beurteilen zu können, fehlen mir leider die Erfahrungswerte.«

»Pah!« Sie schnaubte und zog eine Grimasse. »Musst du mir unter die Nase reiben, dass du mit deinem Exemplar einen Jackpot ergattert hast?«

Nun zuckte ich mit den Schultern. »Glaub mir, nicht alles, was glänzt, ist Gold.«

»Ach, Süße, das wird wieder. Ganz bestimmt.« Sie legte ihre Hand auf meine und sah mich geknickt an.

»Es sind heute schon wieder neue Berichte von Verflossenen aufgetaucht. Eine behauptet sogar, von Travis schwanger zu sein …« Ich seufzte tief. »Ich will das alles gar nicht mehr mitmachen.«

»Ach, Schätzchen … Wenn ich was für dich tun kann, lass es mich wissen. Und wenn ich den Bitches in den Arsch treten soll, damit sie endlich ihre Klappe halten.«

Nun musste ich doch schmunzeln. »Das ist lieb von dir, Madison, aber Travis hat bereits seinen Anwalt beauftragt. Ich denke, das ist wirksamer als ein paar auf den Allerwertesten.« Ich rührte meine Piña Colada um. »Wie geht es eigentlich deiner Mom? Hat sie noch Kopfschmerzen?«, erkundigte ich mich dann nach Tante Carolann.

»Nein, sie sagt, es geht ihr schon wieder besser. Deine Mom ist jeden Tag bei ihr und sorgt dafür, dass sie sich nicht überanstrengt. Es wird bestimmt noch ein paar Tage dauern, bis sie wieder ganz die Alte ist. Aber ich bin froh, dass nicht mehr passiert ist«, gestand sie. »Das macht einen schon nachdenklich, und ich fange an, darüber zu sinnieren, ob es so schlau von mir war, nach Chicago zu ziehen.«

»Du willst mich hier doch nicht etwa alleinlassen?«, fragte ich geschockt und mit mulmigem Bauchgefühl. Madison war immer schon sehr impulsiv gewesen, was ihre Entscheidungen betraf. Hätte mich nicht gewundert, wenn sie morgen ihre Koffer packen und zurück nach Kewanee ziehen würde.

»Nein, keine Sorge. Noch gibt es ja keinen Grund für mich. Ihr geht es gut, und es war ja auch nur ein Schwächeanfall. Der Arzt hat ihr geraten, etwas mehr zu entspannen und sich nicht überall so hineinzusteigern.«

»Wieso? Was ist denn passiert, während Travis und ich spazieren waren?«

Madison druckste herum und rückte nicht sofort mit der Antwort heraus. Ich war bisher von einem normalen Kreislaufzusammenbruch ausgegangen, aber jetzt war ich neugierig.

»Als ihr weg wart, haben sich unsere Eltern noch einmal über dein Geschäft und die Flaute unterhalten …«

Mein Herz begann zu rasen, und schlechtes Gewissen machte sich in mir breit.

»Das war vermutlich auch der Grund für ihren Zusammenbruch. Aber mach dir keine Sorgen, deine Mom hat sie davon überzeugen können, dass du nicht jeden Moment auf der Straße stehen wirst. Du weißt ja, dass sie schnell zu melodramatisch wird.« Sie zuckte mit den Schultern. »Außerdem: Wie ich deine Mom kenne, wird sie ein besonderes Augenmerk auf ihre kleine Schwester haben und sie gleich ins Spa schleppen, damit sie sich wieder etwas entspannt.«

Na prima. War ja nicht so, dass ich nicht schon genug Sorgen hatte … Nun musste ich noch darauf achten, dass Tante Carolann keine negativen Details mehr von meinem Leben erfuhr – was im Augenblick ja nicht gerade einfach war, denn irgendwie schien mein Karma sich seit Kurzem gegen mich verschworen zu haben. Mein Unternehmen war zwar für die nächsten paar Monate nicht in Gefahr wegen der Ausstellung in der Galerie – aber was danach kam, stand in den Sternen. Einen festen Stammkunden wie die Tischlerei, die ich verloren hatte, hatte ich bis jetzt noch nicht gefunden. Wenn nun die Sache mit Travis auch nicht besser werden würde, die Berichte in den Zeitschriften vielleicht nur der Anfang waren und ich womöglich sogar Madison als Beistand hier in Chicago verlieren sollte, würde ich vermutlich auch meine Zelte niederreißen müssen und fürs Erste zu Mom und Dad flüchten, um mich bei ihnen zu verkriechen und in Selbstmitleid zu baden.

Ich atmete tief ein und aus, dann trank ich von meinem Cocktail und beschloss, zumindest für diesen einen Abend alles Negative so weit wie möglich auszublenden und die Zeit mit Madison zu genießen.

Als wir wenig später im Kinosaal Platz nahmen, waren meine Sorgen zum Glück weitestgehend in die hintersten Winkel meines Gehirns vertrieben.

»Ich bin schon richtig gespannt auf den Film. Die Kritiken sind nicht gerade berauschend, aber das heißt im Grunde ja nichts«, meinte Madison und schaufelte sich eine Handvoll Popcorn in den Mund.

»… vielleicht sogar schwanger von ihm ist. Und stell dir vor, von Sonya weiß ich auch, dass sie mit ihm im Bett war.«

Angespannt hielt ich inne und lauschte der weiblichen Stimme hinter uns. Vielleicht litt ich bereits unter Verfolgungswahn, aber spätestens seit der Benefizgala war ich sensibel, was Klatsch und Tratsch von Frauen in meiner Nähe anbelangte. Und siehe da, ich hatte auch noch »Glück«, die Personen setzten sich direkt hinter mich, sodass ich jedes weitere Wort verstehen konnte.

»Vielleicht geht sie ja auch an die Presse, die sollen angeblich ganz schön viel zahlen für so ein Enthüllungsinterview«, antwortete eine zweite Frauenstimme.

Ich spürte Übelkeit in mir hochsteigen, und Madison drückte fest meine Hand. Sie hatte die beiden auch gehört.

»Wenn ich diese Fotografin wäre, hätte ich die Schnauze voll. Der Kerl hat sich ja quer durch ganz Chicago gevögelt. Wie soll da eine Beziehung eine Zukunft haben?«

Sie sprachen wirklich über Travis und mich … Fast hielt ich die Luft an, um bloß kein Wort zu verpassen, wo ich eigentlich nur wollte, dass sie aufhörten, über uns zu reden.

»Tha, Beziehung? Du denkst doch nicht wirklich, dass das was Ernstes ist? Du kennst Hellen, oder?«

»Hellen Thompson?«

»Genau. Die arbeitet in der *Season Galerie* und hat mir erzählt, dass sie dort eine Ausstellung mit dieser Crown und ihren Fotografien planen. Die wollen sie aber nur haben, weil sie mit King zusammen ist und die Galerie das als gute Promotion sieht.«

Ich hatte die Luft angehalten. Meine Hände begannen zu zittern. Madison bemerkte es sofort und nahm mir meine Popcorntüte ab. Hinter uns konnte ich ein boshaftes, schnaubendes Lachen hören.

»Wenn du mich fragst, hat die doch nur die Beine breitgemacht, um ihr Geschäft anzukurbeln.«

»Das denke ich auch.«

In dem Moment ging das Licht aus, und der Film fing an, was die beiden Tratschweiber zum Glück zum Schweigen brachte.

»Willst du gehen?«, flüsterte Madison in mein Ohr, doch ich schüttelte den Kopf.

Nein, ich hatte beschlossen, diesen Abend Spaß zu haben und die Zeit mit Madison zu genießen, auch wenn mir das Getuschel der beiden im Herzen wahnsinnig wehtat. Und wenn ich nun wegen jedes Gesprächs, das ich über Travis und mich aufschnappte, den Kopf einziehen und abhauen würde, würde ich vielleicht bald nicht mehr auf die Straße gehen können.

* * *

Auf den Film konnte ich mich nur wenig konzentrieren. Ständig ertappte ich mich dabei, wie ich mir die Worte der Frauen hinter uns mehr zu Herzen nahm, als es gut für mich war. Nach dem Kino hatten Madison und ich noch einen Abstecher in eine Cocktailbar gemacht. Ich hatte das dringende Bedürfnis gehabt, noch ein wenig Alkohol auf meine geschundene Seele zu gießen, und zum Glück war meine Cousine mit von der Partie gewesen.

Als ich jedoch am nächsten Morgen die Augen aufschlug, bereute ich meine spontane Idee. Immerhin war heute ein ganz normaler Arbeitstag, und mein Kopf brummte von der brisanten Mischung von zu viel Alkohol und Zucker.

Ich schaltete den Fernseher ein und ging in die Küche, um mir einen starken Kaffee zu kochen. Draußen war es noch dunkel, und es fiel mir in der kalten Jahreszeit ohnehin schon schwer, morgens munter zu werden. Ich war eindeutig ein Sommerkind, und deshalb brauchte ich in den Wintermonaten auch eine doppelte Portion Koffein.

Der Kaffee rann gerade in die Tasse, als ich mir einbildete, den Sprecher des Frühstücksfernsehens den Namen *King* sagen gehört zu haben. Schnell eilte ich zum Fernsehapparat und sah die beiden Moderatoren dieser Sendung auf einem Sofa sitzen.

»Nach und nach melden sich immer mehr Frauen, die vorgeben, mit Travis King im Bett gewesen zu sein. Ein nicht sehr professioneller Eindruck, der da entsteht, wenn Sie mich fragen. Was das allein für sein Unternehmen bedeutet, ist noch nicht abzusehen«, hörte ich den Mann in Jeans und Hemd sagen.

»Vielleicht werden Sie sich jetzt fragen, welche Auswirkungen diese Sexstorys auf seine Beziehung mit Ashley Crown, seiner Immobilienfotografin, haben«, fuhr seine adrette Kollegin fort. »Nun, wie wir aus verlässlicher Quelle wissen, haben sich die beiden getrennt. King erholt sich im Moment in New York und genießt das Singleleben, wofür er ja bekannt ist.« Sie lachte übertrieben.

Wirklich? Eine verlässliche Quelle wusste von unserer Trennung? Wie schlecht war die Welt überhaupt? Ich war kurz davor, den Kaffee aus der Küche zu holen und ihn gegen den Fernseher zu schleudern.

»Aber auch Crown wurde gestern Abend beim Feiern in einer Bar in Chicago gesichtet. Die Trennung dürfte also beiden nicht wirklich schwergefallen sein.«

Ich hielt die Luft an und kroch beinahe in den Fernseher.

Es wurde ein Foto eingeblendet, das mich gestern Abend mit Madison in der Cocktailbar zeigte. Wir hatten nicht getanzt, aber ich hatte mich mit Händen und Füßen unterhalten, und der Fotograf hatte genau in dem Moment, in dem ich die Arme in der Luft hatte, auf den Auslöser gedrückt und mich so abgelichtet, dass es aussah, als würde ich voll abfeiern.

Man konnte an meinen roten Wangen erkennen, dass ich angetrunken war, mein Lachen war schrecklich übertrieben, und ein halb leeres Cocktailglas verriet, dass ich eine Margarita getrunken hatte.

»War auch nicht anders zu erwarten bei so einem kurzen Techtelmechtel«, warf der Mann ein, und diesmal kicherten beide gekünstelt.

Ich hatte genug gehört. Ein dicker Kloß drückte sich von meinem schmerzenden Herzen in meinem Hals nach oben.

Ich wusste, dass das alles nicht stimmte, immerhin kannte ich Travis' wahren Grund für seinen New York-Besuch.

Hoffte ich zumindest.

Trotzdem traf es mich wieder einmal viel zu tief, und erneut nagten Zweifel an mir, während eine Stimme in meinem Inneren mich fragte, ob ich wirklich ausschließen konnte, dass er sich nicht doch mit einer anderen Frau an der Ostküste vergnügte, während ich hier in Chicago auf ihn wartete.

Mit zitternden Händen wählte ich seine Nummer und hoffte, er würde rangehen. Ich wusste, er hatte heute Morgen einige Termine, doch vielleicht hatte ich Glück, ihn noch davor zu erreichen – einfach, um mich davon zu überzeugen, dass zwischen uns alles in Ordnung und das im Fernsehen tatsächlich nur blöder Klatsch war.

Doch ich landete in seiner Mailbox.

Ihm eine Nachricht zu hinterlassen, brachte ich nur mühsam zustande. »Bitte ruf mich zurück«, murmelte ich ihm aufs Band, ehe ich auflegte und mich ins Bad schleppte.

* * *

Jacobs Blick sagte alles, als ich ins Büro kam.

»Du hast es auch gehört, wie?« Ich bemühte mich um ein gequältes Lächeln.

»Hör bloß nicht auf diese Idioten«, sagte er sofort, kam auf meine Seite des Schreibtischs und nahm mich in den Arm. »Heute ist das Shooting für das Möbelhaus, also brauchst du einen klaren Kopf.«

Damit hatte er recht. Die Marketingleiterin hatte beim letzten Mal schon etwas herumgezickt wegen zwei der Aufnahmen – von insgesamt vierzig –, und deshalb musste diesmal alles ausnahmslos klappen. Noch einen Stammkunden zu verlieren, konnte ich mir nicht leisten.

Bevor wir uns in cirka einer Stunde zum Shooting aufmachen würden, wollte ich noch meine E-Mails checken und ein paar Fotos bearbeiten. Als ich jedoch das Programm öffnete, stach mir sofort eine Nachricht der *Season Galerie* ins Auge.

An: Ashley Crown
Von: Hellen Thompson
Betreff: Ausstellung Ihrer Arbeiten

Sehr verehrte Miss Crown,

leider muss ich Ihnen mitteilen, dass die Galerieleitung sich nun doch gegen eine Ausstellung mit Ihren Arbeiten entschieden hat.
Wir wünschen Ihnen weiterhin viel Erfolg!

Mit freundlichen Grüßen,
Hellen Thompson
Sekretariat, Season Galerie

Völlig sprachlos starrte ich auf die Zeilen vor mir. Und ich hörte wieder die gehässige Stimme der Frau im Kino hinter mir: »Die wollen sie aber nur haben, weil sie mit King zusammen ist und die Galerie das als gute Promotion sieht.«

Mein Herz raste, und es dauerte nicht lange, bis die Sicht so verschwommen war, dass ich die Buchstaben nicht mehr erkennen konnte.

Als Jacob mich schniefen hörte, kam er sofort zu mir. »Was ist passiert …?«

Kraftlos und völlig verzweifelt deutete ich auf den Monitor.

»Scheiße«, murmelte er, nahm mich in den Arm und drückte mich fest an sich.

KAPITEL 18

Ashleys zweite Nachricht erreichte mich mitten in den Verhandlungen, doch nachdem sie bei der ersten noch müde geklungen hatte, war sie bei der zweiten völlig aufgelöst, und wenn ich mich nicht täuschte, hatte sie sogar geweint. Sofort entschuldigte ich mich bei meinen Verhandlungspartnern und rief sie zurück.

»Ash, Süße, was ist passiert?«

Sie erzählte mir, die Galerie habe ihr wieder abgesagt. Das sei für sie und vor allem für ihr Unternehmen eine Katastrophe.

»Die wollen mich nicht mehr, weil im Frühstücksfernsehen ein Beitrag lief, in dem behauptet wurde, wir wären wieder getrennt. Dass du in New York seist, um die Trennung zu überwinden, während ich in Chicago meinen Trennungsschmerz in Alkohol ertränkt hätte.« Sie schluchzte.

»Du weißt aber, dass ich wegen *KING Estate* hier bin, oder? Dass es keine andere Frau außer dir in meinem Leben gibt und dass ich dich liebe?«

Mein Herz raste.

Dass sie Schwierigkeiten damit hatte, das alles zu verdauen, was tagtäglich in den Medien erfunden und breitgetreten wurde, war mir klar und tat mir so unendlich leid, zumal ich nicht bei ihr sein konnte. Ehrlich, mir ging das Ganze inzwischen auch gehörig auf den Sack – nicht nur, weil mein Ruf gewaltig darunter litt. Aber diese ganzen Sexstorys aus meiner Vergangenheit, die in der Öffentlichkeit jetzt breitgetreten wurden, trafen mich bei Weitem nicht so sehr wie die Tatsache, wie Ashley damit zu kämpfen hatte. Nicht nur, dass sie sich alles so zu Herzen nahm, jetzt litt auch noch ihr Unternehmen darunter. Fuck!

Der Gedanke, dass sie die Beziehung beenden könnte, weil sie mit dieser Belastung nicht mehr zurechtkam, traf mich mit voller Wucht.

»Ja, das weiß ich, und … ich liebe dich auch. Aber das ist alles so eine Scheiße«, hörte ich sie fluchen.

»Bald bin ich wieder bei dir, dann musst du das nicht mehr alles allein durchstehen, hörst du? Die Presse kann uns mal gehörig am Arsch lecken! Wichtig ist, was wir füreinander empfinden. Dann kann uns nichts etwas anhaben. Und du musst deinen Trennungsschmerz auch nicht mehr in Alkohol ertränken.«

Nun kicherte sie, auch wenn sie kurz schniefte.

Herrgott, sie so am Telefon zu hören, brach mir fast das Herz. Doch ich konnte nichts für sie tun, solange ich hier an der Ostküste festsaß.

Ich versuchte, mit etwas gesundem Sarkasmus die Stimmung wieder aufzulockern. »Du hast dich also ohne mich betrunken? Ich hoffe nur, du warst nicht wieder im Broken Heart bei David?«, fragte ich halb im Scherz, halb ernst.

Der Gedanke daran verursachte mir Übelkeit, aber ich ließ mir meine Eifersucht nicht anmerken.

Ashley lachte auf, doch ihr Lachen klang nicht fröhlich. »Gott, nein! Ich war mit Madison gestern zuerst im Kino. Hinter uns saßen Frauen, die fürchterlich abgelästert haben.«

Sie erzählte mir alles. Wut stieg in mir hoch. Wenn ich dabei gewesen wäre, hätte ich dafür gesorgt, dass die Frauen den Saal hätten verlassen müssen. Ashley tat mir so leid, dass sie das alles ertragen musste.

»Danach musste ich meinen Frust mit Alkohol begießen. Frag nicht, wie mein Kopf heute brummt«, murmelte sie trotzig. »Ich hab nicht einmal getanzt, mich nur mit Madison unterhalten und mit ihr geblödelt, um den Ärger zu vergessen. Aber der Fotograf hat mich in einem Moment abgelichtet, in dem es so aussieht, als würde ich tanzen …«

»So wie bei Jelena und mir im Restaurant, als es aussah, als wären wir ein glückliches Paar.«

Ashley murmelte zustimmend.

»Hör zu, morgen bin ich wieder zu Hause. Dann komm ich zu dir oder du zu mir, und wir vergessen die bösen Menschen da draußen für ein paar Stunden.«

»Das klingt verlockend.«

Hörte ich tatsächlich ein Schmunzeln aus ihrer Antwort? Hatte ich es geschafft, sie wieder ein wenig aufzumuntern?

»Ich muss jetzt wieder zurück zur Verhandlung, Ash, aber ich melde mich heute Abend bei dir.«

»O Gott, tut mir so leid, dass ich auch noch bei dir für Chaos sorge.«

»Mach dir keine Vorwürfe. Ich bin froh, dass du mich angerufen hast und mir von all dem erzählt hast. Ich werde meinem Anwalt sagen, er soll sich auch um deine Anliegen kümmern. Er wird sich noch heute bei dir melden.«

»Das ist lieb von dir, aber … eigentlich will ich nur noch meine Ruhe haben. Diese ganze Hektik, die Boshaftigkeit der Menschen, die immer wieder neuen Meldungen über dich und mich und die Fotos, die in der Presse auftauchen, laugen mich regelrecht aus.«

»Okay … Aber vergiss nicht, das Angebot bleibt bestehen. Sag einfach Bescheid, wenn Cole oder ich was für dich tun können.«

Sie bedankte sich noch bei mir, dann verabschiedeten wir uns voneinander.

So weit von ihr entfernt zu sein und nicht für sie da sein zu können, obwohl es ihr so schlecht ging, war besonders hart für mich. Auch dabei zuzusehen, wie sie berufliche Rückschläge einstecken musste, quälte mich. Es war ärgerlich, dass dieser Galerieauftrag so schnell Geschichte war, wie er gekommen war. Denn dass diese Idioten sich daran maßen, mit wem die Künstler, die sie ausstellten, liiert waren, war eigentlich ein Armutszeugnis für die Galerie. Doch mit meiner Meinung zu diesem Thema war Ashley auch nicht geholfen. Das Einzige, was mir im Moment dazu einfiel, war, ihr finanziell unter die Arme zu greifen. Ob sie das gutheißen würde, war jedoch eine andere Frage …

Am liebsten hätte ich mich in die nächste Maschine gesetzt, doch ich musste noch bis morgen hier in New York bleiben und die letzten Verträge und Verhandlungen unter Dach und Fach bringen – was mir mehr und mehr schwerfiel, da die Presse nicht nur Ashleys Ruf zerstört hatte, sondern auch an meinem heftig rüttelte.

Ärgerlich war auch, dass plötzlich aus allen Ecken und Enden Frauen auftauchten, die Sex mit mir gehabt hatten. Ganz zu schweigen von jener, die behauptet hatte, schwanger von mir zu sein – was sie im Übrigen heute Vormittag auf Twitter widerrufen hatte. Wusste ich doch, dass das alles erstunken und erlogen war …

Ich fragte mich, wieso diese ganzen Frauen an die Presse gingen. Teilweise lag unser Verhältnis Jahre zurück. Wieso gerade jetzt und nicht, als wir uns getrennt hatten? Damals wäre es einleuchtend gewesen. Es wäre Frust gewesen über den Schlussstrich, den ich gezogen hatte. Aber heute?

Und nein, ich unterstellte den Frauen nicht, dass sie die Unwahrheit sagten, wenn sie behaupteten, in meinem Bett gelandet zu sein. Aber erstens war das meine Privatsache. Es gab keinen Grund, mein Sexleben in der Öffentlichkeit zu diskutieren. Und zweitens wurde es mir damit um einiges schwerer gemacht, mit aller Kraft an meiner Beziehung zu Ashley zu arbeiten. Es zehrte sehr an den Nerven, denn es war, als würden wir einen Schritt nach vorne und gleich darauf wieder zwei Schritte zurück machen.

Immer noch wurde ich das Gefühl nicht los, dass Jelena etwas damit zu tun hatte, auch wenn sich herausgestellt hatte, dass der Redakteur der *Chicago Sun-Times* ohne ihr Zutun den Bericht verfasst hatte. Sie hatte ihm damals den Termin abgesagt, bei dem sie ihm von dem möglichen Seitensprung meiner Mutter erzählten wollte, aber anscheinend hatte er was gerochen, dem er nachgegangen war. Dass er daraufhin das mit der Villa herausgefunden hatte, war Fluch und Segen zugleich …

Leider hatte sich die Analyse der Haarproben im Labor als schwieriger und langwieriger herausgestellt als ursprünglich angenommen. Deshalb hatte ich bisher noch immer nichts gehört und hing mit meinem Vorgehen gegen Jelena in der Luft. Da war es nur hinderlich, dass seit Neuestem diese Frauen über ihre Zeit mit mir in den Klatschzeitschriften berichteten. Zwar würde Cole das alles wieder ins Lot bringen, aber was würden mir eine offizielle

Entschuldigung und das Geld nutzen? In den Köpfen der Leute saß jetzt der Gedanke fest, dass ich ein Mann war, der Frauen beziehungsweise eine Partnerschaft nicht ernst nahm. Ich musste ihnen das Gegenteil beweisen – nämlich, dass ich mit Ashley glücklich war. Dass uns all diese Schlagzeilen nichts anhaben konnten und ich sehr wohl in der Lage war, eine funktionierende Beziehung zu führen. Und es gab nichts, was ich im Moment lieber tun würde …

Mein Dad war auch kein Unschuldslamm gewesen. Er hatte Frauen geliebt und keinen Hehl daraus gemacht. Natürlich war er auch immer wieder im Gespräch. Es hatte genügend Leute gegeben, die sich über ihn und seinen Lebenswandel mit den ständig wechselnden Frauen und den vielen Hochzeiten und Scheidungen lustig gemacht hatten.

Dass man ihn jedoch stets respektiert und niemals sein privates Verhalten auf seine berufliche Kompetenz übertragen hatte, lag vielleicht daran, dass er die Frauen geheiratet hatte. Womöglich hatten Männer mit Beziehungen, die ehevertraglich festgehalten waren, einen anderen Stellenwert in der heutigen Gesellschaft. Er war trotzdem eine Art Ehrenmann gewesen …

Ich war in den Köpfen der Menschen nur der Womanizer, der die Frauen wie am Fließband wechselte und das Unternehmen seines Vaters geerbt hatte. So zumindest wurde ich von der Presse dargestellt – und bisher war es ja auch zutreffend. Wobei Letzteres womöglich auch bald der Vergangenheit angehörte. Daran durfte ich noch gar nicht denken … Mir wurde regelrecht schlecht bei dem Gedanken, dass mein Vater ein mir fast völlig fremder Mann sein sollte und sich deshalb bald mein ganzes Leben auf den Kopf stellen könnte.

Als hätte ich nicht schon genug andere unliebsame Dinge um die Ohren, die mir meine wertvolle Zeit stahlen …

Als die Verhandlungen abgeschlossen waren und ich endlich wieder in meinem Hotelzimmer eintraf, rief ich sofort Cole an. Er hatte mir eine Nachricht geschickt, in der er mich bat, ihn umgehend zurückzurufen.

»Halt dich fest, ich hab hier den Brief des Labors vorliegen«, sagte er ohne Umschweife, und ich sackte sofort auf die Couch nieder.

»Sag schon!« Innerlich bebte ich, schickte ein Stoßgebet in den Himmel. Das Blut rauschte laut in meinen Ohren, und meine Hände begannen zu zittern. Ich spürte, wie mir heiß wurde und es mich gleichzeitig eiskalt schüttelte.

»Jefferson King ist zu 99,9 Prozent dein leiblicher Vater.«

»Ja!« Ich sprang auf und schrie noch einmal »Ja!«, während ich gegen den weichen Sessel kickte. »Ich wusste es.«

Scheiße, war ich erleichtert!

»Glückwunsch, Travis«, hörte ich Cole schmunzelnd sagen.

»Danke.« Gleichzeitig spürte ich Schadenfreude in mir hochsteigen, da ich wusste, dass Jelena mir nichts, rein gar nichts, anhaben konnte.

»Verfasse schon mal das Schreiben an Jelena, dass sie mit sofortiger Wirkung die Villa wieder räumen muss.«

Ich wusste ja, weshalb ich mir dieses Schlupfloch offen gelassen hatte. Jelena war wohl selbst so von ihrer Behauptung überzeugt gewesen, dass sie gar nicht damit gerechnet hatte, wieder ausziehen zu müssen. Denn ansonsten hätte sie womöglich den Vertrag so nie unterschrieben. Glück für mich, Pech für sie … Und mir bescherte es Genugtuung.

»Schon erledigt.« Ich wusste, Cole schmunzelte und freute sich bestimmt mit mir.

»Sehr gut. Ich kann es kaum erwarten, ihr Gesicht zu sehen, wenn ich es ihr vorlege.«

»Du willst es ihr persönlich geben?«

Ich grinste. »So was lasse ich mir nicht entgehen. Und mit Genuss werde ich mit dem Testergebnis vor ihrer Nase herumwedeln.«

Cole lachte. »Na gut, dann lasse ich die Unterlagen nicht zu ihr schicken, sondern zu dir.«

Unglaubliche Erleichterung machte sich in mir breit.

»Nicht mehr lange, dann kann ich endlich Ashley alles erzählen …«, sagte ich mehr zu mir selbst.

»Ich will dich nicht enttäuschen, aber warte noch, bis alles unter Dach und Fach ist. Du weißt, ich gehe lieber immer auf Nummer sicher.«

»Ashley würde nichts sagen«, brachte ich sofort ein.

»Du vertraust deinen Angestellten monatelang nicht, aber dieser Frau nach wenigen Wochen? Ich freue mich für dich, dass du offensichtlich das Glück gefunden hast, aber als dein Anwalt rate ich dir, trotzdem noch vorsichtig zu sein. Sie erzählt es vielleicht ihrer Freundin, und dann macht die Geschichte auch schon die Runde …«

Das war der Dämpfer, den ich nicht gebraucht hatte. Aber Cole hatte recht – ich durfte wirklich kein Risiko eingehen.

»Was aber tröstlich für dich sein kann: Was auch immer Jelena als angebliche Beweise in der Hand hatte, sie sind alle wertlos und falsch.«

»Apropos falsch …«, wechselte ich das Thema und erzählte ihm verärgert von den Vorfällen von heute.

Er wusste schon von den neuesten Berichten, hatte dann aber noch eine weitere Neuigkeit für mich.

»Es könnte sein, dass ich eine deiner Verflossenen ausfindig gemacht habe, bevor sie mit ihren Sexgeschichten mit dir an die Öffentlichkeit geht.«

Eine war zwar keine bei der Menge an Frauen, die ich gefickt hatte, aber der Presse einen Schritt voraus zu sein, würde mir vielleicht helfen, diesen ganzen mediengeilen

Frauen einen Riegel vorzuschieben und sie somit daran zu hindern, weiterhin meinen Ruf in den Dreck zu ziehen. Denn wahrscheinlich bestand eine Verbindung zwischen all denen, die bisher schon sehr freizügig geplaudert hatten.

»Wer ist es?«, fragte ich.

»Melynda Blair.«

Ich erinnerte mich vage an sie. Es musste vor eineinhalb Jahren gewesen sein. Jelena hatte sie damals als Begleitung auf eine meiner Partys auf der Yacht mitgenommen und sie mir als Aktmodel vorgestellt. Noch in derselben Nacht hatte ich sie in ihrem Hotelzimmer flachgelegt und seitdem nie wieder von ihr gehört.

Jelena. Wieder regte sich in mir der Gedanke, dass sie vielleicht mehr mit den redefreudigen Frauen zu tun hatte, als sie uns weismachen wollte …

»Wo ist sie jetzt? Ich will mich mit ihr unterhalten.«

»Sie lebt immer noch in Chicago. Ich schicke dir ihre Adresse und Telefonnummer per E-Mail.«

»Danke, Cole. Hoffen wir, dass dieser Spuk bald ein Ende hat.«

* * *

So gern ich Ashley in die Arme schließen wollte, ihr endlich erzählen wollte, weshalb ich ihr in den letzten Tagen nicht die Wahrheit sagen konnte, führte mich mein erster Weg, als ich wieder in Chicago war, zu Melynda Blair. Das Model wohnte in der Nähe des *Water Tower Place* in einem Apartment im siebten Stock.

Als ich an ihre Tür klopfte, tauchten Bilder von Jelena vor meinem inneren Auge auf, die mir in Dessous die Tür geöffnet hatte – bei Melynda rechnete ich, wenn ich ehrlich war, auch damit.

Doch sie trug zum Glück Jeans und einen Pullover. Betreten versuchte sie sich an einem Lächeln, als sie mich in hereinließ.

»Du weißt, weshalb ich hier bin?«

Sie bat mich, Platz zu nehmen, dann nickte sie. »Ich kann es mir denken.«

»Mir wurde geflüstert, dass du vorhattest, an die Presse heranzutreten und ihnen von unserem Sex in deinem Hotelzimmer zu erzählen.«

Verlegen wich sie meinem Blick aus. »Das war mein Plan, das ist richtig.«

»Du hast es aber noch nicht getan. Warum?«

Sie knetete die Ärmel ihres Pullovers zwischen den Fingern. Nein, so schnell würde sie mir nicht gefährlich werden, da war ich mir sicher.

»Meine Eltern wissen nichts von meinem zweiten Standbein. Sie denken, ich sei in einer Bücherei beschäftigt und dass ich mir so ein Paar Dollar dazuverdiene. Wenn ich der Presse von unserer Nacht erzählen würde, würden meine Eltern von meinem Nebenjob erfahren. Und ich will nicht, dass sie wissen, dass sich ihre Tochter für Fotos auszieht. Das käme in ihren Augen Prostitution gleich.«

Fast tat sie mir leid, wie sie vor mir saß, mit hängenden Schultern und eingezogenem Kopf. Aber nur fast …

»Wer hat dir eingeredet, der Presse von unserer Nacht zu erzählen?«, fragte ich und wagte damit einen Schuss ins Blaue.

»Jelena meinte …«

»Jelena!«, knurrte ich wütend und stand auf. Herrgott, diese Schlampe ging mir gehörig auf den Sack.

»Sie meinte, ich könnte mir damit eine schöne Stange Geld dazuverdienen. Die Presse würde für private Storys viel zahlen, gerade, wenn es um Prominente wie dich geht.«

Ich ballte meine Fäuste fest zusammen. Am liebsten hätte ich auf irgendwas eingeschlagen, um meinem Zorn Luft zu machen. »Danke, Melynda.«

»Du wirst ihr aber nicht sagen, dass du es von mir weißt, oder?«

»Dafür kann ich nicht garantieren«, gab ich kalt zur Antwort. Wann hatten denn diese Frauen auf Ashley und mich Rücksicht genommen …?

Kaum dass ich wieder in meinem Wagen saß, wählte ich Damiens Nummer. Noch immer lag irgendwie eine Kluft zwischen uns, die ich nicht zu überbrücken schaffte und er wohl nicht wollte.

»Hey, Superstar«, meldete er sich mit sarkastischem Unterton. »Eigentlich dachte ich, dass ich der Gefragtere von uns beiden bin. Aber über dich wird sogar in L. A. berichtet.« Er lachte auf. »Mein Bruder, das vögelnde Arschloch …«

»Schön, dass du das so amüsant findest. Dann bist du ja über meine Situation voll im Bilde.«

Er grummelte etwas Zustimmendes. Im Hintergrund hörte ich einige Instrumente, die immer lauter wurden.

»Kannst du mal irgendwo hingehen, wo man dich versteht?«

Wieder brummte er, doch dann wurden die Hintergrundgeräusche wieder leiser.

»Danke. Hör mal, ich muss von dir etwas wissen. Als du mit Jelena zusammen warst, habt ihr da auch über mich und die Frauen in meinem Leben gesprochen?«

Von den Gesprächen über unsere Kindheit wollte ich erst gar nichts wissen. Ich würde dieses Thema vor Damien komplett verschweigen, denn jetzt, da ich die Testergebnisse hatte, gab es keinen Grund, ihn deswegen zu belasten. Vielleicht würde ich es ihm irgendwann einmal sagen – aber dann unter vier Augen und nicht am Telefon.

»Herrgott, ich sagte dir doch schon, wenn du Jelena wieder vögeln willst, du kannst sie haben. Das bedarf bestimmt keiner großen Überredungskünste.«

War er wirklich so ein Idiot, oder stellte er sich nur so dumm an?

»Noch einmal zum Mitschreiben: Ich will nichts von dieser Frau. Außer vielleicht ihren Arsch hinter Gittern sehen. Also noch einmal: Hast du ihr von Frauen aus meiner Vergangenheit erzählt?«

Ich hielt an einer Ampel und trommelte ungeduldig mit den Fingern gegen das Lenkrad.

»Joa … kann sein. Also von ein paar, von denen ich wusste. Sie hat halt geweint und gemeint, sie wäre nicht mehr so attraktiv wie noch vor zwei Jahren. Und ich war da, um sie zu trösten. Erst hab ich sie gevögelt, dann hab ich ihr gesagt, wie viele der Frauen, mit denen du zusammen warst, ihr nicht das Wasser reichen könnten.«

Schnaubend schlug ich mir mit der flachen Hand an die Stirn. Warum auch hatte ich ihm von meinen Bettgeschichten erzählen müssen?

»Alles klar. Und hast du zufällig eine Idee, wo sie sich aktuell aufhält?«

»New York, im *Ritz-Carlton.* Sie ist bis Mitte nächster Woche dort, hat ein Shooting für die kommende Herbstsaison.«

What the Fuck? »Woher weißt du das?«

»Von einer Kollegin von ihr. Die beiden teilen sich dort ein Zimmer.«

Warum die Kollegin ihm diese Details erzählt hatte, wollte ich erst gar nicht wissen.

»Danke«, sagte ich resigniert.

»Schon gut. Kommst du mal nach L. A.? Die Aufnahmen für unser erstes Album laufen auf Hochtouren, danach planen wir unsere Tour.«

Schon war er wieder der kleine aufgeregte Bruder, der nur am Abenteuer interessiert war.

»Klar. Wenn diese Scheiße hier vorbei ist.«

»Jo. Wir sehen uns. Bis dann, ich muss wieder zurück ins Studio.«

Schon hatte er aufgelegt.

* * *

Als ich wenig später vor Ashleys Tür stand, war ich nervös. Endlich setzten sich alle Puzzleteile zusammen, und ich sah auch einen Ausweg aus all dem Chaos, das entstanden war, seit ich sie das erste Mal getroffen hatte.

»Travis!« Sie fiel in meine Arme und presste sich an mich, kaum dass sie mir die Tür geöffnet hatte.

Fest hielt ich sie an mich gedrückt und küsste sie auf ihren Scheitel. Ihr unvergleichlicher Duft strömte in meine Nase und beruhigte mich augenblicklich. Ich fühlte mich angekommen, zu Hause.

»Ich bin so froh, dass du endlich da bist. Den ganzen Tag hab ich mich hier verbarrikadiert. Mein Apartment wurde seit heute Morgen von Journalisten und Fotografen belagert«, erzählte sie aufgelöst. »Erst als ich den Portier eingeschaltet habe, haben sich die Presseleute verkrümelt. Ohne Eddie hätte ich nicht gewusst, was ich tun soll.« Sie seufzte geschafft. »Ich hoffe nur, das alles hat bald ein Ende.«

»Das hoffe ich auch, meine Süße.«

Liebevoll nahm ich sie in die Arme. Es tat so gut, sie nach all den Tagen endlich wieder an meinem Körper zu spüren. Zärtlich küsste sie mich an meinem Hals, ihre Hände schob sie unter meinen Mantel.

»Lass uns hineingehen«, murmelte ich, als ich spürte, wie sich mein Schwanz in meiner Hose regte. »Ich will dir zeigen, wie sehr ich dich vermisst habe.«

Kaum dass die Tür ins Schloss gefallen war, landeten meine Lippen auf den ihren. Drängend küsste ich sie, hielt ihren Kopf fest, nahm ihren Mund in Besitz.

»Du hast mir so gefehlt«, keuchte sie, als ich mich von ihr löste, um ihr ihren Sweater über den Kopf zu ziehen.

»Du mir auch. Ich brauche dich, Ash. Ich brauche dich so sehr.«

Sie zerrte meinen Mantel und das Jackett von mir, zog den Gürtel aus den Schlaufen meiner Hose, öffnete sie und schob sie mitsamt meiner Pants nach unten. Sofort umfasste sie meinen Schwanz und begann, ihn zu reiben und meine Eier zu kneten.

»Fuck, Ashley …«

Ich stieg aus meinen Hosen, dann hob ich sie hoch. Sie schlang ihre Beine um meine Hüfte und vergrub ihre Finger in meinem Haar.

So umklammert trug ich sie in ihr Schlafzimmer und legte sie auf ihr Bett. Ich öffnete die Knöpfe ihrer Jeans und zog ihr diese gemeinsam mit ihrem Slip ruckartig nach unten.

»Ich mag es nicht, von dir getrennt zu sein«, gestand ich, während ich mit den Fingern ihre Oberschenkel nach oben glitt und das Gefühl ihrer Haut unter meinen Handflächen genoss. »Dann kann ich nämlich das hier nicht machen.« Vor ihrer Spalte hielt ich inne, strich mit dem Zeigefinger über das weiche Fleisch. »Oder das hier.« Ich tauchte ein in ihre Nässe, fühlte, wie sehnsüchtig sie schon auf mich wartete.

»O Gott, das hab ich auch vermisst«, raunte sie und rieb ihr Becken an meiner Hand.

»Nicht so hastig, Ash.«

Ich richtete mich wieder auf und sah sie an. »Spreiz deine Beine und streichle dich.«

Sie begann, über ihre Knospe zu reiben, erst langsam, dann schneller. Fast hätte ich den Blick nicht von ihr lösen können, denn sie stöhnte leise, während ihre Lider halb geschlossen waren. Ihre Lippen waren leicht geöffnet. Zu gern hätte ich sie um meinen harten Schwanz gespürt.

»Nicht aufhören«, flüsterte ich ihr zu, als ich mich über sie beugte, den Verschluss ihres BHs vorne löste und die Schalen zur Seite schob.

Genüsslich leckte ich über ihre warmen Brüste, sog an ihren Brustwarzen, bis sie hart waren wie kleine Perlen.

Als ich mich wieder aufrichtete, knöpfte ich mein Hemd auf, während ich sie eingehend betrachtete.

Ashleys Wangen waren zartrosa gefärbt. Ihre volle Brust hob und senkte sich schnell. Ihre Beine hatte sie noch weiter gespreizt. Mit den Zehen krallte sie sich am Laken fest, und aus ihrem Mund kamen heiße Laute der Erregung.

»Genug!«, herrschte ich sie an.

Jetzt war ich an der Reihe. Ich packte sie an ihren Oberschenkeln und zog sie an die Bettkante. Dann kniete ich mich vor sie und senkte den Kopf zwischen ihre Beine. Ihr süßer Duft strömte in meine Nase, berauschte meine Sinne. Ich atmete tief ein, dann leckte ich fest mit breiter Zunge über ihr Geschlecht.

Sie stöhnte auf, tastete mit den Händen nach meinem Kopf. Ich packte sie an den Handgelenken, presste ihre Arme in das Laken.

»*Ich* will dich auf meine Art genießen«, erklärte ich. »Verschränke deine Arme hinter dem Rücken.«

Kurz zögerte sie, dann schob sie die Unterarme zwischen sich und das Bett, sodass sie darauf lag.

»Und jetzt beweg dich nicht mehr.«

Wieder leckte ich über ihre Pussy. Sie stöhnte auf, zuckte mit den Beinen. Ich drückte ihre Oberschenkel mit festem Griff auseinander.

»Nicht bewegen!«, wiederholte ich. »Sonst muss ich deine Beine an das Bett fesseln. Ich will dich genießen, wenn du vor mir liegst und mit aller Kraft dagegen ankämpfst, deinem Wunsch nach mehr nachzugehen. *Ich* bestimme, wann es *mehr* gibt, verstanden?«

»Verstanden«, hauchte sie.

»Gut.«

Zufrieden strich ich mit beiden Händen über ihre geöffneten Oberschenkel, von den Knien bis zu ihrer Mitte. Mit den Daumen rieb ich abwechselnd kreisförmig über ihre Spalte, ehe ich ihre Schamlippen auseinanderzog und sie wieder meine Zunge spüren ließ.

Sie wimmerte, kämpfte dagegen an, die Beine zusammenzupressen oder ihr Becken anzuheben.

So gefiel mir das.

In immer schnelleren Abständen leckte ich über ihre Spalte, rieb mit der Zunge oder meinen Daumen über ihre Klitoris. Ich fickte sie mit den Fingern, trieb sie an den Rand ihrer Selbstbeherrschung.

Ihr Wimmern und Stöhnen war die beste Bestätigung für mich, ihre Nässe ein Zeichen dafür, wie bereit sie schon für mich war.

»Ich werde dich gleich nehmen. Und ich kann nicht versprechen, dass ich vorsichtig bin.«

»Das musst du auch nicht«, keuchte sie.

Mein Schwanz zuckte erwartungsvoll, als ich mich über sie schob. Ich bedeutete ihr, ihre Arme an meine Oberarme zu legen. Gleichzeitig hob ich ihre Beine an und legte sie mir auf die Schultern.

»Bereit?«, fragte ich und sah ihr in die Augen.

»Ja.«

Dann glitt ich in sie, hinein in diese tiefe Enge.

»O Fuck!«

Sie zu spüren, war jedes Mal wieder ein unglaublich gutes Gefühl. Ich zog mich zurück, nur um wieder in sie zu stoßen. Kräftiger, schneller, verlangender. Ashley hob mir ihr Becken entgegen, krallte sich an mir fest. Sie hielt meinem Blick stand, obwohl ich merkte, wie sie sich dem Orgasmus näherte. Wimmernd stöhnte sie meinen Namen, was ich so verdammt sexy fand. Meine Eier zogen sich fest an meinen Körper, und als ihre Muskeln rhythmisch meinen Schwanz zu massieren begannen, konnte ich mich nicht länger zurückhalten. Ich gab die Kontrolle über meinen Körper ab, genoss das Prickeln, das mich wie eine Welle erfasste, und spritzte meinen Samen tief in ihre Pussy.

Ich ließ ihre Beine von meinen Schultern gleiten, und sie schlang sie sofort um meine Hüften. Mit ihren Armen zog sie mich an sich, hielt mich fest und küsste mich atemlos.

Herrgott, jedes Mal wieder fragte ich mich, wie ich es so lange Jahre ohne Ashley an meiner Seite ausgehalten hatte … Wie ich glauben konnte, dass ich keine Frau in meinem Leben wollte, um nicht verletzt zu werden. Dabei bestand eine Beziehung aus so viel mehr als aus der Angst, dass einem das Herz gebrochen werden könnte.

* * *

»Ich werde morgen leider noch einmal nach New York müssen«, erklärte ich Ashley, als wir Pizza aßen, die wir uns hatten liefern lassen.

»Aber morgen ist Samstag. Hast du nicht alles abschließen können? Du hättest auch noch einen Tag verlängern können. Also … falls du meinetwegen nach Hause bist …«

Ich lächelte und stupste ihr gegen die Nase, auf der ich eine dünne Mehlspur hinterließ. »Keine Sorge, die geschäftlichen Dinge sind alle erledigt.«

»Dann … musst du privat nach New York?«, fragte sie überrascht, und ich hörte, wie Enttäuschung in ihrer Stimme mitschwang.

»Ja, ich …« Die Wahrheit steckte mir im Hals, doch ich hörte die Worte meines Anwalts in meinen Gedanken und biss mir auf die Zunge.

Klar, einerseits wollte ich Ashley aus allem raushalten, doch andererseits steckte sie schon viel zu weit in allem drin. Trotzdem schaffte ich es nicht, ihr jetzt schon alles zu erzählen.

»So ist es«, sagte ich dann. »Und ich kann dich leider nicht mitnehmen, obwohl ich es so gerne würde.« Und das war die Wahrheit.

Sie schmiegte sich an mich. Ich wusste, wie schwer es ihr fallen musste, nicht näher nachzufragen. Die Eifersucht und die Erinnerungen an ihre Vergangenheit mussten sie innerlich zerfressen.

»Ich bin so stolz auf dich. Danke für dein Vertrauen«, sagte ich erleichtert, nachdem sie nichts darauf erwidert hatte.

»Habe ich eine andere Wahl?«, fragte sie mit gezwungenem Lächeln.

»Eine Wahl hat man immer, meine Süße.«

»Apropos Wahl …«, begann sie zögernd und wich meinem fragenden Blick sofort aus. »Ich … möchte, falls es möglich ist, vorerst keine weiteren Aufträge von *KING Estate* annehmen. Zumindest so lange, bis Gras über die

Sache gewachsen ist und … mir nicht vorgehalten werden kann, ich wäre nur mit dir zusammen, um von deinem Bekanntheitsgrad zu profitieren.«

»Aber das …« … ergibt doch überhaupt keinen Sinn, wollte ich protestieren, doch sie drückte mir ihre Hand auf den Mund.

»Nicht. Ich weiß, du willst das nicht hören, aber ich habe das für mich beschlossen. Ich habe keine Lust mehr auf diese feindseligen Berichte in den Medien. Ich wünsche mir einfach nur, mit dir zusammen zu sein. Ohne böse Worte, ohne ständig vorgehalten zu bekommen, dass ich mich an der Beziehung zu dir beruflich bereichere. Bitte …«

»Und wie willst du dann dein Unternehmen über die Runden bringen? Wie sieht es mit Neukunden aus?«

Sie biss auf ihre Wangeninnenseite und wich meinem Blick aus.

»Ash …!«

»Nicht, Travis. Bitte. Ich weiß, es ist riskant. Ich weiß, es ist dumm. Aber … ich kann so nicht weitermachen. Zumindest im Moment nicht.«

»Was bedeutet das für uns beide?«, fragte ich leise, obwohl ich Angst vor ihrer Antwort hatte. Sie wollte sich hoffentlich nicht von mir trennen.

»Ich hoffe nichts. Außer …«

»Außer was?«

»Außer du willst mich nicht mehr …«

»Ashley! Wie kommst du denn auf so was?«, fragte ich entrüstet. Ich legte eine Hand auf ihre Wange und bat sie so, mich anzusehen.

Sie zuckte nur mit den Schultern.

»Ich liebe dich, verdammt noch mal!«, antwortete ich leicht verärgert. »Weißt du das denn nicht? Wieso stellst du das immer wieder infrage?«

»Ich stelle nicht deine Gefühle infrage, Travis. Aber dieses Auf und Ab ist einfach anstrengend. Für mich … und bestimmt auch für dich. Deshalb dachte ich …«

Tadelnd schüttelte ich den Kopf. »Mach dir darüber keinen Kopf.« Ich deutete auf ihre Brust, dorthin, wo ihr Herz schlug. »›Diese Lady gehört zu mir!‹, hast du das schon vergessen?«, wiederholte ich, was ich damals im *Broken Heart* zu David Hopson gesagt hatte, als er sie angebaggert hatte.

Endlich hoben sich wieder ihre Mundwinkel, doch ihr Lächeln erreichte nicht ihre Augen, in denen nach wie vor Traurigkeit schimmerte.

* * *

Bevor ich zum Flughafen fuhr, war ich noch einmal in meinem Büro, wo die Unterlagen lagen, die ich Jelena zum Unterzeichnen geben wollte. Ich zog den Umschlag mit dem Vertrag und dem Schreiben aus dem Labor aus der Schublade meines Schreibtisches. Herrgott, ich konnte es kaum erwarten, Jelena diese Neuigkeiten unter die Nase zu reiben – wenn sie es inzwischen selbst wusste, dass ihre Behauptungen kaum Bestand haben konnten.

Gerade als ich die Schublade wieder schließen wollte, fiel mein Blick auf das Scheckheft … Ich nahm es heraus, zückte einen Stift und stellte einen Scheck aus. Auf Ashley.

Vielleicht war es verrückt, doch ich hatte das Bedürfnis, für Ashley da zu sein. Ja, sie hatte gesagt, dass sie keine Aufträge von mir annehmen wolle, so lange, bis Gras über diese Pressesache gewachsen sei. Und sie hatte mir bei ihren Eltern auch klargemacht, dass sie niemals Geld von mir nehmen würde. Aber das war dumm und gefährdete ihre Existenz.

Mal ganz davon abgesehen, dass es nicht das erste Mal war, dass ich mit dem Gedanken spielte, ihr mit Geld unter die Arme zu greifen. Warum sollte ich es also nicht tun?

Doch andererseits kannte ich sie – Ashley würde nie im Leben einen Scheck annehmen. Schon gar nicht mit dieser Summe. Es würde mich viel Überzeugungskraft kosten, ihr überhaupt mit Geld unter die Arme greifen zu dürfen. Sie war viel zu stolz, als dass sie diese Art von Hilfe von mir annehmen würde.

Ich warf einen schnellen Blick auf die Uhr. Vermutlich würde ich es jetzt sowieso nicht mehr schaffen, zurück zu ihr zu fahren, sie davon zu überzeugen, den Scheck anzunehmen und anschließend noch den Flug zu erwischen. Deshalb warf ich das Scheckheft und den Stift zurück in die Schublade und stieß sie zu. Dieses Thema lief mir ja nicht davon, und ich würde mich auch nach meiner Rückkehr noch darum kümmern können …

* * *

Mir graute bei dem Gedanken, gleich Jelena gegenüberzustehen, der Frau, die seit Wochen für Chaos und Unfrieden in meinem Leben sorgte und die systematisch mein Leben zu zerstören drohte.

Den Umschlag meines Anwalts hielt ich fest in meiner Hand, als ich in der Hotellobby wartete, bis Jelena herunterkam. An der Rezeption hatte ich das Glück, dass ich nicht erkannt wurde, als ich den Namen ihres ehemaligen Managers nannte. Ich wollte so erreichen, dass sie herunterkam und nicht über irgendeinen Hinterausgang das Hotel verließ. Ich wusste, sie schätzte Charlie noch immer sehr, deshalb hatte ich mich kurzerhand als er ausgegeben.

Als sich die Türen des Aufzugs öffneten und sie die Lobby betrat, stieg die Nervosität in mir an. Ich hatte keine Ahnung, wie sie auf mich, geschweige denn auf den Inhalt des Umschlags in meiner Hand reagieren würde.

Noch hatte sie mich nicht entdeckt. Sie sah sich suchend um, dann blieb ihr Blick an mir hängen. Unsicherheit, Verwirrung, Bosheit und falsche Freude wechselten sich auf ihrem Gesicht ab.

Ich genoss es, sie überrascht zu haben. Mit ausdrucksloser Miene ging ich auf sie zu.

»Travis, du? Ich dachte, Charlie …« Dann schien sie zu verstehen.

Statt ihr eine Antwort zu geben, deutete ich nur mit dem Kopf auf die Sitzgruppen. Wortlos ging sie voraus und nahm auf einem der Sessel Platz – damit ich ihr bloß nicht zu nahe kommen würde. Sie legte die Hände in den Schoß und verschränkte ihre Finger miteinander. »Bitte … was kann ich für dich tun?« Sie lächelte mich an, gekünstelt und ohne dass es ihre Augen erreichte.

Hatte sie schon immer so gelächelt? Fiel mir ihre falsche Art erst jetzt auf? Oder war das ihre neue Masche, seit ich mit Ashley zusammen und Jelena für immer auf dem Abstellgleis gelandet war.

»Ich bin Jefferson Kings Sohn, aber das wirst du vermutlich schon wissen«, begann ich ohne Umschweife.

Sie verzog ihr Gesicht, was mir verriet, dass sie die Wahrheit natürlich kannte.

»Du weißt, was das für dich bedeutet. Die Villa ist innerhalb einer Woche zu räumen. Die Schlüssel gehen an mich retour. Ich lasse mich nicht länger von dir erpressen.«

Zerknirscht nickte sie nur.

»Und was ich dir jetzt sage, sage ich nur ein einziges Mal. Also hör gut zu und nimm dir meine Worte zu Herzen – falls du eins hast: Lass Ashley und mich ein für alle Mal in Ruhe! Wenn noch eine einzige Frau in der Öffentlichkeit von Sex mit mir berichtet oder sonst irgendjemand ein schlechtes Licht auf Ashley oder mich wirft, bekommen du und diejenige Person ein nettes Schreiben meines Anwalts mit einer saftigen Klage. Sollte ich noch ein einziges Mal Anlass haben, zu vermuten, dass du uns oder unseren Unternehmen schadest, kannst du einpacken. Dann gehört deine Modelkarriere der Geschichte an, haben wir uns verstanden?«

Die ach so toughe Frau war plötzlich ganz blass um ihr operiertes Näschen geworden. Sie nickte artig, das Lächeln war ihr gänzlich vergangen. »Woher weißt du …«

»Tja, auch ich hab so meine Informanten, Jelena. Nur, dass ich mich auf meine besser verlassen kann als du auf deine.«

Sie nagte an ihrer Wangeninnenseite und wich meinem Blick aus. Bestimmt wusste sie, dass ihr Plan sich eben als miserabel herausgestellt hatte.

»Ich war mir so sicher«, murmelte sie zerknirscht.

»Tja. Aber du hast dich geirrt. Was sagt Matthew Friedman dazu? Oder hast du nie persönlich mit ihm gesprochen?«

Sie holte tief Luft und blinzelte gegen Tränen an. Ob diese nun auch Show waren oder ob sie wirklich am Ende war, wusste ich nicht. »Matthew ist pleite. Ich hatte ihm Geld geboten, wenn er aussagen würde, dass er dein Vater wäre. Optische Ähnlichkeiten bestehen immerhin, und … möglich wäre es.«

Nun stockte mir der Atem. Ob das nun hieß, dass er tatsächlich eine Affäre mit meiner Mutter hatte, wusste ich nicht. Doch ich durfte diese Sache nicht zu ernst nehmen und vor allem nicht an mich ranlassen. Denn Jelena würde mich nicht noch einmal aus dem Gleichgewicht bringen, so viel war klar.

»Du schreckst wirklich vor nichts zurück. Aber das hätte mir schon lange klar sein können – wenn ich bedenke, dass du das Tor und die Haustür bei der Villa hast offen stehen lassen, obwohl du wusstest, dass der Fotograf kommen und uns beobachten könnte. Du bist so erbärmlich, Jelena!«

Sie zuckte zusammen. Ich hielt ihr den Umschlag hin.

»Hier. Darin befindet sich ein Vertrag, aufgesetzt von meinem Anwalt. Lies ihn dir durch, dann unterschreibe ihn.« Ich reichte ihr einen Kugelschreiber.

Jelena zog das Schreiben aus dem Umschlag und überflog die ersten Zeilen. Nervös spielte sie mit dem Stift zwischen ihren Fingern.

Das lief ja alles wie geschmiert. Innerhalb weniger Minuten würde diese Sache aus der Welt geschafft sein, und dann kehrte hoffentlich wirklich Ruhe bei uns ein.

Sie runzelte die Stirn, dann hoben sich ihre Mundwinkel.

»Bevor ich das unterschreibe, will ich, dass mein Anwalt einen Blick darauf wirft. Da heute Samstag ist, wirst du wohl oder übel bis Montag hierbleiben müssen. Du hast doch nichts dagegen, oder?«, meinte sie dann mit boshaftem Grinsen und bremste mich damit in meinem Höhenflug aus, noch bevor ich zurück zur Wolke sieben kehren konnte …

KAPITEL 19

Crown

»Jacob, wir müssen uns unterhalten.«

Mein Assistent hob die Augenbrauen und antwortete mit einem geknickten »O-oh«.

Wir setzten uns auf die Couch, auf der ich normalerweise mit meinen Kunden die Aufnahmen besprach, sofern sie hierherkamen.

»Hör zu, ich habe dieses Wochenende etwas beschlossen«, sagte ich und leitete damit die unangenehme Unterhaltung ein.

Dann erzählte ich ihm davon, vorerst nicht mehr für *KING Estate* weiterarbeiten zu wollen. Ich wusste, dass Jacob meine Entscheidung genauso wenig verstand wie Travis. Doch obwohl es für mein Unternehmen eine Katastrophe bedeutete, fühlte es sich für mich richtig an. Vielleicht ließ ich mich zu sehr durch die Medien beeinflussen, aber ich sah für mich keine andere Möglichkeit, *meinen* Ruf zu retten. Ich wollte einfach nicht in Travis' Reihe von Flittchen eingeordnet werden.

»Das bedeutet also, dass unsere Jobs innerhalb der nächsten Monate Geschichte sein werden«, schlussfolgerte Jacob wehmütig.

»Wenn nicht schon in den nächsten Wochen. Ich wollte es dir rechtzeitig sagen, damit du dich so schnell wie möglich nach einer anderen Arbeitsstelle umsehen kannst.«

Dass ein Montagmorgen mit so einem Thema begann, machte den Start in die Woche zu einem Albtraum.

Jacob nickte betreten, öffnete den Mund, weil er etwas sagen wollte, doch ich unterbrach ihn.

»Falls ich jemals wieder genug Geld haben sollte, um dieses Geschäft fortzuführen … darf ich mich dann wieder bei dir melden?«

»Das ist völlig selbstverständlich, Ashley. Und … ich werde so lange hierbleiben, wie es nur irgendwie möglich ist. Vielleicht schaffen wir es ja noch, genügend neue Kunden an Land zu ziehen.«

Ich lächelte matt. »Das ist lieb von dir, aber du hast ja gesehen, wie viele Neukunden wir in den letzten Tagen gewonnen haben.«

»Gar keine. Oder zumindest keine, die uns über Wasser halten würden …« Er ließ den Kopf sinken.

»Es ist wie verhext, aber es scheint, als wäre ganz Chicago dagegen, dass ich weiterhin meinen Traum leben darf. Dass ich glücklich bin …«, fügte ich noch leise hinzu.

»So darfst du das nicht sehen. Immer positiv bleiben, das solltest du nicht vergessen. Wir gehen einfach noch einmal alle möglichen Interessenten durch. Vielleicht haben wir wen übersehen. Und ich werde mir für diese Woche ein Auto leihen, dann helfe ich dir beim Akquirieren. Zu zweit schaffen wir es, doppelt so viele Firmen anzufahren.«

Mir stiegen die Tränen in die Augen bei diesem Angebot. »Danke, Jacob, aber das kann ich nicht an…«

»Und ob du das kannst! Ich habe bei dir so viel gelernt, da ist es sowieso an der Zeit, dass ich mich endlich mal erkenntlich zeige. Und wenn es das Letzte ist, was ich für dich tun kann. Also los, machen wir uns an die Arbeit!«

* * *

Am nächsten Vormittag rief Madison an, sie müsse unbedingt mit mir reden. Wir verabredeten uns in einer Sandwichbude um die Ecke, und nachdem Jacob und ich auch diesen Vormittag wieder intensiv über den Kundendaten gesessen hatten, war ich ganz froh über eine kurze Pause.

Als ich in das Lokal kam, saß sie bereits an einem Tisch und winkte mir aufgeregt zu. »Ich hab dir schon ein Thunfischsandwich bestellt, damit wir keine Zeit vergeuden«, erklärte sie, als sie auf zwei Tabletts mit Essen und Getränken zeigte.

Überrascht grinste ich und setzte mich zu ihr. »Also, was ist so wichtig, dass es nicht bis heute Abend warten kann? Oder bis ich mir mein Essen selbst bestellt habe? Das hier zahle ich dir natürlich …«

»Kommt nicht infrage, du bist eingeladen. Also …« Feierlich faltete sie ihre Hände. »Ich habe jemanden kennengelernt.«

Die Art, wie sie es sagte, machte mich neugierig. »Lass mich raten: Er ist reich.«

»Jaaaa«, flüsterte sie mir begeistert zu. »Sein Name ist Ronald, er ist CEO eines großen Internetkonzerns und …«

Das letzte Wort hatte sie so genuschelt, dass ich es nicht verstanden hatte.

»Wie bitte?«

Sie atmete tief durch. »Vierundfünfzig. Der Mann könnte mein Vater sein …«

Nun fiel mir die Kinnlade nach unten. Bei aller Liebe, aber das ging nicht in meinen Kopf. »Vierundfünfzig?«

»Ja, ich weiß! Aber man sieht es ihm nicht an. Also … schon … Er hat grau meliertes Haar, aber … Er ist so sexy! Du müsstest ihn mal sehen.«

Um ihre Worte zu unterstreichen, schüttelte sie ihre Hand, als hätte sie sich verbrannt.

»Und was … erhoffst du dir von ihm? Ich meine, er hat doch bestimmt schon Kinder und war verheiratet.«

»Kinder hat er keine. Verheiratet war er schon einmal, aber er wäre einer Ehe nicht abgeneigt.«

»Darüber habt ihr schon gesprochen? Wie lange kennt ihr euch denn?« Fassungslos schaute ich meine Cousine an.

»Nun ja …« Sie hob nacheinander die Finger, zählte wohl im Stillen. »Seit vier Tagen.«

Ich konnte nicht anders, mir stand schon wieder der Mund offen. »Und du findest das nicht etwas übereilt?«

»Nein … ich meine, man kann doch gleich feststellen, ob man dieselben Ziele verfolgt. Nur weil wir darüber sprechen, bedeutet es ja nicht, dass wir morgen vor dem Traualtar stehen.« Sie zuckte mit den Schultern.

»Ganz genau. Wehe, du tust das tatsächlich!« Drohend wedelte ich mit dem Zeigefinger vor ihrem Gesicht. »Das wäre nämlich völlig übereilt und unüberlegt. Ich meine, schau doch nur Travis und mich an. Wir kennen uns nun schon etwas länger als … vier Tage …« Ich schüttelte den Kopf, da ich immer noch nicht fassen konnte, dass sie nach so kurzer Zeit über Ehe und Kinder sprach. Madison erstaunte mich immer wieder. »Aber diese beiden Punkte waren bei uns überhaupt noch nie ein Thema.«

»Ja, weil ihr euch bisher mit ganz anderen Themen

befasst habt. Mit verrückten und eifersüchtigen Ex-Affären, einer übereifrigen Presse … oh, und ganz zu schweigen die vielen Tratschweiber, die ja offensichtlich bestens darüber im Bilde sind, was der Grundstock eurer Beziehung ist. Dazu kommen deine beruflichen Sorgen. Und wenn ihr nicht gerade mit all diesen Dingen beschäftigt wart, dann habt ihr gevögelt oder gestritten.«

»Danke für die gelungene Zusammenfassung.« Ich seufzte tief und trank von meiner Cola.

»Was ist jetzt eigentlich mit euch beiden?«

Nun war ich diejenige, die mit den Schultern zuckte. »Ich weiß auch nicht. Er hat mich gebeten, ihm zu vertrauen. Aber das fällt mir verdammt schwer, da er gerade wieder in New York ist.«

Madison hob die Augenbrauen. »Schon wieder? Oder noch immer?«

»Schon wieder. Er war nur einen Tag hier.« Ich verzog das Gesicht zu einer Grimasse. »Und ich werde das ungute Gefühl nicht los, dass eine Frau dahintersteckt.«

Madison griff nach meiner Hand. »Ach, Süße! Lass nicht zu, dass dich deine Vergangenheit immer noch so verfolgt. Ich weiß, du hast allen Grund zum Zweifeln. Damals bei Tony warst du zu gutgläubig. Du hast all die Warnzeichen ignoriert, hast ihm jede Lüge als wahr abgenommen. Aber Travis ist nicht Tony.«

Ich nickte, aber ich war weiterhin besorgt.

»Er wollte gestern eigentlich zurückkommen, hat sich aber bis heute nicht gemeldet. Ich erreiche ihn telefonisch nicht, meine Nachrichten und E-Mails bleiben unbeantwortet. Was, bitte schön, soll ich sonst denken, wenn nicht das Schlimmste?«

Eigentlich wusste ich gar nicht, was ich im Moment denken und fühlen sollte. Sollte ich ihm böse sein?

Verärgert, dass er mich so in der Luft hängen ließ? Oder musste ich gar Angst haben, dass ihm etwas passiert war? Nein, das wollte ich auf jeden Fall nicht annehmen.

Madison schwieg. Sie drückte sanft meine Hand, was aber den Schmerz in meinem Inneren und vor allem die Unruhe, die dort herrschte, nicht beruhigen konnte.

»Womöglich meldet er sich ja heute Abend bei dir.« Lieb von ihr, dass sie dann doch versuchte, mich aufzuheitern.

»Ja, vielleicht …«

Travis hatte mich um Vertrauen gebeten. Langsam, aber sicher waren meine Reserven aufgebraucht. Ich hatte bald keine Kraft mehr, die böse kleine Stimme in mir zu unterdrücken, die mich auf das Offensichtliche hinweisen wollte. Nämlich, dass das alles sehr seltsam war und Travis von mir etwas verlangte, was mir immer schwerer fiel …

* * *

Als ich an diesem Abend endlich zu Hause war, blickte ich auf einen mehr oder minder erfolgreichen Tag zurück. Jacob und ich konnten zumindest eine kleine Schuhmanufaktur für uns gewinnen, die ihre handgearbeiteten Schuhe professionell fotografiert haben wollten. Das war zwar nicht ganz, wonach wir Ausschau gehalten hatten, aber immerhin klang es vielversprechend und so, als könnte sich daraus eine Stammkundschaft entwickeln. Zumindest würden uns wieder ein paar Wochen länger sicher sein.

Einen Müsliriegel in der Hand, legte ich die Füße hoch und surfte eher beiläufig im Internet. Ich blätterte durch die Newsseiten und stieß dann auf eine Meldung, die mich fast am letzten Bissen ersticken ließ.

Travis King im Liebesurlaub in New York?

Darunter waren zwei Fotos abgebildet, die zeigten, wie erst Jelena und dann Travis durch eine gläserne Drehtür gingen. Um den zeitlichen Abstand zu veranschaulichen, waren die jeweiligen Uhrzeiten auf das Foto gedruckt, die gerade einmal vier Minuten voneinander abwichen.

Jelena Petrova und Travis King wurden erneut gemeinsam gesichtet – oder zumindest nur wenige Minuten zeitversetzt. Sie haben nacheinander ein Gebäude betreten, in dem sich neben mehreren Restaurants unter anderem auch Apartments sowie ein Massageinstitut, das Partnermassagen anbietet, befinden.
Welche dieser Möglichkeiten das Paar in Anspruch genommen hat, ist nicht bekannt. Jedoch haben die beiden nach gut eineinhalb Stunden kurz hintereinander das Gebäude wieder verlassen.

Ich starrte wie versteinert die beiden auf den getrennten Fotos mit eingeblendeter Uhrzeit an, wie sie nacheinander aus dem Gebäude kamen. Weder ihre Gesichter noch sonst irgendwas an den beiden verriet mir, was sie in diesem Gebäude gemacht haben könnten.

Travis hatte sich nicht bei mir gemeldet – und hier war wohl der Grund dafür. Wie hatte ich nur so blöd sein können?

Sosehr ich ihm glauben und ihm vertrauen wollte, ich konnte es nicht mehr. Ich musste den Tatsachen, die ich mir lange genug schöngeredet hatte, endlich ins Auge sehen. Travis King war kein Mann für eine feste Bindung. Wie hatte ich auch glauben können, dass *ich* einem Travis King auf Dauer genügen könnte?

Meine Atmung hatte sich beschleunigt, ich schnappte abgehackt nach Luft. Mein Herz raste wie wild, und die Bilder vor meinen Augen verschwammen.

Verdammt, verdammt, verdammt!

Ich war fertig mit der Welt, fertig mit diesem Travis-fucking-Arschloch. Egal, was er mit Jelena da drinnen getrieben hatte, allein die Tatsache, dass er sich mit ihr wieder getroffen hatte, ohne es mir zu sagen, brachte das Fass zum Überlaufen. Wäre es ein einfaches, unschuldiges Treffen gewesen, hätte er mich angerufen oder auf meine Nachrichten geantwortet. Nur dann, wenn man etwas verheimlichen musste, antwortete man nicht oder erfand fadenscheinige Ausreden. Das jedenfalls hatte ich in meiner Vergangenheit schmerzlich feststellen müssen. Zu meiner Ohnmacht gesellte sich Wut und überdeckte den Schmerz in mir, der mir die Brust zu zerreißen schien.

Tja, jetzt war mir klar, wieso sich dieser Kerl nicht mehr bei mir gemeldet hatte. Immerhin konnte er seinen *Liebesurlaub* schlecht damit verbringen, dass er mich zurückrief. Mich Dummchen, das zu Hause saß und davon träumte, dass doch irgendwann alles gut werden würde. Fast hätte ich über meine eigene Naivität lachen können, wenn es nicht so traurig gewesen wäre.

Ich fotografierte den Bericht mit meinem Smartphone ab, schickte anschließend den Link an Madison, die mich sofort anrief.

»Heilige Scheiße, was ist denn da passiert?«, rief sie als Erstes ins Telefon.

»Tja, sieht wohl ganz danach aus, als hätte ich recht behalten mit meiner Vermutung.« Ich war kurz vorm Heulen.

Madison pfiff durch die Zähne. Sie klang enttäuscht, als sie mir antwortete. »Wer hätte das gedacht? Er hat auf mich immer den Eindruck gemacht, als würde er zu dem stehen, was er sagt. Nicht wie einer, der dir das eine verspricht und das andere tut. Da hab ich mich wohl getäuscht.«

»Nicht nur du. Ganz offensichtlich ist er doch so ein Arschloch wie Tony. Und ich hab wieder einmal richtig gekonnt ins Klo gegriffen mit der Wahl des Mannes. Vielleicht sollte ich mir auch einen vierundfünfzigjährigen Sugardaddy suchen.«

Nun prustete Madison los. »Pssst, er ist nebenan«, verriet sie mir dann.

»Er ist bei dir?«, fragte ich überrascht und wischte mir die Tränen von den Wangen.

»Nein, ich bin bei Ronald. Ein echt geiles Apartment, ich mache vielleicht demnächst ein paar Fotos, um damit anzugeben.«

Ich konnte direkt hören, wie sie breit grinste.

»Mach das«, antwortete ich matt. »Sorry, dass ich mich heute nicht mit dir freuen kann …«

»Tut mir leid, Süße. Komm schon, schimpfe über das Arschloch, lass alles raus. Ich bin für dich da.«

Ich holte tief Luft, wollte gerade noch dankend ablehnen, doch dann verließ eine Schimpftirade meine Lippen, bei der jeder normale Mensch blass geworden wäre.

»So ist es richtig. Gib's mir, Baby. Gib mir alles!«, rief sie in den Apparat und feuerte mich an.

Ich hörte eine tiefe Stimme im Hintergrund. »Mit wem telefonierst du da, Schatz?«

Trotz meiner Wut auf Travis musste ich kichern.

»Mit Ashley. Wieso? Willst du auch mal mit ihr sprechen?«

»Nein, nicht!«, flehte ich ins Telefon.

So lustig die Situation gerade war, aber ich hatte keine Lust, jetzt »Hallo« zu ihrem neuen Lover zu sagen. Aber zum Glück schien Ronald eine ähnliche Meinung zu ihrem

Vorschlag zu haben, denn er grummelte etwas Unverständliches.

»Jetzt hab ich ihn verjagt«, meinte Madison gespielt traurig.

»Danke fürs Zuhören, Süße. Ich will dich nicht länger aufhalten. Bis morgen oder so, und … schönen Abend noch.«

»Danke, das wünsch ich dir auch. Und lass den Kopf nicht hängen, irgendwann bekommt jeder im Leben das, was er verdient. Sieh mich an«, fügte sie noch hinzu, was mich erneut zum Kichern brachte.

* * *

Ich hatte beschlossen, mich nicht mehr bei Travis zu melden. Ich hatte genug von ihm, von den Geschichten, die ich von ihm und von allen anderen Leuten hörte. Bevor ich ihm über den Weg gelaufen war, war mein Leben in Ordnung gewesen. Klar war nicht immer alles perfekt, aber die meiste Zeit lebte ich wie jeder andere normale, glückliche Mensch.

Seit Travis in meinem Leben war, war vieles nur noch Chaos, Schmerz, Verwirrung.

Deshalb musste ich mich ganz einfach nur wieder daran gewöhnen, ohne ihn zu sein. Dann würde das mit dem Glücklichsein auch funktionieren – redete ich mir ein.

Das Ganze klappte nach dem Aufstehen noch ganz gut, doch dann, auf dem Weg zur Arbeit, rief er mich zurück. Zum ersten Mal seit Sonntag!

Was bildete sich der Kerl eigentlich ein, sich jetzt noch bei mir zu melden?

Wütend warf ich ihn aus der Leitung und schaltete das Telefon ab. So nicht, mein Freund!

Ich legte einen Zwischenstopp ein, um Kaffee für Jacob und mich zu besorgen, und nahm uns zur Feier des Tages Donuts mit. Dem Kiosk schenkte ich keinen einzigen Blick, denn ich wollte nicht wissen, worüber sich die Klatschpresse heute das Maul zerriss. Vielleicht waren Fotos von Travis und Jelena auf den Titelblättern, vielleicht auch von irgendwelchen anderen armen Promis, deren Leben – bestimmt ebenso unfreiwillig – mit der Öffentlichkeit geteilt wurde.

Als ich das Büro erreichte, war Jacob noch nicht da – etwas, was ungefähr zweimal im Jahr passierte. Er war ein Frühaufsteher, während ich als Morgenmuffel immer etwas länger brauchte, um in die Gänge zu kommen. Wenn er wirklich einmal später kam, war er entweder beim Arzt gewesen, oder er hatte am Vortag überraschend gefeiert. Und Letzteres war in der ganzen Zeit, in der er für mich arbeitete, genau ein Mal vorgekommen.

Seinen Kaffee stellte ich gemeinsam mit dem Donut auf seinen Platz, als es klingelte. Dass Jacob seinen Schlüssel vergessen hatte, sah ihm gar nicht ähnlich, und für Kunden war es noch zu früh. Offiziell sperrten wir erst in zwanzig Minuten auf, und das wussten alle – inklusive Lieferdienste, Post und Hausmeister.

Als ich die Tür öffnete, stand Elaine, Travis' Sekretärin, vor mir.

»Ja, bitte?«, fragte ich vorsichtig, da ich keine Ahnung hatte, was sie so früh am Morgen hier suchte.

»Ashley Crown, richtig?«

Langsam nickte ich und wappnete mich innerlich gegen … was auch immer mich gleich erwarten würde.

»Ich habe hier etwas für Sie, Miss Crown«, meinte sie und zog einen Briefumschlag aus ihrer Handtasche. »Mit freundlichen Grüßen von Mister King.«

Sprachlos sah ich von dem Umschlag zu ihr. Nichts auf ihrem Gesicht ließ irgendwelche Rückschlüsse auf den Inhalt zu, also bedankte ich mich heiser.

Sie nickte mir zu, drehte sich um und ging. Mein Herz raste, als ich zurück zu meinem Schreibtisch lief und ungeduldig das Kuvert aufriss.

Zwei Zettel befanden sich darin, wobei einer davon ein Scheck war. Sprachlos starrte ich auf die Summe. Zählte die Nullen. Wieder und wieder.

Das war eine Million. Eine verdammte Million Dollar! Für mich. Was zur Hölle wollte er mir damit sagen?

Ich griff mit zitternden, eiskalten Fingern nach dem zweiten Zettel in dem Umschlag und las den vorgedruckten Text:

Vielen Dank für Ihre Dienste.
Mit freundlichen Grüßen,
Travis King,
CEO, KING Estate

Doch das war noch nicht einmal die Spitze … unterschrieben hatte die gute Frau selbst:
– i. A. Elaine Hicks

Keine Ahnung, wie lange ich die beiden Papiere anstarrte. Ich war wie versteinert, fassungslos, und nach und nach brach mein Herz in winzig kleine Stücke.

Der Mann, in den ich verliebt war und der behauptet hatte, mich ebenfalls zu lieben, hatte es sich nun anders überlegt. Er hatte mit mir abgeschlossen und bezahlte mich für meine »Dienste«, genau wie diese Schlampe Jelena. Nur dass ich Bares bekam – vermutlich, um sein schlechtes Gewissen zu beruhigen, weil ich ohne seine

Aufträge wahrscheinlich mein Unternehmen aufgeben musste.

Was mich dabei am meisten kränkte, war, dass Jelenas Villa ganz sicher weit mehr kostete als eine Million. Bedeutete das für mich, dass ich Travis weniger wert war als diese Bitch? O Gott, ich durfte gar nicht daran denken … Natürlich würde ich diesen Scheck nie und nimmer einlösen, aber allein der Gedanke daran, dass hinter der Summe vielleicht auch noch eine weitere Bedeutung stecken könnte, sorgte dafür, dass mir übel wurde.

Ich hatte schon von vielen richtig geschmacklosen Arten gehört, wie gefühllose Männer eine Beziehung beendet hatten. Bei Tony hatte ich einiges erlebt, auf das ich liebend gern verzichtet hätte – ja, sogar Madison hatte einen Exfreund, der auf einem Post-it mit ihr Schluss gemacht hatte.

Aber dass eine Frau – ich – Geld bekam, um für ihre »Dienste« entschädigt zu werden, das war mir neu. Außer sie war eine Prostituierte …

Von ihm zu einer berufsmäßigen Nutte degradiert zu werden, war wohl der absolute Tiefpunkt in meinem Leben und tat so unbeschreiblich weh, dass ich mit absolut weichen Knien auf meinem Schreibtischstuhl zusammensackte und kaum mehr atmen konnte. Der Scheck und die Nachricht fielen zu Boden, und ich schlug die Hände vor mein Gesicht.

Wie lange ich so saß, erstarrt und unfähig, einen klaren Gedanken zu fassen, konnte ich nicht sagen. Irgendwann strich ich meine Haare zurück, räusperte den Kloß weg und setzte mich gerade hin. Mir war kalt, und ich fühlte mich innerlich wie … Es war kaum zu beschreiben. Ehrlich gesagt hatte ich keine Ahnung, wohin ich mit meinen Emotionen sollte. Ich hätte lachen können über diese so absolut verrückte Situation. Mir war zum Heulen zumute, weil ich mich noch nie zuvor so gedemütigt gefühlt hatte. Und ich war so wütend, dass ich am liebsten geschrien hätte, bis meine Stimme sich verabschieden würde – und das wäre vermutlich noch nicht genug gewesen.

Doch stattdessen druckte ich ein Foto von Travis aus – jenes, das ich gestern bei diesem Bericht von seinem »Liebesurlaub in New York« gefunden hatte, und pinnte es an die Dartscheibe an der Bürotür. Den Scheck heftete ich gleich dazu, denn obwohl diese Summe einfach unfassbar hoch war und unsere Rettung bedeutet hätte, war es unter meiner Würde, den Scheck einzulösen. Ich würde ihm dann recht geben, würde eingestehen, dass ich nichts weiter gewesen war als seine kleine Nutte, seine Sexgespielin für zwischendurch.

Und ehrlich, es hatte mir noch nie so viel Spaß gemacht, Dartpfeile gegen diese Scheibe zu schleudern. Ich feierte jeden einzelnen Treffer, jubelte, wenn ich ihn an der Brust oder am Kopf traf.

Fast hätte ich Jacob einen Pfeil verpasst, als er ins Büro kam.

»Tut mir leid, ich hab verschlafen«, murmelte er mit einem breiten Grinsen im Gesicht, das mir verriet, dass er wohl die Nacht nicht allein verbracht hatte. Wenigstens meine Freunde hatten Glück in der Liebe, was ich großartig fand.

Doch als er die Dekoration an der Dartscheibe sah, hob er überrascht die Augenbraue. Er deutete mir mit ausgestreckter Hand, mit dem nächsten Pfeil noch zu warten, und ging mit dem Kopf näher ran, um sich den Scheck anzusehen.

»Was …? Eine Million Dollar? Wieso …? Warum zur Hölle tust du das?«

Er nahm den völlig durchlöcherten, zerfetzten und wertlosen Scheck von der Dartscheibe, schaute mich an mit einem Blick, der mir sagte, dass er mich für vollkommen übergeschnappt hielt. Doch als ich ihm meine Sicht der Dinge erklärte, sah er mich erst mitleidig an, dann nahm er mich einfach in die Arme und hielt mich schweigend fest, bis Tränen über meine Wangen liefen …

Travis hatte noch eine E-Mail geschickt, die ich, ohne sie zu lesen, sofort löschte. Am späten Nachmittag rief er noch einmal an, doch Jacob sagte, ich sei gerade in einem Meeting und hätte keine Zeit, was er ihm offensichtlich abnahm. Dabei schlug mein Herz fest gegen meinen Kehldeckel, doch ich wusste, dass sich dieses Gefühl irgendwann wieder legen würde. Eines Tages würde ich seinen Namen lesen, denken oder aussprechen können, ohne dabei diesen Schmerz in mir zu fühlen. Und an diese Gewissheit musste ich mich klammern …

Ein Glück, dass Jacob und ich die nächsten Tage auf der Suche nach Neukunden nur auswärts unterwegs sein würden. So würde Travis vor verschlossenen Türen stehen. Mein Telefon gab ich Jacob mit, und ich würde mir gleich ein neues mit Prepaidkarte besorgen.

* * *

Mein Plan war gut durchdacht. Wirklich. Nur hatte ich außer Acht gelassen, dass Travis wusste, wo ich wohnte. Schon am nächsten Abend, als ich nach einem anstrengenden, aber erfolgreichen Tag nach Hause kam, wartete er vor meiner Tür. Ich zog den Kopf ein, ließ ihn links liegen und steuerte mein Apartment an. Hoffentlich würde ich die Tür schnell aufgeschlossen haben, um mich drinnen zu verstecken. Um zu weinen und mich selbst zu bemitleiden.

Doch auch dieser Plan war zum Scheitern verurteilt. Denn Travis stellte sich so vor die Tür, dass ich nicht einmal dazu kam, den Schlüssel ins Schlüsselloch zu stecken.

»Verdammt, Ash, was ist los mit dir? Wieso gehst du mir aus dem Weg? Ist es wegen dieser einen letzten Sache, über die sich die Presse das Maul zerrissen hat? Ich kann dir garantieren, dass …«

Ich funkelte ihn an. »Weißt du was? Spar dir deine Lügen! Ich hab die Schnauze voll. Ich kann nicht mehr. Ich bin am Ende meiner Kräfte. Du hast gewonnen.«

Irritiert sah er mich an, holte tief Luft und setzte erneut an, auf mich einzureden. Dabei legte er seine Hände an mein Oberarme, was ich aber nicht wollte. Ich wich zurück, was er mit gerunzelter Stirn zur Kenntnis nahm.

»Komm schon, Süße! Das kann doch nicht dein Ernst sein? Wir haben so vieles überstanden, da kann diese Kleinigkeit doch nicht …«

»Kleinigkeit? Kleinigkeit!! Verdammt, Travis! Das meinst du doch nicht im Ernst! Du rufst nicht zurück! Du antwortest nicht auf meine Nachrichten! Ich warte, mache mir Gedanken, was geschehen sein könnte. Und dann erfahre ich – wieder einmal – aus der Presse, dass du dich mit Jelena vergnügt hast. Was muss ich noch alles ertragen? Wie lange soll ich mir diese Demütigungen noch gefallen lassen? Soll ich es dir sagen? Gar nicht mehr. Ich wünsch dir noch ein schönes, verficktes Leben – aber nicht mit mir. Irgendeine andere Schlampe wird sich schon finden, die sich darauf freut, dir zu *dienen*. Und jetzt lass mich in mein Apartment, bevor ich das ganze Stockwerk zusammenschreie!«

Ich drückte mit aller Kraft gegen seine Seite, doch es war, als würde ich mich gegen eine Mauer lehnen.

»Was redest du da für einen Unsinn, Ashley? Wieso solltest du mir *dienen*?«, fragte er, und sein Gesicht sah wirklich so aus, als wüsste er nicht, wovon ich gesprochen hatte.

Ich lachte gehässig auf. »Klar, und schon hast du wieder vergessen, was du getan hast. Ach so, stimmt ja, *du* hast nur den Scheck ausgestellt. Den Rest hast du deiner Sekretärin aufgetragen.«

Als ich den Scheck erwähnte, bekam er große Augen.

»Du weißt davon? Wieso …? Der sollte eigentlich in meiner Schreibtischschublade … Herrgott, jetzt wird mir so einiges klar!«

Er stützte sich an die Wand und wich meinem Blick aus. Ich konnte förmlich sehen, wie es in seinem Gehirn ratterte – oder aber, wie er einfach versuchte, eine verdammt glaubwürdige Show abzuziehen.

»Okay. Ich weiß zwar nicht, wie das geschehen konnte, aber würdest du mir bitte zeigen, was genau du von *mir* bekommen hast?«

Sarkastisch hob ich eine Augenbraue. Dann verschränkte ich demonstrativ meine Arme vor der Brust. »Erst will ich mal wissen, was du in New York *getrieben* hast.« Ich betonte dieses Wort ganz bewusst.

Ja, ich hasste mich dafür, dass ich immer wieder den Medien mehr Glauben schenkte als ihm und seiner Bitte, ihm zu vertrauen, einfach nicht entsprechen konnte. Und trotzdem war ich in diesem Moment neugierig auf seine Version der Story. Auch wenn ich damit rechnen musste, erneut belogen zu werden …

Travis strich sich durch seine Haare und holte tief Luft.

»Lass uns … können wir uns nicht drinnen weiter unterhalten?« Er deutete zur Tür meiner Nachbarin.

Nach kurzem Zögern nickte ich, schloss auf und deutete auf meine Couch, auf der er Platz nahm. Ich zog meinen Mantel aus und setzte mich ihm gegenüber.

»Ich war in New York bei Jelena, das ist richtig. Ich habe sie dort in ihrem Hotel abgepasst, um sie einen Vertrag unterzeichnen zu lassen.«

Er erzählte mir, dass sie ihn erpresst und behauptet habe, sie würde beweisen können, dass er nicht Jefferson Kings leiblicher Sohn sei – was ihn wahrscheinlich um *KING Estate* gebracht hätte. Es hätte einen Vertrag gegeben, der ihr gestattet habe, in der Villa zu leben, sofern nicht bewiesen würde, dass sie mit ihren Behauptungen falschlag – alles unter der Voraussetzung, dass die Presse nichts davon erfahren würde.

Ich schluckte hart. Wenn das die Wahrheit war, hatte er seine Sorgen um seine Herkunft und die Unbescholtenheit seiner Mutter gut in sich verbergen können.

»Als ich in New York war, hatte ich die Testergebnisse mit, die belegen, dass sie falschliegt, sowie einen weiteren Vertrag, der sie dazu zwingt, diesen Spuk mit den Medien und vor allem mit den Frauen, die über Sex mit mir berichten, sein zu lassen. Eine meiner ehemaligen Bekanntschaften hat mir verraten, dass Jelena dahintersteckt. Ohne sie wäre sicher alles friedlich gewesen. Mein Anwalt hat eine Vereinbarung aufgesetzt, die besagt, dass sie jeglichen Kontakt zu uns beiden unterlassen muss. Ebenso ist es ihr untersagt, noch ein einziges Wort über dich und mich oder über die Beziehung zwischen ihr und mir an die Medien weiterzugeben oder andere dazu aufzustacheln, Privates über mich zu erzählen.«

So erschreckend es war, was er mir erzählte – und falls das alles stimmte, war es bestimmt heftig, was er hatte durchmachen müssen –, war ich immer noch wütend. Erstens, weil er sich mir nicht anvertraut hatte, und zweitens, weil er sich so lange nicht gemeldet hatte.

»Ach … und das dauerte von Samstag bis Mittwoch?«

Ich konnte mir dies einfach nicht verkneifen.

Travis sah mich ernst an. »Ashley, sie bestand darauf, mit ihrem Anwalt darüber zu sprechen, und der war erst am Montag wieder da. Und dieser beharrte darauf, meinen Anwalt hinzuzuziehen, Cole musste sich also Zeit nehmen und nach New York kommen.« Er schnaubte genervt, und irgendwie glaubte ich ihm in dem Moment sogar.

»Und wieso zum Teufel konntest du mir das alles nicht einfach sagen? Du weißt, dass ich in der Vergangenheit Unschönes erlebt habe, was mich vorsichtig hat werden lassen. Hättest du mir alles erzählt, mich eingeweiht, hätte ich doch Verständnis für die vielen Treffen mit ihr gehabt.«

Immer noch tat mein Herz weh. Es war bedrückend, dass er so wenig Vertrauen zu mir gehabt hatte.

»Mein Anwalt hatte mir dazu geraten, niemandem etwas davon zu erzählen. Nicht einmal Damien wusste von Jelenas Vermutungen.«

Ein schwacher Trost …

»Du weißt, ich hätte keiner Menschenseele etwas davon gesagt, wenn du mich darum gebeten hättest.«

Travis nickte betreten. »Jetzt weiß ich, dass ich mich dir hätte anvertrauen sollen. Es hätte uns und vor allem dir viel Kummer erspart.«

Er sah mich mit gequältem Gesicht an. Gut, er wusste, was ich in den letzten Tagen durchgemacht hatte … und er bereute sein Schweigen. Trotzdem hatte ich noch Fragen an ihn.

»Und was waren das für Aufnahmen in der Zeitung?«

»Das war der erste Gang zum Anwalt«, erzählte er. »Er hat in diesem Gebäude seine Kanzlei, und die Presse fand es wohl witzig, sich ihre eigene Geschichte dazu zusammenzureimen.«

Okay, das klang logisch.

»Und warum hast du weder meine Anrufe noch meine Nachrichten beantwortet? Ich habe mir solche Sorgen gemacht.«

»Es tut mir leid, Ash, von ganzem Herzen. Glaub mir bitte. Aber ich habe mich nicht gemeldet, weil ich so gerne mit dir darüber sprechen wollte, es jedoch noch nicht konnte, solange der Vertrag nicht unterzeichnet war. Weil ich am liebsten in die nächste Maschine gestiegen wäre, um zu dir zu kommen und diesen ganzen verdammten Scheiß hinter uns zu lassen. Hätte ich deine Stimme gehört, hätte ich vermutlich nicht länger zu dem Thema schweigen können. Also hielt ich es für besser, abzuwarten, bis ich wieder hier bin, um es dir persönlich zu sagen.«

Er sah mich an mit diesem weichen Blick, der mich normalerweise zum Schmelzen brachte. Der mich tief in meinem Herzen traf und mich genau an dieser Stelle auch heute wieder zu berühren versuchte.

Ich spürte, wie der Widerstand in mir brach. Wie alles in mir bröckelte, was ich an Schutzwall in den letzten Tagen und Stunden aufzubauen versucht hatte.

»Willst du mir nun verraten, was genau Elaine dir gegeben hat?«, fragte er nun noch einmal und klopfte auf den Platz neben sich.

Ich war verrückt, dass ich nickte und meine eigenen Regeln – Abstand zu wahren und endlich mit ihm abzuschließen – brach. Aber ich wühlte in meiner Handtasche nach meinem Telefon, mit dem ich ein Foto von dem Scheck und dem Begleitschreiben gemacht hatte, bevor ich ihn zu Schweizer Käse verwandelt hatte. Dann setzte ich mich neben ihn und reichte ihm mein Smartphone.

Als Travis den Brief las, fluchte er laut.

»Diese Frau ist fällig! Morgen hat sie ihre Kündigung auf dem Tisch.« Er schlug mit der Faust auf seinen

Oberschenkel und fluchte derb. »Hör zu, Ashley – und bitte glaub mir, was ich dir sage, denn es ist die Wahrheit. Ja, ich habe diesen Scheck ausgestellt. Und ja, ich wollte ihn dir erst geben, habe es mir dann aber noch einmal überlegt. Denn ich wollte dir eine Freude machen, dir sagen, dass nun alles überstanden ist und du neu durchstarten könntest. Dass du nicht mehr befürchten müsstest, deinen Traum vom eigenen Unternehmen aufzugeben. Auch wenn du vorerst nicht für *KING Estate* fotografieren willst, was ich sehr bedauern würde.«

Er beugte sich zu mir und legte vorsichtig eine Hand an meine Wange.

»Doch ich wusste, dass du diesen Scheck nicht annehmen würdest. Du würdest dich nicht wohlfühlen dabei, hättest ein schlechtes Gewissen oder … keine Ahnung.« Er zuckte mit den Schultern. »Dann habe ich überlegt, einen Vertrag aufsetzen zu lassen, der dich offiziell als meine Immobilienfotografin ausweisen, dir ein monatliches Festhonorar von *KING Estate* garantieren und dich zu allen fotografischen Arbeiten für das Unternehmen verpflichten würde. Schließlich bist du gut in dem, was du tust …« Er wackelte mit den Augenbrauen und brachte mich damit zum Schmunzeln. »Ich will dir so gerne helfen, Ashley, dich unterstützen, dass du dein Unternehmen nicht aufgeben musst. Und diese vertragliche Möglichkeit fiel mir dann auf dem Weg nach New York ein. Den Scheck hatte ich in meine Schreibtischschublade gelegt, der hätte dich nie erreichen sollen – denn er war in einer Kurzschlussreaktion entstanden.«

Travis griff nach meinen Händen und hielt sie fest. Dann sah er mir tief in die Augen. »Ich hatte mir überlegt, dich nach meiner Rückkehr mit auf die Yacht zu nehmen, mit dir raus auf den See zu fahren und dir dort den Vertrag zu geben. Und dir danach zu zeigen, wie viel du mir bedeutest.«

Tränen sammelten sich in meinen Augen, als sich seine Version in meinem Kopf zu einem Bild zusammensetzte.

»Gib mir noch eine letzte Chance, Ash. Bitte. Für uns …! Meine Gefühle für dich sind so groß, und deine haben sich auch nicht verändert, ich weiß das!«

Sein Geständnis warf mich förmlich aus der Bahn. Ich war hin- und hergerissen … doch so schnell würde ich nicht einfach Ja sagen können. Dafür war zu viel passiert, dafür hatte ich zu viel Unglück und Schmerz erfahren in den letzten Tagen.

»Ich würde gerne sagen, dass ich alles sofort vergessen kann, was passiert ist, Travis. Aber ehrlich gesagt kann ich das nicht. Seit ich dich kenne, gleicht mein Leben einer Achterbahnfahrt, und ich konnte noch nie mit so was fahren, ohne irgendwann zu kotzen. Und … so leid es mir tut, ich kotze seit Tagen. Bis dieser Schwindel vergangen ist, wird es sicher noch eine Weile dauern. Lass mir Zeit, über alles nachzudenken.«

»Verdammt, Ash, ich liebe dich, und ich kann es nicht ertragen, ohne dich zu sein.« Er war mir so nah, berührte mich fast mit dem Oberkörper.

Nur schwer kamen die nächsten Worte über meine Lippen. Ich wusste, es war ein Risiko, es auszusprechen, aber es war der für mich einzige Weg. Ich brauchte Abstand, um mir über alles klar zu werden.

»Travis, ruf mich nicht an, ich melde mich bei dir, sobald ich weiß, wie es mit uns beiden weitergehen kann. *Ob* es überhaupt eine Zukunft für uns gibt …« Ich atmete tief aus. Zitterte dabei am ganzen Körper. »Und lass mich jetzt bitte allein. Ich brauche erst mal meine Ruhe, um über alles nachzudenken.«

Travis ließ seine Schultern hängen, gab aber meine Hände frei und stand auf. Ohne noch einmal in seine bittenden eisblauen Augen zu sehen – sonst hätte mich vielleicht doch meine Widerstandskraft verlassen –, ging ich in die Küche. Als ich kurz darauf die Tür ins Schloss fallen hörte, schluchzte ich zitternd auf. Mit wackeligen Beinen fand ich gerade noch zu meiner Couch zurück, auf der ich zusammensackte und hemmungslos weinte.

KAPITEL 20

King

Als ich am nächsten Tag ins Büro kam – ich hatte verdammt schlecht geschlafen und die ganze Zeit nur an Ashley gedacht –, war meine erste Amtshandlung, mir Elaine vorzuknöpfen. Am liebsten hätte ich sie sofort rausgeworfen, doch ich wollte erst erfahren, wie sie den Scheck gefunden hatte und überhaupt darauf gekommen war, ihn zu verwenden.

Es kostete mich verdammt viel Kraft, innerlich wie äußerlich ruhig zu bleiben, als ich sie in mein Büro zitierte. Und ja, sie war vielleicht nicht die hellste Birne, aber mit dieser Aktion hatte sie weit über das Ziel hinausgeschossen.

Sie betrat mit Notizblock und Stift mein Büro. Ich saß hinter meinem Schreibtisch, die Ellenbogen auf die Armlehnen gestützt, die Fingerspitzen aneinandergelegt, und beobachtete sie, wie sie auf mich zu kam und vor meinem Schreibtisch stehen blieb. Ohne ein Wort zu sagen, deutete ich auf den Stuhl davor, auf dem sie Platz nahm.

»Was kann ich für Sie tun, Mister King?«, fragte sie, und am liebsten hätte ich ihr gesagt, dass sie ihre Sachen packen und verschwinden konnte.

»Ich möchte mit Ihnen über Ihre Arbeit reden«, begann ich, und sofort versteifte sie sich.

»Oh, okay.« Ihr Lächeln erreichte jetzt nicht mehr ihre Augen, und ich wusste, dass sie verdammt nervös war. Sie drehte den Kugelschreiber zwischen ihren Fingern und sah mich abwartend an.

»Bitte, beschreiben Sie mir, was Sie mit den Unterlagen gemacht haben, die auf meinem Schreibtisch gelegen haben, als ich nach New York gefahren bin.«

Erst mal was Einfaches zum Aufwärmen, dachte ich.

»Nachdem ich Ihre E-Mail gelesen habe, dass sich Ihr Aufenthalt verlängern wird und Sie mich gebeten haben, das Tagesgeschäft hier am Laufen zu halten, habe ich Ihr Büro aufgesperrt und auf dem Schreibtisch nachgesehen, ob etwas Dringendes zu erledigen sei.«

»Und?«, hakte ich nach. Meine Kiefer mahlten aufeinander.

»Nun, da lagen der Vertrag von Manson und der von den Apartments im *900 North Michigan*, die ja bis spätestens Dienstag zur Post gebracht werden mussten. Ich habe die im Auftrag von Ihnen unterzeichnet, eine Kopie angefertigt und …«

»Sie haben *was* gemacht?« Ich beugte mich leicht vor.

»Ja, ich …«, stammelte sie, aber ich konnte sie nicht ausreden lassen.

»Sie wissen wohl noch immer nicht, dass Verträge ausschließlich von mir oder von jemandem aus dem Management unterschrieben werden? Verträge, die Sie unterzeichnen, sind niemals wirksam!«, fuhr ich sie an, und sie zuckte zusammen.

»Das … habe ich wohl vergessen.«

Ich krallte mich an den Armlehnen fest und lehnte den Kopf nach hinten.

Herrgott, so viel Dummheit war nicht zu packen! Wieso in aller Welt hatte ich diese Frau nur eingestellt?

»Und weiter?«, versuchte ich, das Gespräch auf den Scheck zu lenken.

»Nun, dann habe ich noch Ihr Scheckheft in der Schublade liegen sehen, in dem sich noch der Scheck für Miss Crown befand. Und da sie ihre Arbeit schon seit Längerem abgeschlossen hatte, dachte ich, sie würde bestimmt schon auf das Geld warten.«

Ich war einfach nur fassungslos. Nicht nur, dass sie die Frechheit besaß, meinen Schreibtisch zu durchwühlen, sondern sich dann auch noch das Recht herausnahm, einen Scheck – noch dazu über so eine Summe – ohne Nachfrage selbst weiterzugeben.

»Und Sie sind nicht stutzig geworden, als Sie die Summe gesehen haben? Oder haben sich gefragt, warum er noch in der geschlossenen Schublade lag?«, fragte ich mit zusammengebissenen Zähnen.

»Ich … also … Hätte ich nicht …? Keine Ahnung, welchen Betrag Sie vereinbart hatten. Aber es klebte ein Post-it auf dem Scheckheft, auf dem *Wichtig* stand, und deshalb ging ich davon aus, dass der Scheck schnellstmöglich zu Miss Crown gebracht werden sollte. Das hab ich dann persönlich übernommen, da ich dachte, so eine hohe Summe per Post zu verschicken, wäre doch sehr riskant.« Nervös klopfte sie mit ihrem Stift auf dem Block herum.

Langsam setzte sich alles zu einem Bild in meinem Kopf zusammen. Das Post-it hatte ich vor meiner Abreise von Coles Umschlag für mich genommen und vermutlich geistesabwesend mit dem Scheckheft in die Schublade gelegt. Dass es dabei irgendwie auf dem Scheckheft gelandet war, war Pech.

Gut, ich hätte meinen Schreibtisch abschließen sollen. Dieser eine Fehler ging auf meine Kappe. Es war dumm von mir gewesen, die Schublade vor meiner Abreise unverschlossen gelassen zu haben.

Trotzdem, das Ganze entschuldigte nicht, dass Elaine einfach über meinen Kopf hinweg Entscheidungen getroffen hatte, zu denen sie nicht befugt war.

»Elaine, als ich Sie vor einigen Monaten eingestellt habe, habe ich das gemacht, damit Sie Korrespondenz in meinem Auftrag erledigen. Sie sollten Anrufe entgegennehmen und weiterverbinden, Kunden und Geschäftspartner in mein Büro führen, für Tischreservierungen sorgen und für sämtliche andere Dinge, zu denen *ich Sie* beauftrage.«

Je mehr ich sagte, umso lauter wurde ich. Ich war mit meiner Beherrschung am Ende.

»Jedoch habe ich Sie nicht eingestellt, dass Sie selbstständig und ohne Rücksprache mit mir darüber entscheiden, welche Verträge wann verschickt werden. Geschweige denn, dass Sie diese selbst unterschreiben.«

Ich stand auf, da ich nicht mehr still sitzen konnte, ging auf ihre Seite des Schreibtisches. Als ich ihr näher kam, wurde sie immer kleiner in ihrem Stuhl, und als ich kurz vor ihr zu stehen kam, zeigte ich drohend mit dem Zeigefinger auf sie.

»Und schon gar nicht habe ich Sie dazu eingestellt, dass Sie unbefugt in meinem Schreibtisch herumwühlen und Schecks an meine Lieferanten oder andere Auftragnehmer mit selbst verfassten Dankesschreiben wie die verdammte Post selbst verteilen!«

Tränen sammelten sich in ihren Augen, aber das war mir egal.

»Packen Sie Ihre Sachen, Sie sind gefeuert«, sagte ich dann äußerlich ruhig, doch in mir brodelte weiterhin der Vulkan, der bereits Lava spuckte.

»Jetzt sofort?«, fragte sie leise.

»Nein, übermorgen.« Herrgott noch mal! »Natürlich jetzt sofort!«

Als sie keine zwanzig Minuten später mit tränenüberströmtem Gesicht das Gebäude verlassen hatte, fühlte ich mich nur minimal erleichtert. Zwar wusste ich nun, wie alles passiert war, doch das machte meine Probleme mit Ashley nicht ungeschehen.

Natürlich hatte sie sich noch nicht bei mir gemeldet, und ich ging auch nicht davon aus, dass das so schnell passieren würde. Trotzdem war jede einzelne Stunde ohne das Wissen, wie es mit uns beiden weitergehen würde, die reinste Hölle für mich. Doch ich würde es nicht wagen, sie zu kontaktieren, denn ich wollte mich nicht selbst ins Aus schießen. Sie hatte um Zeit gebeten, und die würde ich ihr geben – so schwer es mir auch fallen mochte.

Aber das war nur gerecht, immerhin hatte ich sie auch viel zu lange im Unklaren gelassen, was es mit Jelena wirklich auf sich hatte. Ich hätte viel früher für Klarheit sorgen und Ashley in alles einweihen sollen – ohne auf Cole zu hören. Sie war die Frau, die ich über alles liebte und die uneingeschränktes Vertrauen meinerseits verdiente. Und daran sollte sie zukünftig – sofern sie sich für mich entscheiden sollte – nie wieder zweifeln müssen.

Mir blieb nichts anderes übrig, als mich mit Arbeit abzulenken – und davon hatte ich dank Elaine nun genug. Zuallererst orderte ich eine der Sekretärinnen aus dem Maklerbüro in meinen Stock, um die Vertretung für Elaine zu übernehmen, bis ich Ersatz gefunden hatte. Was mich zum nächsten Punkt meiner To-do-Liste brachte, nämlich den Leiter des Personalbüros anzurufen. Wie das Stellenangebot auszusehen hatte, wusste er noch vom letzten Mal. Außerdem würde er den Abschluss von Elaines Angestelltenverhältnis erledigen müssen und ihr ihre Papiere per Post zukommen lassen.

Anschließend rief ich bei den beiden Empfängern der von Elaine unterzeichneten Verträge an und entschuldigte mich. Ich versicherte ihnen, dass ich ihnen noch heute gültige Verträge per Kurier zukommen lassen würde. Zwar waren beide leicht verärgert, doch sie sprangen mir zum Glück nicht ab, sondern ließen sich überreden, noch auf die richtigen Fassungen zu warten.

Als ich das nächste Mal auf die Uhr sah, war es erst halb elf Uhr vormittags. Halb elf! Keine Ahnung, wie ich den Tag überstehen sollte, geschweige denn die nächsten … Keine Ahnung, wie lange Ashley Zeit brauchte, um zu einer hoffentlich guten Entscheidung für mich, für uns zu gelangen.

* * *

Irgendwie hatte ich den Tag mit viel Arbeit hinter mich gebracht. Doch ich ertappte mich immer wieder dabei, wie ich mit meinen Gedanken meilenweit entfernt war und ins Leere starrte, während ich an Ashley dachte. Jedes Mal gab es mir einen Stich in die Brust. Es fühlte sich nicht so an wie beim Tod meiner Mutter, und trotzdem saß der Schmerz ähnlich tief. Es war, als würde ein Teil von mir absterben, mich lähmen. Als würde etwas fehlen, von dem ich bisher überzeugt gewesen war, dass ich es zum Leben brauchte wie die Luft, die ich einatmete.

Als ich endlich zu Hause war, wollte ich noch ein paar Längen schwimmen, doch kaum dass ich die Tür zum Pool geöffnet hatte, musste ich an Ashley denken. Also ging ich duschen – im Gästebad – und legte mich anschließend in eines der Gästezimmer. Lange Zeit konnte ich nicht einschlafen, wälzte mich von einer Seite zur anderen und wünschte, mit Ashley wäre alles anders verlaufen. Ich wünschte mir, ich wäre ihr unter anderen Umständen begegnet – ohne dass Jelena von uns beiden was mitbekommen hätte. Dann wäre das alles erst gar nicht passiert.

Hätte Cole nicht auf mich eingeredet, mit Jelena alles vertraglich zu regeln und ihr bewusst zu machen, dass sie nur dank meiner Nettigkeit einer Anzeige entkommen war, hätte ich alles dafür getan, dass wir uns vor Gericht wiedergesehen hätten. Aber andererseits hatte er recht, wenn er sagte, dass *KING Estate* keinen weiteren Skandal gebrauchen konnte. Das wäre nur weitere negative Publicity über das Unternehmen gewesen, was der bisherigen steten Entwicklung nach oben schaden könnte.

An Tagen wie heute vermisste ich meinen Vater sehr. Er hatte immer eine Ruhe ausgestrahlt, wie ich sie nicht hatte. Vielleicht würde ich die auch irgendwann im Laufe der Jahre erreichen, aber noch war ich weit davon entfernt. Damien hatte seine lockere Art von ihm und ich den Geschäftssinn, aber die Ruhe hatte ich von keinem meiner Eltern geerbt. Und obwohl ich meinen Vater viele Jahre gehasst hatte, weil er krampfhaft versucht hatte, einen Ersatz für unsere Mutter zu finden, hatte er es nur gut mit uns gemeint – das verstand ich jetzt mittlerweile.

Ich beneidete Ashley um ihre Eltern, die zwar etwas eigensinnig waren, sie aber aus vollem Herzen liebten. Ashley hatte ein Elternhaus, in dem sie jederzeit willkommen war und geliebt wurde. Mir blieb nur noch Damien, und selbst mit ihm wurde ich nicht mehr wirklich warm. Meine einzige Hoffnung war, dass uns die Entfernung guttun könnte.

Bei dem Gedanken an Ashleys Eltern fiel mir wieder ein, dass ich ihrem Vater versprochen hatte, mit ihm zu einem Spiel der Bulls zu gehen. Ich stand auf und lief noch einmal in mein Arbeitszimmer. Die Karten für das Spiel am Samstag lagen in meinem Schreibtisch. Ich nahm sie heraus und starrte sie an. Kurz überlegte ich, ob ich ihm nur die Karten überlassen sollte, doch andererseits wäre ich, würde ich ihn begleiten, Ashley auf eine gewisse Weise näher – und ich könnte mir so etwas wie Vater-Sohn-Zeit erschleichen. Außerdem war ich schon lange nicht mehr bei einem Spiel gewesen.

Also suchte ich die Telefonnummer von Ashleys Eltern, um sie gleich morgen früh anzurufen und Kenneth Crown mit dem Wochenendausflug in das Stadion der *Chicago Bulls* zu überraschen.

* * *

Einer der wenigen Orte, die mir Kraft und Ruhe schenkten, war immer noch meine *Bernadine Gloria*, die in sanften Wellen im Hafen lag. Hier war es mir egal, dass mich jeder Winkel an Ashley erinnerte. Es war, als würde ein Teil von ihr immer noch bei mir sein – vielleicht war es genau das, was mir Kraft gab. Dazu die endlose Weite des Sees.

Ich stand gerade oben an Deck – der Wind war im Moment erträglich –, als ich bei Ashleys Eltern anrief. Ihre Mutter ging ans Telefon.

»Hey, Cynthia, Travis King am Apparat. Wie geht es dir?«

»Ach, schön, dass du dich bei uns meldest. Ashley hat seit Tagen nichts von sich hören lassen. Ihr geht es doch gut, oder? Wir würden uns freuen, wenn ihr uns mal wieder besuchen kämt. Kenneth spricht ständig von dir. Bei ihm hast du einen bleibenden Eindruck hinterlassen.«

Ich schmunzelte und war gerührt von ihrer Herzlichkeit.

»Vielleicht machen wir das wirklich bald wieder«, antwortete ich ihr ausweichend. »Ist Kenneth da? Ich würde ihn gerne kurz sprechen, wenn das möglich wäre.«

»Crown?«, bellte er kurz darauf ins Telefon, was mich wieder schmunzeln ließ.

»Kenneth, hier ist Travis King. Du erinnerst dich bestimmt daran, dass ich dir ein unvergessliches Wochenende versprochen hatte?«

Kurz herrschte Schweigen am anderen Ende, dann tönte ein euphorisches »Ja« durch das Telefon.

»Nun, falls du morgen Zeit hättest, könntest du nach Chicago kommen. Ich habe hier zwei Karten für ein sensationelles Spiel.«

Zu gern hätte ich jetzt sein Gesicht gesehen. Ich hörte ihn nach Luft schnappen. »Das … Ja! Natürlich habe ich Zeit. Cynthia, pack deine Sachen, wir fahren morgen nach Chicago!«, rief er so laut, dass ich das Telefon leise lachend vom Ohr nehmen musste. »Und ruf Ashley an, ihr macht währenddessen eine Shoppingtour. Sag ihr, Daddy zahlt!«

Als ihr Name fiel, zuckte ich leicht zusammen. Doch daran würde ich mich gewöhnen müssen, wenn ich den morgigen Abend mit ihm überstehen wollte.

Was mir außerdem auffiel: Wenn die Crowns seit Tagen nichts von Ashley gehört hatten, wussten sie noch nichts von all dem, was zwischen ihr und mir vorgefallen war. Das würde sich spätestens dann ändern, wenn Cynthia mit ihrer Tochter unterwegs sein würde. Wenn nicht schon vorher bei einem Telefonat.

Womöglich würde mich Kenneth sofort zurückrufen und mir sagen, dass er nun doch nicht mit mir zum Spiel gehen wollte, weil ich seiner Tochter das Herz gebrochen hatte. Gut, andererseits konnte ich mir nicht vorstellen, dass er sich dieses Spiel entgehen lassen würde …

Nachdem ich mich von den beiden verabschiedet hatte und ich das Telefon gerade wieder in meiner Hosentasche verschwinden lassen wollte, klingelte es. Adrenalin schoss – wie seit Neuestem immer bei eingehenden Anrufen – durch meine Adern. Denn ich hoffte jedes Mal darauf, endlich Ashley in der Leitung zu haben. Doch es war Damien.

»Na, wie geht es dir? Was macht das Leben in Chicago?«, fragte er mich sofort.

»Es läuft«, antwortete ich knapp, da ich ihm die Sache mit Ashley nach allem, was zwischen ihm und mir vorgefallen war, nicht erzählen würde. Von dem Aufruhr im Büro sagte ich erst gar nichts. Das waren Themen, die Damien sowieso nicht interessierten.

»Cool. Hör zu, ich bin gerade auf dem Flughafen auf dem Weg nach Chicago. Ich hab Lust, im Club abzuhängen. Die anderen von der Band wollen sich irgendeinen Kinofilm ansehen, der mich aber gar nicht juckt. Du gehst doch mit, oder?«

* * *

Noch nie hatte der Club so wenig Wirkung auf mich wie dieses Mal. Normalerweise war ich immer in Feierlaune, die mit Alkohol begann und mit Sex endete. Doch heute brauchte ich einen klaren Kopf, wollte Ashley nicht verpassen, falls sie hier wäre – was äußerst unwahrscheinlich war, aber ich Idiot hatte inzwischen einen Punkt erreicht, bei dem ich mich an jedes Streichholz klammerte.

»Verdammt, Mann, was ist denn mit dir los? Ist es immer noch diese Frau?«

Damien war wohl ziemlich angepisst, dass mit mir nicht zwingend die Partystimmung aufkam, wie er es sich erhofft hatte.

»Lass uns wenigstens ein paar Mädels einladen, damit es hier oben nicht so trostlos ist. Bei deiner miesen Laune hätte ich ja auch zu Hause bleiben und mich allein besaufen können.«

Schulterzuckend ließ ich mich von ihm breitschlagen. Wir gingen raus aus unserem Separee, hinunter in die Bar, wo sich Damien sofort einer Gruppe von Frauen näherte, die offensichtlich Junggesellinnenabschied feierten. Ich steckte die Hände in die Hosentaschen und sah ihm aus der Ferne zu, wie er mit ihnen redete und immer wieder nach oben und zu mir deutete. Anfangs schienen sie noch ein wenig verunsichert zu sein, doch dann erlagen sie seinem Charme und wir konnten wieder zurück in unseren privaten Raum gehen.

Als ich hinter den Mädels die Treppe nach oben ging, sah ich sie: wallendes, brünettes Haar und ein vielleicht etwas zu kurzes Kleid. Sie tanzte mit einer Frau, die ich nicht kannte, und hatte mir den Rücken zugewendet. Doch als sie sich umdrehte, erkannte ich, dass mir meine Sinne einen Streich gespielt hatten. Zwar hatte diese Frau auf den ersten Blick und bei Rückenansicht Ähnlichkeiten mit Ashley, doch von vorne sah sie völlig anders aus.

Herrgott noch mal, wurde ich jetzt völlig verrückt? Verwirrt schüttelte ich den Kopf, um wieder klar denken zu können.

Um mir und vor allem Damien diesen Abend nicht zu vermiesen. Obwohl ich ständig an Ashley denken musste, mich so nach ihr sehnte, sollte ich trotzdem etwas Spaß haben, wenn mein Bruder schon hier war. Allerdings ohne Alkohol und Sex.

Damien hatte bereits die Musik lauter gedreht und stand hinter der Bar, um den Mädels Drinks zu mixen. Sie hingen an seinen Lippen, kicherten, schmachteten ihn an. Ja, er war ein verdammter Frauenheld. Er hatte etwas an sich, was die Frauen faszinierte – in dieser einen Sache waren wir gleich. Dieses gewisse Etwas hatten wir beide von unseren Eltern geerbt, und es erleichterte uns viele Situationen im Leben. Oder erschwerten sie, wie ich es in den letzten Wochen erleben durfte.

Ich setzte mich auf einen der Ledersessel, der mir einen Blick nach unten gewährte, von dem aus ich aber gleichzeitig meinem kleinen Bruder zusehen konnte, wie er die Aufmerksamkeit der Frauen genoss.

Vielleicht war ich die letzten Monate einfach zu streng mit ihm und auch mit mir selbst gewesen. Ja, ich hatte mich für ihn verantwortlich gefühlt. Doch er war auch ein erwachsener Mann, der selbst seine Entscheidungen treffen durfte. Und ich hatte ihn im *Broken Heart* erlebt. Die *Dark Carving* waren eine verdammt gute Band, die Potenzial hatte, es ganz nach oben zu schaffen. Wieso also freute ich mich nicht endlich über seine Chance und die Möglichkeiten, die sich für ihn auftaten? Unsere Eltern hätten es jedenfalls gemacht.

Ich seufzte tief, stand auf und ging zu ihm hinter die Bar, ignorierte das Gekicher und Geschnattere der Frauen. Damien lächelte mir zu, war voll in seinem Element, als er den letzten Cocktail in ein Glas leerte und der Frau reichte, die darauf wartete.

Er verbeugte sich, was ihm Applaus einbrachte, dann wandte er sich mir zu. »Willst du doch einen Drink?«, fragte er.

Aber ich drückte meinen Bruder herzlich an mich und klopfte ihm anerkennend auf die Schulter. »Ich bin stolz auf dich, Damien«, flüsterte ich ihm ins Ohr, sodass nur er es hörte.

Verdutzt sah er mich an, und ich konnte Freude in seinem Gesicht erkennen.

»Danke, du Pfeiffe«, antwortete er.

Ich hatte in diesem Moment das Gefühl, als wären sämtliche Unstimmigkeiten auf einen Schlag bereinigt. Es herrschte eine stille Übereinkunft zwischen uns, dass wir einander respektierten und akzeptierten. Und einmal mehr wünschte ich mir unsere Eltern zurück, die das alles miterleben sollten.

»Heute mal keine Frauen«, sagte er dann, scheuchte unsere spontanen Gäste kurzerhand wieder zur Tür hinaus, griff nach zwei Gläsern und schenkte uns beiden Sodawasser ein. Dann ging er zu den Ledersesseln und setzte sich.

Ich ließ mich in den Sessel neben ihm sinken und sah ihn fragend an, doch er zuckte nur mit den Schultern und prostete mir zu. »Machen wir mal eine Ausnahme«, sagte er dann grinsend.

Das war das erste Mal seit vielen Jahren, dass ich meinen Bruder nicht als kleines Ekelpaket erlebte, das versuchte, gegen mich anzukämpfen. Ich merkte, er hatte Verständnis für mich und meine Situation und war in diesem Moment, wo ich ihn als meinen einzigen Familienangehörigen brauchte, für mich da.

Ich hätte nie gedacht, dass ich das mal fühlen oder gar sagen würde, aber ich war verdammt stolz, dass er meine Familie war.

* * *

Wie vereinbart traf ich mich mit Kenneth direkt vor dem *United Center*, wo sich schon unzählige Basketballfans tummelten und sich auf ein spannendes Spiel der *Chicago Bulls* gegen die *L. A. Lakers* freuten.

»Na, alles klar?«, Väterlich klopfte er mir auf die Schulter.

»Bist du bereit für das beste Spiel der Saison?«, fragte ich und hielt die zwei Karten hoch.

»Das kannst du laut sagen.« Er lachte.

Als wir drinnen unsere Mäntel auszogen, schauten wir uns zunächst verblüfft an, um dann in schallendes Gelächter auszubrechen. Beide trugen wir Trikots von Dennis Rodman.

»Weil er der beste Rebounder aller Zeiten ist«, sagte Kenneth, und ich konnte nur zustimmend nicken.

»Und Cynthia ist allein im Hotel geblieben?« Ich ahnte, dass es anders war, aber ich wollte nicht so offensichtlich das Gespräch auf Ashley lenken.

Kenneth sah mich eine Weile schweigend an. »Sie ist bei Ashley. Wir haben von euch beiden gehört … was wir beide übrigens sehr schade finden. Wie ich Cynthia kenne, wird sie Ashley davon zu überzeugen versuchen, den Streit mit dir zu begraben. Sie ist eine sehr harmoniebedürftige Frau, musst du wissen.«

Wenn Ashley nur ein klein wenig so war wie ihre Mutter, konnte ich noch mehr verstehen, wieso sie die letzten Wochen so aus dem Gleichgewicht war.

»Und was denkst du darüber?«, fragte ich ihn, als wir uns an der Snackbar anstellten, um Bier zu kaufen. Ich erinnerte mich, wie reserviert er mir anfangs gegenüber aufgrund Ashleys schlechter Erfahrungen mit ihrem Ex gewesen war. Deswegen war ich doch sehr verwundert, dass er mich heute nicht in alle Einzelteile zerlegte.

»Weißt du, diesen Tony konnte ich noch nie leiden. Er hat auf mich immer den Eindruck gemacht, als wäre er nicht ehrlich. Bei dir jedoch merke ich, dass du zwar eine verdammt harte Schale hast und sicher kein einfacher Mensch bist. Doch du trägst viel Verantwortung, hast ein ganzes Unternehmen zu leiten – und das vielleicht noch nicht einmal so freiwillig, wie es auf den ersten Blick wirken mag. Klar passieren hin und wieder Dinge, die man besser hätte lösen können. Aber trotzdem denke ich, dass du meine Tochter glücklich machen könntest.«

Dass Ashleys Vater so viel von mir hielt, erstaunte mich. Damit hatte ich ehrlich nicht gerechnet.

»Weißt du, auch ich war einmal jung und hab Blödsinn gemacht. Doch ich liebte Cynthia vom ersten Tag an. Ich hab sie um Verzeihung gebeten und ihr Schokolade geschickt. Dann war alles wieder gut. Und schau uns an, wir sind heute noch verheiratet. Nächstes Jahr werden es dreißig Jahre!« Er lachte auf, als könnte er es selbst nicht fassen.

Als wir zu unseren Plätzen gingen, sah er sich aufgeregt in der Halle um. »Denk mal drüber nach, was hier schon alles passiert ist! Wie viele großartige Spieler hier ihren Schweiß gelassen haben!«

Ich musste schmunzeln. Noch wusste er nichts davon, dass ich ein paar der *Bulls*-Spieler persönlich kannte. Sie würden bestimmt zu uns kommen, um mich zu begrüßen, und dann würde ich ihnen Kenneth vorstellen. Wenn ich im Moment schon nichts für Ashley tun konnte, so wollte ich wenigstens ihrem Vater einen unvergesslichen Abend schenken. Das war das Mindeste, was ich für seine Solidarität tun konnte.

Als ich nach einem fantastischen Spiel, das die *Bulls* knapp gewonnen hatten, wieder zu Hause war, lag ich noch lange wach. Kenneth Crown war ein toller Mensch. Wir hatten heute Abend definitiv Spaß gehabt, und ich konnte sogar darüber hinwegsehen, dass Ashley nicht hier war und ich noch immer nicht wusste, wie es mit uns weitergehen würde. Jetzt, zu Hause in meinem Bett, fehlte sie mir sehr, aber ich war wieder optimistischer. Immerhin hatte ich ihre Eltern auf meiner Seite, und Kenneths Anekdote mit der Schokolade hatte mich auf eine Idee gebracht …

* * *

Liebe Ashley,
du fehlst mir. Ich kann es dir gar nicht oft genug sagen, aus Angst, dass du es irgendwann vergisst, dass du eines Tages denkst, dass sich meine Gefühle für dich geändert hätten. Denn dem ist nicht so.
Jeden Abend, wenn ich in meinem Bett liege, kreisen meine Gedanken darum, wie wir uns geliebt haben. Wie ich dich genommen habe, tief in dir war. Wie du dich verzweifelt und erregt an mir festgekrallt hast …
Mir fehlt dein Lachen, die Art, wie du Dinge siehst. Deine Begeisterung. Du *fehlst mir.*
Ich hoffe sehr, dass das, was wir haben und füreinander empfinden, nicht zu Ende ist, bevor es richtig begonnen hat. Dass ich noch einmal die Chance bekommen werde, dich in meinen Armen zu halten, deine Lippen auf meinen zu spüren.
Ich liebe dich.
Dein Travis

Ich legte den Füllfederhalter zur Seite und las den Brief noch einmal. Anschließend faltete ich ihn wie jeden Tag, nachdem ich einen Brief an Ashley verfasst hatte, und steckte ihn in ein Kuvert. Dann sah ich noch eine Weile auf den Lake Michigan hinaus, der dalag wie eine große silberne Platte.

»Sind Sie so weit?«, fragte Kristopher hinter mir.

Ich nickte, stand auf und zog meinen Mantel an. Seit inzwischen knapp einer Woche fuhr er mich jeden Tag zum Blumenladen, wo ich wunderschöne Sträuße für Ashley aussuchte. Jedes Mal legte ich einen Brief von mir bei und ließ den Strauß bei ihr abliefern. Entweder im Büro oder am Wochenende bei ihr zu Hause. Zwar hätte ich sie zu gerne gesehen, ihre Reaktionen beobachtet, wenn sie meine Briefe las, doch ich wollte ihr allein die Entscheidung überlassen, wann wir uns wiedersehen würden.

Bis heute jedoch hatte ich keine Antwort von ihr bekommen: keinen Anruf, keine Nachricht aufs Telefon oder per E-Mail. Ich wusste nicht, ob sie die Blumen in Vasen stellte oder sie diese gleich entsorgte. Ja, ich wusste noch nicht einmal, ob sie meine Briefe las …

Diese Ungewissheit nagte an mir. Doch ich würde durchhalten … Weil ich ihr versprochen hatte, ihr den Raum und die Zeit zu lassen, die sie brauchte.

KAPITEL 21

Crown

Das Schrillen der Türklingel riss mich aus der Arbeit. Jacob hob eine Augenbraue, und sein Blick sagte alles.

»Wenn das schon wieder verdammte Blumen sind, fahre ich dich höchstpersönlich zu ihm. Erst wochenlang die nervigen Journalisten, jetzt die Blumenlieferanten! Wenn ich dich und die Arbeit hier nicht so sehr lieben würde, hätte ich schon längst gekündigt.« Dabei sah er mich grimmig an und drohte mit dem Zeigefinger. Doch um seine Mundwinkel lag ein Grinsen.

»Soll ich gehen?«, fragte ich ihn, doch er stand schon auf.

»Bleib sitzen. Spar dir deine Kräfte. Wenn ich dich mit all den Blumen aus dem Büro jage, wirst du sie noch brauchen.«

Ich kicherte froh in mich hinein und öffnete die Schublade meines Schreibtischs. Verträumt strich ich über die vielen Briefumschläge, die sich darin stapelten. Die letzten zwei Wochen hatte ich jeden Tag Blumen von Travis bekommen, dazu jedes Mal einen handschriftlichen Brief von ihm. Ich liebte seine Handschrift, fuhr die Buchstaben mit den Fingern nach, immer wenn ich einen neuen Brief von ihm bekam. Und mit jeder einzelnen Zeile, die ich von ihm las, setzte sich mein gebrochenes Herz mehr und mehr wieder zusammen. Auch dass er tatsächlich an sein Versprechen meinem Dad gegenüber gedacht hatte, hatte mein Herz berührt.

»Na prima. Zieh deinen Mantel an, wir fahren«, sagte Jacob bestimmt, als er zurück ins Büro kam.

In der Hand hielt er einen Blumenstrauß, der an Schönheit den anderen in nichts nachstand. Rosen, Gerbera und Chrysanthemen leuchteten in kräftigen Gelb-, Orange- und Rottönen, und waren wie jeder einzelne Strauß mit viel Liebe zum Detail gebunden worden. Und vermutlich würde auch dieser eineinhalb Wochen oder länger halten, genau wie alle bisherigen Sträuße.

»Lass den armen Kerl nicht so zappeln. Er liebt dich, verdammt noch mal! Was muss er denn noch tun, um es dir zu beweisen?« Er zog den Brief aus den Blumen und wedelte damit in der Luft herum.

»Ach, gib schon her.« Ich lachte und entriss ihm das Kuvert. »Erst will ich den hier noch lesen. Du kommst doch am Nachmittag allein klar, oder?«

»Wenn dieses Theater endlich aufhört …« Er machte mit seinem Arm eine ausladende Bewegung und deutete auf die vielen Blumensträuße, die inzwischen jede freie Stellfläche in unserem Büro einnahmen. »Dann würde ich sogar eine Woche lang die Arbeit hier allein übernehmen.«

»Das hättest du gerne.«

Mit rasendem Herzen ließ ich mich zurück in den Stuhl fallen und öffnete den Umschlag. In jedem einzelnen Brief standen so schöne Worte, die mich tief im

Inneren berührten. Wieder eine neue Seite an Travis, die ich entdeckte, mit der ich nicht gerechnet hatte …

Liebe Ashley,
jede Nacht liege ich wach und denke an dich.
Liest du meine Briefe? Ich hoffe es sehr. Dadurch wären wir miteinander verbunden – indem du das Papier in den Händen hältst, auf dem ich diese Zeilen für dich geschrieben habe.
Zu gerne würde ich wissen, ob du an mich denkst. Mein Leben wird mit Gedanken an dich beherrscht. Gestern hätte ich fast eine Frau beim Bäcker angesprochen, die ich für dich hielt … Kristopher findet es im Moment noch lustig, und er hält auch jedes Mal den Wagen an, wenn ich denke, dich auf der Straße gesehen zu haben. Doch ich vermute, irgendwann wird er mir deswegen kündigen – oder mich in die Klapsmühle einliefern lassen. So oder so wäre es ein herber Verlust. Im ersten Fall für mich, im zweiten für dich …
Ich liebe dich.
Dein Travis

Ich konnte mir ein Seufzen nicht verkneifen. Mein Herz war so voll von Gefühlen für diesen Mann, dass es schon fast eine Qual für mich war, ihn noch länger zappeln zu lassen. Umso mehr freute ich mich darauf, ihn endlich wiederzusehen. Glücklich seufzend stand ich auf und verstaute den neuesten Brief in meiner Handtasche.

Jacob, der den Blumenstrauß in ein großes Wasserglas gestellt hat, da all unsere Vasen schon seit Tagen in Verwendung waren, sah mich mit zusammengekniffenen Augen an.

»Hach, muss Liebe schön sein … Wenn ich groß bin, kaufe ich mir auch ein Stück davon.«

»Bla, bla«, gab ich grinsend zurück und schlüpfte in meinen Mantel.

»Holst du ihn dir jetzt zurück?« Dabei klang er hoffnungsvoll, was mich fast schon wieder ärgerte. So unerträglich fand ich die regelmäßigen Blumenlieferungen nun auch wieder nicht. Okay, es roch hier wie in einem Blumenladen, aber dem konnte ich eigentlich nichts Schlechtes abgewinnen.

»Mal sehen.« Ich schaute auf die Uhr – zwei Uhr nachmittags. Dann zwinkerte ich ihm zu und griff nach meiner Tasche. »Bis später …«

»Bis morgen«, gab er zur Antwort.

Kaum dass ich im Auto war, wählte ich Travis' Nummer. Ich hörte ein Knacken, das mir verriet, dass ich vom Mobiltelefon weiterverbunden wurde. Vermutlich hatte er es ins Büro umgeleitet.

»*KING Estate*, April McDougall am Apparat. Was kann ich für Sie tun?«

Dann arbeitete wohl diese Elaine Hicks nicht mehr für ihn, wenn eine andere am Telefon saß.

»Guten Tag, ich hätte gern Travis King gesprochen. Ashley Crown, ich bin seine Immobilienfotografin«, erklärte ich, falls diese Frau nicht wusste, wer ich war.

»Tut mir leid, Mister King ist nicht in seinem Büro. Darf ich ihm etwas ausrichten?«

»Wissen Sie, es ist sehr wichtig. Ich müsste ihn wirklich dringend persönlich sprechen …«

»Das ist im Moment leider nicht möglich. Er hat das Gebäude vor etwas mehr als einer Stunde verlassen. Vielleicht probieren Sie es einfach später oder morgen noch einmal. Ich kann ihm auch gerne ausrichten, dass er Sie zurückruft, falls er heute Nachmittag noch einmal kommt«, bot sie an.

Doch so lange konnte und wollte ich nicht warten. »Nein, schon gut, vielen Dank.« Enttäuscht legte ich auf. Irgendwie hatte ich wohl erwartet, dass ich ihn direkt erreichen würde, sobald ich so weit wäre. Aber genau genommen war das verliebter Unsinn, schließlich hatte Travis Verantwortung, einen Job, Kunden.

Kaum dass ich aufgelegt hatte, rief mich Madison an.

»Hey, Cousinchen, ich hab grad keine Zeit zu telefonieren.« Ich hoffte, sie damit gleich zu Beginn abzuwürgen.

»Wieso? Was machst du? Hast du einen Fototermin?«

Genervt verdrehte ich die Augen. »Nein. Ich hab wieder einen Brief, den fünfzehnten, bekommen, und jetzt bin ich gerade auf der Suche nach ihm.«

»O. Mein. Gott!«

Sie kreischte mir in die Ohren, sodass ich den Kopf einzog und die Augen zusammenkniff.

»Sag nicht, du nimmst ihn endlich zurück?«

»Erst muss ich ihn mal finden«, sagte ich glücklich und stieg auf die Bremse, weil ein Wagen vor mir, ohne zu blinken, die Spur wechselte.

»Gott sei Dank, das wurde ja Zeit. Viel länger hätte ich euch beiden nicht mehr zusehen können.«

»Ach komm, so schlimm war es auch wieder nicht.«

»Wie viele Blumensträuße hast du in deiner Wohnung und im Büro?«, stichelte sie weiter.

»Ja, okay, ich hab ihn ein paar Tage zappeln lassen. Aber jetzt muss ich wirklich auflegen. Ich muss überlegen, wo ich ihn finden könnte. Also. Bis später.«

»Du könntest ja …«, setzte sie an, doch ich legte einfach auf. Ich brauchte einen klaren Kopf, und den hatte ich nicht, wenn sie mich unablässig vollquasselte.

Klar, Travis zu finden, würde nicht einfach werden. Doch so schnell würde ich nicht aufgeben. Ich fuhr als

Erstes zu seinem Apartment. Ob ich überhaupt in das Gebäude hineinkommen würde, wusste ich nicht. Ich hatte keine Karte für die Garage, musste also außerhalb parken.

Da ich bisher immer durch die Garage zu Travis' Apartment gelangt war, kannte mich der Portier am Eingang nicht. Aber einen Versuch war es wert …

Ich ging durch die Drehtür und blickte mich in der großen Eingangshalle um. Hier sah es eher aus wie in einem Luxushotel als in einem Wohngebäude mit unzähligen Stockwerken. Gut, zwischen den Apartments lagen vielleicht auch Büroräume, und die ersten drei Etagen bestanden ausschließlich aus Shops und Restaurants, aber … wow! Von dem geschäftlichen Trubel, der sicher über der Lobby herrschte, merkte man hier nichts, im Gegenteil. Ich fühlte mich, als würde ich in meinem Urlaubsresort einchecken.

Hinter dem langen Empfangstresen saßen ein älterer Mann sowie eine junge Frau mit Headsets, die Überwachungsmonitore im Blick hatten.

Ich wandte mich an den Mann, der mir freundlich entgegenlächelte. »Guten Tag, ich möchte zu Mister King. Wissen Sie zufällig, ob er zu Hause ist?«

»Tut mir leid, darüber darf ich keine Auskunft geben.« Er sah mich mit strengem Blick an.

»Das … verstehe ich natürlich. Sie haben bestimmt Anweisungen erhalten, aber …« Ich kramte aus meiner Handtasche den Brief hervor, den er mir heute geschickt hatte, und holte ihn aus dem Umschlag. »… ich bin seine Freundin. Oder will es zumindest wieder sein. Sehen Sie.«

O Gott, jetzt wurde es peinlich für mich! Aber egal. Um ihn zurückzubekommen, nahm ich das gerne in Kauf.

Ich zeigte auf das heutige Datum, das Travis zum Glück auf den Brief geschrieben hatte. Dann holte ich meinen

Ausweis aus der Geldtasche, damit der Concierge sah, dass der Brief tatsächlich an mich gerichtet war.

Der Mann sah mich immer noch an, als würde er mir nicht trauen, jedoch wechselte sein Blick zwischen dem Brief, meinem Ausweis und mir hin und her, und er schien zu überlegen, ob ich vielleicht doch die Wahrheit sagte.

»Ich war schon ein paarmal bei ihm. Das ist inzwischen ein paar Wochen her, ich hatte beim ersten Mal von seinem Fahrer Kristopher die Karte für seine private Garage und die Zugangscodes für den Aufzug bekommen. Er hat sie mir gegeben, als ich eine der Villen für *KING Estate* fotografiert habe. Die anderen Male fuhr ich mit Travis mit.«

Keine Ahnung, ob es etwas nützte, wenn ich dem Mann das alles erzählte, aber ich dachte einfach, dass die vielen Informationen sicher nicht schaden könnten, wenn es darum ging, zu erfahren, wo ich Travis finden konnte.

»Ich dachte, Sie sind seine Freundin und nicht die Fotografin?«, hakte er prompt nach und verschränkte dabei die Arme demonstrativ vor der Brust.

»Ich bin beides.« Zum Beweis zog ich eine Visitenkarte meines Unternehmens aus der Tasche und legte sie vor ihm auf den Tresen. »Bitte … sagen Sie mir zumindest, ob er zu Hause ist oder ob ich woanders weitersuchen muss.«

Unschlüssig sah er mich an. »Geben Sie mir einen Moment«, bat er mich und griff nach einem schnurlosen Telefon. Damit entfernte er sich ein paar Schritte von mir, Visitenkarte, Ausweis und Brief in seinen Händen.

Er sprach zu leise, als dass ich verstehen konnte, was genau er sagte, aber ich vermutete, dass er sich erkundigte, ob ich die Wahrheit gesagt hatte. Die Frage war nur, wen er angerufen hatte. Bei dem Gedanken, es könnte Travis sein, begann mein Herz, vor Aufregung zu rasen.

Der Mann nickte, sah zu mir hin und legte dann auf. Er reichte mir meine Sachen zurück, und ich dachte schon, es wäre vorbei und ich würde wieder fahren müssen. Doch er lehnte sich vor und winkte mich mit der Hand noch näher.

»Ich habe eben seinen Chauffeur Kristopher angerufen. Er hat mir bestätigt, dass Sie Ashley Crown sind. Nun, ich kann Ihnen zwar nicht sagen, wo Mister King sich augenblicklich aufhält – dazu konnte er mir auch keine Auskunft geben, da er heute frei hat –, aber ich kann Ihnen so viel sagen, dass er nicht in seinem Apartment ist.«

Das war zwar einerseits eine gute Nachricht, da ich einen weiteren Ort ausschließen konnte, andererseits war es schlecht für mich, denn … Chicago war riesig! Keine Ahnung, wo ich mit der Suche anfangen sollte.

Der Mann sah mich mitleidig an. »Kopf hoch, Sie werden ihn schon finden. Ansonsten kommen Sie einfach später noch einmal her. Der Tag ist noch nicht vorbei …«

Ich nickte, konnte meine Enttäuschung jedoch nicht verbergen.

Dem Portier tat ich offensichtlich leid, denn er redete weiter gut auf mich ein. »Sonst gehen Sie einfach runter an den See und genießen ein wenig das Wetter …«

Na klar!

»Sie sind ein Engel, vielen Dank!«

Ich drückte dem verdutzten Mann einen Kuss auf die Wange, steckte meine Sachen wieder in die Handtasche und eilte hinaus an die frische Luft. Kurz musste ich mich orientieren, wo genau ich mich befand, dann ging ich die Straße entlang, und als ich um die nächste Ecke bog, konnte ich den Lake Michigan schon sehen.

Bis zum Hafen war es zwar noch ein gutes Stück, aber es hätte wenig Sinn gemacht, jetzt zurück zum Auto zu gehen, nur um in wenigen Minuten erneut einen Parkplatz suchen zu müssen.

Ich rannte fast bis zum Hafen, konnte es kaum noch erwarten, bei der *Bernadine Gloria* anzukommen. Vielleicht täuschte mich mein Instinkt, aber in einem der Briefe hatte Travis erwähnt, dass er viel Zeit auf seiner Yacht verbringen würde. Womöglich hatte ich Glück und er war auch jetzt dort …

Als ich den Hafen erreichte, raste mein Herz. Nicht nur, weil ich so schnell gelaufen war, sondern auch, weil ich mir mit einem Mal nicht mehr sicher war, was ich zu ihm sagen sollte, wenn wir uns sahen. Ein »Tadaa, da bin ich« hielt ich nicht für angemessen … und für alles andere reichte im Augenblick meine Konzentration nicht aus. Was hieß, dass ich einfach würde improvisieren müssen …

Ich ging an Bord seiner Yacht und sah sofort, dass eine der Glasschiebetüren nicht ganz geschlossen war. Es musste also jemand hier sein, und da Kristopher heute frei hatte … Wobei es auch eine Putzfrau sein könnte, fiel mir dann ein. Oder ein Einbrecher … Plötzlich wurde mir mulmig.

»Hallo?«, rief ich und betrat das geräumige Wohnzimmer.

Am anderen Ende des großen Fensters stand Travis und starrte mich an, als würde er einen Geist sehen.

»Ashley? Bist du es wirklich?«, fragte er und blinzelte kräftig.

»Tadaaa«, sagte ich dann doch, weil mein Kopf keine brauchbaren Sätze hergab. Bewegungslos starrte ich ihn an.

Gott, ich hatte ihn so sehr vermisst. Und er sah so verdammt gut aus! Er trug ein weißes Hemd, das er an den Ärmeln hochgekrempelt hatte, dazu eine Stoffhose. Seine Krawatte hatte er abgenommen und über die Lehne der Couch gelegt, sein Hemdkragen stand offen.

Er fuhr sich mit einer Hand durch die Haare und ging zögernd ein paar Schritte auf mich zu.

»Tut mir leid, ich hätte mich vielleicht ankündigen sollen, aber … dein Handy war ins Büro umgeleitet, und deine Sekretärin konnte mir nicht sagen, wo du bist. Und der Portier und Kristopher wussten auch nicht mehr.«

Nun lachte er leise. »Die hast du alle gefragt?«

Verunsichert zuckte ich mit den Schultern. »Ja, ich wusste nicht, wo ich dich finden kann, und … von Damien habe ich keine Nummer.«

Travis schüttelte leicht den Kopf. Dann war er bei mir angekommen, während ich mich immer noch nicht vom Fleck bewegt hatte. Ich hatte keine Ahnung, was er davon hielt, dass ich einfach so seine Yacht betreten hatte. Ich meine, immerhin hätte er vom langen Warten auf eine Reaktion von mir die Schnauze voll haben können …

»Hast du meine Blumen erhalten?«, fragte er, und nun war ich diejenige, die herzlich lachen musste.

»Ja, hab ich. Und ich liebe sie! Jede einzelne Blume. Vielen Dank.«

Endlich schien das Eis zwischen uns zu brechen, denn auch Travis schenkte mir ein Lächeln.

»Aber?«, bohrte er dann nach.

»Jacob hasst sie«, erklärte ich. »Aber das ist mir egal.«

»Und die Briefe?«

Zögerlich griff er nach meinen Händen. Warm und fest umschlossen sie meine. Es tat unglaublich gut, endlich wieder seine Haut zu spüren.

»Die liebe ich auch …«, antwortete ich mit einem verträumten Lächeln. Vielleicht würde ich mir alle Briefe von ihm einrahmen und über meinem Bett aufhängen, so sehr berührten mich die Zeilen, die er mir geschrieben hatte.

»Und … was ist mit mir?«

Ich legte eine Hand an seine Brust. »Dich … liebe ich auch«, gestand ich dann leise.

Travis sah mich unbeweglich an, und sein Blick sagte mir, dass er hin- und hergerissen war zwischen Freude und Unglaube, zwischen Glück und Angst. Der Mann, der millionenteure Villen und Apartments verkaufte wie der Bäcker seine Brötchen, stand völlig verunsichert vor mir.

Ich fuhr mit den Fingern langsam seine Knopfleiste nach, als er endlich seine Arme um mich legte.

»Heißt das, du verzeihst mir alles, was passiert ist? Der Medienrummel, die vielen Frauen in der Presse, die Geheimniskrämerei wegen Jelena und diese blöde Sache mit dem Scheck?« Er sah mir dabei erst tief in die Augen, dann wanderte sein Blick tiefer und heftete sich an meine Lippen.

»Ja, verdammt, Travis! Jetzt küss mich doch endlich!«

Er lachte leise auf, legte seine Hand an meinem Rücken, mit der er mich sanft noch näher an sich presste. Dann endlich berührte sein Mund den meinen. Sanft und fordernd zugleich. Seine Zunge teilte meine Lippen, streichelte meine, als würde er damit all das Schlechte, was uns die letzten Wochen begleitet hatte, wiedergutmachen wollen.

Ein tiefes Stöhnen kam aus seiner Kehle, als er seine Hand in meinen Haaren im Nacken vergrub, mich einatmete, mich in Besitz nahm. Es war keine Frage des Verstandes, wir handelten impulsiv. Wir gaben und nahmen zugleich, waren uns so nah, und es war das schönste Gefühl, das ich mir vorstellen konnte.

Ich spürte, wie erregt er war, doch Travis brachte schwer atmend Abstand zwischen uns.

»Warte … Ich habe etwas für dich«, murmelte er an meiner Wange. »Eigentlich hätte er schön verpackt werden sollen … oder zumindest hätte dieser Moment eine bessere Einleitung verdient. Aber ich denke, *jetzt* ist genau der richtige Augenblick dafür.«

Er griff in die Tasche seiner Stoffhose und zog eine kleine samtene Schachtel hervor. Meine Augen weiteten sich, als ich sie sah.

»Bitte, verstehe das jetzt nicht falsch. Ich will dich nicht hier und jetzt mit einem Antrag überrumpeln«, sagte er, als er mir den Ring ansteckte. »Aber ich will, dass du weißt, dass du die Welt für mich bedeutest. Ohne dich bin ich nicht mehr der, der ich einmal war. Und mit dir auch nicht.« Er zwinkerte, wurde dann aber wieder ernst. »Ich möchte, dass du diesen Ring trägst, um nicht zu vergessen, dass ich dich aus ganzem Herzen liebe und den Rest meines Lebens mit dir verbringen will.«

Mein Herz überschlug sich fast in meiner Brust.

Sprachlos starrte ich ihn an, unfähig, zu begreifen, was er eben gesagt und getan hatte. Der Mann, der mir zu Beginn erklärt hatte, dass er unfähig sei, eine Beziehung zu führen, schenkte mir einen Ring als Zeichen seiner Liebe. Ein Symbol, das so viel bedeutete. Von Anfang bis zum Ende. Auf ewig verbunden.

»Den … kann ich nicht annehmen«, sagte ich heiser, als ich ihn genauer betrachtete. Er bestand aus einem durchgehenden Band funkelnder Steine und sah äußerst kostbar aus.

»Ich bitte dich … nimm ihn. Wenn du nur annähernd so wie ich empfindest, behalte ihn und trag ihn. Es würde mich sehr glücklich machen, ihn an deinem Finger zu sehen. Er gehörte meiner Mutter«, erklärte er mit leiser Stimme. »Sie hätte bestimmt auch gewollt, dass du ihn trägst, Ash.«

Ein sanfter Schauer kroch über meinen Körper bei der Vorstellung, welche besondere Bedeutung dieser Ring für

Travis haben mochte – und dass er wollte, dass ich ihn trug.

»Sind das Diamanten?« Ich traute mich fast nicht, zu fragen, so fasziniert war ich von der Schönheit des Ringes. Und von seinem bestimmt hohen Wert.

»Das sind Brillanten auf einem Band aus Platin.«

Ich schluckte. »Das ist … Ich weiß nicht, ob ich den Ring tragen kann, Travis. Nicht, weil ich es nicht will, sondern weil ich Angst habe, ihn zu verlieren. Nicht nur wegen seines materiellen Werts. Er bedeutet dir bestimmt viel. Und wenn ich ihn verlieren sollte …«

»Passt er dir?«

Ich drehte ihn um meinen Finger und nickte.

»Dann wirst du ihn auch nicht verlieren.« Er hob die Hand mit dem Ring zu seinem Mund und küsste sanft meine Fingerspitzen. »Und ich würde mich freuen, wenn du ihn so oft wie möglich trägst. Denn dafür ist er da. Er soll nicht in einer Schmuckschatulle versauern, wie er es die letzten zwanzig Jahre getan hat.«

Ein Kloß bildete sich in meinem Hals. »Das ist alles so viel auf einmal, Travis. Ich weiß nicht, wie ich mit all dem umgehen soll. Ich meine … die Blumen, deine Briefe, der Ring …« Ich seufzte und war gleichzeitig so gerührt.

»Soll ich wieder damit aufhören?«, fragte er, und seine Stimme klang, als würde er es tatsächlich als Verlust verbuchen, wenn ich Ja sagen würde. »Weil … dir in Briefen zu sagen, was ich für dich empfinde, fällt mir viel leichter, als es dir direkt zu sagen. Nicht, dass ich mir meiner Gefühle für dich nicht sicher bin, aber ich hab einfach gemerkt, dass ich, wenn ich mehr Zeit habe, mein Empfinden in Worte zu fassen, es plötzlich sonnenklar ist, was ich dir sagen möchte.«

»Ich liebe deine Briefe, Travis. Wirklich. Bitte, hör nie damit auf! Aber die Blumen …«

Er hob fragend die Augenbrauen.

»Bitte, nicht mehr jeden Tag einen Strauß. Sie sind wunderschön … natürlich, und ich freue mich sehr darüber, aber ich habe keine Vasen mehr, und es sieht bei uns aus wie bei einem Floristen.«

Ich kicherte bei dem Gedanken daran, wie unser Büro duftete. »Und Jacob macht das bestimmt auch nicht mehr lange mit«, fiel mir dann noch ein.

»Damit kann ich leben – solange du nur bei mir bleibst.« Er küsste mich zärtlich auf die Lippen, und glücklich, dass sich endlich alles zum Guten wendete, erwiderte ich seine Kuss und schmiegte mich an ihn.

»Wieso hast du Jelena eigentlich nicht angezeigt?«, fragte ich nach einer Weile. Das war ein Thema, das mich beschäftigte, seit ich gelesen hatte, dass Jelena Petrova nun nach New York gezogen sei und Chicago für lange Zeit hinter sich lassen würde – so ihre Worte.

»Weil ich keine Lust auf einen langen Prozess habe. Ich wollte das alles still und leise klären, ohne wieder in der Öffentlichkeit zu stehen und vor Gericht gehen zu müssen. Wir beide haben uns ein ruhiges Leben verdient. Nicht eines, das weiterhin einen Medienrummel auslöst.«

Seine Erklärung rührte mich zu Tränen. Das war das schönste Zugeständnis, das er mir hatte machen können.

Ich nahm sein Gesicht in die Hände und sah ihm tief in die Augen. »Ich liebe dich, Travis. Für alles, was du für mich und für uns getan hast.«

Kräftig blinzelte ich die Tränen weg, die sich unaufhaltsam nach oben drängten, dann küsste ich ihn. Ich presste mich an ihn, hielt seinen Kopf, wühlte durch seine Haare.

»Ich liebe dich so sehr, und dich den Rest meines Lebens an meiner Seite zu wissen, klingt nach einer verdammt schönen Vorstellung«, gestand ich atemlos.

* * *

»O mein Gott, Ashley, du siehst zauberhaft aus!«

Madison kam auf mich zugerauscht, soweit es ihre hohen Schuhe und ihr bodenlanges Abendkleid zuließen.

»Du aber auch. Mit deinem Kleid stiehlst du mir glatt die Show«, musste ich feststellen und pfiff anerkennend durch die Zähne.

»Ach, Unsinn. Ganz abgesehen davon bist heute sowieso du der Star in dieser Galerie.«

Damit hatte sie natürlich nicht unrecht. Denn die *Jeffrey Scharff*-Galerie hatte eine Sommerausstellung mit Künstlern aus Chicago geplant, und dabei waren sie unter anderem auf mich gekommen. Nun hingen fünfzehn meiner Fotografien in zwei Mal vier Metern an den weißen Wänden der Ausstellungsräume, und ich konnte immer noch nicht fassen, was das für mich bedeutete.

Seit etwas über zwei Stunden waren wir bei dieser Ausstellungseröffnung, und es hatte sich bereits der Inhaber eines Designerladens auf der *Mag Mile* bei mir vorgestellt, der unbedingt zwei dieser Bilder in seinem Verkaufsraum hängen haben wollte.

Ich hatte für diese Ausstellung Fotografien ausgewählt, die darstellten, wie ich Chicago sah. Details bekannter Bau- und Kunstwerke hatte ich eingefangen und in Szene gesetzt – von innen sowie von außen. Eines meiner Lieblingsstücke war eine Aufnahme des Wintergartens des *Harold Washington Library Center*. Als ich das Travis erzählt hatte, hatte er es sofort gekauft. Nach der Ausstellung würde dieses riesige Bild also in seiner Bibliothek hängen, die jetzt unsere war. Denn zu meinem Geburtstag im Mai hatte er mir einen Schlüssel zu seinem Apartment geschenkt.

»Na, meine süße Ash?«, fragte er, als er sich von hinten an mich schmiegte. »Bist du fertig? Lass uns nach Hause fahren.«

»Nichts sehnlicher als das«, hauchte ich so leise, dass nur er es verstand.

Natürlich war es schön hier, immerhin waren neben Madison meine Eltern, Tante Carolann und Jacob da, und sogar Damien war von L. A. gekommen, um hier mit uns zu feiern. Doch ich sehnte mich nach Zweisamkeit mit Travis.

Seit Jelena nach New York gezogen war, hatten wir von ihr nichts mehr gehört. Die Presse hatte sich schnell damit abgefunden, dass Travis und ich nun ein Paar waren. Zwar waren die Fotografen noch immer heiß auf uns, wenn wir bei offiziellen Events gemeinsam auftraten – und das taten wir seitdem immer –, doch zum Glück lauerten sie uns nicht mehr ständig zu Hause und vor unseren Büros auf. Außerdem war ein Bericht über eine ganze Seite in der *Chicago Sun-Times* darüber abgedruckt worden, wie glücklich Travis und ich nun waren und wie wir die endlich entstandene Ruhe genossen. Im März waren wir nämlich für zwei Wochen in Mexiko gewesen, um endlich ungestört Zeit miteinander zu verbringen, und hatten ein paar unserer privaten Urlaubsfotos an die Presse verkauft.

Ach so, apropos Geld: Mein Unternehmen lief besser als je zuvor. Zwar hatte Travis noch einmal versucht, mir einen Scheck unterzujubeln – und auch diesen hatte ich abgelehnt, allerdings ohne ihn durch Dartpfeile zerstören zu müssen –, doch dank Jacobs Initiative konnten wir unseren Kundenstamm erweitern. Seit wenigen Wochen fotografierte ich außerdem wieder für *KING Estate*, was uns neben der Ausstellung in der Galerie unser Weiterbestehen auch für die nächsten Monate, wenn nicht Jahre, sicherte.

»Ich brauche dich«, hauchte ich Travis über meine Schulter zu und rieb mich unmerklich an ihm.

Er knurrte tief und ließ mich an meinem Hintern spüren, wie sehr ihm meine Antwort gefiel.

Grinsend drehte ich mich zu ihm um, schlang meine Arme um seinen Nacken und küsste ihn verliebt.

»Dann lass uns fahren. Kristopher wartet schon auf uns«, murmelte Travis in mein Ohr.

Er verschränkte seine Finger mit meinen. Seit jenem Tag auf seiner Yacht trug ich immer seinen Ring an der linken Hand. Er zog mich sanft mit sich, und ohne uns groß von den anderen zu verabschieden, fuhren wir nach Hause.

Wir würden sowieso morgen früh noch einmal alle sehen, da Travis zum Brunchen auf der *Bernadine Gloria* eingeladen hatte …

Zu Hause im Penthouse führte er mich zu unserem Schlafzimmer. Er öffnete die Tür mit einem Schlüssel – was seltsam war, denn normalerweise stand sie immer offen –, und ich hob fragend die Augenbrauen.

»Überraschung«, flüsterte er geheimnisvoll, stellte sich hinter mich und legte meine Hand auf den Türknauf. »Erst öffnen, wenn ich es sage, okay?« Dann verdeckte er meine Augen mit seinen Händen.

»Du machst es ja spannend.«

»Mach auf«, raunte er, und ich gehorchte ihm.

Sofort fiel mir auf, dass es hier nach Blumen roch. Nie würde ich den Duft vergessen, der mich fast zwei Wochen lang von der schlimmsten Zeit meines Lebens bis zur schönsten begleitet hatte.

Dann nahm Travis seine Hände von meinen Augen, und ich blinzelte gegen die untergehende Sonne an, die diesen Raum durchflutete.

Unzählige Blumensträuße standen auf dem Boden und auf den Kommoden verteilt. An der Wand über dem Bett hingen Travis' Briefe, die er mir geschickt hatte. Alle waren eingerahmt – etwas, was ich zwar die ganzen Wochen über vorhatte, aber wofür ich durch den Umzug und unseren Urlaub noch nicht die Zeit gefunden hatte. Dass das nun Travis übernommen hatte, berührte mich tief, denn ich hatte ihm nie von diesem Plan erzählt.

»Das ist …«, begann ich, als ich mich zu ihm umdrehte, doch mir fehlten die Worte. Tränen des Glücks stiegen in mir hoch, als ich dem Mann, den ich so liebte, in seine wunderschönen eisblauen Augen blickte.

Travis küsste mich zärtlich, dann zog er etwas aus seiner Hosentasche: ein kleines Etui aus schwarzem Samt.

Mein Herz stockte. Ich sah ihm tief in die Augen, dann ließ ich noch einmal meinen Blick durch den Raum wandern …

Mit kräftig klopfendem Herzen beobachtete ich, wie er den Deckel aufklappte und einen wunderschönen Diamantring offenbarte. Sofort sank er vor mir auf die Knie.

»Ashley, seit ich dich kenne, hat sich mein Leben völlig verändert. Ich hab dir bereits gesagt, dass ich den Rest meines Lebens mit dir verbringen will, als ich dir den Ring meiner Mutter angesteckt habe. Jetzt sag ich es dir noch einmal und frage dich: Willst du meine Frau werden?«

Das Glücksgefühl in meinem Inneren war unbeschreiblich groß. Ich liebte diesen Mann, sah in ihm meine Zukunft, mein Leben.

»Ja, ich könnte mir nichts Schöneres vorstellen«, hauchte ich zutiefst bewegt.

Travis lachte glücklich auf, erhob sich und steckte mir den Ring an den Finger neben den seiner Mutter. Anschließend hob er mich hoch und wirbelte mich im Kreis herum. Als er mich wieder abstellte, küsste er mich innig. »Ich liebe dich, Ashley.«

»Und ich liebe dich, Travis.«

Mehr Sarah Saxx:

KING of Chicago – Verliebt in einen Millionär
KING of Los Angeles – Verliebt in einen Rockstar
– ab Frühjahr/Sommer 2017

Threesome: Wo die Liebe hinfällt

Ein bisschen mehr als Liebe (Greenwater Hill 1)
Ein Kuss für Clara (Greenwater Hill 2)
Zweimal mitten ins Herz (Greenwater Hill 3)
Außergewöhnlich verliebt (Greenwater Hill 4)
Küssen verboten, lieben erlaubt (Greenwater Hill 5)
– ab März 2017

Das Leben und sein hinterhältiger Plan

Auf Umwegen ins Herz (Auf Umwegen 1)
Mit Verzögerung ins Glück (Auf Umwegen 2)
Auf Irrwegen zu Dir (Auf Umwegen 3)

Ein kleiner Funken Hoffnung
ist auch in der Anthologie erschienen:
Hoffnung – Vertrauen – Vergebung: Drei Geschichten über die Liebe

Alle Romane der Autorin können unabhängig voneinander gelesen werden. Um keine Neuerscheinungen zu verpassen, abonnieren Sie ihren Newsletter unter:

www.sarahsaxx.com/newsletter/

Kennen Sie schon …

»Threesome: Wo die Liebe hinfällt«:

Über das Buch:

Kristin kann es nicht erwarten, ihrem Elternhaus den Rücken zu kehren und ihr neues Leben als Studentin in Berkeley anzutreten. Endlich trifft sie ihre eigenen Entscheidungen und muss sich nicht mehr nach den Vorstellungen ihres Vaters verbiegen. Ihr Neustart stellt jedoch die Beziehung zu ihrem Freund Liam auf eine harte Probe. Als sie sich dann noch auf Joshua und Daniel einlässt, die sie auf der Uni kennenlernt, gerät ihre Welt völlig aus den Fugen.

Ein Roman, so süß wie die Freiheit, so leidenschaftlich wie die Liebe und so unvorhersehbar wie das Leben.

Leseprobe:

»Bist du denn schon einmal Achterbahn gefahren?« Joshua hatte sich vor mir aufgebaut. Daniel bezog neben ihm Stellung und ich versuchte, ihren Blicken nicht auszuweichen, sondern ihnen abwechselnd fest in die Augen zu sehen.

»Nein, ich bin noch nie aus Lakeview rausgekommen und dort gibt es sowas wie einen Vergnügungspark nicht. Geschweige denn Achterbahnen.« Aber ich hatte eine lebhafte Vorstellung davon, wie so etwas ablaufen würde. Nicht mit mir!

»Es ist nicht so schlimm, wie du denkst. Im Gegenteil, es macht richtig Spaß und kann süchtig nach mehr machen.« Joshua zwinkerte mir zu, doch so wirklich Glauben schenken konnte ich ihm nicht.

»Du wirst sehen, es ist ein Abenteuer, das du nicht bereuen wirst«, versicherte mir nun auch Daniel und schenkte mir dabei ein Lächeln, das mir unter normalen Umständen die Knie weich werden ließ. Doch die waren bereits wabbelig, wenn ich nur daran dachte, in einem kleinen Wagen kopfüber mit womöglich knappen fünfzig Meilen pro Stunde dem möglichen Tod entgegenzurasen.

»Oh nein, ohne mich. Keine zehn Pferde bringen mich in so ein Gefährt.« Energisch schüttelte ich den Kopf.

Joshua ließ sich aber nicht beirren, kam auf mich zu und legte seine Arme beruhigend auf meine Schultern. »Kristin, Liebes, du brauchst keine Angst zu haben. Dir kann dort oben nichts passieren.« Dann kam er noch näher, legte seinen Zeigefinger unter mein Kinn und sah mich eindringlich an. Seine Augen glänzte silbern in der Sonne und sofort hatte ich meine Angst beinah vergessen.

Seine Lippen kamen den meinen näher und ich senkte die Lider. Ein angenehmes Prickeln übernahm die Kontrolle über meinen Körper und ich spürte seinen heißen Atem auf meinem Gesicht.

»Und wenn du bereit bist für das große Abenteuer, dann nehme ich dich an der Hand und bin für dich da.« Daniels tiefe Stimme drang von der anderen Seite in mein Ohr. Die Nähe zu diesen beiden Männern raubte mir augenblicklich den Verstand. Wären wir nicht in der Öffentlichkeit gewesen, hätte ich mein Seufzen nicht zu unterdrücken versucht. Mein ganzer Körper stand unter Strom, als ich nicht nur Joshuas Zärtlichkeiten an meinen Armen spürte, sondern auch Daniels Oberkörper, der sich an meinen Rücken drückte.

Keuchend brachte ich Abstand zwischen mich und die beiden. Verdammt, wieso fühlte ich mich zu Josh und Dan gleichermaßen hingezogen? Das durfte so nicht sein ...

Das Buch auf Amazon: http://bit.ly/3some_eB

Über Sarah Saxx

Gleich mit ihrem Debütroman »Auf Umwegen ins Herz« landete Sarah Saxx einen E-Book-Bestseller und lebt seither ihren Traum: Leser mit romantischen Geschichten tief im Herzen zu berühren und dieses gewisse Kribbeln auszulösen. Die 1982 im Sternzeichen Zwillinge geborene Tagträumerin liebt Milchkaffee, wilde Achterbahnfahrten und Jazzmusik.

Sarah schreibt, liebt und lebt in Oberösterreich und verbringt ihre freie Zeit am liebsten mit ihrem Mann und ihren beiden Töchtern.

Mehr Sarah Saxx:

Website: www.sarahsaxx.com
E-Mail: buch@sarahsaxx.com
Facebook: www.facebook.com/Sarah.Saxx.Autorin
Twitter: twitter.com/SarahSaxx
NEU! – Jetzt auch auf **Instagram**: sarahsaxx
Youtube: www.youtube.com/user/SarahSaxx

Sie wollen die Autorin unterstützen? Folgen Sie ihr auf ihren Kanälen und bewerten Sie ihre Bücher. Damit ermöglichen Sie, dass Ihre Autorin Sie auch weiterhin mit bewegenden Geschichten versorgen kann.

FSC
www.fsc.org
MIX
Papier aus verantwortungsvollen Quellen
Paper from responsible sources
FSC® C105338

Impressum:
A. Zwölfer
Linzerstraße 16
A-4283 Bad Zell
Österreich

www.sarahsaxx.com
buch@sarahsaxx.com